BIBLIOTHÈQUE ÉCOSSAISE
Dirigée par Keith Dixon

L'ANGE DÉCHU

DU MÊME AUTEUR

CHEZ LE MÊME ÉDITEUR

Sombre avec moi, 2019

L'Ombre de la toile, 2020

Chris BROOKMYRE

L'ANGE DÉCHU

Traduit de l'anglais (Écosse)
par Céline Schwaller

Éditions Métailié
20, rue des Grands Augustins, 75006 Paris
www.editions-metailie.com
2021

Retrouvez-nous sur les réseaux sociaux :

Titre original : *Fallen Angel*

ISBN : 979-10-226-1116-9

Pour Marisa

Arbre généalogique des Temple

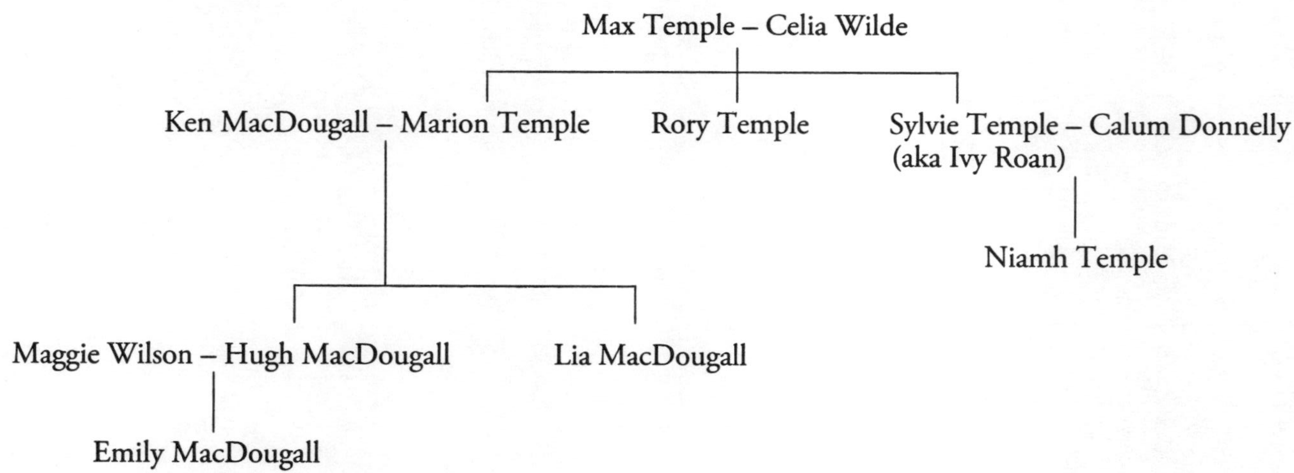

Prologue

Les êtres humains ne parviennent pas à trouver un sens à la mort. L'ensemble de notre civilisation et de nos connaissances nous a laissés dans l'incompréhension de sa finalité, tourmentés par son inéluctabilité et pourtant déconcertés par ses caprices. Il est donc surprenant que nous ne trouvions pas plus de réconfort dans le fait de savoir que certaines personnes méritent réellement de mourir.

Dans de telles circonstances, la mort peut sembler magique, le meurtre une libération. Un individu qui m'obsédait au point de dominer parfois toutes mes pensées, instantanément réduit à néant. Une menace jadis terrifiante anéantie, un tort impardonnable vengé. Et le changement le plus significatif de tous est que je n'ai plus aucune raison d'avoir peur de lui.

Sans aucun doute son souvenir me hantera, mais c'est désormais tout ce qu'il peut faire.

Il est avachi sur son bureau, la main droite tendue comme pour attraper un des documents empilés à côté de son ordinateur. Cet endroit était son sanctuaire, un lieu où il avait dû se croire intouchable. Mais telle était l'arrogance de celui qui méprisait si ostensiblement les gens qu'il les tenait pour aussi stupides qu'impuissants.

Il y a des livres et des papiers partout, comme il sied à une personne cultivée dont l'esprit est sans cesse occupé. Des diplômes encadrés sur les murs, gages manifestes de réussite. Ce sont des signes de respectabilité, une partie de la façade qui masquait l'homme qu'il était en réalité, ce dont il était capable et jusqu'où il était prêt à s'abaisser.

Si quelqu'un entrait dans la pièce, il pourrait croire qu'il s'est endormi en plein travail, ou peut-être qu'il vient de lire un mail particulièrement déprimant. Il faudrait s'approcher et le regarder dans les yeux pour voir qu'il est mort.

Cela ressemblera à une crise cardiaque. Ils ne trouveront pas la minuscule marque laissée par l'aiguille. Ils ne penseront pas à vérifier son taux d'insuline. Pour ce qu'il a fait, pour ce qu'il a pris, il ne méritait pas une mort aussi rapide et aussi clémente.

Il n'y a aucun bruit à l'extérieur, une atmosphère d'immobilité respectueuse autour du bâtiment, comme si le monde lui-même approuvait cet acte. Il semble étrange que le fait de tuer soit aussi silencieux, en particulier quand ce meurtre est à la fois un acte de vengeance et au service de ce qui est bon et juste. Dans la vraie vie, il n'est pas accompagné par une envolée de violons ou, le cas échéant, pas même par un appel au secours. Il a simplement eu ce hoquet d'étonnement horrifié, suivi d'un regard de résignation. C'est comme s'il avait compris à cet instant-là seulement que cela devait inévitablement se terminer ainsi, eu la certitude accablante qu'il s'était lui-même infligé un tel destin.

Quelles ont été ses dernières pensées alors qu'il s'effondrait sur l'acajou, avant que la lumière ne pâlisse dans ses yeux et que l'obscurité ne s'abatte sur lui pour toujours ? Ont-elles été pour ceux qu'il avait aimés, ceux qu'il avait trahis ? A-t-il pensé à sa vie, à sa carrière, à ses réussites, à ses regrets ? Ou son esprit défaillant lui a-t-il accordé une dernière image d'un ciel bleu et d'une mer scintillante : un endroit où il avait cru un jour être roi, mais où il avait semé les graines de sa destruction ?

I

La conspiration la plus efficace est celle qui compte le plus petit nombre de participants. Par définition, le minimum est de deux. C'est aussi le maximum idéal.

Max Temple

2018

IVY

Il pleut à verse lorsqu'elle émerge de la station de métro, et des rafales de vent rabattent le déluge presque à l'horizontale. Un hiver rude et tenace n'avait relâché son emprise qu'à contrecœur, laissant place à des journées de fin de printemps particulièrement chaudes et ensoleillées pour la saison, de sorte que tout le monde avait été pris au dépourvu quand des trombes d'eau s'étaient abattues le matin.

Ivy avait entendu une femme dans le métro parler du contraste entre la récente période de douceur et cette vague de froid polaire, disant qu'elle avait presque oublié ce que cela faisait de sentir le soleil sur ses épaules. Ivy s'aperçoit que c'est vrai pour elle aussi, mais cela ne lui a pas manqué pour autant. Comme elle vit à Londres, elle passe rarement beaucoup de temps à l'extérieur. Son bureau et son appartement sont climatisés au dixième de degré près. Pourquoi aurait-elle besoin de soleil ?

Le soleil est un désinfectant, disent les gens, comme si le simple fait de mettre quelque chose à la lumière était un acte indubitablement sage et salutaire. En ce qui la concerne, le seul avantage du soleil, c'est qu'il crée des ombres, et c'est là qu'elle opère.

Le problème avec le soleil, c'est qu'il fait croire aux gens que tout va bien se passer, et dans son domaine des relations publiques, cela n'augure pas d'un bon résultat. Ce n'est pas bon non plus pour le bien-être des clients, pour être honnête. Les clients doivent être capables d'envisager un scénario catastrophe imminent afin de pouvoir prendre les mesures nécessaires pour l'éviter, et la mesure la plus appropriée est, toujours, de recourir à ses services.

Elle arrive dans Remnant Street, devant Lincoln House où Cairncross Partnership occupe deux étages, et se hâte de franchir les portes à tambour pour s'abriter du déluge. Une traînée d'eau s'étend sur le sol devant elle, menant jusqu'à l'endroit où une femme s'est arrêtée pour secouer un parapluie dégoulinant, action compliquée par une baleine tordue. Ivy lui donne une quarantaine d'années et, à son allure, elle doit être mère d'adolescents ; cadre ou cadre intermédiaire, et encore. Sa gestuelle trahit une certaine timidité, comme si elle s'excusait d'exister : une femme qui a atteint le stade de sa vie auquel elle comprend que toutes les choses qu'elle avait cru accomplir ou vivre un jour ne vont jamais se réaliser. Qui s'est probablement bercée d'illusions pendant ces quinze dernières années en se disant que les enfants compenseraient, que les élever était en soi une belle réussite, avant de s'apercevoir – trop tard – qu'elle s'est fait salement avoir.

Quelque part entre les portes à tambour et l'endroit où elle se trouve maintenant, cette pauvre fille a dû s'apercevoir que le prix d'un parapluie neuf avait à ses yeux plus d'importance que sa dignité, sans quoi elle n'aurait pas tenté de sauver un pépin manifestement foutu devant d'autres êtres humains.

En baissant les yeux, Ivy s'aperçoit que le sien a lui aussi une baleine tordue, après avoir été pris dans une rafale de vent à quelques mètres à peine de l'entrée. C'est un Aspinal qu'elle avait acheté la veille en rentrant chez elle, après avoir regardé la météo. Dans un métier où l'apparence est primordiale, se pointer complètement trempé ne fait pas bon effet, notamment parce que cela trahit le fait que vous n'avez pas anticipé une averse imminente.

La femme jette un œil dans sa direction et lui adresse un sourire de solidarité en remarquant les dégâts. Ivy sent monter en elle une vague de dégoût familière. Non, pétasse, pense-t-elle. Dans son monde, le concept du "moi aussi" n'existe pas, que ce soit à propos d'un pépin cassé ou de n'importe quelle autre chose que vous pourriez imaginer avoir en commun avec elle.

Ivy soutient son regard un instant, le visage fermé, avant de bourrer son Aspinal à deux cents balles dans la poubelle la plus proche.

Elle continue en direction des ascenseurs, sort sa carte magnétique et fixe son regard sur les portillons lorsqu'elle passe devant la réception. Son air préoccupé se révèle insuffisant à décourager une parole de bienvenue non sollicitée.

– Bonjour, madame Roan.

Ivy répond par l'ombre d'un micro-sourire particulièrement bref, si fugace et superficiel qu'il exprime combien cela lui coûte de se plier à une telle courtoisie.

Elle prend l'ascenseur jusqu'au douzième étage et se dirige vers son bureau d'un pas leste, tournant à un angle juste à temps pour voir un des jeunes chargés d'affaires remarquer son arrivée et prévenir ses collègues. À cette distance, elle n'entend pas ce qu'il dit mais elle n'a pas besoin de savoir lire sur les lèvres pour identifier l'info essentielle : "Poison Ivy."

Dans un métier censé être créatif, ce surnom péjoratif n'est pas le plus imaginatif qu'ils auraient pu trouver, mais elle est néanmoins assez fière qu'il lui soit resté. Elle n'a pas besoin qu'ils l'apprécient. Son boulot, c'est de vous faire aimer d'autres gens, et leur boulot à eux, c'est de l'y aider.

Son téléphone vibre dans sa main tandis qu'elle marche à grands pas entre des rangées de bureaux. Le contact s'affiche, simplement identifié par un L. Elle sait qu'il est sur le point de prendre l'avion et que ce n'est pas important. "Je voulais juste entendre ta voix", un truc comme ça. Elle soupire et rejette l'appel. Encore.

Quelques instants plus tard, elle reçoit un texto lui disant que son avion est à l'heure. Heureuse de le savoir.

Elle adresse un signe de tête à Jamie, son assistant, pour lui dire d'approcher. Il termine sa conversation téléphonique et la suit dans son bureau.

Jamie est aussi loyal que fiable. Il ne l'appelle pas Poison Ivy, même en compagnie de ses jeunes collègues. Elle le sait parce qu'il lui est arrivé d'écouter leurs conversations à leur insu et elle ne l'a jamais entendu l'appeler autrement que Mme Roan.

Elle ne sait pas si elle le respecte plus ou moins pour cela.

Jamie lui fait le topo de leurs avancées avec différents clients. Il ne lui dit rien qu'elle ne sache déjà, mais cela lui donne l'occasion d'analyser les choses à la lumière d'éventuelles évolutions et d'organiser ses priorités en fonction. Théoriquement, cela lui permet aussi de déléguer, mais cela n'arrivera pas. C'est là que les choses tournent mal.

Les yeux d'Ivy s'égarent vers son portable pendant que Jamie parle. Elle a déjà reçu une douzaine de notifications, mais elle pense au message de L disant à quelle heure son avion est censé atterrir. Elle revoit son visage lorsqu'il la presse de se délester un peu sur quelqu'un d'autre, ou tout au moins de laisser tomber la paperasse, afin qu'ils puissent passer un peu plus de temps ensemble. Une partie d'elle en a envie, mais c'est la partie d'elle qui l'effraie. Elle ne peut se permettre aucune négligence. Dans ce boulot, le contrôle est essentiel.

L marque des points pour n'avoir jamais utilisé l'expression "accro au travail", mais elle sait qu'elle fait partie des rares personnes à qui ce cliché pourrait à juste titre s'appliquer. Car il s'agit bien d'une addiction. Ivy le sait parce qu'elle a fait la navette entre la plupart des autres : alcool, drogue, bouffe, régimes, vol et, bien sûr, sexe. Quelqu'un a dit une fois de l'alcool que le plus important est d'en tirer plus que ce qu'il vous prend. Le travail est la seule chose pour laquelle cet adage s'est vérifié. C'est la seule addiction qui lui ait jamais servi.

Avant de faire quoi que ce soit d'autre, Jamie lui a acheté son "déjeuner", à savoir une bouteille d'eau plate et une pomme. Il pose cette maigre offrande sur son bureau et la contemple un instant, rassemblant son courage pour lui faire part de son inquiétude. Il donne à sa remarque un ton désinvolte afin de ne pas avoir l'air de se mêler de ce qui ne le regarde pas mais il met tout de même son grain de sel.

– Je ne sais pas comment vous faites pour tenir avec aussi peu de calories.

Si ça avait été quelqu'un d'autre, elle aurait ajouté quelques calories à son repas en lui arrachant la tête avec les dents, mais elle aime bien Jamie. Elle sait que ce n'est sans doute pas une bonne chose – pour lui, en tout cas. Il mérite mieux. Il est sincère et prévenant, avec une bonne volonté qui n'est pas uniquement dictée par le carriérisme. Tout cela fera de lui une victime.

– Je brûle le carburant de façon très efficace, réplique-t-elle.

Ceci est une paraphrase d'une chose que L lui avait dite, avec sa manière typiquement elliptique et pleine de tact de suggérer qu'elle était peut-être d'une maigreur maladive.

– Je ne te plairais pas si j'étais grosse, lui avait-elle lancé, une banalité censée clore le sujet.

– Qui a dit que tu me plaisais ? avait-il rétorqué.

Mais elle sait qu'elle lui plaît. C'est bien ça le problème.

Dire qu'elle avait couché avec lui la première fois parce qu'elle pensait que c'était un pari sans risque ! Et par pari sans risque, elle ne veut pas dire quelqu'un qu'elle était certaine de pouvoir ramener chez elle quelques heures seulement après l'avoir rencontré. Elle veut dire quelqu'un dont elle était certaine qu'il se tirerait dare-dare juste après. Dont il y avait fort à parier qu'il la détestait autant qu'elle le détestait : que coucher ensemble était une sorte de vengeance mutuelle tacite.

Elle était loin du compte sur ce coup-là, et cela l'inquiète, mais L prendra bientôt le chemin de tous les autres. Ça dure depuis bientôt deux mois, et c'est à peu près le temps qu'il leur faut pour voir qui elle est. Ou, plutôt, le moment où elle les largue avant qu'ils commencent à voir qui elle est.

Jamie s'attarde, son hésitation lui révélant non seulement le sujet qu'il s'apprête à aborder mais, malgré lui, ce qu'il en pense. Quand il finit par parler, il déploie des efforts considérables pour conserver un ton neutre, mais il est déjà trop tard. Même sans cette brève réticence, elle aurait relevé des indices dans son intonation et dans l'infime pause involontaire qu'il marque avant de prononcer le nom de leur potentiel client.

– Sir Jock aimerait vous voir pour savoir si vous avez réfléchi plus avant à propos de l'affaire DKG en prévision du dîner avec le client.

Réfléchi plus avant. Habile façon de se tenir à l'écart, comme toujours de la part du patron, Sir Jock Davidson. Dans le milieu, il est connu sous le nom de Raffles, comme le gentleman cambrioleur, en référence à ses pratiques de tarification excessives. Comme elle, il est au courant de son surnom et l'a adopté, mais il y a d'autres aspects de sa réputation vis-à-vis desquels il se montre plus secret. C'est pour cela qu'il veut qu'elle prenne les décisions à sa place et, en agissant ainsi, elle comprend aussi qu'il lui fera endosser la responsabilité si elle se plante.

C'est un cabinet dans lequel ils se montrent forcément flexibles sur l'éthique de ceux qu'ils représentent et les moyens qu'ils déploient au service de cette représentation. Malgré tout, il y a des divergences pour savoir s'ils doivent suivre la voie que DKG aimerait les voir emprunter. Pour certains – comme Jamie – cela se résume à de la pudeur morale ; mais pour les gens comme Sir Jock et les autres partenaires, leurs réserves concernent les potentielles retombées négatives pour la boîte.

Réfléchi plus avant. Ivy a réfléchi, oui. Et une de ses réflexions est que vous n'êtes pas un groupe de relations publiques très brillant si vous n'êtes pas convaincu qu'en cas de catastrophe, pour pourrez toujours sauver votre propre réputation.

– Je n'ai pas encore tranché, dit-elle à Jamie. Il essaie de le cacher, mais elle voit une nuance de tristesse dans son regard. Il pense au contraire qu'elle a déjà pris sa décision. Il a sans doute raison.

Elle se réveille et voit L dans l'embrasure de la porte. Elle dormait d'un sommeil léger malgré l'alcool, sachant qu'il devait arriver dans la nuit. Elle se sent un peu vaseuse en se redressant, sans trop savoir si elle a déjà la gueule de bois ou si elle est encore soûle. Elle se ressaisit en le voyant, cependant. L'heure a sonné. Elle se redresse pour qu'il voie bien qu'elle est nue, et ses mouvements font remuer la silhouette allongée à côté d'elle. Peter, d'après ses souvenirs. Il travaille pour DKG, et ils se sont rencontrés pendant le dîner avec les clients organisé plus tôt dans la soirée.

Elle avait décelé en lui quelque chose d'irrésistiblement calculateur et décomplexé : froidement analytique, étudiant son environnement en quête d'ouvertures à la seconde où le côté professionnel du repas avait pris fin. Cela avait donné lieu à cette fraction de seconde où leurs yeux s'étaient croisés et avaient perçu la même chose chez l'autre. Elle s'était délibérément penchée, feignant de prendre quelque chose dans son sac à main tout en s'assurant que son chemisier s'entrouvre juste ce qu'il fallait. Elle avait surpris son regard. C'était quelque chose qu'elle aurait pu utiliser à sa guise : le mettre mal à l'aise, feindre de s'offusquer. Ce soir pourtant, elle avait pensé à L et s'était dit : c'est le moment, et tu feras l'affaire.

Mais pas avant quelques autres martinis et une ou deux lignes.

Elle sent une pulsation dans sa tête, derrière un œil en particulier. Elle se dit que c'est un symptôme de la gueule de bois, mais cela signifie en général autre chose : le stress.

Peter voit la silhouette dans l'embrasure de la porte et se redresse d'un coup.

– Oh, merde.

Il saisit la situation assez rapidement. L'effroi et la panique font place à un sentiment d'embarras et de contrition. Son regard fait la navette entre L et Ivy. Il faut lui reconnaître une chose : il sait lequel est à plaindre.

L en revanche paraît en état de choc. Il ne comprend pas, n'a rien vu venir, et ça n'a rien d'étonnant ! Elle lui a donné le code d'entrée il y a à peine une semaine, avant son voyage, et c'est la première fois qu'il s'en sert. Il s'agissait ostensiblement d'un geste d'ouverture, annonçant le stade suivant. Une infime partie d'elle l'avait même peut-être cru à ce moment-là. Mais une partie plus importante savait qu'elle le lui donnait pour qu'il puisse entrer et tomber sur quelque chose comme ça. Ce n'est pas la première fois qu'elle met fin à une relation de cette façon.

Il n'a toujours rien dit. En général, ils ont déjà atteint le stade de l'orgueil masculin blessé. Il leur arrive même de pleurer, ce qu'elle a apprécié en certaines occasions. Elle ne se sent pas capable d'affronter ça ce soir, cependant.

– Tu devrais t'en aller, déclare-t-elle.

Peter réagit en se levant et en attrapant ses vêtements. En fait, elle s'adresse à L, mais Peter peut se casser lui aussi.

Elle a peur de vomir. Ce n'est pas très agréable, mais il y a néanmoins quelque chose de rassurant dans le caractère familier de cette sensation et de ce moment : se débarrasser d'un problème. Se débarrasser d'une menace.

Finalement, L retrouve la parole.

– Tu tournes pas rond.

– C'est pas vraiment un scoop. Tu sais, il paraît que quand quelqu'un te dit qui il est vraiment, il vaut mieux l'écouter.

L s'efface un instant quand Peter passe maladroitement à côté de lui, ses vêtements serrés contre lui. Il flippe tellement qu'il sort directement sur le palier, comptant sans doute s'habiller dans le hall.

L attend que la porte se soit refermée avant de reprendre la parole.

– Tu voulais que je voie ça.

– Brillante déduction. Je crois que tout ce que j'ai entendu dire sur ta capacité d'observation est exact.

Il y a une froideur sereine dans son élocution. Ses mots sortent de façon assez naturelle mais là, on dirait plutôt une réplique de théâtre. Cela crée une distance, l'empêche de ressentir réellement quelque chose. C'est particulièrement précieux ce soir, car ce qu'elle ressent l'effraie.

– Écoute, c'est vraiment nul, mais ça ne veut pas dire que ça doit se terminer *comme ça*, dit-il. On peut parler. *Tu* peux parler. Je peux écouter. Crois-moi, je sais écouter.

Ivy déglutit.

– Tu peux aller te faire foutre…

Elle marque une pause à la fin, sachant que sa phrase est inachevée. Elle se retient de prononcer son nom, car le seul qu'elle lui ait jamais donné régulièrement est un terme d'affection. Dès le début, elle lui avait donné un petit nom : une plaisanterie entre eux, l'initiale de son deuxième prénom. L. Dernièrement, lorsqu'elle voit cette lettre s'afficher sur son téléphone, Ivy a peur qu'elle signifie autre chose. C'est pour cette raison qu'elle devait faire ça.

Il ne claque pas la porte. Ça aurait été plus facile s'il l'avait fait. Il la referme doucement, avec bienveillance, comme tout ce qu'il fait.

Elle se dit que ça vaut mieux pour lui, qu'il mérite mieux. Cette partie-là est vraie. Elle se dit qu'elle ne le mérite pas. Cette partie-là est également vraie.

Elle se dit que c'est ce qu'elle veut. Cette partie-là ne l'est pas.

Elle regarde l'heure sur son téléphone. Il est trois heures et demie du matin, ce qui veut dire qu'elle va devoir décider de ce qu'elle va faire maintenant, prendre un café et se lever ou se taper du Glenmorangie dans l'espoir de dormir deux heures de plus. Dans un cas comme dans l'autre, elle a besoin de prendre une douche après ce qu'elle vient de faire. Et elle ne parle pas du sexe.

Tandis qu'elle se tient sous les jets et que la salle d'eau se remplit de vapeur, elle entend une vibration sur le mur, où son téléphone et son iPad sont rangés dans des étuis étanches. Instinctivement, elle calcule l'heure qu'il est dans différentes villes tout en se demandant qui cela peut être. Elle bascule déjà son esprit en mode travail, loin de la situation merdique qu'elle vient de vivre. Le travail lui rend toujours service.

Elle essuie la buée sur le plastique et voit le nom de son correspondant. C'est sa sœur, Marion. Cela fait trois ans qu'Ivy ne lui a pas répondu, effaçant aussitôt les messages qu'elle avait pu lui laisser à l'occasion sur sa boîte vocale. Elle rejette l'appel par réflexe mais se demande ensuite pourquoi Marion l'appellerait à cette heure-ci.

C'est une question à laquelle elle comprend instantanément qu'il n'y a qu'une seule réponse possible.

Elle coupe l'eau et sort son portable de l'étui, s'apprêtant à la rappeler. Avant qu'elle ait pu le faire, le téléphone vibre à nouveau. Ivy appuie sur Accepter et porte l'appareil à son oreille.

Marion a l'habitude de tout communiquer en deux mots :

– C'est papa.

2018

AMANDA

– Amanda, t'es bientôt prête, ma grande ? Le taxi va pas tarder.

Les mots de Kirsten se répercutent dans le couloir et retentissent dans la chambre, me faisant jeter un coup d'œil inquiet vers Arron endormi dans son siège auto. Il est hors de question qu'il se réveille maintenant, et il a tendance à réagir à la voix de sa mère comme un marin au chant d'une sirène. À mes oreilles, il s'agit moins d'un chant que d'une sirène, mais j'imagine que je ne suis pas aussi habituée que lui à son accent.

J'en suis à ce qui me semble être ma quatorzième tentative visant à reconfigurer le contenu d'une valise afin de pouvoir fermer cette saloperie. On dirait un genre de version extrême de *Candy Crush* en 3D, tous mes efforts sapés par le doute que la tâche soit en fait impossible. Le test du Kobayashi Maru, comme dans *Star Trek*. Nous ne partons qu'une semaine et pourtant il y a plus de trucs à caser dans cette valise que je n'en ai apporté du Canada pour un séjour de trois mois. Qui aurait cru que les bébés avaient besoin d'autant d'accessoires ? On pourrait croire qu'on a l'intention d'occuper le Portugal, pas d'y partir en vacances.

Je prends une grande inspiration et ravale une réponse au harcèlement de Kirsten. Ce n'est pas comme si la maîtresse de maison avait été d'une aide quelconque. Elle semblait plus préoccupée par le fait de passer en revue ses affaires de sport et ses tenues de plage, et m'a par conséquent confié la tâche de faire les bagages du bébé. Résultat, en dépit des tas de merdes que j'essaie de bourrer dans cette valise, je suis tourmentée par l'angoisse d'avoir malgré tout oublié quelque chose.

Je me dis que, de toute façon, Kirsten doit se tromper : le taxi n'est pas censé arriver avant huit heures.

Je consulte ma montre et sursaute en constatant qu'il est moins dix. Mais bon sang, où est passé le temps ? La dernière fois que j'ai regardé, il était à peine plus de sept heures. Je n'ai même pas encore organisé mon propre bordel. À vrai dire, j'ai à peine sorti mes affaires. Je suis arrivée à Sterling depuis Toronto il y a moins de quarante-huit heures, sans me douter que j'allais reprendre l'avion aussi vite.

Vince et Kirsten sont des amis de mes parents, Vince, tout au moins. Ils n'ont jamais rencontré Kirsten. Je crois qu'il a été leur avocat à un moment, il y a longtemps, mais les détails sont flous, surtout parce que je n'y ai pas prêté attention quand ils en ont parlé. J'étais trop focalisée sur le fait que Vince m'avait proposé de venir passer l'été en Écosse, avant que j'entre à la fac en automne. Après, j'avais cessé d'écouter parce que j'avais déjà des idées plein la tête.

C'était pour moi l'occasion de séjourner trois mois au Royaume-Uni, de faire du tourisme et peut-être aussi de voyager un peu. Le deal, c'était que je serais logée gratuitement, et toucherais même de l'argent de poche, en échange de quoi je devrais les aider à s'occuper de leur môme. Il n'avait pas fallu me le demander deux fois. Qui n'aime pas les bébés ?

Ouais, tout ça me semblait bien sympa quand je suis montée dans l'avion à l'aéroport de Toronto. Un peu moins maintenant que j'y suis. Sur la base de ce qui s'est passé jusqu'ici, ma part du contrat ne semble pas tant d'aider Kirsten que de me taper tout son boulot de maman à sa place.

Je bâille, et ma fatigue ne m'aide pas beaucoup à me concentrer pour tenter de résoudre ce casse-tête dans les temps. Le môme m'a empêché de dormir presque toute la nuit. Ou, plutôt, il serait plus juste de dire que je n'ai pas pu fermer l'œil avant l'aube à cause du décalage horaire et que le moment où j'ai fini par m'assoupir a semblé coïncider avec celui où Arron s'est réveillé et a décidé que c'était le matin. Il fait jour vraiment tôt ici, c'est ce que j'ai découvert après m'être interrogée sur la présence de stores occultants en tirant les rideaux la veille au soir. Comme une idiote, je m'étais dit : mais qu'est-ce que ce truc fout ici ? Est-ce que l'obscurité totale ne risque pas d'effrayer un petit bébé ? Maintenant je comprends, mais ce n'est pas comme si on pouvait baisser le store à 4 h 15 du matin et dire à un bébé que c'est pas encore l'heure de se lever.

Je ressors deux sacs remplis d'articles de toilette que je repose sur le lit et gagne de la place en bourrant un tas de grenouillères entre les arêtes du fond de la valise. Une fois les articles de toilette remis à l'intérieur, je n'arrive toujours pas à fermer la valise à cause d'un objet encombrant vaguement transparent identifié par une étiquette comme étant un "stérilisateur de biberons pour micro-onde". Le môme boit du lait maternisé, nom d'un chien. Ce n'est pas comme s'ils ne stérilisaient pas ce truc avant de le sceller dans les boîtes. (Et pourquoi est-ce que Kirsten ne l'allaite pas, d'abord ? Question idiote : je l'ai déjà entendue dire qu'elle comptait retrouver ses abdos après sa grossesse, alors j'imagine que des nénés ramollis étaient complètement inenvisageables.)

Je fais pivoter le stérilisateur de quatre-vingt-dix degrés, ce qui me permet enfin de fermer le couvercle. Je verrouille les fermoirs et porte la valise en direction de l'escalier. Elle n'est pas très lourde, mais difficile à manier, d'autant que l'escalier est particulièrement étroit. Pour être honnête, je m'étais vaguement imaginé que la maison serait plus grande. Mes parents avaient dit que Vince avait de l'argent, ou peut-être que j'avais juste eu cette impression en les entendant dire qu'il était avocat.

Alors que je commence à descendre, j'entends Vince parler au téléphone.

– Je suis heureux que vous commenciez à entendre raison, dit-il.

Il s'exprime d'un ton ferme mais essaie de ne pas parler trop fort. Kirsten est encore dans leur chambre à l'étage, sans doute en train de se remaquiller. Je l'ai entendue se plaindre du fait que Vince était incapable de lâcher son boulot et lui faire bien comprendre qu'il était hors de question que ce soit un problème pendant leurs vacances. C'est pour ça qu'il passe son appel depuis un endroit où elle ne peut pas l'entendre.

– Si vous tenez à ce que je réagisse aussi vite que vous le suggérez, je dois être absolument certain que vos paroles seront suivies d'effets.

Il m'est rapidement apparu que l'une des raisons pour lesquelles on m'a proposé ce job, c'est que Vince n'est pas exactement le genre de père à mettre la main à la pâte. Il ne compte pas ses heures au bureau et semble passer beaucoup de temps au téléphone ou sur son ordinateur quand il est *enfin* à la maison. Je ne peux pas dire que ça me surprenne, vu qu'il n'est pas de la première jeunesse. Ce type a passé la cinquantaine. Comme je l'ai dit à mes parents, qui aurait envie de devenir père à ce stade de sa vie ? Maintenant, je connais la réponse : quelqu'un qui a épousé une femme de la moitié de son âge. De moins de la moitié de son âge, même, qui ne paraît pas nourrir d'autres ambitions pour elle-même que celle d'être une femme au foyer et qui, apparemment, a l'intention de sous-traiter la plus grande partie de l'intendance de ce foyer à de la main-d'œuvre canadienne bon marché.

– La nature de la preuve n'est pas quelque chose que je suis prêt à divulguer, poursuit-il. Aucun client ne peut s'attendre à ce que je dévoile mon jeu à ce stade de la négociation. Mais je peux vous dire une chose : cette preuve parle d'elle-même.

Il est debout dans le salon au moment où je pose la valise près de la porte d'entrée. Il a l'air détendu et assez content de lui. Il semblait vaguement nerveux hier soir et ce matin. Je me suis dit que c'était parce qu'il appréhendait les préparatifs en vue de ce premier voyage avec son bébé, mais de toute évidence il négocie une affaire qui l'émoustille.

– Ça ne donnera pas lieu à une interprétation nuancée ni à un débat complexe sur des points de droit précis. C'est gagné d'avance et je pense que vous le savez, sinon on ne serait pas en train d'avoir cette conversation.

En regardant ma montre, je me rends compte que je n'aurai pas le temps de trier ce dont j'aurai besoin pour ce voyage. Comme je n'ai en fait pas eu l'occasion de véritablement défaire mes bagages depuis mon arrivée, il me suffira de prendre mon sac à dos en l'état. Au mieux, j'aurai peut-être le temps de retirer quelques affaires inutiles pour l'alléger, mais au moment même où je me fais cette réflexion, j'entends les cris déjà trop familiers d'Arron.

La dernière fois que j'ai regardé, il dormait, ce qui n'est pas étonnant vu qu'il était réveillé depuis déjà cinq bonnes heures, mais il réagit à l'activité et à l'excitation ambiantes, sans aucun doute. Il s'était assoupi juste au moment où je me disais : au moins comme ça, il dormira peut-être pendant le vol.

Je me précipite à l'étage et retourne dans sa chambre, où je le prends dans mes bras pour le réconforter et sens aussitôt la raison pour laquelle il n'est pas content. Nom d'un chien.

Je le pose sur le matelas à langer, défais les pressions de sa grenouillère et m'aperçois qu'il est parvenu à se pulvériser une espèce de liquide brun jusqu'en haut du dos. Il va me falloir plus que quelques rapides coups de lingette et une nouvelle couche.

Après l'avoir nettoyé, je vais chercher une nouvelle tenue dans le tiroir, et c'est à ce moment-là que je me souviens qu'elles ont toutes été mises dans la valise sur l'insistance de Kirsten. ("Une fois, il a gerbé et chié sur douze pyjamas en une seule journée", avait-elle expliqué.)

Je m'autorise un soupir. J'aurais bien compté jusqu'à dix mais je n'ai pas de temps à perdre. Je descends l'escalier en courant et ouvre la valise, où je dois prendre une grenouillère propre à l'endroit où je les ai si ingénieusement bourrées entre les arêtes du fond.

Vince me jette un coup d'œil alors que je fouille dans les vêtements, une expression de curiosité sur le visage mais visiblement sans aucune intention de me donner un coup de main. Il est toujours au téléphone.

– Eh bien, c'est vraiment à la dernière minute. Je m'apprête à partir pour l'aéroport. Vous êtes en train de me dire que ce n'est pas une stratégie de la corde raide mais, pour que je vous croie, il va falloir que vous payiez rubis sur l'ongle.

J'entends Arron se remettre à brailler. *Nom d'un chien, j'arrive!*

Je parviens à sortir le pyjama sans trop déranger d'autres affaires et me dépêche de remonter mais, en arrivant en haut de l'escalier, je vois que Kirsten est déjà sur le pas de la porte de sa chambre.

– Tu l'as laissé sur le matelas, nu et sans surveillance? demande-t-elle comme si je l'avais couché dans la neige pour le donner à manger aux loups. Kirsten vient de la région de l'Essex, en Angleterre, et son accent me pousse à me demander si, là-bas, tout le monde parle avec une note constante d'agressivité dans la voix.

– J'avais besoin d'une grenouillère propre et elles étaient toutes dans la valise. Celle-ci est couverte de caca.

– Tu aurais dû m'appeler. Il va attraper froid. On gèle ici.

Ce n'est pas vrai, mais je ne vais pas discuter. Je m'agenouille et m'active pour lui mettre la couche propre, ce qui le fait brailler à nouveau. Énervée, je la lui mets à l'envers. Kirsten soupire comme si j'étais un cas désespéré et m'écarte.

L'effet est spectaculaire. Le môme cesse instantanément de pleurer, puis regarde sa mère comme s'il était en transe. Kirsten a elle aussi subi une transformation éclair, son regard sévère et sa brusquerie remplacés par de petits roucoulements tandis qu'elle boutonne le pyjama.

Elle me tend Arron avec pour instruction de le remettre dans son siège auto afin qu'il soit prêt pour le voyage, ce qui est le moment où Vince apparaît sur le pas de la porte.

– C'est le taxi ?

Il arbore une expression penaude.

– Non, mais il ne va pas tarder.

– Qu'est-ce qu'il y a? demande Kirsten, devinant qu'une annonce va suivre.

– Écoute, je suis vraiment désolé, mon cœur. Je vais devoir vous rejoindre à l'aéroport.

– Non mais tu te fiches de moi, répond sa femme d'un ton qui dit que son explication a intérêt à être particulièrement convaincante.

– Je dois juste faire un saut... – il soupire en milieu de phrase – ... au bureau, pour régler un truc.

– Vince, tu avais dit...

– Un seul truc. Et crois-moi, tu vas me remercier de l'avoir fait. Il y a beaucoup d'argent à la clé, mais je dois conclure maintenant.

Cet argument semble lui faire réviser sa position. Elle regarde sa montre.

– Tu as le temps ?

– Franchement, je ne resterai pas plus de cinq minutes au bureau. Tu enregistres les bagages et je te rejoins en salle d'embarquement. On fêtera ça au champagne, je te le promets.

2018

CELIA

En récupérant ses chaussures sur un plateau en plastique gris dans la zone de contrôle de l'aéroport de Glasgow, Celia pense à Max. Elle entend sa voix, les choses qu'il disait quand il était à côté d'elle alors qu'elle se prêtait à cet exercice.

– C'est un piètre retour sur investissement pour ces islamistes qui aspiraient à un califat mondial. Même si j'imagine que soumettre des millions de personnes à un fastidieux désagrément uniquement en raison de leurs menaces de violence est un succès approprié. Le principal impact de la religion dans l'histoire humaine a surtout été de rendre les choses inutilement plus compliquées qu'elles ne devraient l'être.

Ses réflexions sont interrompues par une voix qui la ramène à l'instant présent.

– Je vous présente mes condoléances pour votre mari.

La femme est à côté d'elle alors qu'elle sort ses affaires de toilette d'un sachet en plastique transparent pour les transférer dans son bagage à main. Celia tente de la remettre puis comprend pourquoi elle n'y parvient pas. La femme arbore une expression de cordialité et de pitié ; la gentillesse des inconnus, en fait. Pourtant, à ce moment-là, elle avait été perdue dans de vaines pensées qui lui offraient un rare répit dans son deuil obsédant. Les gens veulent bien faire mais ils n'imaginent pas ce que cela vous coûte de repenser sans cesse à la mort d'un être cher.

Celia puise dans ses réserves appauvries de force intérieure pour lui adresser un sourire sincère et dit simplement :

– Merci.

Elle a l'impression de pleurer depuis des jours. Ce n'est pas le cas, mais chaque crise la renvoie aux mêmes sentiments, semblant effacer les périodes qui s'étendent entre celles-ci.

L'expression de la femme change subitement et elle paraît extrêmement mal à l'aise. Celia identifie le moment où elle s'aperçoit qu'elle vient de s'immiscer dans le chagrin d'une parfaite inconnue, quelqu'un qu'elle n'a jamais rencontré, bien que ce soit pour lui présenter ses condoléances. Ce sont des choses qui arrivent. Son visage était dans tous les médias les jours qui ont suivi la mort de Max. Les gens la reconnaissent et réagissent à cette impression de familiarité. Cela accroît le poids de son chagrin pendant ce qui devrait être un moment particulièrement intime.

Il a été suffisamment difficile de traiter avec les amis et les connaissances. En surface, ils semblent lui offrir quelque chose, un acte de sollicitude, mais à l'intérieur elle a l'impression que c'est elle qui leur fait une fleur en leur permettant de se décharger d'une obligation. Tout le monde ressent le besoin de dire quelque chose, comme si les gens avaient peur d'être accusés de pécher par omission, si bien qu'elle leur octroie un statut, estampille leur carte. Ils ne comprennent pas qu'ils lui demandent de retourner – même brièvement – à sa douleur et à son chagrin alors qu'elle pouvait avoir l'esprit complètement ailleurs.

Néanmoins, la seule façon de s'en sortir est d'en passer par là, et cette rencontre avec une inconnue lui rappelle de manière significative qu'une petite partie de Max appartenait à tout le monde.

– Je suis désolée si je me suis montrée maladroite, dit la femme. C'est juste… j'oubliais que je vous connaissais uniquement grâce au DVD de mon mari.

– Ne vous excusez pas.

Celia trouve désormais un peu plus facile de lui pardonner son intrusion : en réalité, elle ne peut s'empêcher de ressentir une douce sensation en se remémorant l'époque où on la reconnaissait pour elle-même et non pour la personne avec qui elle était mariée. En fait, il y avait eu un temps où on parlait de Max comme du mari de Celia Wilde, mais elle avait depuis longtemps accepté cette inversion des rôles. La vie se résume à en trouver de nouveaux, à accueillir des phases différentes. Épouse, mère, grand-mère ; amour, famille, naissance et, malheureusement, décès.

Ce sont les rappels constants, le plus dur : oublier un instant puis se souvenir qu'il n'est plus là. Se réveiller le matin, reprendre lentement ses esprits et s'attendre à le trouver là, voir qu'il n'y est pas et être à nouveau frappée par le fait qu'il n'y sera plus jamais. Elle n'était pas prête à être confrontée à cela des douzaines de fois par jour. Les nombreux projets sans importance qui l'incluent, par habitude et par réflexe. Quoi préparer à manger. Quoi acheter au supermarché. Décider d'aller se promener maintenant ou attendre que Max ait fini son travail en cours et descende de son bureau, son sanctuaire, comme il l'appelait. Entendre le téléphone sonner et se demander brièvement s'il faut lui laisser le soin de répondre.

C'est comme recevoir régulièrement des gifles. Elle aimerait que son cerveau l'accepte, cesse d'anticiper sa présence à chaque instant, mais c'est à cela que vous vous condamnez quand vous restez marié à quelqu'un pendant près de cinquante ans.

Une des choses qu'elle a lues sur le deuil, c'est qu'il lui faudra travailler à recouvrer son identité en tant qu'individu au lieu d'être seulement la moitié d'un couple. Des souvenirs de ces jours anciens l'aideront, mais ils lui semblent cruellement dérisoires par rapport au poids avec lequel ils doivent rivaliser. Pour l'instant, son plus grand réconfort est qu'elle a toujours fait partie de quelque chose d'autre : sa famille.

Cette pensée la pousse à répondre au message que Marion lui a envoyé un moment plus tôt, lui demandant où elle était passée. Celia lui dit qu'elle vient juste de franchir les contrôles de sécurité et s'apprête à traverser le duty-free. Elle flâne un moment au milieu des parfums, acceptant les attentions des femmes qui lui offrent des échantillons. Un jeune homme bien bâti portant un kilt avec style et décontraction lui propose une liqueur de whisky, une douzaine de gobelets grands comme des dés à coudre posés devant lui sur un plateau argenté. En temps normal, l'idée ne l'aurait même pas effleurée à cette heure-ci de la matinée, mais elle est en vacances, et Dieu sait qu'elle mérite bien un petit remontant.

– Puis-je vous proposer un p'tit verre, madame ?

– Tout ce que vous voudrez pour pouvoir m'attarder à vos côtés dans ce beau costume, jeune homme.

Elle voit une étincelle dans ses yeux lorsqu'il lui répond par un sourire. Il sait prendre un compliment. Cela lui plaît.

Elle avale la liqueur, douce sur la langue et laissant une légère brûlure en descendant. C'est seulement quand l'alcool commence à faire son effet qu'elle s'aperçoit à quel point elle en avait besoin.

Alors qu'elle émerge de la zone de duty-free, elle voit Marion qui l'attend au Starbucks, deux cafés à la main. Sa fille accuse son âge et même plus : quarante-cinq ans et marquée par le poids des ans. Celia ne sait pas pourquoi cela devrait la surprendre. C'est peut-être juste parce qu'elle la revoit à différents stades de sa vie et s'attend toujours à la voir plus jeune. C'est idiot. Marion est elle aussi grand-mère maintenant, après tout.

Celia accepte un des cafés et se penche vers sa fille pour une brève étreinte.

– Comment tu vas ? demande Marion.

– Oh, tu sais. Aussi bien qu'on peut s'y attendre. Je n'ai pleuré que deux fois aujourd'hui, mais il est encore tôt.

Marion hoche la tête.

Celia boit une gorgée de café, dont le goût lui paraît amer après la douceur de la liqueur.

– Il y a de la vanille là-dedans ?

Marion prend un air défensif.

– Non. Tu le prends sans sucre, je le sais.

– En fait, parfois j'aime bien un peu de sirop. Quand c'est un *latte*.

– Je ne savais pas.

Celia soupire.

– Ça ne fait rien. Comment tu vas ?

– Bien, vu les circonstances.

– Tu as l'air fatiguée.

– Je n'ai pas très bien dormi.

– C'est peut-être juste cette veste. Je ne suis pas sûre que la couleur mette ton teint en valeur.

Pauvre Marion. Elle n'a jamais vraiment su s'habiller. "Elle tient ça de moi", disait Max. Inutile de lui en faire le reproche, cependant. Elle ne va pas changer.

– On a peut-être tous juste besoin de soleil, reprend Celia. En tout cas moi, j'ai hâte de porter quelque chose d'un peu plus flamboyant. J'ai dû passer de ma garde-robe d'hiver à des vêtements de deuil. Le plus dur, c'est de savoir que les gens risquent de te juger pour, je ne sais pas, un genre d'inconvenance vestimentaire si tu n'es pas en noir.

– Tu sais, à l'époque victorienne, les veuves devaient porter le deuil pendant deux ans et un mois, l'informe Marion.

Celia ne voit pas en quoi cela peut l'aider.

– Max aurait voulu que je porte des couleurs vives. Ça, je le sais.

Elles se dirigent vers la partie principale de la salle d'embarquement, laquelle ressemble aujourd'hui à un centre commercial trop éclairé.

– Ken a croisé un ami, dit Marion. Il papotait devant Dixons. Il nous rejoindra.

Ken est le mari de Marion. L'ennuyeux Ken, le plombier. Il est assez gentil et leur mariage a tenu la distance, mais Celia a malgré tout toujours pensé que Marion aurait pu trouver mieux. Peut-être que toutes les mères ressentent cela à propos de leur fille.

Celia entraîne Marion chez WH Smith. Elle a déjà sa Kindle mais elle aime bien jeter un œil sur les livres et les magazines, cela fait partie de son rituel quand elle prend l'avion. Elles se trouvent à côté des exclusivités de l'aéroport quand son regard se porte sur la galerie marchande en direction du Starbucks, toujours très animé. Marion remarque que quelque chose a attiré son attention.

– Quoi ? demande Marion.

– Je crois que je viens de voir Vince.

– De la villa d'à côté ? Il doit être dans le même avion. Il est où ?

– Ne regarde pas.

– Au Starbucks ?

– J'ai dit : ne regarde pas. Il ne nous a pas vues, alors on y a échappé. On va le voir bien assez tôt.

– Tu ne m'avais pas dit que sa femme était enceinte, la dernière fois que tu y es allée ? En octobre, c'est ça ?

– C'est exact. Elle a dû accoucher au début de l'année. Même si, pour être honnête, j'ai été surprise d'apprendre qu'elle était enceinte. Je n'étais pas certaine qu'elle soit en âge d'avoir ses règles. Mieux vaut faire attention : elle est peut-être ici, en train de s'acheter une bande dessinée ou des bonbons.

– *Maman*, la gronde Marion sans pour autant pouvoir s'empêcher de rire.

– Bon, et Hugh, Maggie et la petite ? demande Celia. Ils sont déjà dans la salle d'embarquement ou ils ne vont pas tarder à arriver ?

Marion semble troublée.

– Ils nous retrouvent à la villa.

– Mais je croyais qu'on devait tous se rejoindre ici et prendre le même vol.

– Pourquoi est-ce qu'ils feraient ça ? Ils viennent de Manchester.

– Et Rory ?

– Il prend une correspondance à Londres depuis San Francisco.

– On ne s'était pas mis d'accord pour se retrouver à Glasgow et partir à Faro tous ensemble ?

– Tu en as parlé, maman, mais c'était beaucoup trop compliqué.

Celia ne peut retenir un soupir.

– Je regrette juste le temps où on prenait tous le même avion.

– On ne venait pas de cinq endroits différents, à l'époque. Le plus important, c'est qu'on va tous se retrouver à la villa.

– Tous ? demande Celia d'un ton acerbe.

Marion ne répond pas tout de suite.

Celia ne sait pas trop quelle réponse elle a envie d'entendre, même si elle sait laquelle Max aurait souhaitée, si bien qu'elle se laisse guider par cela.

– Ça reste à voir, répond finalement Marion.

– Tout ce que je voulais, c'est qu'on se retrouve tous ensemble aux villas une dernière fois, comme on le faisait avant. C'est ce que Max voulait aussi. C'est vraiment dommage qu'il ait fallu qu'il meure pour que ça se fasse.

– Je l'ai invitée comme tu me l'as demandé, mais on ne peut pas faire mieux. Ce n'est pas comme si elle ne savait pas où nous trouver ou si elle n'était pas la bienvenue.

– Elle était parfaitement au courant pour les obsèques, et pourtant elle n'est pas venue, remarque Celia.

– Elle est toujours complètement parano à propos de sa vie privée, elle a dû se dire que ça ne devait pas être très compliqué de faire le rapprochement.

– C'était une petite cérémonie privée. Pas un événement public de grande ampleur.

– Oui, et ça aurait été encore plus facile de la repérer. C'était privé à l'intérieur du bâtiment, mais il y avait des appareils photo et quelques reporters dans l'enceinte du crématorium.

– J'imagine. Mais elle n'est pas la seule à être concernée. Elle a l'air de l'oublier.

Marion ne répond pas, ce qui signifie qu'elle n'est pas d'accord mais qu'elle n'est pas prête à expliquer pourquoi.

La cérémonie avait été difficile: des moments où elle ne ressentait rien entrecoupés par la peur de s'effondrer complètement devant tout le monde. Elle s'était insensibilisée. Alors qu'elle était censée penser à lui, que tout le monde parlait de lui, elle s'était employée pendant tout ce temps à le bannir de ses pensées. Ç'avait été le seul moyen d'affronter ça.

Ces vacances vont être douloureuses à leur façon, mais elle sait qu'elles l'aideront à guérir. Elles aideront toute la famille à guérir. Les obsèques n'avaient été qu'une cérémonie. Là, ce sera un événement commémoratif: tous ceux qui l'aimaient réunis dans un endroit où ils avaient partagé tant de bonheur au fil des ans. Ils retournaient de temps en temps aux villas, chaque séjour ajoutant de nouveaux souvenirs sur les solides fondations des précédents.

Jusqu'à ce que.

On lui avait pris tant de choses au cours de cette seule nuit. Malgré le choc et le chagrin des premiers jours, ce qu'aucun d'eux n'avait compris, c'est que cette tragédie n'était que le début de leur calvaire.

Les gens emploient l'expression "doubler ses torts d'un affront". Ils sont encore loin du compte.

2018

AMANDA

Une alerte sur mon téléphone me dit que K-Xander29 a posté une vidéo en réponse à ma dernière publication. Avant, j'aurais pu tout lâcher pour la regarder, puis me mettre à élaborer un contre-argument, mais Arron se tortille dans sa poussette, une expression frustrée sur son petit visage que j'ai déjà appris à identifier comme étant celle qui précède les pleurs. Ce môme semble avoir une capacité de concentration complètement nulle.

On m'a dit que le vol entre Glasgow et le Portugal durait environ trois heures. Ça ne m'avait pas semblé énorme sur le moment, vu que c'était peu de temps après mon vol de sept heures pour venir de Toronto. Cependant, essayer d'empêcher ce petit bonhomme de s'agiter dans la salle d'embarquement me laisse penser qu'être confinée avec lui dans un tube étroit risque d'être les trois plus longues heures de ma vie.

Je prends Arron et le fais sauter sur mes genoux pour le distraire, mon téléphone allumé sur le siège à côté de moi. Je parcours les commentaires postés sous la nouvelle vidéo pour avoir une idée de son contenu, mais il n'y en a que quatre et ils ne disent pas grand-chose à part féliciter K-Xander29 pour avoir fait des remarques qu'ils approuvent.

Je l'éteins à nouveau en voyant Kirsten approcher. La mère d'Arron ne semble pas non plus avoir une grande capacité de concentration. Elle n'est pas restée assise plus de deux minutes. D'abord, elle est allée aux toilettes, puis acheter des lunettes de soleil, puis à la boutique de duty-free d'où elle revient à présent avec – incroyable – d'autres produits de maquillage. Elle s'assoit dans un nuage de parfum, ayant essayé tant d'échantillons qu'on aurait cru une trafiquante de drogue cherchant à tromper les chiens renifleurs.

Kirsten sort un magazine qu'elle pose sur ses genoux mais ne lit pas, préférant regarder les gens se diriger en file indienne vers leur porte d'embarquement. Soudain, elle lève la tête et affiche un sourire, et je m'aperçois que deux femmes s'arrêtent devant nos sièges.

– Oh, bonjour. Kirsten, c'est ça ?

C'est la plus vieille des deux qui prend la parole, une femme élégante que j'estime âgée d'un peu plus de soixante-dix ans. C'est le mot "glamour" qui me vient à l'esprit, mais celui-ci a une connotation tape-à-l'œil alors que cette femme présente bien d'une façon naturelle : elle n'essaie pas de paraître plus jeune mais elle est belle malgré son âge. Cela me la rend aussitôt sympathique.

– Oui, répond Kirsten. Salut, Celia. Vous aussi vous retournez à Faro ?

– Tout à fait. Voici ma fille, Marion. On organise une petite réunion de famille là-bas.

Kirsten sourit à Marion, laquelle semble avoir la quarantaine. Je m'aperçois que c'est peut-être encore dix ans de moins que Vince, ce qui me fait prendre conscience que Kirsten est vraiment très jeune pour être sa femme. J'espère pouvoir jeter un coup d'œil sur son passeport pour avoir la confirmation de son âge exact, mais ça ne peut guère être plus de vingt-cinq ans. Vingt-sept, dernier carat.

Marion ressemble à une institutrice. Elle paraît un peu mal fagotée mais c'est peut-être simplement par comparaison avec la personne à côté de qui elle se tient.

– C'est nos premières vacances en famille, répond Kirsten en montrant le bébé. Et voici Amanda, qui nous donne un coup de main.

Nous échangeons des sourires.

– On vient d'apercevoir Vince au Starbucks, dit Marion.

– Oh, alors il est arrivé, remarque Kirsten. Il devait faire un saut au bureau. Un truc de dernière minute à régler.

– Toujours le même, hein, observe Marion.

Kirsten ne répond pas et je me demande si cette remarque est bien délicate. Elles connaissent à l'évidence Vince depuis plus longtemps qu'elle. Je me rappelle avoir entendu dire qu'il avait eu une première femme, et elles l'ont sans doute connue aussi.

– Et voici le petit bout, alors ? demande Celia en sentant le malaise ambiant. Je me souviens que vous étiez enceinte la dernière fois. Il s'appelle comment ?

– Arron.

– Regardez-moi ça, dit-elle en se penchant, sa voix prenant soudain un ton chantant qui laisse le môme bouche bée de fascination.

Elle se redresse.

– J'ai deux ou trois choses à prendre, alors on va vous laisser, dit Celia.

Elle est sur le point de s'en aller quand quelque chose vient à l'esprit de Kirsten.

– Je vous présente toutes mes condoléances pour votre mari, dit-elle.

Celia lui adresse un sourire triste et prend brièvement ses mains entre les siennes.

– C'est très gentil à vous, ma chère.

Kirsten a un regard inquiet tandis que les deux femmes s'éloignent.

– J'espère que je n'ai pas dit ce qu'il ne fallait pas, confesse-t-elle. Mais il faut bien dire quelque chose, non ?

– C'était qui ? dis-je.

– Elles occupent la villa d'à côté. Je crois que Vince les connaît depuis toujours. Le mari de Celia est mort il y a deux semaines. J'avais fait leur connaissance à tous les deux la dernière fois que j'y suis allée. Je n'avais pas compris à quel point il était célèbre avant de voir quelque chose sur sa mort à la télé. Je crois que c'était un scientifique ou quelque chose comme ça.

– Il s'appelait comment ?

– Max.

Je n'arrive pas à y croire. Ce n'est pas possible.

– Max Temple ?

– Ouais, je crois que c'est ça. Mais je n'avais jamais entendu parler de lui.

– Comme dans la Loi de Temple ?

– Je n'en sais rien. C'est quoi ?

Je suis sur le point de répondre quand Arron jette son anneau de dentition par terre. Au moment où je me penche pour le ramasser, Kirsten est à nouveau debout.

– Je vais nous chercher à boire, annonce-t-elle.

– Je peux y aller, dis-je dans l'espoir de changer un peu d'horizon.

– Non, t'en fais pas, répond-elle. Reste ici au cas où Vince serait en train de nous chercher.

Et la voilà repartie, cette fois-ci plus longtemps que la précédente. Suffisamment longtemps, en fait, pour que je me dise qu'elle est tombée sur Vince et qu'ils se sont posés dans un bar pendant qu'une bonne poire s'occupe de leur môme. Il va peut-être falloir que je m'y fasse. Pour être honnête, s'ils n'ont reçu aucune aide jusqu'ici, je ne leur en voudrais pas de vouloir en profiter pendant que je suis là. Je m'occupe du môme depuis moins de deux jours et j'ai déjà envie d'une pause prolongée loin de lui.

J'envisage de lui faire faire une balade en poussette, mais Kirsten m'a dit de rester ici. Elle piquera une crise si elle revient et que son bébé n'est plus là.

Je jette un œil sur WhatsApp, ce qui me donne seulement le sentiment d'être encore plus loin de chez moi. Avec le décalage horaire, mes amis sont couchés à cette heure-ci, et j'ai regretté de ne pas pouvoir chatter avec eux quand je n'arrivais pas à dormir. C'est bizarre de voir à quel point tout paraît idiot et sans importance quand on n'est pas dedans. Côté bonne nouvelle, Megan a dit que Chvrches allait passer à Toronto. Il va falloir que je regarde ça de plus près.

Notre porte est affichée à l'écran quand Kirsten revient à grands pas. Elle me tend une bouteille d'eau tandis qu'elle sirote un liquide clair et pétillant dans un gobelet en plastique. Je n'arrive pas à identifier ce que c'est mais ça sent l'alcool à plein nez. Je remarque qu'il est à peine plus de dix heures.

– Vince n'est pas là ? Ils viennent d'annoncer la porte d'embarquement.

Kirsten jette un œil sur l'écran et pose son verre par terre en prenant son téléphone. Elle secoue la tête au bout de quelques secondes, puis se met à taper un message.

Nous nous dirigeons vers la porte indiquée, où ils font une annonce de pré-embarquement pour les passagers accompagnés d'enfants en bas âge ou requérant une aide particulière.

– C'est bien de lui d'arriver à la dernière minute, histoire que je m'occupe d'Arron toute seule pendant ce temps.

– Vous avez eu une réponse à votre message ?

– Ouais : "Juste quelques achats de dernières minutes." Je parie qu'il est au bar, putain. Je devrais sans doute m'estimer heureuse qu'il ait réservé une place sur le même vol que nous.

Une nouvelle possibilité fait s'assombrir le visage de Kirsten.

– Viens, ordonne-t-elle en marchant d'un pas décidé vers le bureau où les agents d'enregistrement se préparent pour l'embarquement.

– Excusez-moi, pouvez-vous juste me confirmer que mon mari est bien enregistré sur ce vol ? Il s'appelle Vincent Reid.

L'agent regarde son ordinateur.

– Oui, il a procédé à son enregistrement et, d'après le système, il a franchi les contrôles de sécurité à 9h07. Ça fait presque une heure.

– Mais bon sang à quoi il joue? demande Kirsten.

– Je peux passer un appel, propose l'agent.

– Merci.

Kirsten se tourne vers moi.

– Monte à bord et installe Arron. Je vais attendre notre petit rigolo de ce côté.

Je dois plier la poussette et la confier à un agent à la porte d'embarquement. J'entends l'appel sur les haut-parleurs tandis que je porte Arron vers le portique, alourdie par le poids du sac à langer sur une épaule et le môme sur l'autre bras.

Je ne peux m'empêcher de me demander où est passé Vince et de m'interroger sur les conséquences que cela aura sur l'atmosphère entre Kirsten et lui pendant le vol quand il finira par arriver.

Je me tasse sur le siège et une hôtesse de l'air vient m'apporter une rallonge pour ma ceinture de sécurité afin que je puisse attacher le bébé sur mes genoux. Je l'ai à peine bouclée qu'Arron se met à pleurnicher. J'espère qu'il n'a pas à nouveau fait caca. Mais ça fait un moment qu'il n'a pas eu de biberon. Il y en a un dans le sac à langer, mais celui-ci est posé par terre si bien que je dois détacher Arron et l'allonger sur le siège d'à côté pour le prendre. J'ai peur qu'il se tourne sur le côté même si je ne sais pas s'il en est déjà capable.

Quelques secondes plus tard il engloutit son biberon avec un enthousiasme proche du désespoir. Son visage devient vaguement rouge, comme s'il allait exploser. Je comprends qu'il a besoin de faire son rot. On ne m'a montré comment m'y prendre qu'une seule fois et je ne suis pas sûre d'avoir bien saisi.

Arron n'est pas content que je lui retire son biberon tout de suite, de sorte que je le lui laisse encore un peu.

Il finit par le lâcher, repoussant la tétine avec sa petite main. Le môme a l'air tout gonflé. Je le tourne face à moi et l'installe contre ma poitrine, la tête au-dessus de mon épaule comme Kirsten me l'a montré. Je lui tapote doucement le dos puis entends un gargouillis suivi d'un bruit d'éclaboussures. Je sens quelque chose de chaud me dégouliner dans le dos. Génial. Il a gerbé sur ma chemise et je vais sentir le parmesan pendant tout le voyage.

Je ressens une vague de soulagement en voyant Vince passer la porte de l'avion mais celle-ci reflue quand je me rends compte que ce n'est finalement pas lui, juste un autre type chauve d'âge moyen avec une veste semblable à celle qu'il portait quand il est parti. Pour être honnête, j'aurais du mal à repérer Vince dans une file d'attente car ça ne fait même pas quarante-huit heures que je le connais et il n'a pas souvent été là pendant ce laps de temps.

Le flot des passagers en train d'embarquer se réduit à un simple filet, puis se tarit complètement. Je vois l'hôtesse vérifier le manifeste passagers. Je commence à me demander ce que je dois faire. Ils ne vont quand même pas décoller sans Kirsten, si? Non, il faudrait qu'ils ressortent ses valises de la soute. Mais s'ils le faisaient? Personne n'est venu me poser de question à propos des sièges vides à côté de moi. Est-ce parce que ça ne les dérange pas d'attendre ou parce qu'à ce stade, ils pensent que ces places resteront inoccupées?

Calmos ma belle, me dis-je. Kirsten ne va pas abandonner son bébé.

D'ailleurs, Kirsten franchit la porte en hâte un instant plus tard, l'air troublée et furax. Toujours pas de Vince. Elle s'assoit avec une expression massacrante. J'ai peur de dire un truc idiot mais je dois lui poser la question.

– Vous avez eu de ses nouvelles?

– Il ne répond ni au téléphone ni aux textos. On tombe directement sur sa boîte vocale. Connard. Je vais continuer d'essayer.

Mais elle n'en a pas l'occasion. Une hôtesse s'approche pour lui dire qu'elle doit mettre son téléphone en mode avion.

– Mon mari n'est pas arrivé, dit-elle. C'est le passager censé occuper ce siège.

– Oui, nous avons passé plusieurs appels. Le manifeste indique qu'il n'a enregistré aucun bagage. Nous allons devoir procéder à la fermeture des portes.

– Vous ne pouvez pas attendre quelques minutes ?

– Le trafic aérien est très chargé aujourd'hui. Si nous manquons notre fenêtre, nous allons être retardés d'une demi-heure, et cela aura des répercussions sur plusieurs autres vols.

Kirsten regarde son téléphone, le doigt en suspens audessus de l'icône du mode avion, comme si une seconde de plus pouvait suffire à ce que Vince réponde. Ça ne suffit pas.

Nous nous regardons. Il est clair qu'aucune de nous ne sait quoi faire face à la situation.

– Punaise, j'y crois pas, dit Kirsten, je me prends la pluie et je me les gèle depuis six mois quand je ne suis pas coincée à la maison avec Arron. Je n'ai jamais eu autant besoin de vacances et voilà que cette merde me tombe dessus.

– Vous croyez qu'on devrait descendre ? dis-je.

Kirsten regarde l'allée où une hôtesse s'apprête à fermer la porte.

– Nan. Qu'il aille se faire foutre, dit-elle.

Elle appuie sur la touche mode avion d'un geste rageur et boucle sa ceinture.

2018

IVY

Une fois l'avion à son altitude de croisière, un grand verre de gin posé sur la tablette devant elle, Ivy branche ses écouteurs et lance la vidéo. Le gin est un petit extra si tôt dans la journée, mais elle va en avoir besoin. Elle a téléchargé le dossier hier soir en caressant l'idée de le regarder à ce moment-là, avant de se raviser et de se dire que ce serait plus prudent d'attendre d'être dans l'avion. Elle craignait d'être tellement submergée par ses émotions qu'elle aurait risqué de changer d'avis et de ne pas venir. De cette façon, elle ne peut plus faire marche arrière.

Elle a pris l'avion à Édimbourg, car elle avait une affaire à régler là-bas avant de pouvoir partir au Portugal. Mais elle rentrera directement à Londres. La seule question, c'est dans combien de temps.

Elle sent un fourmillement dans son ventre, de l'angoisse à propos de ce qui l'attend. Elle se force à regarder l'écran, en dépit de la douleur qu'elle va ressentir, elle le sait, car c'est comme ça que le monde se souviendra de lui.

L'enregistrement date de 2002. C'est un extrait d'une émission autrefois diffusée en début de soirée sur Channel Four, avec des invités issus de tous les domaines – politique, sport, showbiz, sciences – et engagés dans des discussions légères animées par une présentatrice enjouée. Le genre de chose qu'on peut regarder en pointillés tout en émincant ses légumes pour le dîner. C'était le format idéal pour le livre de psychologie de comptoir pour lequel son père faisait de la pub.

La présentatrice se nomme Abby Cook. Pétillante et séduisante mais inoffensive, elle s'était fait les dents en présentant des émissions animalières pour préadolescents. En 2002, elle prenait l'antenne quelques heures plus tard, après avoir boosté son profil en posant à demi nue pour la couverture de *FHM*. Elle a par conséquent changé à nouveau de créneau horaire et se fait aujourd'hui un max de thune en présentant l'émission vedette du milieu de matinée sur ITV, mais à ses débuts comme aujourd'hui le secret du succès d'Abby est le même. Elle a le charme rustique d'une fille simple, le type de présentatrice dont les manières réconfortent l'audience cible en donnant l'impression qu'elle non plus ne comprend pas les mots compliqués.

C'est d'ailleurs en grande partie pour cette raison que cela s'est produit. Abby n'était pas dans son élément.

– Et maintenant sur le canapé, quelqu'un que je suis absolument ravie de recevoir. Je suis sûre que vous le reconnaissez tous, Jason Cale en personne, plus connu aujourd'hui pour présenter *Paradigm Shift* sur la BBC. Mais, bien sûr, la raison pour laquelle je suis aussi ravie, c'est que beaucoup d'entre nous se souviennent de Jason dans le rôle de Danthos, dans la série britannique culte de science-fiction *Les Libérateurs*.

L'écran du portable d'Ivy est brièvement occupé par un extrait au grain typique de l'époque dans lequel on voit un Jason plus jeune, nu jusqu'à la taille, en train de tirer sur quelque chose avec son pistolet laser dans ce qui est censé être un paysage extraterrestre mais qui était sans doute une carrière dans le pays de Galles. L'image suivante le montre sur le divan pour saisir sa réaction, une combinaison parfaitement équilibrée mêlant fierté embarrassée et mouvement de recul dû à la "surprise".

– Eh bien, je suis désolée de vous infliger ça, Jason, mais la raison pour laquelle nous avons montré cet extrait est bien sûr que vous êtes ce soir en compagnie de Max Temple, et que la femme de Max – un petit quiz pour vous tous – est Celia Wilde, qui jouait le rôle de la très sexy Kurlia à vos côtés dans cette série.

Il n'y a heureusement pas d'extrait, simplement une photo montrant maman dans son costume culte, avant que le producteur ne fasse preuve d'encore plus d'humanité en ne passant pas directement au visage de papa. Au lieu de cela, la caméra retourne sur Abby.

– Max est un éminent professeur en psychologie à l'université St Andrews, et Jason et lui sont ici ce soir parce qu'ils se sont associés pour écrire un livre. Celui-ci s'intitule *Derrière le masque: Comment deviner ce que les gens pensent vraiment*, et je suis curieuse de savoir comment cette collaboration est née. Jason, pouvez-vous nous dire...

Jason répond à la plupart des questions, ce qui est préférable. Il sait se montrer léger et accessible, coupant parfois la parole à papa quand celui-ci menace de devenir trop technique. Papa a l'air de simplement endurer l'épreuve et attendre que ça se termine. Il n'est pas mal à l'aise devant les caméras, mais même sans le connaître on peut deviner qu'il n'a pas l'habitude de cette atmosphère de jovialité forcée. Aujourd'hui encore, Ivy sent une tension chaque fois qu'Abby pose une question: bien qu'elle sache que cela ne s'est jamais produit, elle craint quand même que papa la recadre brusquement pour être aussi frivole.

Cependant, Jason avait la ferme intention de l'inclure dans ce duo. Donner l'impression d'être vaguement hautain avait dans ce contexte été payant pour papa, mettant l'accent sur sa solennité universitaire par contraste avec l'éloquence et le côté populiste de son coauteur.

Abby conclut la discussion sur *Derrière le masque* et ils se poussent sur le divan pour laisser de la place au nouvel invité. Elle le présente comme étant Toby Cutler-Wood et informe les téléspectateurs qu'il s'agit d'un ancien enquêteur de la police. C'est un homme mince aux cheveux blancs vêtu d'un costume trois pièces qui, soupçonne Ivy, veut se donner des airs d'universitaire. En tant qu'ex-flic, il aurait dû savoir interpréter les indices qu'il avait sous le nez et en déduire que la présence d'un véritable professeur d'université signifiait que ce n'était pas le bon soir pour feindre d'être quelque chose que l'on n'était pas.

– Depuis son départ de la police, il y a six ans, Toby a utilisé ses talents de détective pour mettre au jour un genre d'escroquerie différent, à une échelle particulièrement surprenante. Franchement, ça va vraiment vous faire halluciner. Toby est ici pour nous parler de *La Conspiration Apollo*, son livre à succès dans lequel il affirme que les voyages sur la Lune n'ont jamais eu lieu mais ont été en fait *simulés* par la NASA.

Toby n'a pas le talent naturel de Jason pour la plaisanterie et les banalités, et il se lance à corps perdu dans son argumentaire. L'écran est brièvement occupé par une photo de la surface de la Lune, un module lunaire au premier plan sur la droite, un drapeau américain planté sur la gauche. Une autre image la remplace, montrant deux astronautes devant ce même module. Sur les deux images, tout est noir au-delà de l'horizon et c'est là-dessus qu'il se concentre.

– Qu'est-ce qui cloche sur cette image ? demande-t-il à Abby, sans vraiment attendre une réponse. Il n'y a pas d'étoiles ! Il devrait y avoir des milliers d'étoiles visibles. La raison même pour laquelle le télescope Hubble a été mis en orbite est que la vue du cosmos est beaucoup plus nette au-delà de l'atmosphère, et pourtant sur cette image, prétendument prise depuis la surface de la Lune, il n'y a pas une seule petite étoile.

Il explique d'un ton passionné comment le vent solaire piégé dans le champ magnétique de la Terre a créé une série de zones de rayonnement élevé connues sous le nom de Ceintures de Van Allen, lesquelles s'étendent à une distance allant de six cent cinquante à soixante-cinq mille kilomètres de la planète. Non seulement ces radiations auraient endommagé les instruments scientifiques nécessaires à une mission lunaire, fait-il savoir à Abby, mais elles se seraient avérées mortelles pour l'équipage. Puis il passe à la température de la surface de la Lune, expliquant qu'elle peut atteindre cent vingt degrés et aurait tué les astronautes s'ils y avaient été exposés.

Ivy ne peut retenir un sourire tandis que la caméra capte les premiers signes d'exaspération de papa. Il se tortille sur son siège et lève les yeux au ciel. Comme ces signes montent en puissance pour devenir des bruits d'agacement audibles et des soupirs, Jason commence à avoir l'air mal à l'aise, visiblement inquiet que son acolyte vienne gâcher leur image médiatique en démontrant qu'il est incapable de jouer le jeu.

Abby semble réellement estomaquée tandis que Toby accumule les preuves et que les implications sidérantes commencent à cheminer dans son esprit.

Ivy reconnaît sa réaction, un truc sur lequel son père écrirait plus tard : Abby est fascinée en entendant des preuves apparemment accablantes altérer une chose qu'elle considérait jusque-là comme incontestable.

– Et en parlant de la surface, est-ce que vous remarquez la poussière, et les empreintes de pas dans la poussière ? Le module d'alunissage Apollo était prétendument équipé d'une fusée afin de ralentir sa descente, d'une poussée de quatre tonnes et demie, ce qui aurait dû non seulement laisser un cratère calciné, mais également souffler toute la poussière. La NASA a représenté la surface de la Lune telle qu'elle pensait que nous l'imaginions, mais elle a oublié l'impact que son propre véhicule aurait eu. Elle a fait preuve de négligence, mais le plus insultant c'est qu'elle *nous* prend à l'évidence tous pour des imbéciles.

La caméra est toujours sur Toby, mais papa intervient hors-champ, d'un ton qui lui est si familier que, assise dans un avion seize ans plus tard, Ivy ne peut se retenir de pouffer.

– Je suis désolé, mais tout ceci est d'un ridicule sans nom.

Ivy met la vidéo sur pause pour tendre sa miniature de gin vide à l'hôtesse. À ce moment-là, l'homme assis sur le siège à côté d'elle montre son écran.

– Je me souviens de cette interview, dit-il d'un ton chaleureux. Ce type était une légende. Dommage qu'il nous ait quittés.

Ivy lui adresse une esquisse de sourire, un geste de courtoisie de base dont la brièveté devrait indiquer qu'elle ne souhaite pas poursuivre la conversation. Cela lui laisse entrevoir à quel point les choses pourraient être encore plus insupportables si quelqu'un savait qui elle était. Mais bon, c'est précisément pour cela qu'elle a pris des mesures afin de changer son identité.

Si quelqu'un venait à découvrir qu'elle est la fille de Max Temple, il trouverait sans doute incroyable qu'elle n'ait jamais vu cet extrait dans son intégralité. Ce serait comme si les enfants d'une star du rock n'avaient jamais entendu son plus grand tube.

Mais c'est différent lorsqu'il s'agit de la famille. Vous n'êtes pas défini aux yeux de vos proches par les choses qui façonnent la perception que le public a de vous.

Le soir où l'émission avait été diffusée, elle n'en avait pas entendu un seul mot parce que Niamh avait hurlé pendant une bonne heure, au terme de laquelle elle pleurait aussi. Elle n'avait jamais eu le temps de la regarder à l'époque : jamais eu le temps pour rien, d'ailleurs. Et au cours des années qui s'étaient écoulées depuis, il y avait eu trop d'émotions contradictoires, trop de choses qui lui rappelaient cette époque-là.

C'est différent maintenant qu'il est mort. Les émotions contradictoires sont toujours là, mais ce qui change les choses pour Ivy c'est que plus *rien* ne peut désormais changer. Max Temple ne peut rien devenir de plus, ni être quelqu'un d'autre. Il peut seulement être tel que les gens se souviennent de lui, de sorte qu'elle peut choisir quelle version de lui sert au mieux ses intérêts.

À l'écran, l'instinct d'Abby lui souffle de prendre les choses en main et de désamorcer la situation en douceur. Malheureusement, son instinct aiguisé par des années d'émissions jeunesse fonctionnait mieux sur les chanteurs pop et les acteurs de *Hollyoaks* que sur des universitaires habitués à une certaine dose de respect.

– Allons, Max, dit-elle comme si elle le réprimandait avec humour. Vous avez pu vous exprimer, alors faisons tous preuve de politesse.

– Beaucoup de gens se mettent sur la défensive quand on leur montre ces choses-là, renchérit Toby en mesurant papa du regard. Parce que cela ébranle leur vision du monde.

Abby hoche la tête.

– Ça peut paraître choquant, convient-elle, mais on ne peut pas remettre les preuves en question.

C'est à ce moment-là que papa intervient plus énergiquement, s'adressant directement à Abby.

– Non, le problème c'est que *vous* ne pouvez pas remettre les preuves en question. Vous ne savez pas quelles questions poser, ce qui n'est pas votre faute, car vous n'avez pas été correctement préparée, mais c'est là-dessus que compte ce monsieur afin de vous leurrer, vous et vos téléspectateurs.

À ce moment-là, Abby a dû recevoir un message de son producteur dans son oreillette lui disant de ne pas intervenir, car elle cesse de vouloir interrompre la bagarre pour laisser les adversaires régler leurs comptes. Elle regarde papa avec une expression encourageante.

– Et quelles questions voudriez-vous poser ?

C'est le moment qui a changé toute la carrière de Max Temple.

Ivy se souvient que cette phrase était devenue un mème, une réplique que les gens sortaient quand quelqu'un disait impunément des conneries depuis trop longtemps mais que son petit manège allait bientôt prendre fin.

Et quelles questions voudriez-vous poser?

Vu qu'il reste dix minutes d'émission, et jusqu'à ce que le générique défile, ce pauvre type est coincé dans les pattes de Max.

– Pour être bien clair : vous êtes en train de dire que les esprits scientifiques les plus brillants de la NASA ont concocté le plus grand canular de l'histoire de l'humanité, qu'ils ont contrefait la surface lunaire quelque part dans un studio afin de diffuser leurs photos et leurs émissions de télé, mais qu'ils ont oublié de mettre des étoiles sur leurs images ?

– J'ai dit qu'ils avaient fait preuve de négligence, répond Toby. J'ai travaillé vingt ans comme enquêteur et, s'il y a une chose que j'ai apprise, c'est que quand on invente un mensonge on se fait inévitablement avoir par les détails. C'est ce qui s'est passé ici. D'où l'absence d'étoiles.

– Eh bien, voilà votre rép... commence Abby, mais papa ne la laisse pas conclure là-dessus.

– Il n'y a pas d'étoiles sur la photo parce que ici, sur Terre, les molécules de nitrogène présentes dans l'atmosphère dispersent la lumière du soleil, si bien qu'au moment où celle-ci nous parvient, elle semble venir de toutes les directions à la fois au lieu de venir en ligne droite depuis le Soleil. Sur la Lune, il n'y a pas d'atmosphère, ce qui veut dire que le ciel est noir, même en plein jour. Si vous essayez de prendre une photo de votre collègue astronaute qui est vivement éclairé par le Soleil, vous n'avez besoin que d'un temps d'exposition très court. Photographier les étoiles demande une durée d'exposition longue. Si vous sortiez prendre une photo du ciel ce soir en utilisant les mêmes réglages que les astronautes, il n'y aurait pas d'étoiles sur cette image non plus. Ce n'est pas de la science spatiale, c'est de la photographie de base.

Tout à coup, Toby paraît content et tout excité, comme s'il allait lui balancer un "Je t'ai bien eu !"

– Dans ce cas, en l'absence de lumière diffuse, comment se fait-il que les parties qui se trouvent dans l'ombre ne soient pas totalement noires ? Sur la photo la plus célèbre des missions Apollo, on voit Buzz Aldrin sur la surface de la Lune, éclairé par le Soleil qui se trouve derrière lui sur la droite, ce qu'on peut déduire d'après les ombres.

Le producteur réagit vite. La photo apparaît à l'écran alors que Toby est encore en train de parler.

– Donc, si le Soleil est derrière lui, comment se fait-il qu'on voie Neil Armstrong et le module lunaire reflétés dans sa visière ? Il y a à l'évidence une autre source de lumière à proximité. Êtes-vous en train de dire qu'ils ont apporté un projecteur sur la Lune pour prendre des photos ?

Abby semble impressionnée par cette contre-attaque. Elle ne connaît pas papa.

– Il y a bien une seconde source de lumière : la surface lunaire est hautement réfléchissante. La lumière du Soleil se réfléchit dessus : c'est pour cela qu'on peut *voir* cette fichue Lune. N'importe quel astronome pourrait vous dire que la pleine lune n'est pas simplement deux fois plus brillante que la demi-lune, comme on pourrait le penser, mais dix fois plus brillante. Ceci est dû à un phénomène connu sous le nom de rétrodiffusion, lequel est particulièrement prononcé sur la Lune en raison de son sol, bien qu'on puisse avoir le même effet sur un sol poussiéreux ou sur de l'herbe après la rosée du matin. Tenez-vous dos au soleil et vous verrez un halo brumeux autour de l'ombre de votre tête.

– Eh bien, toutes ces propriétés me paraissent pratiques au point d'en être suspectes, riposte Toby. Mais vous ne pouvez pas remettre en question la dure réalité du fait que les Ceintures de Van Allen…

Papa l'interrompt, la caméra faisant aussitôt un panoramique sur lui. À ce stade, on dirait que c'est lui qui présente l'émission et qu'Abby est l'une de ses invités. De toute évidence, le producteur l'adore.

– Que savez-vous sur les trajectoires des missions Apollo, monsieur Cutler-Wood ?

Toby semble secoué par le fait qu'on lui pose une question aussi directe.

– Quel intérêt aurais-je à étudier les trajectoires théoriques d'une mission qui n'a jamais eu lieu ?

– L'intérêt serait que vous sauriez que ces trajectoires ont été planifiées de façon à ce que le vaisseau spatial ne fasse que frôler la bordure interne de la ceinture intérieure, minimisant ainsi l'exposition des astronautes aux rayonnements. Ils ont passé la plus grande partie de la mission dans les ceintures extérieures, où les niveaux ne sont pas aussi élevés, et les parois métalliques du vaisseau les ont protégés des plus dangereux.

Toby tente un autre retournement de situation, mais il ne semble qu'à moitié convaincu. Ivy devine qu'il soupçonne déjà que sa tentative est vouée à l'échec.

– Vous êtes en train de dire qu'ils les ont envoyés dans un vaisseau doublé de plomb ? demande Toby. Comment auraient-ils seulement pu mettre quelque chose d'aussi lourd sur orbite ?

– Il est inutile d'avoir un bouclier en plomb pour se protéger des rayonnements, dont il existe différents types : les particules alpha, par exemple, sont des noyaux d'hélium qui peuvent être arrêtés par une vitre en verre.

Papa secoue la tête puis tire une autre salve.

– Enfin, franchement, avez-vous fait des recherches susceptibles de contredire votre théorie ? Avez-vous déjà entendu parler des hypothèses nulles ? Est-ce que le nom de Karl Popper signifie quelque chose pour vous ?

Il me paraît évident que vous êtes parti de votre conclusion et que vous avez ensuite simplement effectué des recherches pour trouver des preuves capables de l'étayer, ce qui laisse penser que toutes les condamnations criminelles que vos capacités d'investigation ont contribué à faire prononcer devraient à présent être mûres pour un pourvoi en appel.

On a atteint le stade où Abby sent qu'elle doit porter secours à ce pauvre type qui commence à avoir l'air complètement sonné.

– Inutile d'en faire une affaire personnelle, dit-elle à papa en tentant toujours de conserver son ton jovial. Je crois que nous pouvons tous reconnaître que Toby a soulevé des points controversés avec son livre, et cela prouve simplement qu'il y a toujours deux façons de voir les choses.

– Oui, mais parfois une des façons est objectivement fausse, rétorque papa. Les arguments que Toby a présentés peuvent paraître désarmants – pardonnez le jeu de mots, rapport à son ancien métier –, mais seulement pour des gens qui n'ont pas étudié les faits. C'est comme pour l'assassinat de Kennedy. Il semble très choquant d'entendre dire que plusieurs témoins affirment avoir entendu quatre coups de feu ou plus quand la version officielle maintient qu'il n'y en a eu que trois. Cependant, la raison pour laquelle la version officielle conclut qu'il y a eu trois coups de feu est que *quatre-vingt-un pour cent* des témoins ont rapporté avoir entendu trois coups de feu, contre *cinq pour cent* qui affirment qu'il y en a eu plus.

Abby a l'air complètement soufflée. C'est l'effet qu'elle a ressenti plus tôt mais à l'envers. Elle avait sans doute accepté la version conspirationniste de l'assassinat de JFK comme elle avait accepté la vérité sur les missions Apollo, et elle est tout excitée de l'entendre remise en question par de nouvelles informations. En conséquence de quoi elle a l'air heureuse de se détendre et de laisser le champ libre à papa.

– Il y a deux façons de voir les choses, effectivement, Abby, mais cela paraît choquant uniquement si on n'entend pas les deux. Toby a raison de dire que la température de la surface de la Lune peut atteindre cent vingt degrés à son maximum. Elle peut également descendre jusqu'à moins cent vingt degrés. Cependant, la journée lunaire dure quatre semaines: la Lune tourne sur son axe en vingt-sept jours. La surface se réchauffe graduellement sur plusieurs jours, ce qui explique pourquoi la NASA a planifié les missions de façon à ce qu'elles aient lieu au moment où le Soleil était bas dans le ciel. Et c'est sans parler du fait que les matériaux poudreux sont de piètres conducteurs de chaleur, et en ce qui concerne la poussière lunaire…

Pour finir, c'est papa qui se fait interrompre. Abby pose une main sur son bras quand elle est forcée de le couper.

– Nous sommes malheureusement à court de temps, Max, mais ça a été une discussion passionnante. Un grand merci à nos invités de ce soir, Max Temple, Jason Cale et Toby Cutler-Wood. Je vous donne rendez-vous demain soir en compagnie de…

Bien que la caméra s'éloigne pour montrer les trois invités assis sur le canapé, Toby est celui qui attire l'attention du spectateur, l'air vidé et hagard. C'est une image qui est réapparue sur les réseaux sociaux depuis la mort de papa, redécouverte par une nouvelle génération et largement diffusée. Ivy l'a vue sur des forums Internet au fil des ans: comme la main sur le visage du Capitaine Picard dans *Star Trek* exprime l'exaspération, cette image est devenue synonyme de la défaite absolue. L'ironie étant bien sûr que, seize ans plus tard, jamais autant de monde n'a cru que les alunissages étaient bidon, et qu'il n'a pas non plus fallu longtemps à Toby Cutler-Wood pour rebondir. Il gagne aujourd'hui une fortune en donnant des conférences, principalement aux États-Unis, délaissant les voyages sur la Lune pour remettre en question la version officielle sur le 11 septembre, cette ligne stupide défendue par les adeptes du Truth Movement.

Ivy referme son ordinateur et avale le reste de son gin d'un trait. Elle se sent presque aussi mal qu'elle s'y attendait, mais ça valait le coup car cela la prépare à tout ce qu'elle va devoir gérer au cours des prochains jours. Cette vidéo donnait une image de lui tout aussi valable que les autres : brillant, drôle, redoutable ; intimidant, autoritaire, manipulateur ; hautain, imbu de lui-même et arrogant – mais d'une façon qu'on ne pouvait s'empêcher d'adorer. Cela accentue son regret quant à la façon dont la famille a explosé ; au temps qu'elle n'a pas passé avec lui, et au fait de savoir qu'elle ne pourra désormais plus en passer.

Mais, surtout, regarder cette vidéo lui remet en mémoire la myriade de façons dont les autres percevaient son père, le moment où il est devenu une propriété publique.

Alors qu'elle réfléchit à tout ce qu'il a dit pendant l'émission, ce qui lui reste le plus sont les mots qu'il a adressés à Abby sur le fait que les théories conspirationnistes pouvaient paraître séduisantes. Il s'était ensuite fait une carrière en parlant et en écrivant sur le sujet car celui-ci le fascinait beaucoup plus que le simple fait de discréditer les théories proprement dites. En tant que psychologue, il comprenait à quel point il est plus facile de tromper les gens que de les convaincre qu'ils ont été trompés : qu'il est possible de leur faire gober un mensonge de façon durable parce qu'une fois qu'ils se sont suffisamment investis dans celui-ci, ils continuent d'y croire malgré les preuves accablantes du contraire.

Depuis toutes ces années, Ivy observe et prend des notes. On ne peut pas lui enlever ce qu'elle a eu, à moins d'avoir appris auprès des meilleurs.

2018

MARION

Lorsque Marion franchit les portes de l'aéroport de Faro, le soleil est une bénédiction dorée lui rappelant l'effet que procure la sensation de chaleur après un hiver glacial et implacable qui avait servi de prélude à un genre de froid différent. Elle s'arrête un instant pour le laisser jouer sur son visage, tandis que sa mère continue devant avec Ken qui pousse leur chariot à bagages. Les couleurs sont vives et lumineuses, telles qu'elle les revoit toujours dans cette partie du monde. Elle n'est jamais venue ici les mois d'hiver, de sorte qu'il lui est difficile d'imaginer cet endroit autrement. Elle met ses lunettes noires pour se protéger de l'éclat du soleil mais continue d'absorber sa chaleur avec reconnaissance. Cela lui donne l'impression d'être transportée, pas seulement dans un autre endroit, mais à une autre époque.

Marion est encore bouleversée par ce qui s'est passé, et elle ressent une certaine appréhension à l'idée de tout ce qu'elle risque de devoir affronter au cours des jours à venir, mais le soleil lui rappelle une époque moins compliquée, des plaisirs plus simples. C'est à ce moment-là qu'elle comprend qu'elle ne redoute pas seulement les mauvais souvenirs, mais également les bons. Ce sont ceux-là les plus douloureux, ces paquets d'émotions qu'elle a le plus peur d'ouvrir. Tandis qu'elle s'imprègne du bleu et de la clarté du ciel, elle comprend que si l'alternative est de continuer à ne rien ressentir, au moins la chaleur vient-elle égayer la douleur.

Ils arrivent en haut de la rampe menant aux agences de location de voitures, où ils croisent une fois encore la nouvelle femme de Vince Reid, à l'arrêt entre un chariot et la poussette de son fils. Elle s'évente avec un magazine, le téléphone collé à l'oreille, tandis qu'Amanda, la nounou, fille au pair ou je ne sais quoi, donne le biberon au petit. Marion ne peut s'empêcher de penser que quelque chose paraît clocher, notamment le fait que Vince n'est pas avec elles. Elle se rappelle avoir entendu son nom dans une annonce faite au micro à l'aéroport de Glasgow.

Maman pose une main sur l'épaule de Ken pour lui signaler d'attendre.

– Tout va bien ? demande-t-elle à la jeune femme.

Kirsten semble irritée par la question. Marion voit bien qu'elle préférerait qu'on la laisse tranquille, mais maman n'est pas toujours très douée pour percevoir ce genre de signaux.

– Pas vraiment. Vince a manqué l'avion, putain.

Maman cille en l'entendant jurer mais ne se laisse pas décourager.

– Oh mince. Qu'est-ce qui s'est passé ?

– J'en sais rien. Cet enfoiré ne répond ni au téléphone ni à mes textos. Je sais pas ce qu'il fabrique. Mais il ne perd rien pour attendre…

– Vous savez comment vous rendre à la villa ? demande Marion en faisant un rapide calcul. Ils ne vont pas pouvoir caser cinq adultes et un bébé plus les bagages dans la voiture qu'ils ont louée, mais l'avion de Hugh doit arriver dans deux heures. Marion pourrait laisser Kirsten et sa troupe y aller avec Ken et maman, et faire le trajet plus tard avec son fils et sa famille.

– Ça va, répond Kirsten. J'avais réservé une voiture. Je ne lui confie pas ce genre de choses. J'ai été sa secrétaire suffisamment longtemps pour savoir ce pour quoi on peut lui faire confiance. Je pensais juste qu'arriver à une porte d'embarquement à l'heure entrait dans cette catégorie.

– Est-ce qu'on peut faire quelque chose pour vous ? demande maman.

– Non. Dès qu'Arron aura fini son biberon et qu'on l'aura changé, on y va.

Maman donne une autre tape sur l'épaule de Ken pour lui signifier de poursuivre en direction des agences de location. C'est celle du bout mais au moins, il s'agit d'un bureau, ce qui permet d'échapper à la foire d'empoigne que doivent affronter ceux qui ont choisi les formules économiques.

– Je me demande bien ce que ça cache, réfléchit maman d'un air plutôt réjoui. Elle a toujours adoré les écarts de conduite des autres.

Il n'y a personne à l'agence de location, si bien qu'il ne faut que quelques minutes à Ken pour remplir la paperasse avant de les emmener jusqu'à la voiture, une Kia blanche. Elle semble neuve, le caoutchouc lustré des pneus suggérant qu'elle n'a quasiment pas roulé.

Marion saisit la poignée de la portière côté passager mais sent la main de maman sur son bras.

– Asseyons-nous toutes les deux à l'arrière, Ken pourra être notre jeune et beau chauffeur.

– Il a quarante-cinq ans, dit Marion.

– Quarante-cinq ans, c'est aussi jeune qu'on le veut, réplique maman. Je le sais d'expérience, ajoute-t-elle avec un sous-entendu évident. Marion voit Ken rougir en ajustant la position du siège conducteur, sans doute heureux de leur tourner le dos.

Marion n'a pas cette chance, et son propre malaise ne passe pas inaperçu, il est même plutôt savouré.

– Oh, Marion, tu ferais mieux d'oublier ta pudeur avant qu'on arrive à la villa, vu que j'attends avec impatience de me balader en maillot de bain. Je suis sûre que ça n'embêtera pas ton mari, n'est-ce pas, Ken ?

Ken ne dit rien, préférant sagement ne pas intervenir. Il n'a en général rien contre le badinage mais, de façon bien compréhensible, pas avec sa belle-mère.

– En tout cas, moi j'ai hâte de *vous* voir avec un peu moins de vêtements sur le dos, ajoute maman, sans lâcher Ken.

– Oh, pour l'amour du ciel, marmonne Marion. Elle ne peut s'en empêcher. – C'est un peu déplacé, maman.

– Pourquoi, parce que Ken est grand-père maintenant ? À cause de mon âge ? C'est juste histoire de plaisanter un peu.

– Non, à cause de…

Elle laisse sa phrase en suspens. Elle ne parvient pas à le dire. Mais maman, oui.

– À cause de papa ? Est-ce que je suis censée être tout en noir, en accord avec tes principes victoriens sur le deuil ? Ton père ne l'entendrait pas de cette oreille. Il a toujours été très fier de mon allure. Ça lui plaisait que j'attire l'attention.

Marion préfère ne pas poursuivre. Aucune femme sur terre n'est à l'aise lorsqu'il s'agit de parler de la sexualité de sa mère, et elle soupçonne que Celia ne le sait que trop bien. L'aspect positif, c'est qu'elle semble plus joyeuse, ce qui est un grand soulagement, même si avec maman, il y a toujours la possibilité qu'elle joue la comédie pour cacher la vérité. Cette femme a jadis été actrice, après tout.

Pour l'instant, cependant, Marion est prête à prendre sa bonne humeur pour argent comptant car elle a besoin d'être rassurée. Sa mère était arrivée en retard à l'aéroport, ce qui l'avait inquiétée de façon disproportionnée. C'était idiot, elle s'en rendait bien compte, mais alors qu'elle se trouvait dans la salle d'embarquement depuis dix puis vingt minutes et que ses textos restaient sans réponse, toutes sortes de choses horribles avaient commencé à lui traverser l'esprit. Elle s'était rappelé ces histoires de deuil chez des couples âgés qui avaient vécu ensemble pendant des dizaines d'année et où le survivant mourait parfois subitement quelques semaines après avoir perdu son conjoint, comme si une partie de lui ne pouvait ou ne voulait pas vivre sans son compagnon. Elle avait également eu des visions de maman assise chez elle en train de pleurer, incapable d'affronter ce voyage à présent que celui-ci lui apparaissait comme une réalité.

Elle avait fini par recevoir un message et peu de temps après maman avait émergé du duty-free, semblant plus fidèle à elle-même qu'elle ne l'avait été depuis la mort de papa. Elle affichait un air radieux et estival, une vivacité dans son apparence qui avait donné à Marion l'impression de ne ressembler à rien. Elle avait à peine dormi la nuit précédente, préoccupée par ce qui l'attendait ce jour, et elle sait qu'elle n'est déjà pas terrible quand elle est au meilleur de sa forme. Difficile de se préparer pour la plage quand on se fait doubler par un deuil et les premiers stades de la ménopause.

Elle jette un coup d'œil à Ken, l'air insouciant sur le siège conducteur avec ses lunettes de soleil et l'air conditionné ébouriffant ses cheveux argentés. On dirait qu'il est en vacances depuis une semaine, calme et détendu, et c'est ce qui lui plaît chez lui.

Il appuie sur l'accélérateur de la Kia pour rejoindre l'A22. L'autoroute n'était pas encore ouverte à l'époque où ils ont commencé à venir ici. Le trajet prenait alors presque deux heures et traversait une douzaine de villages côtiers. Aujourd'hui, ils devraient mettre moitié moins de temps, même s'ils devront s'arrêter à Lagos pour faire un saut au supermarché.

Marion sort un magazine de son sac. Elle est presque surprise de l'y trouver, car elle se rappelle à peine l'avoir acheté. Elle a dû le faire machinalement. C'est un numéro du *New Scientist*, pas quelque chose qu'elle choisirait en temps normal, mais il y a une petite photo de son père sur la couverture et la promesse d'un article à l'intérieur : "Hommage à Max Temple."

Elle le feuillette jusqu'à ce qu'elle trouve la double page et se rappelle y avoir jeté un coup d'œil chez WH à l'aéroport en se disant que cela l'aiderait peut-être à se reconnecter avec son sujet. Au cours des deux dernières semaines, son père est devenu pour elle une notion abstraite, son esprit tentant par là d'affronter le chagrin. C'était une défense nécessaire, mais elle craint de ne plus parvenir à sentir sa présence. Elle a besoin de ressentir la douleur pour continuer de le sentir, lui.

Elle parcourt rapidement un résumé familier de sa biographie et de ses travaux, lequel évoque surtout les temps forts de sa carrière et de sa popularité médiatique. Il y a des photos prises à diverses périodes de sa vie, et immanquablement une image tirée de cette émission de télé devenue virale, celle du type criant à la conspiration à propos des voyages sur la Lune avec l'air de vouloir mourir sur-le-champ. Elle n'allait pas apprendre quoi que ce soit de nouveau dans une notice nécrologique exaltée, mais d'une certaine façon ce genre de choses contribue à définir le contexte dans lequel elle vit aujourd'hui : un contexte dans lequel il est mort. La seule chose qui accroche son regard un instant est, paradoxalement, un des paragraphes les plus courts. Celui-ci affirme : "Les détracteurs de Temple aimaient le décrire comme distant et réservé, mais ses proches en parlaient comme d'un homme chaleureux aimant la vie de famille, un homme qui n'avait pas été épargné par le chagrin. En 2002, il avait dû faire face à la mort de sa petite-fille de dix-huit mois, laquelle s'était noyée dans un tragique accident survenu dans la villa que la famille possède en Algarve."

Elle trouve choquant de voir ce drame réduit à un détail apparemment accessoire dans une biographie, décrit en des termes qui lui donnent l'air d'être une chose tranquille et sans importance : un bref instant de solennité et de tristesse dans une vie par ailleurs remplie de succès et de joie. Ce point de vue est instructif. Le journaliste ne pouvait pas savoir – personne ne pouvait savoir, s'il ne l'avait pas vécu – à quel point cela avait été brutal pour des tas de gens, et que ç'avait été tout sauf tranquille, bref et solennel. Fort heureusement, cette même brièveté garantit que l'article n'évoque pas les sous-entendus, les calomnies et les théories conspirationnistes qui avaient ajouté à leur douleur collective.

Prenant conscience que maman regarde le magazine, elle se sent étrangement vulnérable et mal à l'aise, instinctivement protectrice à l'égard de son propre chagrin.

– Je n'ai jamais pu lire en voiture, déclare maman d'un ton qui sous-entend à l'évidence que Marion n'aura pas le droit de le faire pendant le trajet. C'était bizarre de voir ces magazines à l'aéroport, quand même, poursuit-elle.

– De voir papa ? veut savoir Marion, se demandant à côté de combien d'autres elle est passée.

– Non, juste ceux pour lesquels j'écrivais avant. Je n'ai pas seulement l'impression que c'était il y a longtemps, j'ai l'impression que tout ça est arrivé à quelqu'un d'autre. J'ai renoncé à ma carrière d'actrice pour avoir mes enfants et j'ai considéré que les élever était ma seconde carrière mais, après, mes chroniques sont devenues partie intégrante de celle-ci. Je partageais tout ce que cela signifiait d'être une mère, une épouse, une grand-mère. Tout à coup, j'étais devenue journaliste. Et puis cela aussi a pris fin. Je parle pour ne rien dire, mais je crois que j'essaie seulement de me souvenir que toute fin est aussi un commencement, même si on le voit rarement de cette façon sur le moment. C'est pour ça que le fait de tous nous réunir à la villa est aussi important. On pense avoir vécu la fin de quelque chose, mais ça peut être un nouveau départ pour notre famille.

Marion ne sait pas trop comment réagir. Maman a peut-être raison, et ces vacances seront la catharsis dont ils ont tous besoin, mais son instinct lui dit le contraire.

Elle ne voit pas comment cela peut-être une bonne idée de réunir à nouveau toute la famille dans cet endroit qui leur rappellera inévitablement le pire moment de leur vie. C'est la raison pour laquelle personne n'avait vraiment envisagé ça comme une possibilité depuis toutes ces années que maman le propose – jusqu'à ce que les circonstances actuelles rendent tout refus impossible.

À chaque kilomètre que parcourt Ken, l'inquiétude de Marion grandit quand elle songe aux souvenirs qui seront exhumés, aux tensions.

Aux regrets.

À la culpabilité.

Et elle a peur de ce à quoi Hugh et Lia risquent d'être exposés. Elle avait pu les protéger à l'époque, et par chance ils étaient alors trop jeunes pour pâtir des répercussions de ce drame. Ils sont à présent adultes, mais son instinct est toujours le même. Marion sait jusqu'où une mère est prête à aller pour protéger ses enfants. Jusqu'où une mère *devrait* être prête à aller. Mais tout le monde ne voit pas les choses de la même façon.

Marion se souvient qu'elle est revenue à la villa de nombreuses fois avec sa propre famille, mais c'était différent. La dynamique était différente, les souvenirs aussi. Ce n'est pas l'endroit ou les gens qui lui font peur, mais la combinaison des deux. Elle est même venue avec ses parents, mais jamais avec tout le monde en même temps : et jamais avec une personne en particulier.

Elle, elle n'est jamais revenue.

Forte de cette réflexion, elle s'aperçoit qu'il serait plus sage de gérer les attentes de maman : de ne pas simplement se demander si sa fille cadette va venir, mais ce qui risque de se passer si elle vient.

– Maman, je ne pense pas que tu doives avoir trop d'espoirs concernant Ivy.

Maman lâche un bruit dédaigneux en entendant ce nom.

– Tu vois, voilà ce que je veux dire. Si tu n'es même pas capable d'accepter le nom qu'elle a choisi, ça n'augure rien de bon pour instaurer un esprit de détente.

– Elle est têtue comme une mule et égocentrique, c'est tout.

– C'est pour ça que si jamais elle vient, tu ferais mieux de te préparer à ce qu'elle est, plutôt qu'à ce que tu voudrais qu'elle soit. Elle ne va pas être la fille prodigue, et elle ne va pas s'excuser juste parce que… tu sais…

Une fois encore, Marion ne peut se résoudre à le dire.

– Eh bien, si elle ne peut pas s'excuser maintenant, alors que c'est le moment ou jamais, quand est-ce qu'elle le fera ? demande maman, prouvant qu'elle nourrit précisément toutes les attentes illusoires que Marion redoute.

– Maman, elle est fière, hautaine, et elle est insupportable : on le sait. Elle ne va pas changer, mais ce qu'il ne faut pas oublier, c'est que ce n'est pas parce qu'elle n'a pas *l'air* de regretter qu'elle ne regrette *pas*.

Maman ne paraît pas du tout convaincue. Elle ne répond pas mais croise les bras et regarde par la fenêtre en silence pendant les trente ou quarante kilomètres suivants. En train de se remémorer des incidents, sans doute, de rejouer de vieilles querelles.

Ken leur fait traverser le village de Praia Mexilhões, suivant les lacets de la route de la falaise. Ils approchent d'un endroit qui avait été en chantier pendant des années, les travaux de construction ayant été interrompus à la suite du krach de 2008, après quoi il était resté à l'abandon et envahi par la végétation. À l'époque, Marion aurait eu du mal à dire s'il s'agissait de ruines ou de fondations, mais c'est aujourd'hui une villa de deux étages entourée de pelouses luxuriantes irriguées par des arroseurs qui forment d'amples arcs d'eau.

Ils passent ensuite devant deux villas isolées plus anciennes, et la résidence familière apparaît. Maman et papa possèdent deux des trois propriétés disposées autour d'une piscine partagée, Vince Reid possédant l'autre. Le lotissement s'appelle officiellement *Baia Serena* mais les Temple l'ont toujours simplement appelé "les villas".

Marion éprouve cet étrange pincement au cœur, comme chaque fois qu'elle revient ici. Une partie d'elle a envie de demander à Ken de faire demi-tour et de retourner à l'aéroport, mais elle ne peut pas faire ça alors que maman est là et, de plus, elle aperçoit une voiture de location garée dans l'allée. Rory doit déjà être arrivé.

– Elle ne s'est jamais, jamais excusée, finit par dire maman. C'est ça que je n'arrive pas à accepter.

– Elle a avoué qu'elle avait tout inventé.

– Oui, mais elle ne s'est jamais excusée.

– Je suis sûre qu'elle l'a fait à un moment ou à un autre. De manière implicite, du moins.

– Pas auprès de lui. Pas auprès de Max, celui qu'elle a blessé le plus.

– Et pourtant il lui a pardonné, lui rappelle Marion.

– Cela aurait eu plus de poids si c'était elle qui lui avait *demandé* pardon.

– Elle avait trop honte. Papa l'avait compris. Il était comme ça, c'est tout.

– Oui, mais ça n'en a rendu les choses que plus douloureuses, proteste maman en se tournant face à elle. – Son masque de sérénité est tombé. Elle a des larmes aux coins des yeux. – Personne ne l'a aimée plus que lui. Et pourtant elle l'a accusé de cette chose horrible.

– Maman, c'est exactement ça : elle s'en est pris à lui parce que c'était la meilleure façon de nous blesser tous. Elle s'en est pris à la seule personne qui ne lui en tiendrait pas rigueur, elle le savait.

– Oui, mais ça ne veut pas dire que ça ne l'a pas blessé. Et pour ça, elle ne lui a jamais demandé pardon. Et maintenant il est trop tard.

– Elle peut nous demander pardon à nous, suggère Marion en ayant conscience de la faiblesse de son argument.

– Elle pourrait, mais elle ne le fera pas. Elle est allée beaucoup trop loin. Inventer des mensonges pour manipuler les gens est la façon dont elle a réussi, ne l'oublie pas. Elle a élevé ça au rang d'un art et ça a fait d'elle une femme riche.

Ken gare la petite Kia à côté d'une Audi rouge vif. Marion trouve que ce n'est ni vraiment le style ni vraiment dans les moyens de Rory, puis elle se souvient qu'il a une nouvelle petite amie, une pointure de l'industrie technologique de San Francisco.

Maman laisse échapper un soupir, que Marion reconnaît comme étant le prélude à son dernier mot sur un sujet, sauf que ce n'est jamais son dernier mot.

– Je me disais qu'elle serait peut-être la pièce manquante qui scellerait nos retrouvailles à tous, mais il faut être réaliste, il y a plus de chances pour qu'elle soit l'élément qui nous sépare. Elle l'a déjà fait. Elle n'est pas la raison de cette réunion de famille et, quand elle n'est pas le centre de l'attention, elle fait des histoires jusqu'à ce qu'elle le soit. Alors maintenant qu'on est là, je me rends compte qu'il vaut finalement peut-être mieux qu'elle ne vienne pas.

– Vous allez peut-être devoir réviser votre jugement, dit Ken en ouvrant la portière arrière.

Elles regardent toutes les deux par-dessus le muret en pierre sèche la pelouse qui s'étend jusqu'à la piscine, où une silhouette menue est assise sur un transat, ne portant qu'un bas de maillot de bain et une paire de Ray Ban. Elle a deux téléphones et une bouteille de Sagres posés sur une table à côté d'elle, un ordinateur portable ouvert sur les genoux, et elle donne indubitablement l'impression d'être la maîtresse des lieux.

Jusqu'à cet instant, Marion aurait dit qu'elle était partagée sur la venue d'Ivy, mais il lui suffit de la voir assise là pour comprendre que cela n'a jamais été vrai. Elle refusait tout simplement de s'avouer qu'elle espérait vraiment que sa sœur ne viendrait pas.

De façon presque compulsive, notre peur du chaos provoque en nous le besoin de nous raccrocher à une explication. Nous construisons des histoires apparemment cohérentes qui relient les choses entre elles, en tant que parties d'un ensemble plus vaste, d'une vérité universelle. Ces histoires font sens selon la façon dont nous comprenons le monde en amont, mais cette compréhension est déjà une tentative vouée à l'échec de structurer le chaos.

Max Temple

2002

VINCE

Vince était dans la cuisine à l'arrière de sa villa lorsqu'il entendit claquer des portières de voiture et une clameur de voix excitées. Il était en train de se préparer un petit-déjeuner très tardif : un *pastel de nata* qui restait de la veille et un verre de jus d'orange. Il avait envie d'un café mais la cafetière italienne était encore à côté de l'évier, attendant d'être vidée et lavée. Un genre de cercle vicieux : il ne se voyait pas faire ça avant d'avoir bu un café, mais…

Il regarda l'horloge. Il était presque midi moins le quart. Ce n'était peut-être pas très surprenant vu qu'il ne s'était pas couché avant trois heures du matin, ayant veillé bien plus tard que prévu. Il avait dit à Laurie qu'il lisait, mais il était en fait en train de travailler et il ne voulait pas qu'elle le sache. Il lui arrivait de travailler très tard et de se lever avant qu'elle ne se réveille, toujours pour la même raison. Il avait promis de laisser tout ça derrière lui pendant deux semaines, mais ils avaient tous deux fait des promesses sur ce qu'ils allaient faire et ne pas faire pendant ces vacances, et ni l'un ni l'autre ne semblaient montrer particulièrement de fermeté sur le sujet.

Ce n'était pas comme si elle lui avait donné une raison tentante d'aller se coucher en même temps qu'elle.

Il y avait également un bol de céréales et une tasse à café à côté de l'évier : le petit-déjeuner de Laurie. Il se demanda depuis combien de temps elle était debout. Elle s'était toujours levée de bonne heure : une de leurs nombreuses incompatibilités évidentes. Puis son regard fut attiré plus loin sur le plan de travail : la petite planche à découper était sortie et un demi-citron vert était posé dessus, à côté d'un couteau.

Vince se dit que cela pouvait dater de la veille au soir, mais en regardant de plus près, il vit briller des traces encore fraîches d'humidité sur la lame du couteau. Elle était déjà en train de boire. Et elle voulait sans doute qu'il le remarque. Il n'avait pas la force de s'occuper de ça tout de suite.

L'agitation dans l'autre villa lui fournissait une distraction bienvenue sous la forme d'une excuse pour se trouver ailleurs. Il engloutit le *pastel* en deux bouchées et sortit sur la terrasse en direction de l'allée de gravier qui passait entre les villas.

Quand Vince et Laurie étaient arrivés, les seules personnes présentes dans les autres villas étaient Marion et sa famille, ainsi que son frère cadet, Rory, accompagné de sa dernière petite amie en date (laquelle était bien au-dessus de la moyenne, Vince devait bien le reconnaître). Max et Celia devaient être à présent arrivés, ce qui était une nouvelle réjouissante. Il semblait y avoir des gens avec eux à l'arrière de la voiture, mais Vince ne les voyait pas bien car Rory le gênait.

La veille, il avait brièvement discuté avec Marion mais il ne lui avait pas demandé si ses parents venaient aussi car il ne voulait pas paraître dépendant ou trop empressé. Il ne voulait pas non plus s'avouer qu'il était l'un et l'autre, ni à quel point il aurait été déçu si Marion lui avait répondu qu'ils ne venaient pas.

C'était étrange : ils lui auraient manqué s'ils n'avaient pas été là, mais il ne cherchait pas à les voir le reste du temps. Leurs vacances se chevauchaient souvent, d'autant plus qu'ils venaient les uns et les autres plusieurs fois par ans, de sorte qu'ils se fréquentaient lorsqu'ils étaient au Portugal mais n'avaient jamais envisagé de se voir chez eux, même s'ils n'habitaient pas très loin. C'était une de ces choses tacites que les uns et les autres comprenaient : des amis de vacances. Pas pareil que les amis qu'on a chez soi. Les vrais amis.

C'était ainsi, et cela faisait partie de la donne quand on achetait un endroit comme celui-ci avec une piscine partagée. Il fallait se coltiner les gens sur qui on tombait, faire avec le jeu qu'on avait, et Vince devait bien avouer qu'il n'avait pas été mal servi.

Il regarda Max s'étirer après avoir conduit, l'air détendu dans son short sur mesure et son polo couleur pêche, ses cheveux argentés légèrement éparses mais coiffés de façon à masquer un peu à quel point il se dégarnissait. Bien dans sa peau : c'est ce que Vince aurait dit de lui. Sans doute l'idée que se faisaient les femmes d'un professeur sage et un rien sexy sur le retour : grand et mince, beau visage buriné à l'ancienne, comme un de ces acteurs au style aristo qu'on voyait à l'époque de Gainsborough Pictures.

Il était de bonne compagnie. Remarquablement érudit et averti, comme on pouvait s'y attendre, mais spirituel avec ça, même s'il tendait à se montrer un peu acerbe. L'inconvénient, c'était que Vince avait toujours le sentiment de devoir hausser son niveau de jeu en sa présence, et il ne pouvait s'empêcher de penser que plus il tentait d'impressionner Max, plus il semblait nul.

C'était plus simple quand il y avait du monde, car Vince pouvait se fondre dans la masse. Il n'aimait pas se retrouver en tête à tête avec ce type même pour une durée limitée, car il avait l'impression que Max se contentait de le tolérer. Pour être honnête, il avait l'impression que Max se contentait de tolérer à peu près tout le monde. Il était assez distant à cet égard : on voyait bien que, à ses yeux, personne ne lui arrivait à la cheville. Et d'ailleurs il avait sans doute raison pour ça aussi, ce qui expliquait pourquoi Vince s'estimait heureux d'être toléré. Il n'avait pas l'occasion de fréquenter des gens aussi exceptionnels le reste du temps. Et bien sûr, l'attrait ne tenait pas seulement à la compagnie de Max. La femme de ce type était Celia Wilde, nom de Dieu.

Elle était passée se présenter la première fois que Vince et Laurie étaient allés là-bas après avoir acheté la villa. Vince était en train de boire une bière et il avait failli s'étouffer quand elle était apparue sur la terrasse. Un vrai fantasme ambulant. Pour les types de son âge, elle était le visage qui avait verrouillé un million de salles de bains, imprimé de façon indélébile dans la conscience de toute une génération sous les traits de Kurlia, la princesse extraterrestre devenue une mercenaire rebelle dans la série britannique culte de SF des années 70, *Les Libérateurs*. C'était une série dont les gens se souvenaient principalement pour son charme kitch et ses décors branlants, mais pour beaucoup son héritage le plus durable tenait surtout à des costumiers affranchis de toutes les entraves d'une sensibilité éclairée. Si leurs costumes n'étaient pas destinés à être fétichistes à l'époque, ils l'étaient assurément devenus depuis. Et personne ne les avait portés comme Kurlia.

Celia était penchée à l'intérieur de l'habitacle par la portière arrière du véhicule tout juste arrivé. Vince se demanda si c'était pour aider des personnes âgées. Leurs passagers n'étaient pas descendus de la voiture en même temps que Max et Celia, et ils semblaient avoir besoin d'aide. Les parents de Celia ou ceux de Max, sans doute. D'une façon comme de l'autre, rien qui soit susceptible d'apporter un petit plus côté "plaisir des yeux".

Vince s'était demandé où était passée Sylvie, leur fille cadette. Elle n'était pas venue l'été précédent, si bien qu'il n'était pas surpris (bien qu'un peu déçu) qu'elle ne fasse pas partie du voyage cette année non plus. Elle devait avoir dix-sept ou dix-huit ans maintenant. Elle avait sans doute atteint le stade où elle laissait tomber les vacances en famille, préférant aller à Majorque ou ailleurs avec ses potes pour se bourrer la gueule et se taper de parfaits inconnus.

C'est en tout cas ce qu'il serait en train de faire s'il pouvait revivre la fin de son adolescence. À cet âge-là,

Vince était soit trop occupé – enlisé dans un boulot à la con et ses études –, trop fauché, ou trop les deux pour en profiter. L'été, tout le monde semblait se barrer pour participer à un marathon du sexe pendant que lui bachotait pour repasser ses exams ou tenait littéralement la boutique de son père. Tout cela allait finir par payer, s'était-il dit. Il profiterait lui aussi très bientôt de tout ce que les autres avaient : après le prochain exam, ou l'été suivant. Mais ensuite, bing : il s'était réveillé un matin en s'apercevant qu'il avait passé la trentaine. Il travaillait toujours comme un fou, croulait toujours sous les trucs à étudier, et même s'il n'était pas vraiment fauché, il était loin d'avoir atteint le niveau de vie qu'il avait espéré atteindre.

Sylvie avait la moitié de son âge mais il aimait bien être avec elle, écouter ce qu'elle disait : son énergie, son enthousiasme, ses aspirations, sans oublier son côté caustique. Il avait encore souvent l'impression d'être un adolescent, ou peut-être était-ce parce qu'il n'avait jamais eu l'impression d'avoir véritablement l'occasion d'en être un. C'est pour cela qu'il se sentait plus d'affinités avec Sylvie qu'avec sa grande sœur, laquelle avait moins d'écart avec lui. Marion était sur le pas de la porte à ce moment-là, une position typique d'elle : rester en retrait de l'action, éviter d'attirer l'attention.

Marion lui avait toujours donné l'impression d'être une de ces femmes prématurément vieilles : un peu bobonne et mal fagotée. Elle n'avait jamais fait jeune. Elle avait déjà un mari et un bébé au moment où Vince avait acheté la villa. Elle était mariée avec Ken, que Vince trouvait timide au point d'être sans intérêt. Il se demandait si Ken était un homo refoulé et s'il s'agissait d'un mariage de convenance. Bien sûr, ils avaient des mômes, mais ça ne voulait pas forcément dire grand-chose. Ken était détendu et facile à vivre, et contrairement à ce qu'il ressentait en compagnie de Max, Vince n'avait jamais l'impression de ne pas être à la hauteur quand ils discutaient (bien au contraire), mais Ken était beaucoup trop discret pour qu'il se sente à l'aise avec lui. Quand on n'a pas beaucoup de retour de la part de quelqu'un, on peut se demander si le courant passe bien.

Il vit Celia se redresser, s'écarter de la voiture avec la cause de toute cette agitation. Elle tenait dans les bras un bébé enveloppé dans une couverture violette : une petite puce coiffée d'un chapeau de soleil rose qu'elle tentait d'enlever, agacée par la jugulaire élastique qui le maintenait en place. La gamine se tortillait énergiquement comme pour échapper à la poigne de sa grand-mère. Celia n'avait pas l'air décidée à la poser par terre, en dépit de l'envie manifeste de la petite d'être libre après être restée enfermée dans une voiture pendant presque deux heures.

Par la même portière émergea ce qu'il présumait être la mère de la gamine, une femme potelée qui semblait avoir du mal à se faufiler par l'ouverture étroite. Il se demanda qui c'était : une amie de la famille, une cousine de Marion et Rory ? Puis, avec un choc, il s'aperçut qu'il s'agissait de Sylvie. Elle s'était déjà arrondie un peu la dernière fois qu'il l'avait vue deux ans plus tôt, mais là, bon sang !

Il se rappelait à quel point elle avait changé au début de son adolescence. Il l'avait regardée s'épanouir en se disant qu'elle allait devenir une vraie femme fatale. Trop jeune pour alimenter ses fantasmes à cette époque-là, évidemment, mais il n'aurait pu nier que ses yeux s'étaient parfois égarés sur elle alors qu'elle entrait ou sortait de la piscine en maillot de bain. Il ne pouvait pas s'en empêcher. Il n'avait aucune vue sur elle, ce n'était pas un pervers, mais on ne ment pas à son instinct animal. Il s'agissait uniquement de l'appréciation esthétique d'une jeune fille qui avait à l'évidence hérité du physique de sa mère.

Grand Dieu. Que lui était-il arrivé ? Elle était à présent une mère adolescente et avait gonflé comme un ballon sauteur.

Celia avait dû le voir planté là, et elle avait peut-être aussi remarqué son air troublé. Elle lui adressa un coucou de la main et lui fit signe d'approcher.

– Vince ! Bien sûr, vous n'avez pas encore rencontré la petite dernière de la famille. Voici notre petite-fille, Niamh. Elle n'était pas là l'été dernier – elle n'était pas encore vaccinée ni assez grande pour prendre l'avion.

– Elle est magnifique. Félicitations, ajouta-t-il en s'adressant à Sylvie. Instinctivement, il n'était pas certain que des félicitations soient appropriées, et la réaction ambiguë de Sylvie lui dit qu'il avait vu juste. Elle lui adressa un sourire superficiel et sans joie, puis se précipita à l'intérieur. Elle paraissait claquée. Plus que ça : vaincue.

Il se demanda quel était le fin mot de l'histoire. Elle avait dû avoir la gamine à seize ans – et encore.

Vince entendit quelqu'un fermer le coffre et vit un adolescent debout derrière la voiture, en train de jeter un sac à dos sur son épaule. Il était pâle et boutonneux, un garçon-à-sa-maman à peine en âge de se raser. Ce pauvre gamin devait être le père. Lui aussi semblait au bout du rouleau. Vince calcula leur temps de trajet. Ils avaient dû prendre un vol depuis Glasgow à 6 heures du matin. Il n'avait pas dû fermer l'œil de la nuit. Ils semblaient tous les deux avoir passé des tas de nuits sans fermer l'œil.

– Voici le petit ami de Sylvie, Calum. Calum est en droit. Il pourrait bien faire appel à vos lumières. Calum, Vince et sa femme Laurie sont tous les deux avocats.

Calum parvint à articuler un bonjour timide et suivit Sylvie à l'intérieur de la villa.

– Vince, Marion a déjà préparé le repas et on ne va pas tarder à passer à table. C'est ce que j'aime ici : pas de temps d'adaptation, dès que je suis là, je suis en mode vacances. Venez donc vous joindre à nous.

Celia était remarquable à cet égard. Elle n'avait peut-être pas dormi de la nuit non plus mais elle était instantanément efficace, et très douée pour inclure tout le monde, pour vous mettre à l'aise. Contrairement à Max, elle se montrait très amicale. Dragueuse même, dans le cas de Vince, même s'il lui faudrait un certain nombre de verres avant d'oser penser qu'il y avait dans son attitude autre chose que son naturel extraverti. Il avait l'impression que Celia l'aimait bien, même s'il lui fallait garder à l'esprit qu'elle avait autrefois été actrice. Comme on dit, quelqu'un qui fait semblant de vous apprécier est préférable à quelqu'un qui vous fait sincèrement sentir qu'il ne vous aime pas.

– Je ne voudrais pas m'imposer, dit-il, espérant vraiment qu'elle ne prenne pas sa remarque en considération. Ce qui fut le cas.

– Pas du tout. Ça fait un moment qu'on ne vous a pas vus et j'ai hâte de m'asseoir dehors pour faire un brin de causette. Allez donc chercher Laurie.

– Je crois que Laurie n'est pas dans son assiette, dit-il.

C'était un mensonge qui lui venait facilement, et il craignait qu'ils ne l'aient déjà entendu. Il se demanda s'ils devinaient la situation, à quel point l'ignorance feinte était une forme de politesse. Ou si une telle ignorance n'était pas entièrement feinte mais un aveuglement complice, car il aurait suffi qu'une seule personne mentionne le problème pour qu'ils ne puissent plus faire comme si celui-ci n'existait pas.

– Oh, allez lui demander. Elle va peut-être reprendre du poil de la bête.

– Je vais lui laisser dix minutes, et après j'aviserai.

Il ne savait pas combien de verres elle avait pu boire. Si ç'avait été une heure plus tard, ils auraient pu le cacher : il n'y a pas de mal à boire un verre ou deux au moment du repas quand on est en vacances. Si elle était bourrée avant midi, c'était un peu plus délicat.

Vince suivit Rory et sa copine de l'autre côté de la maison où la table avait été mise sur la terrasse, dominant la piscine.

– Je vous présente Svetlana, au fait, dit Rory de son ton sinistre. À l'entendre, on aurait toujours dit qu'il avait la flemme de vous parler ou qu'il était simplement trop défoncé.

– Vince.

– Enchantée, dit Svetlana avec un fort accent que Vince n'arriva pas à identifier.

Le Seigneur donne et le Seigneur prend, et concernant le plaisir des yeux, ce qui avait été perdu du côté de Sylvie était largement compensé par la nouvelle conquête de Rory. Vince n'avait pu s'empêcher de la remarquer dès son arrivée. Comment aurait-il pu faire autrement ? Elle était éblouissante, dans le genre top model. Pour être franc, il était déçu qu'elle n'ait pas encore enlevé son haut de maillot de bain, vu qu'elle semblait être totalement du genre à le faire. Il se disait que c'était différent quand on était dans la famille de son petit ami. Il devrait rester sur le qui-vive, car elle allait fatalement attendre le bon moment, quand le reste de la famille serait parti quelque part et qu'elle aurait la piscine pour elle toute seule.

Marion commença à apporter les plats, posant un énorme saladier de salade émincée sur la table. Ken était sur ses talons, chargé de bouteilles de bière qu'il serrait par le goulot entre ses doigts à raison de trois dans chaque main.

Vince venait d'en porter une à sa bouche lorsqu'il vit Laurie traverser la pelouse dans leur direction. Il se crispa aussitôt, puis se détendit après avoir estimé qu'elle avait l'air d'aller. Il le voyait à sa façon de marcher et au fait qu'elle n'avait pas caché ses yeux derrière des lunettes de soleil. La rondelle de citron vert avait peut-être seulement servi à accompagner de l'eau gazeuse. Un

Club Soda, comme disaient les Amerloques : ça faisait paraître ça tellement plus sophistiqué.

– Laurie, prenez-vous une chaise, dit Celia en posant une sélection de ces pâtés au thon et à la sardine qu'on mange là-bas.

Sylvie et Calum arrivèrent, la première avec la gamine dans les bras. Vince s'attendit à une autre tournée de présentations, mais ils n'avaient pas l'air disposés à le faire. Puis il se souvint que Laurie était venue passer quelques jours ici aux alentours de Pâques. Ils avaient tous dû se voir à ce moment-là. Il se demanda pourquoi elle ne lui avait jamais rien dit à propos de Sylvie et du bébé. Autre preuve qu'il s'agissait d'un sujet sensible, peut-être. Ou alors elle avait été soûle la plupart du temps et avait oublié. Il s'était dit que c'était pour ça qu'elle était partie : pour pouvoir boire tranquille, loin de sa surveillance et de sa désapprobation.

Marion réapparut avec une planche de pain frais acheté à la boulangerie du village. Les gens du coin pouvaient mettre le magasin à sac si on n'y allait pas de bonne heure, de sorte que quelqu'un avait dû se lever tôt, et il devinait pourquoi. Il s'aperçut à ce moment-là qu'il manquait quelque chose, puis il entendit un cri et un gémissement, et le tableau habituel fut complet.

Lia, la fille de Marion, apparut en braillant à l'angle de l'autre villa, le visage souillé de larmes.

– Hughie m'a encore tapée, se lamenta-t-elle – une plainte habituelle, d'après l'expérience de Vince.

Hughie arriva sur ses talons, clamant son innocence, mais le fait qu'il l'ait suivie jusqu'ici en prévision de ce qu'elle allait dire ne parlait guère en sa faveur. Pas plus que celui d'avoir déjà un passif chargé.

– Pourquoi est-ce que tu ne vas pas jouer tout seul ? lui suggéra Marion.

– C'est ce que je faisais, protesta-t-il. Mais elle est venue m'embêter.

Cela déclencha de nouveaux hurlements.

– Il battait mes poupées.

– Non, c'est pas vrai, rétorqua Hughie d'un ton peu convaincant avant de repartir en tapant des pieds.

– Viens voir, dit Marion à Lia qui hurlait encore. Tatie Sylvie est là avec la petite Niamh.

Les larmes de la gamine apparemment inconsolable semblèrent se tarir miraculeusement lorsqu'elle remarqua sa cousine. Il était incroyable de voir à quel point une diversion pouvait être efficace à cet âge-là. La chose qui avait tant d'importance deux secondes plus tôt était aussitôt oubliée et un nouvel impératif venait la remplacer. Si seulement ses malheurs et ses problèmes à lui pouvaient disparaître aussi subitement !

Lia marcha d'un pas tranquille jusqu'à l'endroit où Sylvie se trouvait et fit un câlin au bébé, mais cela ne sembla pas la satisfaire.

– Non, je veux la tenir moi-même, se plaignit-elle.

– Elle est lourde, répondit Sylvie. Ce n'est pas une de tes poupées.

Lia parut sur le point de piquer une nouvelle crise, mais Marion intervint.

– Je vais la prendre sur mes genoux, dit-elle.

– Gan, Gan, dit Niamh d'un ton excité en tendant les bras vers sa tante.

Sylvie donna volontiers la petite à Marion qui s'installa pour que Lia puisse s'asseoir sur ses genoux et "tenir" Niamh.

Lia semblait très contente d'elle. La gamine eut l'air d'accepter la situation, une expression perplexe sur son petit visage.

– Je vais lui donner le bain, annonça Lia.

– Oui, tu pourras aider tatie Sylvie à lui donner le bain plus tard.

– Je vais lui donner le bain toute seule.

Marion ne la contredit pas, ce qui n'avait rien d'exceptionnel. D'après l'expérience de Vince en tant qu'observateur, "non" n'était pas un mot que ces gamins entendaient très souvent dans la bouche de leur mère.

L'attention collective fut attirée par un bruit de cliquetis près du muret en pierre sèche qui bordait l'allée. Hughie tapait sur celui-ci avec une épée en plastique, s'en servant alternativement comme d'un sabre et d'un poignard, et il enfonçait la lame entre les pierres comme s'il voulait transpercer un pauvre type. Il y mettait tout son cœur.

Vince et Laurie l'avaient longtemps auparavant surnommé Damien, comme le gamin maléfique dans *La Malédiction*. Vince se disait qu'il se serait peut-être adouci maintenant qu'il avait huit ou neuf ans, mais il semblait encore plus impétueux et avait quelque chose de légèrement dérangeant.

– Il semble avoir un faible pour l'escrime, remarqua Calum, une nuance d'inquiétude dans la voix. Vince se demandait ce que Calum avait pu voir d'autre lors des réunions de famille.

– Il joue, c'est tout, répondit Marion.

– Il est obsédé par *La Communauté de l'anneau*, ajouta Ken. Il regarde le DVD en boucle. Ça et *Robin des Bois, prince des voleurs*.

– Il a coupé les mains de ma poupée, dit Lia en faisant la moue.

– Voilà une saine occupation, marmonna Celia. Une plaisanterie qui n'en était pas une.

Marion semblait mal à l'aise, sur la défensive.

– Il y a une scène au début, dit-elle. Quelqu'un se fait couper la main parce qu'il a volé quelque chose. Il aime bien la rejouer.

Vince ne se souvenait pas très bien du film, à part de cette foutue chanson de Bryan Adams. Ah oui, et aussi de ce garde qui regardait Mary Elizabeth Mastrantonio en disant : "Je n'ai jamais vu les seins d'une noble dame." Pour ça, faut regarder *Calendrier meurtrier*, mon gars, se rappelait-il avoir pensé.

Alors que Marion regardait son fils, Lia se pencha pour prendre un morceau de pain, lâchant le bébé au passage. Niamh faillit basculer mais Marion sentit le mouvement et sauva la situation, de justesse. Elle eut droit à un regard maussade de la part de Sylvie, qui dramatisa un peu en insistant pour reprendre son bébé.

Après avoir pris un casse-croûte et épuisé son intérêt pour la petite, Lia s'en alla, juste au moment où Max sortait de la villa avec deux bouteilles de cava.

– Je me suis dit qu'il serait bien de commencer nos vacances par un petit toast.

– Qu'est-ce qu'on fête ? demanda Vince.

– Papa a signé un super contrat avec une maison d'édition, expliqua Marion. Juste lui cette fois-ci, je veux dire, tout seul.

Bien sûr. Vince n'avait pas revu Max depuis qu'il avait provoqué cet emballement médiatique.

Il avait déjà coécrit un livre de psychologie populaire avec Jason Cale, un présentateur télé célèbre qui avait jadis été le premier rôle masculin dans *Les Libérateurs*. C'était le nom de Cale qui avait fait vendre le livre, et Max y avait apporté le sérieux universitaire. On pouvait affirmer que le professeur Temple l'avait laissé dans son sillage après ce qui s'était passé au cours des derniers mois.

– Oui, félicitations, dit Vince. Comment Celia prend-elle le fait de ne plus être la célébrité de la maison ?

Max rit. Celia se contenta de sourire, même si aucun éclat ne brilla dans ses yeux. Vince craignit d'avoir fait une gaffe. Ou se faisait-il seulement des idées ? Avec Celia, il ne savait jamais. Elle était toujours capable de jeter un voile de politesse convaincant sur les choses. Peut-être était-il juste trop prudent parce qu'il voulait qu'elle l'apprécie.

En temps normal, il n'était pas attiré par les femmes plus âgées, mais Celia avait vraiment quelque chose. Ce n'était pas simplement qu'elle était belle pour son âge : sa façon d'être donnait l'impression que c'était un âge sexy. Elle était peut-être connectée à sa propre libido. Comme beaucoup de types de son âge, la fascination pour Kurlia avait simplement servi de prélude à la découverte du film d'horreur de la Hammer dans lequel elle était apparue avant *Les Libérateurs*. Il l'avait enregistré sur Channel Four quand il était ado, sur une cassette vidéo qui avait fini par devenir floue au passage intéressant à force d'être rejouée et mise sur pause.

Elle était toujours bien foutue. Plus plantureuse que cette vidéo de la Hammer ne le suggérait, même si elle ne devait avoir que dix-huit ou dix-neuf ans à l'époque. Il aurait bien aimé voir ça pour de vrai.

Il s'était toujours dit que Max Temple avait du bol et qu'il en avait désormais encore plus. Ce type était dans tous les médias depuis cette émission de télé. Une référence incontournable sur tout un tas de sujets, et maintenant un contrat avec une maison d'édition. Belle femme, famille aimante, carrière exceptionnelle, du fric qui rentrait et maintenant un soupçon de gloire : il semblait avoir une vie parfaite. Cependant, Vince n'avait qu'à regarder de l'autre côté de la table pour voir que ce n'était pas le cas. Sa fille adolescente tombée en cloque à l'âge de seize ans gâchait un peu le tableau.

Sylvie paraissait inhabituellement silencieuse. Autrefois, elle ne manquait jamais une occasion de l'ouvrir. Très piquante avec ça : tranchante et cruelle, comme pouvaient l'être les adolescents. Et on la laissait faire. Celia tentait parfois de la réfréner, mais elle se contentait de faire la moue et d'exprimer sa désapprobation. Max s'opposait rarement à elle. Il n'était pas difficile de comprendre la dynamique. Elle était la prunelle des yeux de son père, et elle le savait, bon sang.

Ce qui lui était arrivé depuis avait dû lui donner une leçon d'humilité. Elle paraissait diminuée, dans tous les sens du terme, excepté physiquement. Cette pauvre fille avait doublé de volume.

– Le pourfendeur de charlatans, c'est le nom qu'on lui a donné récemment, dit Celia à propos de Max.

– Est-ce que ça va être le titre du livre ? demanda Vince.

– Non, répondit Celia, mais on devrait faire faire des armoiries pour la famille Temple avec ça comme devise dessus. Comment dit-on "pourfendeur de charlatans" en latin ?

– Le mot charlatan est apparu environ mille cinq cents ans après la disparition du latin, lui dit Max. Il pouvait prendre les choses très au pied de la lettre, ne comprenant pas toujours quand une remarque était simplement faite à titre de plaisanterie.

– Ce pauvre type, celui des missions sur la Lune, dit Vince en secouant la tête. Jamais vu quelqu'un d'aussi totalement anéanti en direct à la télé. Max l'a malmené comme un vieux chien mouillé.

– On devrait remercier cet homme, dit Celia. Il a fait de Max une star.

– En fait, j'ai un peu de peine pour lui, dit Marion. Il est devenu l'incarnation de la défaite et de l'humiliation. C'est plutôt tragique.

– Ne gaspille pas ta compassion, l'avertit Max. La vraie tragédie, c'est qu'il va continuer à donner des conférences là-dessus comme s'il ne s'était jamais rien passé. En fait, à ce stade, je ferai moi aussi partie des conspira…

Max fut coupé par un cri perçant.

Marion et Ken se levèrent tous deux d'un bond, réagissant à ce qui semblait être une véritable détresse dans le cri de leur fille. L'ensemble de la tablée répondit automatiquement au sentiment d'urgence, et tout le monde se leva pour se précipiter en direction du cri. Ils devaient tous avoir eu la même idée glaçante. Le cri venait de l'autre côté de la villa où, derrière la haie, une simple barrière en bois séparait le chemin de la falaise du précipice. Cependant, si Lia était tombée, elle ne serait pas en train de hurler, et pour Vince cela ressemblait plus à une réaction face à quelque chose qu'elle avait vu.

Vince franchit l'angle de la maison à temps pour voir Ken lui lancer un regard où se mêlait embarras et humour las : le lot des parents. Vince n'était pas certain de trouver la scène qu'il avait sous les yeux vraiment amusante.

Lia se faisait réconforter dans les bras de Marion tandis que, devant eux, deux poupées étaient pendues à des nœuds coulants. Hughie avait utilisé la barrière comme gibet pour mettre en scène une pendaison.

– C'est dans *Robin des Bois*, expliqua Marion d'une petite voix tandis que l'assemblée au grand complet regardait la scène.

Celia haussa les sourcils, exprimant sa position de façon subtile.

– Comme je le disais. Saine attitude.

2018

AMANDA

Le soleil se couche tandis que je regarde Kirsten faire des longueurs dans la piscine. Ses mouvements sont précis et élégants, produisant à peine quelques éclaboussures lorsque ses mains fendent la surface. Il faisait chaud à notre arrivée, mais il y a un soupçon de fraîcheur dans la brise maintenant que le soir tombe. Il y a deux heures, j'aurais pu me croire en plein été, mais la chair de poule sur mes bras me rappelle que nous ne sommes que début juin.

Arron est à mes pieds sur la terrasse, mon pied gauche balançant son siège auto. Il est tranquille pour l'instant, car il vient de boire son biberon. Il fixe le mur, où les reflets du soleil dans la piscine font danser la lumière, ce qu'il semble trouver fascinant.

Kirsten grimpe à l'échelle et reste sur les dalles quelques instants, laissant l'eau s'écouler avant de prendre une serviette sur son transat. Son corps est souple, mince et nerveux, avec à peine un petit renflement au niveau de la taille sous son maillot de bain. Cette femme a accouché il y a seulement quelques mois. Elle doit passer sa vie à la salle de sport. Et elle ne semble pas manger grand-chose, mais elle est toujours en train de parler de nourriture ou de dire qu'elle a faim.

– Il va bien ? demande Kirsten.

– Il a l'air tranquille.

– On va peut-être attendre un peu avant de lui donner le bain, alors.

– D'accord.

Kirsten s'assoit à côté de moi, une serviette sur les épaules, le regard tourné vers la mer. Son verre de vin est posé sur la table entre son téléphone et une assiette de bâtonnets de céleri. Le ciel est clair et l'eau bleu foncé, mouchetée de blanc plus au large où les vagues se déchaînent. J'aperçois un véliplanchiste à environ quatre cents mètres du bord. Il fonce comme un dingue, indiquant un vent étonnamment fort.

– C'est beau ici, non ? dit Kirsten en prenant son verre par le pied avec délectation. Quand Vince m'a parlé de cet endroit, je me suis dit que ça devait être ennuyeux, un peu trop tranquille, mais j'apprécie vraiment le calme maintenant. C'est le moment de la journée que je préfère, quand le soleil se couche mais qu'il fait encore suffisamment bon pour rester dehors.

– C'est relax comme ambiance, dis-je à titre d'approbation. Je n'étais jamais venue au Portugal. Jamais venue en Europe, en fait. Est-ce qu'il y a une chance qu'on aille se balader ?

– Oh oui, le village est à seulement cinq minutes en voiture. Vingt minutes, une demi-heure à pied.

– Je voulais dire, genre, visiter un peu le pays. Par exemple, est-ce qu'on est près de Lisbonne ?

Kirsten me regarde comme si j'avais demandé si on était près de l'Ouzbékistan, indiquant qu'elle n'a guère envie d'aller là-bas non plus. Je m'aperçois rapidement qu'avec Kirsten, on n'aura sans doute pas des masses de trucs à se dire à part sur le bébé.

– Lisbonne est à des plombes d'ici. Mais y a plein de trucs à faire dans le coin. À la plage, à Praia Mexilhões, on peut faire du surf et de la planche à voile, du parachute ascensionnel, tous ces trucs-là. Il y a aussi une plage plus tranquille à Saloma, à laquelle on peut aller en suivant le chemin de la falaise. C'est quoi ton truc ?

– Je suis pas trop du genre plein air.

– Vince m'a dit que tu tenais un blog ou quelque chose comme ça.

– Un vlog.

– Ouais. Tu fais des petites vidéos. Sur quoi ?

Je n'ai vraiment pas envie de parler de ça.

– Je parle seulement de trucs, dis-je en espérant ne pas encourager d'autres questions. Je n'ai pas envie que Kirsten aille fouiner sur ma chaîne YouTube, ce qui me rappelle que je dois absolument me résoudre à effacer certaines de mes premières vidéos. D'autant qu'il y a peu de chances que cela donne lieu à une discussion approfondie sur les recoupements entre l'activisme pour les droits des hommes et la montée de la droite alternative néonazie. Je pense que si je mentionnais Jordan Peterson, Kirsten penserait qu'il s'agit d'un joueur de la NBA.

– Face caméra ? demande-t-elle. Elles sont sur YouTube ?

J'envisage de mentir, mais je me sens coincée.

– Ouais.

Kirsten affiche un sourire radieux.

– Tu as vu celle du type qui se fait interviewer et dont les gamins débarquent ? J'ai failli me pisser dessus en la regardant.

Je sens monter en moi une vague de soulagement. Nous restons toutes les deux assises tranquillement un moment quand nos regards sont attirés par une de nos voisines qui se lève de son transat, rassemble ses affaires et entre dans sa villa. Je ne sais pas qui c'est. Elle est restée dans son coin, en train de taper sur un ordinateur ou de parler doucement dans son téléphone. Elle n'a adressé la parole à personne et n'a pas cherché à croiser mon regard quand je suis allée promener le bébé dans le jardin.

Je comprends que ça peut être délicat quand on a trois villas qui partagent une piscine : on n'a pas forcément envie d'engager la conversation avec des gens qu'on connaît à peine, mais qu'est-ce que ça coûte un signe de tête, hein, madame ? Peut-être qu'elle était en train de traiter une affaire importante sur son ordinateur et que ce n'était pas le bon moment, mais je pense plutôt qu'elle voulait poser une sorte de limite. Une forte odeur de "va te faire foutre" semblait émaner d'elle.

Kirsten prend son téléphone, fait défiler ses messages avec son pouce pendant quelques secondes, puis le repose. Chaque fois qu'elle fait ça, j'ai envie de lui demander si elle a eu des nouvelles de Vince, mais c'est une question complètement idiote et je ne veux pas paraître pénible. Bien sûr qu'elle n'a pas eu de nouvelles : elle me l'aurait dit. Mais, en même temps, je ne voudrais pas que Kirsten pense que je m'en fiche, ou que ce n'est pas un peu gênant d'avoir fait tout ce chemin depuis le Canada pour potentiellement me retrouver au milieu d'une crise conjugale.

C'est peut-être parce qu'elle est ici au soleil et qu'elle se tape déjà du blanc sec, mais Kirsten semble beaucoup moins inquiète que moi. On dirait qu'elle a dépassé le stade de la colère et de l'agacement pour atteindre un état plus détendu. Elle paraît résolue et déterminée à s'amuser.

Kirsten prend un bâtonnet de céleri et le grignote du bout de ses dents visiblement blanchies.

– Tu sais, manger du céleri cru consomme plus de calories que le céleri n'en contient. J'arrête littéralement pas d'en manger depuis que j'ai lu ça.

Elle a l'air assez fière de cette pépite d'information, car elle a dû me le dire genre trois fois depuis le peu de temps qu'on se connaît.

Kirsten me surprend en train de regarder en direction de son téléphone et lit dans mes pensées.

– J'ai même pas reçu un texto depuis l'aéroport, dit-elle, une nuance d'amusement dans la voix.

– Est-ce qu'il a déjà fait quelque chose comme ça ? Vous savez, disparaître et rester injoignable ?

– Il est très doué pour trouver des endroits où il n'y a pas de réseau quand ça l'arrange. Je l'ai entendu dire à des gens qu'il allait passer sous un tunnel alors que ce n'était pas vrai, juste pour pouvoir couper la communication.

– Mais, genre, vous trouvez pas ça bizarre qu'il ait été à l'aéroport, en salle d'embarquement, et qu'il se soit tiré sans venir nous dire ce qui se passait ?

– Pas si bizarre que ça, vu qu'il savait que j'allais lui faire une scène s'il me disait qu'il allait devoir rater l'avion. Je l'ai trouvé un peu fuyant ces derniers temps, parce qu'il était censé lever le pied et je pense qu'il faisait le contraire. Je parie que sa saloperie de téléphone a sonné et que l'affaire qu'il avait en cours n'était finalement pas aussi réglée qu'il le pensait.

Kirsten lève son verre comme si elle portait un toast au panorama, savourant une autre gorgée de vin.

– Je ne vais pas essayer de le rappeler. C'est à lui de le faire. Je ne sais pas ce que fabrique cet idiot, mais le fait est que nous, on est ici au soleil et que lui est là-bas sous la pluie, et c'est son choix.

Arron commence à s'agiter, se tortillant dans le siège auto. Je me baisse pour le pendre mais Kirsten me tape sur l'épaule.

– Je vais le prendre. Va te chercher un verre de vin toi aussi.

– J'aime pas trop ça.

– Il y a de la bière dans ce cas, ou de la limonade, ce que tu veux. Tu es en vacances. Enfin, au Canada, vous dites plutôt en congé, non ?

– C'est vrai.

Je vais dans la cuisine me prendre un Coca. Je me laisserais bien tenter par une petite bière mais je ressens encore le décalage horaire et, avec le bébé, je sais que je n'aurai pas forcément droit à une vraie nuit de sommeil.

Quand je ressors, Kirsten le berce dans ses bras. Il fixe le visage de sa mère, fasciné. Difficile de croire que ce bout de chou tout tranquille est le même gamin qui hurlait jusqu'à en gerber quand on est arrivés à la villa.

– Vince m'a dit que tu allais à la fac en automne, reprend Kirsten. Est-ce que ça veut dire que tu es allée à un bal de promo ?

– Ouais, dis-je d'un ton neutre. Je ne veux pas encourager Kirsten dans cette voie. Ce n'est pas que ça s'est mal passé ; plutôt qu'il ne s'est pas passé grand-chose, et ça ne va pas satisfaire quelqu'un qui a regardé trop de films qui se déroulent au lycée. – Je vais aller à la fac chez moi, à Toronto. Je vais étudier l'anglais et l'audiovisuel. Je veux faire du journalisme télé.

– J'aimerais bien être présentatrice pour la télé, dit Kirsten avec un sourire. Comme celle qui présente ces émissions de voyage. Mais bon, ça arrivera jamais. Est-ce que ta mère et ton père bossent là-dedans ?

Et c'est parti. Le moment où personne ne manque de me décevoir, soit en faisant une réflexion à la con, soit en cherchant à tout prix à montrer que ça ne le dérange pas.

– En fait, c'est mon père et mon père.

Le verre de Kirsten marque une pause avant de poursuivre jusqu'à ses lèvres.

– Ah, d'accord, dit-elle avec une certaine curiosité dans la voix. Il va y avoir des questions. J'ai bien fait de me préparer.

– Rob est scénographe, principalement pour le théâtre mais quelquefois pour la télé, et Sadiq travaille dans l'informatique pour une banque de Toronto.

À l'expression de Kirsten, je devine ce qu'elle se dit. En général, les gens marchent sur des œufs quand on aborde le sujet, mais elle ne semble pas faire preuve d'autant de tact à propos de ces choses-là, si bien que je me tiens prête.

– Sadiq ? Du coup j'imagine que Rob est, genre, ton père biologique.

Je réprime un soupir. Qu'est-ce qu'on en a à battre ? Je sais que la plupart des gens disent qu'ils ne veulent rien sous-entendre par là, mais dans ce cas pourquoi ressentent-ils le besoin de le souligner ?

– Ouais. Mais ils étaient déjà ensemble avant ma naissance. Je m'appelle Amanda Coolidge, ce qui est le nom de Rob, mais ce sont tous les deux mes pères – ce n'est pas comme si Rob était mon vrai père et Sadiq juste son mari.

– Et ta mère, tu sais, celle qui t'a mise au monde ?

Ouah. La plupart des gens prennent le temps de mettre un peu d'huile dans le moteur avant de s'aventurer sur ce terrain-là. Je dois en fait me retenir de rire devant le franc-parler de Kirsten.

– Je veux dire, tu es toujours en contact avec elle ?

– Si on veut. Enfin, je l'ai rencontrée une ou deux fois, mais elle vit en Californie. Elle habite à Santa Barbara. Elle est un peu hippy sur les bords mais elle est assez sympa.

– Mais ça fait pas bizarre, tu sais… ?

Kirsten laisse sa phrase en suspens. Même elle n'ose pas mettre un nom sur tout, apparemment.

Quoi ? Qu'elle en ait eu tellement rien à faire de moi qu'elle m'a refilée à un couple d'homos, rien que ça ?

– Ce n'est pas comme si je regrettais quelque chose que je n'ai jamais eu. J'ai des parents. Mes pères sont mes parents.

Pourquoi est-ce que les gens trouvent ça si difficile à comprendre ?

– Alors, c'était un genre de GPA ?

– Si on veut. Elle les connaissait depuis longtemps. Elle leur a rendu un grand service. Je suis sûre qu'elle a touché du fric, vu qu'elle est vraiment à la rue de ce côté-là. Jamais vraiment eu de travail fixe, ce genre de délire. Enfin, c'est un personnage et tout, mais je sais par qui je préfère avoir été élevée.

– Non, je te comprends parfaitement. Ma mère était un putain de cauchemar. La plupart du temps, elle se fichait complètement de moi. La seule chose valable qu'elle m'ait apprise, c'est comment ne *pas* élever mes propres enfants.

– Vous avez dit *était*. Elle est… ?

– Morte ? Oh, non. Mais je n'ai plus de contact avec elle, et je ne veux pas qu'elle s'approche d'Arron. Ma sœur la voit encore, mais moi j'ai coupé les ponts. Je me suis dit, genre, je l'emmerde, elle en vaut pas la peine.

Il y a une certaine inflexibilité dans l'expression de Kirsten. Pas vraiment ce qu'on qualifierait de volonté indéfectible, plus un genre de détermination calme mais inébranlable.

Je me rends compte que Kirsten est plus intéressante que je ne le pensais. Et elle n'est pas prétentieuse. Je trouve ça rafraîchissant. Elle dit les choses comme elle les pense, sans s'inquiéter de l'image qu'elle va renvoyer, sans tourner autour du pot et sans langue de bois.

Je me dis que ce n'est pas étonnant que son mari fasse profil bas s'il a manigancé quelque chose dans son dos, mais je ne peux pas m'empêcher de me demander pourquoi il prendrait le risque de la décevoir. Il a parlé de fêter cette fameuse affaire au champagne. J'imagine que la prime doit être substantielle si la colère de Kirsten fait partie de la mise initiale.

2002

RORY

Svetlana sortit de la salle de bains une serviette autour de la poitrine, suivie par un nuage de vapeur. Cette image se composait des deux choses qu'il désirait le plus à cet instant-là, même s'il n'y en avait qu'une à laquelle Rory pouvait remédier. Il se pencha vers la table de nuit et prit les restes du joint qu'il avait éteint la veille au soir.

– Tu veux bien ouvrir une fenêtre ? demanda Rory. Ma mère et mon père doivent déjà être debout et je n'ai pas envie de les avoir sur le dos si jamais ils sentent ça.

– Ils sont dans l'autre villa, répondit Svetlana en ignorant sa demande et en frictionnant ses cheveux mouillés avec une serviette plus petite. Et on est à l'arrière de la maison.

– Tu serais étonnée de leur portée de détection quand il s'agit d'une chose qu'ils peuvent critiquer. Ils seraient capables de sentir ça à n'importe quelle distance.

– Du coup ça ne servirait pas à grand-chose d'ouvrir la fenêtre, non ? rétorqua-t-elle. Mon Dieu qu'il aimait cet accent. – Et est-ce que ça ne serait pas plus prudent de garder la fumée à l'intérieur ? De toute façon, tu ne trouves pas que c'est un peu tôt pour fumer ?

– Pas question que je me tape un autre jour avec ma famille au grand complet sans prendre un truc pour me détendre.

La réplique évidente aurait été : "Alors pourquoi est-ce que tu es venu en vacances avec eux", mais ils savaient tous les deux que Svetlana ne pouvait pas poser cette question. Elle savait pourquoi ils étaient venus ici, et c'était plus pour elle que pour lui.

À la réflexion, il décida de ne pas l'allumer tout de suite. Il aurait peut-être besoin d'être au taquet. Il reposa le joint et se cala contre les oreillers.

Svetlana laissa tomber la grande serviette et prit des sous-vêtements propres dans la valise. Le simple fait de la voir nue le fit bander instantanément.

Elle lui jeta un coup d'œil et remarqua que le drap en pur coton formait désormais une tente. Elle leva les yeux au ciel. Il y avait une certaine dose d'humour dans son geste mais également l'aveu d'une frustration mutuelle. Ils partageaient la villa avec Marion, Ken et leurs enfants, et tout était toujours parfaitement calme à l'extérieur : pas de circulation, juste le vent qui soufflait le long de la côte depuis Sagres et le fracas constant des vagues sur les rochers à seulement quelques mètres de là. À l'intérieur, chaque bruit humain semblait porter : les conversations des adultes et les cris des enfants, si bien que Svetlana et lui savaient qu'ils ne pouvaient pas faire de bruit. Et puis il n'y avait pas de serrures aux portes des chambres. N'importe qui pouvait entrer à l'improviste, et Hughie et Lia n'imaginaient pas qu'il puisse y avoir une seule raison pour ne pas débarquer dans celle de leur oncle Rory. Ce n'est pas comme si Marion leur avait interdit de le faire, et même si elle l'avait fait, ils savaient que le mot “non” ne signifiait jamais grand-chose dans la bouche de leur mère quand il leur était adressé.

Il faudrait qu'ils choisissent les bons moments, sinon il allait finir par avoir plus mal aux couilles qu'un prêtre catholique à Disneyland. Et ça n'allait pas s'arranger avec Svet qui se baladait en maillot de bain tout le temps.

Il décida de satisfaire le seul besoin qu'il pouvait pour le moment : café.

Rory suivit le couloir en direction de la grande salle à manger avec cuisine américaine qui occupait ce côté-ci de la villa, le sol carrelé froid sous ses pieds nus. Il adorait cette sensation, tout comme il adorait le contact de l'herbe. Il n'aurait pas besoin de mettre de chaussettes avant de s'habiller pour reprendre l'avion.

Il regarda à travers le mur de verre formé par les quatre portes coulissantes qui donnaient sur la terrasse. Il vit Marion et Ken dehors, en train de lire. Sur la pelouse, il vit aussi maman et papa, devant l'autre villa. Maman était assise en tailleur sur un transat, Niamh perchée à l'autre bout, en train de jouer avec un ballon. Papa était installé devant la table, la tête dans un livre. Ça aurait dû être sa photo de passeport.

Sachant ce qui l'attendait, il ressentit un soupçon d'anxiété en le voyant. La veille, il avait senti le regard de Svetlana sur lui, comme pour l'inciter à parler. Elle ne comprenait pas. Il devait réchauffer l'atmosphère progressivement au cours des quelques jours à venir, établir des rapports familiaux et montrer sa bonne volonté avant de dévoiler ses véritables intentions. Dans cette famille, il fallait toujours jouer son rôle et se joindre à la danse, un processus complexe de rituels, d'obligations et de stratégies. Peut-être qu'en Ukraine, on faisait les choses plus directement. Svetlana, c'est sûr, avait eu affaire à des gens qui faisaient les choses de façon particulièrement directe. C'était bien ça le problème.

Rory sentit glisser son pied droit, ce qui lui fit presque perdre l'équilibre et reporter brutalement son attention sur son environnement immédiat. Il avait dérapé sur quelque chose, un objet lisse qui avait glissé entre son talon et le carrelage. Il baissa les yeux. C'était un CD. Il y avait des CD partout, éparpillés sur le sol, tandis que sur le buffet qui se trouvait contre le mur, il voyait le cylindre vide dans lequel il les avait apportés. Le cylindre proprement dit avait jadis contenu un lot de cinquante CD-ROM que Danny, son coloc, avait acheté. Il avait été sur le point de le jeter quand Rory le lui avait demandé afin de transporter sa sélection de musique pour les vacances, sachant qu'il y avait un lecteur de CD potable dans la seconde villa.

Les premiers temps où il venait ici, alors qu'il était adolescent, il s'enregistrait des cassettes qu'il écoutait sur son walkman au bord de la piscine. Il passait des plombes à sélectionner les morceaux pour obtenir deux cassettes de 90 minutes, faisant des repérages sur la bande et enregistrant avec soin. Maintenant il pouvait apporter cinquante albums, mais ce rituel lui manquait. Danny n'achetait que des compils et se vantait que cela ne prenait que quelques minutes, mais il n'écoutait que de la transe à la con made in Ibiza. Danny copiait ses CD dès qu'il les avait achetés, ce qui signifiait qu'il avait toujours une sélection digitale à sa disposition, alors que Rory avait la flemme de le faire.

Il entendait d'ici son père lui reprocher sa paresse, lui disant qu'un petit investissement de son temps à un moment donné aurait porté ses fruits sur le long terme.

Il entendit un martèlement de pas et leva les yeux. Hughie était arrivé au galop depuis la terrasse et sembla vaguement inquiet de le trouver dans la pièce. Il jeta un coup d'œil sur sa gauche, et Rory suivit son regard. Il vit que le gamin avait aligné ses Tortues Ninja sur le canapé et se dit qu'il avait dû utiliser les CD comme frisbees, ou plus probablement comme shurikens.

Rory ramassa le CD sur lequel il avait marché. Son poids et la friction due à sa glissade l'avaient fendu, ce qui le rendait inutilisable. Il s'agissait d'extraits d'*Untouchables*, le dernier album des Korn. Forcément, c'était un bon qui était fichu. Enfin, au moins il ne lui avait rien coûté. C'était l'avantage de travailler dans un magasin de disques. Parmi les inconvénients, il y avait l'argent, les clients et la déception de ses parents, mais ce dernier point était de toute façon une constante : comme les rayonnements cosmiques fossiles, elle semblait exister depuis la nuit des temps.

Rory se demandait si ça valait la peine de dire quelque chose à Hughie quand Marion entra, des tasses à café vides à la main, slalomant allègrement entre les disques pour se rendre à la cuisine. Rory était atterré. On aurait dit que ce bordel était invisible. Il se dit que si elle en prenait acte, elle serait obligée de faire quelque chose, de sorte que feindre de ne rien voir lui demandait moins d'efforts. Ouais, c'était typique de Marion.

Rory laissa échapper un soupir et cassa le CD d'un coup sec, afin que Marion le remarque alors qu'il le jetait assez ostensiblement dans la poubelle de la cuisine. Il voulait l'obliger à affronter le fait qu'il y avait des dégâts, pas seulement du désordre. Il savait qu'il agissait comme un buteur se mettant en position de hors-jeu après un léger contact, profitant de la situation de peur que la faute ne passe inaperçue dans le cas contraire. Il se trouvait un peu vache de faire ça mais, pour autant, il se rappelait s'être fait disputer enfant parce qu'il n'accordait apparemment aucune valeur aux objets. “Ça va ça vient”, disait son père d'un ton méprisant lorsqu'il perdait un ballon ou laissait son vélo dehors sous la pluie. On le faisait culpabiliser s'il égratignait un nouveau jouet ou s'il ne le remettait pas correctement dans sa boîte. Pourtant, son neveu semblait avoir le droit de fracasser gratuitement les objets en toute impunité.

– Qu'est-ce qui lui est arrivé ? demanda Marion.

– J'ai marché dessus.

Elle parut allègrement se satisfaire de cette explication, si bien qu'il dut se montrer plus clair.

– J'ai oublié de regarder s'il y avait des albums des Korn par terre.

Marion regarda autour d'elle, comme si le désordre venait subitement de se matérialiser.

– Oh, je suis désolée. Laisse-moi t'aider à les ramasser.

Ce n'était pas ce qu'il demandait. Marion se comportait comme l'esclave personnelle de ses enfants, parfois. Parfois.

– C'est pas moi qui les ai lancés.

À présent, Marion comprenait. Elle soupira, l'air agacée, autant contre Rory que contre son fils.

– Hughie, pourquoi est-ce que tu as lancé ces disques partout dans la pièce ? demanda-t-elle.

– Je visais les tortues.

Rory réprima un sourire. Il aurait dû le féliciter pour cette réponse.

– Ce sont les CD d'oncle Rory.

– Non, c'est des étoiles de ninja.

– Ce ne sont pas des jouets, lui dit-elle. C'est pour écouter de la musique.

Hughie afficha un de ces regards noirs dont il était coutumier.

– C'est pas vrai. C'est des étoiles de ninja.

Un ange passa. Marion regarda le sol, envisageant peut-être de mettre en pratique sa stratégie initiale et de les ramasser elle-même. Puis elle regarda Rory et un frisson la parcourut. Elle émit un grognement agacé mais celui-ci ne fut que le prélude à une émission plus toxique.

– Bon, très bien, j'imagine que ce sont bien des étoiles de ninja, dit-elle à Hughie d'un ton dégoulinant de sarcasme. Tu sais évidemment mieux que Rory ce que c'est, hein. C'est vrai, Rory travaille dans un magasin de disques et ceux-ci lui appartiennent, mais je suis sûre que tu dois avoir raison et que Rory doit se tromper, c'est ça, Hughie ?

Le gamin se contenta de rester là à fulminer mais il semblait aussi troublé que furieux.

– Je regrette seulement que tu n'aies pas plus souvent raison à l'école. Comme ça, je n'aurais pas été embarrassée en regardant tes cahiers à la réunion parents-professeurs. Peut-être que si tu avais inventé un jeu où il s'agissait de *compter* les CD de Rory, tu aurais peut-être des chances de moins te tromper dans tes additions à l'avenir.

Rory regrettait maintenant de n'avoir pas tenu sa langue et rangé lui-même ses CD. Il était tellement dégoûté qu'il en avait oublié ce qui allait très vraisemblablement se produire. Rory avait entendu dire que tout le monde pensait mieux savoir comment élever les enfants des autres, mais il était néanmoins carrément certain que sa sœur était une véritable catastrophe dans ce domaine. En matière de discipline, Marion avait deux stratégies. La première était de faire comme si tout allait bien puis, quand on la poussait à bout, elle adoptait celle-ci. Cette dernière était tout aussi inefficace mais au moins la première n'était-elle pas accompagnée de cette ambiance toxique.

Elle ne sortait pas ça de nulle part, non plus. Elle reproduisait ce qu'elle avait vu. Plus encore que Rory, Marion avait constamment fait l'objet de critiques et de sarcasmes : principalement de la part de maman, car papa faisait rarement attention à eux. En tant qu'aînée, elle s'était vue confier plus de responsabilités, ce qui la mettait en position de se faire rabrouer lorsqu'elle manquait à ses obligations. Rory ignorait si c'était une question de nature ou de culture : si elle n'était pas douée de naissance pour tenir les rênes ou si sa confiance en elle avait lentement été anéantie à force de réprimandes et de déceptions.

– Alors, tu vas l'aider ? demanda Marion. Ou tu préfères qu'on se mette à quatre pattes et qu'on le fasse à ta place ?

Hughie ne répondit pas. Il était encore troublé, même s'il devait forcément se dire quelque part : "Ouais, je veux bien. Action."

Hughie prit une de ses tortues, la fit se bagarrer avec une autre, feignant d'être déjà absorbé par un autre jeu.

Marion regarda Rory avec l'air de dire : qu'est-ce qu'on peut y faire ?

Ouais, c'était du Marion tout craché. Infatigable dans sa volonté à se soumettre.

J'ai tenté quelque chose d'indéniablement contre-productif et je suis à court d'idées.

Rory pensait à ce joint qu'il n'avait pas allumé. Il avait un contact à Albufeira. Il espérait juste que le type pourrait lui en fournir assez pour tenir pendant ces deux semaines.

Marion se baissa et se mit à ramasser des CD. Rory s'accroupit à côté d'elle, se sentant responsable de ce drame. C'était une parfaite illustration de la famille Temple. Il examina chaque disque en les empilant sur l'axe central du cylindre. Ils semblaient intacts pour la plupart. De légères rayures qui y étaient peut-être déjà avant. À eux deux, ils en ramassèrent une quarantaine pendant que Hughie était occupé par la tâche tout aussi urgente consistant à engager Raphaël et Donatello dans un corps à corps.

Svetlana passa à côté d'eux pour entrer dans la cuisine, laquelle donnait sur la partie salon par un vaste passe-plat qui servait de comptoir pour le petit-déjeuner. Elle se servit un bol de céréales et un verre de jus d'orange. Rory était heureux qu'elle ne prenne pas de café : il semblait en rester tout juste de quoi en remplir une tasse dans le pot en verre qui se trouvait sous la cafetière filtre.

Marion se releva, mais la guerre n'était pas terminée. Elle avait rassemblé suffisamment d'énergie pour une autre défaite.

– Allez, Hughie. Montre donc à oncle Rory que tu es désolé d'avoir lancé ses CD en l'aidant à finir de les ramasser.

Sauf que le gamin n'était pas désolé, et qu'il n'avait pas à l'être. Son oncle Rory s'était conduit comme un connard.

– Laisse tomber, dit doucement Rory.

– Non.

Parce que c'était à présent quelque chose entre Marion et lui plus qu'entre Marion et Hughie. Judicieuse tactique : elle avait choisi un adversaire moins coriace.

Hughie faisait toujours comme s'ils n'étaient pas là, jouant avec ses tortues. Raphaël était son préféré, bien sûr : hyper agressif et avec un fusible en moins.

Svetlana posa son jus de fruits avec ses céréales sur la table et s'assit, adressant un sourire à Hughie au passage. Signe précoce que le gamin était peut-être gay : c'était la seule raison pour qu'un garçon ne réagisse pas de façon positive à un tel visage.

– Alors, tu te fiches d'oncle Rory ? persista Marion. Tu te fiches que ses disques soient perdus ou cassés ? Allez, il n'y a plus qu'un seul CD. Remets-le sur la pile et range la pile là où tu l'as trouvée.

Ils en étaient arrivés au geste symbolique et pourtant le gamin semblait plus déterminé à résister qu'il ne l'était à l'idée de ranger tout le bazar. La tâche avait changé mais les enjeux restaient les mêmes.

– Je suis sérieuse, Hughie. Tu les as tous jetés par terre et je te demande de ramasser seulement le dernier.

– Allez, Shugster, dit Rory, utilisant le nom qui donnait parfois à Hughie l'impression que son oncle et lui étaient les meilleurs copains du monde.

À la surprise et au soulagement de Rory, cela eut raison de sa détermination. Hughie ramassa le dernier CD qui se trouvait sur le canapé devant un Michelangelo prostré. Il le porta jusqu'à la table où il le posa soigneusement sur le haut de la pile : un peu plus de quatre douzaines de CD à nouveau empilés autour de l'axe central.

– Tu vois ? dit Marion.

Non, se dit Rory. Ne crie pas victoire. Ne retourne pas le couteau dans la plaie. Mais Marion ne put s'en empêcher. Elle avait appris auprès des meilleurs.

– C'est pas si difficile que ça de se conduire comme un être humain civilisé, si ?

Il y eut une petite étincelle au fond des yeux de Hughie. Celle-ci se propagea jusqu'à sa main et il poussa violemment la tour de CD sur la table en direction de sa mère. Le boîtier alla heurter de biais le bol de céréales de Svetlana, lui en renversant le contenu sur les genoux, puis il percuta son verre de jus d'orange de plein fouet. Rory s'écarta instinctivement quand le verre passa devant lui en glissant sur le comptoir pour aller s'écraser sur le carrelage. Son réflexe s'avéra fatal, son pied gauche se posant sur un éclat qui traînait.

– Ah, putain de saloperie.

La scène parut se figer tandis que tout le monde intégrait ce qui venait de se passer. Hughie fut le premier à réagir, se jetant à plat ventre sur le canapé avant d'éclater en sanglots.

Rory leva son pied gauche et regarda dessous. Il saignait mais la coupure était légère. Il s'éloigna très prudemment du reste des débris.

Marion se tourna face aux portes coulissantes et appela son mari avec un ton sous-entendant qu'elle l'avait déjà appelé deux fois.

– Ken, il serait peut-être temps que tu rentres t'occuper de ton fils.

Rory se dit que le fait d'éviter de l'appeler par son nom était du pur Celia. On était toujours défini par son rôle quand on vous rappelait vos responsabilités.

Rory retourna dans sa chambre à cloche-pied, se disant qu'il valait mieux nettoyer la plaie et mettre un pansement dessus avant de s'occuper de la casse. Il laissait des gouttes de sang par terre en marchant. Un truc de plus à nettoyer. Merde. Putain de mioches.

S'il y avait un avantage au fait que Svetlana et lui auraient du mal à trouver un moment pour baiser pendant ces vacances, c'était que cela réduisait massivement leurs chances de devenir parents par accident.

Rory était très rigoureux en matière de contraception, mais si jamais il était tenté de prendre des risques, il n'avait qu'à penser aux deux gamins de Marion, et à présent il avait également la mise en garde édifiante que représentait sa petite sœur. Une combinaison désastreuse de manque d'expérience, de curiosité et d'expérimentation avec Calum le gamin-d'à-côté et ami de la famille l'avait foutue en cloque à l'âge de seize ans. Bien sûr, Sylvie n'avait même pas pu se résoudre à adopter la ligne de conduite sensée et rationnelle consistant à se débarrasser de la chose tout de suite, tant que c'était encore un paquet microscopique de cellules qui se divisaient rapidement. Pas dans la maison de la catholique et dévote Sainte Celia.

La mère de Rory était, comme on dit dans l'ouest de l'Écosse, "*Tim to the Brim*", autrement dit catho jusqu'au bout des ongles. Elle avait élevé ses gamins dans cet esprit, même si aucun d'eux ne l'avait conservé en grandissant. Inversement, Celia avait semblé de plus en plus radicale en prenant de l'âge. Voulait-elle se racheter de sa jeunesse débridée ? se demandait-il parfois. Il ne voyait pas comment elle avait pu embrasser une telle piété alors qu'elle avait été un sex-symbol au début des années 1970. Cela dit, il devait prendre garde à ne pas lui attribuer des valeurs sur la base du personnage qu'elle incarnait. Ce n'est pas parce qu'elle se baladait à moitié à poil à la télé qu'elle n'était pas prude.

Quoi qu'il en soit, quand il allait à l'école, ça n'avait pas été drôle tous les jours d'entendre ses camarades de classe lui dire qu'ils avaient vu "les nichons et la touffe de sa mère dans ce film de vampires".

Il fallait pourtant lui reconnaître une chose : Celia s'était montrée ouverte et honnête quand sa fille était devenue ce que les tabloïds appelaient une "maman en tunique d'écolière" (un terme simultanément paillard et critique, ce qui était la quintessence de la mentalité des tabloïds. Et puis d'abord, c'était *quoi*, putain, une tunique d'écolière ?) Après avoir écrit tous ces articles sur l'éducation de ses enfants mettant en avant ses "valeurs traditionnelles basées sur le bon sens", cela aurait pu sembler embarrassant, mais Celia avait intégré toute l'histoire dans ses chroniques.

Comment ils avaient fait face au choc et comment ils accueillaient l'enfant au sein de leur famille. Comment cela les avait rapprochés les uns des autres.

Contrairement à son élaboration habituelle du mythe familial, ce dernier point était même vrai. Cela avait effectivement rendu Celia quasiment indispensable à Sylvie à un moment où celle-ci se serait sans doute bien passée de ses services pour partir à l'université. Sylvie avait encore l'intention d'y aller, en théorie du moins. D'après ce qu'il comprenait, les règles du jeu n'arrêtaient pas de changer : elle pourrait y aller une fois que le bébé aurait atteint ce stade-ci, atteint ce stade-là. La crèche était le dernier en date.

Rory sentait que Marion le suivait dans le couloir. Il se disait que c'était une façon ostentatoire de s'excuser mais qu'elle cherchait surtout à s'échapper pendant qu'elle laissait Ken gérer Hughie. Ou plutôt, qu'elle laissait Ken faire preuve de son inefficacité habituelle afin de pouvoir lui balancer plus tard un tas de sarcasmes sur la mollesse de son intervention. Et Ken absorberait l'insulte comme une éponge, sans même une tentative de défense ou de représailles. Il était la dernière personne au monde à qui Rory proposerait de l'herbe. Ken était déjà tellement imperturbable et décontracté qu'il craignait de le voir s'arrêter complètement de respirer si jamais il tirait quelques lattes.

Rory n'était plus très loin de sa chambre quand une Lia hilare déboula devant lui depuis l'autre bout du couloir et le coiffa au poteau, franchissant la porte la première.

– Lia, ma chérie, reste à l'extérieur, lui dit Marion. Tu ne dois pas entrer dans la chambre d'oncle Rory tout de suite.

– C'est pas grave, dit Rory, sachant que Lia n'écouterait pas de toute façon. Elle est pieds nus. Il vaut mieux qu'elle reste ici tant qu'on n'a pas ramassé le verre cassé.

– Très juste. Lia, ne va pas dans le salon, ma puce.

Écoutant le sixième sens qui attirait les enfants en dessous d'un certain âge vers la source du plus grand danger possible dans n'importe quelle pièce de la maison, Lia se rua vers la table de chevet sur laquelle il avait posé une partie de son matos. Elle prit immédiatement un petit sachet en plastique transparent rempli de pilules.

Rory ravala sa douleur alors qu'il accélérait le pas, espérant le lui reprendre avant que Marion le voie. Il n'y parvint pas.

– Ça sert à quoi, ces pilules ? demanda Lia. Tu es malade, oncle Rory ?

Marion était juste à côté de lui, en train d'examiner le sachet. Vu sa propre réaction, ils savaient tous les deux qu'il ne pouvait pas prétendre qu'il s'agissait d'ibuprofène ou de paracétamol. Il n'allait pas non plus pouvoir faire passer le sachet de poudre posé à côté de sa boîte de tabac pour de l'Alka-Seltzer.

– Je l'étais, mais je me sens mieux maintenant, dit-il à Lia.

L'intérêt de la gamine faiblit et elle se dirigea vers la salle de bains, attirée par le vaste assortiment de produits pour les cheveux et le bain de Svetlana.

– Nom de Dieu, Rory, dit Marion d'une voix basse mais péremptoire. Non seulement tu as apporté ces trucs ici, mais tu les laisses traîner là où n'importe quel gamin peut les prendre ?

– C'est ma chambre. Ils ne sont pas censés venir ici.

Il savait que son excuse semblait bidon.

– Pour les enfants, ces trucs-là ressemblent à des bonbons. Si tu ne t'étais pas fait mal au pied et si tu n'étais pas revenu ici, Lia aurait pu en manger.

– Dans ce cas, Hughie a bien fait de casser ce verre. Sinon sa sœur aurait pu être complètement défoncée et se mettre à fouiller dans mes CD pour trouver un album des Happy Mondays.

– Ne plaisante pas avec ça, l'avertit Marion. Elle s'était retrouvée sans le vouloir en position de lui donner une leçon de morale et elle allait en profiter.

– Oh, putain de merde. Lia sait que c'est des pilules, tu l'as entendue toi-même, du coup elle n'en aurait pas mangé. Maman n'arrivait même pas à me faire avaler de l'aspirine pour enfant quand j'étais gamin.

Marion fit glisser un regard méprisant du sachet qu'il avait à la main aux objets éparpillés sur la table de chevet.

– Oui, je m'en souviens. Mais apparemment tu t'es bien rattrapé depuis.

2018

AMANDA

Je suis assise sur mon lit, en train de regarder des trucs sur mon ordinateur quand j'entends des voix et une portière de voiture. Kirsten a décidé d'aller se coucher tôt, déclarant qu'elle était cuite peu de temps après qu'on a eu terminé nos pizzas à emporter, que j'étais allée chercher en voiture après m'être assurée qu'Arron dormait bien. La journée a été longue et j'ai vite compris qu'il était plus prudent de pioncer un peu tant que le môme est couché. Cependant, j'ai à peine eu l'occasion de me connecter ces derniers jours et le décalage horaire fait que je n'ai pas vraiment sommeil.

Je vais à la fenêtre et regarde les autres villas, en prenant soin de ne pas trop m'approcher de la vitre car je n'ai pas envie qu'on me surprenne en train de regarder. Il est peu probable qu'ils me remarquent depuis l'autre côté de la piscine, malgré tout : ils sont trop focalisés sur les derniers arrivants, un homme avec un bébé dans les bras. Je me demande si la maman est une des femmes déjà arrivées.

Je regarde l'échange d'étreintes et d'embrassades. C'est plus que ça-fait-un-bail-qu'on-s'est-pas-vus : il y a une véritable émotion, des larmes et un réconfort mutuel. Je me souviens que pour ces gens, il s'agit moins de vacances que d'une veillée funèbre. À ma grande surprise, il me semble que la vierge de glace de la piscine fait partie du groupe, car elle a dîné avec eux sur la terrasse, et elle a l'air de partager la même villa que Celia. Elle doit être une amie d'un des membres de la famille et non en faire partie, car elle est restée assise et ne prend pas part à l'effusion générale.

Je suis bluffée à l'idée qu'il s'agit là de la famille de Max Temple. Cet homme était une légende, à tel point que je ne l'avais jamais vu comme un être de chair et de sang, juste comme une figure iconique et un ensemble de travaux. Il semble plus avoir été un personnage public au Royaume-Uni qu'au Canada, où je ne l'ai vu que sur Internet.

Ce n'était pas quelqu'un que j'avais imaginé rencontrer un jour, mais j'ai à présent l'étrange impression – sans doute parce que je sais que je l'aurais *bel et bien* rencontré s'il ne venait pas de mourir – que je serais sans doute en train de jouer les groupies devant lui. C'est comme l'aperçu d'une réalité parallèle de ce que je pourrais faire en ce moment dans une autre dimension.

Son nom était de ceux que je voyais cités quotidiennement. Il avait été un professeur en psychologie respecté pendant la plus grande partie de sa carrière universitaire, mais depuis le début des années 2000 il était devenu un ardent démystificateur des théories conspirationnistes.

Il est surtout connu pour avoir donné son nom à la Loi de Temple, laquelle n'est pas une de ses inventions mais une citation devenue très rapidement virale. Celle-ci affirmait qu'"Une théorie conspirationniste s'effondre au moment où elle exige une complexité plus grande que l'explication officielle".

Je n'avais pas seulement vu quelques citations de Temple sur Twitter, cependant: j'avais lu l'intégralité de ses travaux, que je citais dans mes dissertations au lycée et dernièrement dans mes vidéos. C'était une arme inestimable dans mon armurerie intellectuelle car les arguments conspirationnistes étaient aujourd'hui omniprésents, et il ne suffisait plus de relever les idées fausses.

Des climatosceptiques aux partisans du Truth Movement en passant par les anti-vaccins, quand les faits étaient contre eux, la théorie du complot équivalait à passer en mode invincible. Non seulement on ne pouvait pas la vaincre, mais elle prenait toutes les preuves que vous pouviez lui opposer pour les transformer en preuves du contraire. Par exemple, quand l'État d'Hawaï avait fourni le certificat de naissance complet d'Obama, ça aurait dû être la fin des Birthers, lesquels mettaient en doute la citoyenneté du président américain, mais au lieu de cela ils avaient prétendu que le document était un faux et s'en étaient servis comme d'une preuve supplémentaire démontrant l'ampleur de la conspiration.

– Quand ils gagnent, ils gagnent, disait Temple. Et quand ils perdent, ils gagnent quand même.

Les travaux de Temple ne consistaient pas seulement à discréditer des théories conspirationnistes mais exploraient ce qu'il appelait "le disjoncteur intellectuel de la condition humaine qui rend possible que de telles théories s'imposent et perdurent". C'est pour cela que je l'admirais, pour ne pas dire que je lui étais reconnaissante. Sans une telle métalecture des informations, l'exaspération pouvait vous rendre dingue.

Ses mots m'étant si familiers, je trouve étrangement frustrant d'avoir cette pseudo-connexion avec cet homme seulement maintenant qu'il est mort. Je regarde les proches endeuillés de Temple se rassembler sur la terrasse, des gens pour qui il était complètement autre chose. Forcément, ma curiosité me pousse à nouveau vers mon ordinateur. J'entends Sadiq dire que c'est flippant de surfer sur le Net pour trouver des informations sur des gens qu'on ne connaît pas vraiment. Ce doit être une question de génération. Pour mes amis et moi, c'est une seconde nature.

Il y a une tonne de nécros, d'hommages et de rétrospectives en haut de la page de recherches, mais rien qu'en regardant les aperçus à côté de chaque URL il apparaît que, pour une partie des médias britanniques, Temple avait surtout de l'intérêt pour une autre raison. Il me suffit de survoler l'ensemble pour que mes yeux se posent à plusieurs reprises sur le mot "tragédie", diversement associé à "famille", "vacances", et "petite-fille".

Quelque chose se serre dans ma poitrine alors que j'ouvre un des liens, comme si je cliquais sur une émission en direct et que j'avais peur de ce qui allait y être révélé. L'article est daté du lendemain de sa mort, intitulé "Mort du prof de psy rendu célèbre par une tragédie familiale".

Puissent les tabloïds britanniques écrire les articles nécrologiques de tous mes ennemis.

Je le parcours rapidement, apprenant que "Niamh, la petite-fille de Temple, alors âgée de dix-huit mois, s'est noyée dans la piscine de la villa de vacances de la famille en Algarve".

Merde. C'est ici.

Automatiquement, je me tourne à nouveau vers la fenêtre, où les lumières de la piscine sont allumées à quelques mètres du groupe réuni sur la terrasse. Comment pouvaient-ils encore se baigner là-dedans, ou même poser les yeux sur ce truc sans voir *ça*? Mais je lis ensuite un autre article affirmant que la gamine était tombée dans la mer après être passée à travers une barrière située au bord d'une falaise.

Je poursuis mes recherches, cette fois-ci en quête d'histoires concernant la tragédie proprement dite. Je trie par dates, car je veux des articles contemporains de l'accident plutôt que des rétrospectives. Il y a quelques liens très anciens vers de toutes premières éditions de journaux en ligne et vers le site web de la BBC, où la nouvelle apparaît pour la première fois. Le titre est "Noyade présumée d'une petite fille britannique en vacances". C'était avant que la mort de la gamine ait été confirmée et avant que l'identité de la famille ait été découverte. Après, l'histoire avait pris de l'ampleur.

L'article suivant parle des "parents de Niamh anéantis, Sylvie Temple (18 ans) et Calum Donnelly (19 ans)".

Je me reporte à un autre article pour confirmation. Si Niamh avait dix-huit mois, Sylvie devait en avoir seulement seize quand elle l'avait eue. Je songe à la difficulté de simplement aider à s'occuper de l'enfant de quelqu'un d'autre. Je n'arrive pas à imaginer ce qu'on peut ressentir en sachant que cette responsabilité durera toute la vie.

L'intérêt avait grandi au cours des jours suivants, et je me retrouve assez rapidement face à de l'art : des clichés intrusifs pris au téléobjectif par des paparazzis montrant la famille dans un aéroport. Sous prétexte que Temple était passé à la télé, sa famille était une cible légitime pour les tabloïds britanniques, lesquels étaient apparemment aussi terribles que ce que j'en avais entendu dire. Ces connards se disaient sans doute qu'ils faisaient du journalisme alors qu'ils ne faisaient que s'immiscer dans le chagrin de quelqu'un d'autre (même si j'entends d'ici mes pères me demander ce que je suis en train de faire en ce moment).

Je tombe sur une photo de Max Temple traînant une valise, le regard fixé droit devant lui et la mine sombre. Je ne l'avais vu qu'en gros plan ou dans des émissions de télé, ces talk-shows qui invitent toujours les mêmes célébrités. Je ne m'étais pas rendu compte qu'il était aussi grand. Charmant aussi, mais avec un côté indéniablement universitaire, comme s'il avait pu être prof à Poudlard. Je clique pour agrandir des images d'une femme chic en qui je reconnais Celia, et d'une fille qui est à l'évidence Marion plus jeune.

Puis je tombe sur une photo montrant une fille potelée qui détonne à côté de ses parents élancés. Elle ne semble même pas avoir dix-huit ans – on devait lui demander ses papiers partout – et pourtant la légende l'identifie comme étant Sylvie Temple. Sur la photo, tous les autres ont la tête baissée, cherchant à braver la presse et les photographes. Sylvie regarde droit vers l'objectif, avec une expression de provocation, presque de défi. C'est à ce moment-là que je comprends qui j'ai sous les yeux : c'est la vierge de glace maigrichonne.

Je m'en veux aussitôt de penser à elle en ces termes. Quand vous avez perdu un enfant de cette façon, rien d'étonnant à ce que vous soyez froide et renfermée. Une partie de vous ne s'en remet jamais. Et vous n'avez certainement pas envie de faire la conversation avec une adolescente portant un bébé dans les bras.

Mes amis me reprochent souvent de juger les gens. Juge Coolidge, ils m'appellent. Je me dis qu'ils ont peut-être raison.

L'intérêt de la presse s'essouffle en grande partie au bout de quelques jours, même s'il y a dans les médias et en dehors un noyau dur qui semble déterminé non seulement à tirer un maximum de cette tragédie, mais à chercher une histoire enfouie sous celle-ci. C'est là que quelque chose d'indubitablement douteux se met à suppurer. Temple était surnommé le pourfendeur de charlatans, la *bête noire** des conspirationnistes, de sorte qu'il semble y avoir une véritable perversité dans le fait que sa tragédie personnelle fasse à son tour l'objet de théories conspirationnistes.

Ce qui avait boosté les complotistes, c'était que le corps de la gamine n'avait jamais été retrouvé. Il leur en faut rarement beaucoup, et le fait que Niamh ait soi-disant disparu en mer leur avait permis de spéculer sur le fait que son corps ne pourrait jamais être examiné et la "vraie" cause de sa mort jamais révélée.

Je fais défiler une liste de posts de blogs et d'articles de tabloïds. Je me sens un peu coupable de regarder ça, alors que les sujets de ces spéculations et de ces insinuations sordides se trouvent à quelques mètres à peine, mais je ne peux m'en empêcher. Je me sens obligée

---

* Tous les mots en italique suivis d'un astérisque sont en français dans le texte. (*NdT*)

d'en apprendre plus, même si je sais que cette curiosité malsaine est ce sur quoi comptent les colporteurs de conspirations.

Certaines théories se concentrent sur l'âge des parents : deux adolescents sous pression qui ne s'en sortaient peut-être pas : l'un d'eux avait pété les plombs et secoué le bébé, et la cause de la mort de Niamh avait dû être dissimulée. D'autres spéculent à propos d'abus ou de négligence, avec le même résultat final : le corps avait dû disparaître et l'histoire de la noyade fabriquée pour cacher la vérité.

Il y a une résurgence du sujet à la suite de la mort de Temple, les gens ressortant les mêmes conneries réchauffées après toutes ces années. Malgré moi, j'ai l'impression qu'une partie de ces connards se vengent rétrospectivement d'un adversaire qu'ils n'ont jamais pu vaincre. Ce n'est pas le plus gros regain d'intérêt, cependant. Celui-ci semble avoir eu lieu cinq ans après la mort de Niamh, avec l'enlèvement de la petite Maddy dans un appartement de vacances situé a priori à moins d'une demi-heure de route d'ici. Je n'étais pas du tout au courant. Je ne crois pas qu'on en ait beaucoup parlé chez moi, au Canada, même si je ne peux pas en être certaine car, en 2007, j'étais trop jeune pour m'intéresser aux informations. De toute évidence, ça a fait grand bruit au Royaume-Uni et, là-bas, une partie des médias n'a jamais laissé tomber.

Ça avait dû être vraiment terrible pour les Temple de revivre des souvenirs aussi douloureux et de se faire à nouveau harceler par les reporters. Si j'ai l'occasion de leur parler, je ferais sans doute mieux de ne pas leur dire que j'ai envie d'être journaliste.

La logique perverse des complotistes intégrait même le scepticisme de Max Temple dans leur discours. Il avait donné sa propre petite-fille à un réseau de pédocriminels et s'attachait à discréditer les théories conspirationnistes car il faisait lui-même partie d'une conspiration. Une conspiration qui impliquait sans doute de couvrir l'existence du voyage temporel car il était intervenu à la télé sur ce sujet plusieurs mois avant la mort de sa petite-fille. Ils faisaient des rapprochements entre Niamh et la petite Maddy pour remonter jusqu'à Hillary Clinton et au Pizzagate, cette théorie conspirationniste prétendant qu'il existe un réseau pédophile dirigé par des proches d'Hillary Clinton dans les sous-sols d'une pizzeria de Washington. C'était tellement lâche et répugnant. Pendant des années, ils avaient cherché à le descendre en restant bien planqués, et maintenant ils donnaient des coups de pied dans son cadavre.

Je me retrouve en train de contempler la même image encore et encore, page après page : celle de Sylvie fixant l'objectif, comme si elle invectivait les journalistes pour leur intrusion. Sylvie m'invective aussi pour mon voyeurisme. Je me sens un peu crade.

Je me rappelle avoir entendu Temple parler du pic d'adrénaline qu'on ressent lorsqu'on pense avoir découvert une vérité secrète, quelque chose que les pouvoirs en place ne veulent pas qu'on sache. C'est un frisson illicite, mais on a sans cesse besoin de l'alimenter.

Je me dis donc que ce serait une double insulte à sa mémoire de lire une autre page, et je referme mon ordinateur.

Pour l'instant.

2018

IVY

Ivy prend son téléphone et essaie à nouveau de joindre Jamie. Ça sonnait occupé à peine quelques instants plus tôt, mais elle a vu sa mère jeter un coup d'œil dans sa direction et elle veut lui signifier qu'elle aussi est occupée. Elle sait qu'elle ne peut pas se cacher derrière son ordinateur toute la journée, mais elle est heureuse de voir jusqu'où la procrastination peut la mener.

Elle n'est pas certaine d'être prête à ça. Elle est de retour sur la scène du crime, et elle se demande pourquoi venir ici lui avait paru une bonne idée. Elle n'avait pas assisté aux obsèques, mais l'idée de voir tout le monde au Portugal à la place l'avait prise de court. Elle avait instinctivement senti qu'il y avait là un genre de rituel à observer, lequel requérait qu'elle soit à nouveau en présence de sa famille. Au moment où elle avait pris sa décision et réservé les vols, la perspective était encore assez floue, voilée par l'émotion et les sentiments.

Vouloir tourner la page, c'est l'effet qu'elle pourrait donner de l'extérieur, mais c'est faux. Il est impossible de tourner la page concernant ce qui s'est passé ici. Elle sait que ce dont ils ont vraiment besoin, c'est de pardon, mais le pardon exige la pénitence. La culpabilité doit être reconnue. Complicité, mensonge, malhonnêteté, péchés de chair, péchés d'omission : dans cette famille, la culpabilité n'est pas ce qui manque. Mais certains ont plus de raisons de se sentir coupables que d'autres.

Elle commence à répondre à un mail tellement peu urgent qu'elle l'aurait sans doute simplement effacé si elle avait été à Londres. Elle cherche n'importe quoi susceptible de l'emmener loin de l'instant présent, car la peur de se mettre à pleurer est montée crescendo pendant toute la matinée et, si elle commence, elle va complètement péter les plombs. C'est le fait d'être aux villas qui lui a vraiment fait comprendre qu'il n'est plus là.

Sa présence est partout, des souvenirs de lui hantent chaque recoin de cet endroit. C'est peut-être pour ça que maman a autant insisté pour qu'ils viennent ici à titre d'hommage. Ça les force à regarder la réalité en face et à comprendre la permanence de son absence.

Ivy ne l'avait presque pas vu – ne les avait presque pas vus – depuis des années, mais elle avait malgré tout toujours su qu'il serait là si elle se décidait à l'appeler ou à aller le voir. Elle avait été paralysée par des émotions contradictoires. Ce même trouble qui lui donnait envie de l'appeler, qui lui donnait envie d'aller le voir, était également la raison pour laquelle elle ne pouvait s'y résoudre.

Elle est hantée non seulement par son père mais par les fantômes de ses propres émotions : les personnes qu'elle a été ici. La première fois qu'elle était venue, elle était encore à l'école primaire, et une partie d'elle resterait toujours cette fillette ; ou du moins une partie d'elle serait toujours à la recherche de cette fillette.

Marion est courbée sous un parasol, où elle tient la petite Emily, la fille de Hugh, de façon à la laisser barboter dans une petite pataugeoire gonflable. Maggie, la femme de Hugh, ne l'a pas accompagné. Il dit que c'est pour qu'elle puisse souffler quelques jours loin du bébé, ce qui semble terriblement noble et moderne, mais Ivy se demande s'il n'y a pas autre chose. Hugh a été retenu pour un prestigieux poste universitaire en Amérique, ce qui impliquera de déraciner sa famille, et sa chère et tendre n'est peut-être pas enchantée à cette perspective.

Lia, la nièce d'Ivy, est arrivée hier soir, complétant la famille telle qu'elle était lors de la réunion de 2002. Ivy se sent mal à l'aise avec elle et Hugh car elle ne les a presque pas vus depuis qu'ils étaient petits. Elle aurait pu croiser Lia dans la rue deux jours plus tôt et ne pas la reconnaître. Ce sont plus ou moins des étrangers et elle ne va pas faire semblant d'avoir l'intention de garder le contact avec eux une fois cette comédie terminée.

Lia vient d'émerger de sa villa, avec une robe jaune et les sourcils froncés. Elle doit avoir vingt et un ou vingt-deux ans : Ivy ne se rappelle pas sa date de naissance, si bien qu'elle ne peut calculer précisément son âge. Elle a compris que Lia est en médecine et qu'elle vient juste de passer ses examens de dernière année. De façon beaucoup plus intéressante, Ivy a aussi glané le fait que Lia avait récemment reconnu publiquement son homosexualité et qu'elle entretenait depuis longtemps une relation avec une femme plus âgée, une obstétricienne nommée Gillian. Ivy a été ravie d'apprendre cette nouvelle. Mais seulement parce que, apparemment, ça avait mis Celia mal à l'aise. C'est sans doute la plus grosse déception que sa petite-fille lui a infligée depuis ses trois ans, lorsqu'elle avait insisté pour abandonner la première syllabe de son prénom.

Lia se dirige tout droit vers Marion, parcourant la distance à grandes enjambées.

– Maman, il faut que je prenne la voiture pour aller au grand supermarché de Lagos. Je suis partie sans l'adaptateur de mon ordinateur.

– Je suis sûre que tu peux emprunter le chargeur de quelqu'un, suggère Marion.

– Ce n'est pas un chargeur, c'est un adaptateur d'alimentation. – Son ton est réprobateur et impatient. – Il n'y a rien d'autre de compatible.

– Je pensais moi aussi aller faire quelques courses au supermarché, dit Marion. Si tu patientes un petit peu, on pourra y aller ensemble.

– J'en ai besoin *maintenant*, insiste Lia. J'aurai fait l'aller-retour avant même que tu sois prête.

Marion hausse les épaules.

– Ok. Tu veux que ton père t'emmène ?
– J'ai mon permis depuis quatre ans, maman.
– Ouais, mais on conduit à droite, ici.
Lia lâche un bruit sarcastique et lève les yeux au ciel d'un air méprisant.
Ouais. *Maintenant* Ivy la reconnaît. C'était déjà une petite demoiselle arrogante à l'époque, et son expérience personnelle de la vie ne l'a apparemment pas beaucoup assagie.
Quelque chose semble la rendre nerveuse, malgré tout. Quand ils ont dîné hier soir, elle lui a semblé distraite, l'esprit constamment ailleurs.
C'est peut-être les résultats de ses examens, ou peut-être autre chose.
Marion remplit son rôle de grand-mère pour que Hugh puisse faire la grasse matinée. Emily l'a tenu éveillé la moitié de la nuit, ses hurlements se répercutant dans toute la maison, comme s'il n'y avait pas assez de choses pour rappeler à Ivy des souvenirs douloureux.
En fait, elle se sent cernée par ces putains de bébés. Elle a vu une adolescente de l'autre villa se balader avec un petit, l'air claquée et débordée. Il est apparu que c'était sa nounou, mais cette image a suffi.
Le bébé est celui d'une minette décolorée accro à la salle de sport qui, a-t-elle appris, est la nouvelle femme de Vince Reid. En la voyant, Ivy s'était juste dit que la maison avait changé de propriétaires. Elle a moins de la moitié de l'âge de Vince, et elle ne ressemble pas tant à un trophée qu'à un lot de consolation. Celui qui fait un mariage aussi inapproprié est clairement à la recherche d'une vie qu'il n'a jamais eue mais qu'il pensait mériter. C'était un homme d'âge mûr qui parasitait la jeunesse de quelqu'un d'autre, mais Vince avait toujours semblé aimer les jeunettes. Elle se revoit en maillot de bain quand elle avait environ quatorze ans, gênée de sentir qu'il reluquait toujours ses nichons.

L'ex-femme de Vince, Laurie, est morte l'année dernière, a-t-elle appris. Elle est en train de penser à elle quand Jamie finit par décrocher.

– Je vous croyais en vacances, dit-il. Il n'a pas l'air pris au dépourvu : il semble plus déçu que surpris.

– Je ne suis jamais en vacances, Jamie, vous savez bien. Je quitte peut-être le pays, mais ce n'est qu'une question de lieu. Avez-vous eu Flint Associates ?

– Je n'ai pas eu de leurs nouvelles, non. Vous vous attendiez à ce qu'ils nous contactent ?

– J'ai demandé un rapport complet sur Jane Astley. J'espérais qu'on aurait reçu quelque chose maintenant.

– Jane Astley. Je vois. Eh bien, rien jusqu'à présent.

Il avait marqué une pause après le nom. Il ne savait pas qu'Ivy avait fait une telle demande, et il saisissait ce que cela impliquait. Flint Associates étaient des détectives privés. Ils dressaient un "profil" de Jane Astley, ce qui dans l'industrie était un euphémisme signifiant déterrer autant de saloperies qu'ils pouvaient en trouver. Cela ne voulait pas dire qu'Ivy avait lâché les chiens sur elle, mais c'était en général ce qui se passait après.

– Ouvrez l'œil. Si quelque chose arrive, je veux que personne d'autre ne le voie. Je ne veux même pas que quelqu'un sache que j'ai demandé ce rapport, vous comprenez ?

– Oui, madame.

Son ton est à présent sans équivoque. Il espère encore qu'elle cherche à se couvrir et que, tant qu'aucun de ses supérieurs ne sait qu'elle a déjà enclenché le processus, il restera possible de le stopper.

– Je suis encore en train d'élaborer une stratégie. J'ai besoin de savoir si elle est viable avant de pouvoir aller trouver le client et lui recommander d'adopter cette ligne de conduite.

– Bien sûr.

Tout dans cette affaire est sur le fil. Le client est l'un des plus gros de la boîte : le conglomérat de vente au détail DKG. La branche logistique de la société a été victime d'un incendie dans l'un de ses entrepôts de distribution au cours duquel deux ouvrières ont trouvé la mort. Les deux victimes étaient des jeunes femmes payées au SMIC avec un contrat zéro heure : l'archétype du martyr pour quiconque voudrait qualifier DKG de bandits. D'ordinaire, il aurait été assez simple de faire une déclaration disant que la décence imposait d'attendre que tous les faits soient établis tout en dénonçant ceux qui souhaiteraient tirer un avantage politique d'une telle tragédie. Malheureusement, une ancienne employée s'était manifestée, prétendant avoir averti l'entreprise plusieurs années auparavant à propos de risques potentiels et de pratiques de sécurité inadéquates au sein de ce même centre de distribution. Cette lanceuse d'alerte, Jane Astley, prétendait avoir été ignorée et finalement contrainte à la démission au motif qu'elle était une fauteuse de troubles.

– Et, d'après vous, quelle stratégie faut-il adopter ? demande Jamie.

– Nous devons changer de discours. Invoquer l'intransigeance des syndicats et une culture de la santé et de la sécurité incompatible avec le travail. Déplacer le débat. Trouver des chroniqueurs bienveillants pour dire qu'à force de crier au loup en imposant trop de règles, les gens ne savent plus lesquelles sont importantes ou applicables. La moitié d'entre elles n'ont aucun sens ou sont contre-productives, si bien que quand quelqu'un pointe du doigt un véritable danger, il risque de ne pas être entendu.

Mais ce n'est pas vraiment ce qu'il lui demande. Il veut savoir comment Jane Astley s'inscrit dans sa stratégie, parce qu'il a peur de sa réponse. Et il a bien raison.

Sir Jock Davidson sait que Cairncross Partnership peut proposer deux solutions à DKG. La première consiste à leur recommander de jouer la transparence totale. À faire venir des enquêteurs externes indépendants, prendre acte de leurs résultats, admettre qu'il a pu y avoir des défaillances et accepter l'opprobre, les amendes et les sanctions qui en découlent. À montrer que les choses sont en train de changer et qu'une culture différente est en train de se mettre en place au sein de l'entreprise.

L'autre solution est celle sur laquelle travaille Ivy.

Aujourd'hui, le rôle d'un consultant en relations publiques d'une entreprise est parfois comparé à la fois à celui d'un prêtre et d'un avocat : expliquer des codes de conduite et conseiller la meilleure attitude à adopter. Cela semble très louable, mais en pratique cela signifie que les clients veulent que vous preniez des décisions morales à leur place ; ou plutôt, que vous preniez des décisions immorales à leur place, afin qu'ils puissent s'absoudre de toute responsabilité. Ils veulent que leur avocat leur montre qu'ils peuvent s'en tirer à bon compte.

C'est pour cela que Sir Jock et le conseil feignent d'être en conflit, alors que ce qu'ils veulent en réalité, c'est qu'Ivy se charge de cette affaire. De cette façon, ils peuvent se mentir à propos de leur propre moralité, de ce qu'ils souhaitent réellement. Mais de façon tout aussi importante, ils peuvent montrer à leurs futurs clients de quoi elle est capable, se vanter d'avoir quelqu'un d'aussi impitoyable comme atout.

Et cela convient parfaitement à Ivy.

Le monde de la communication et de la manipulation est attirant quand il y a dans votre passé quelque chose auquel vous ne pouvez supporter de penser. Cela vous donne un sentiment de contrôle et de réconfort de savoir que vous pouvez cacher les vérités les plus sombres et que les gens ne sont que trop heureux de croire à votre mensonge si celui-ci les arrange aussi. Après chaque tragédie, chaque crime, il existe une opportunité de tenir un discours auquel tout le monde veut croire, auquel tout le monde a *besoin* de croire. Elle a appris ça il y a longtemps, ici même.

Rory émerge de la villa, un pain au chocolat à la main : petit-déjeuner à emporter. Une autre image qui la ramène en arrière, son frère qui sort en titubant, les yeux bouffis, plusieurs heures après tout le monde, même si cette fois-ci c'est dû au décalage horaire étant donné qu'il vient d'arriver de San Francisco. Cela fait apparaître un autre fantôme de ses émotions : à quel point elle adorait son grand frère autrefois. Maman et papa étaient toujours sur son dos, comme s'il les trahissait à tous les niveaux, mais elle trouvait son esprit anarchique réconfortant.

Elle avait toujours cru, à tort, que leurs critiques glissaient sur Rory comme de l'eau sur les plumes d'un canard. Ça lui fait mal de le voir : un mélange de chaleur et de regret. Elle sent que ce sentiment est mutuel. Ils se sont manqué, mais ils savent tous les deux pourquoi ils ont vécu chacun de leur côté. Quand elle le regarde dans les yeux, elle se demande ce qu'il sait, et elle le soupçonne de se poser en permanence la même question à son sujet.

Il s'approche et s'assoit sur un transat à côté d'elle. Cela ne la dérange pas, sauf que maman prend ça pour le signal qu'elle attendait et les rejoint.

– J'ai appris que tu avais une nouvelle copine, dit Ivy. Mais tu l'as pas amenée.

– Elle est pas si nouvelle que ça. Kiko et moi, on est ensemble depuis bientôt quatre ans maintenant. Elle a beaucoup de travail en ce moment. Je me suis dit que ce serait plus simple de venir tout seul.

– Elle fait quoi ?

– Elle travaille dans une start-up. Ils ont mis au point une appli pour contrôler les modèles de trafic urbain. C'est un truc super important au niveau de la gestion de la ville. Ça me passe complètement au-dessus.

– Alors comme ça, une femme avec un vrai travail, et même une carrière ?

Il lui sourit, les yeux plissés à cause du soleil, encaissant le coup. Il sait que Kiko fait figure d'assez bon parti après la série de planches pourries, de catastrophes ambulantes et de tordues qu'il s'est tapées au fil des années. C'était la bonne, ce qui explique sans doute pourquoi Rory a décidé de ne pas la jeter dans le panier de crabes de la famille Temple, au cas où elle se tirerait en découvrant tardivement d'où il venait vraiment.

– On ne joue pas dans la même cour, c'est sûr.

Il paraît heureux en parlant de Kiko, mais heureux à sa façon, c'est-à-dire qu'il semble simultanément triste.

– Et qu'est-ce que tu fais de ta vie, maintenant ? demande Ivy.

– Il travaille dans un centre de désintoxication, répond maman, s'immisçant dans la conversation.

C'est encore une chose qui la replonge dans le passé. Elle se souvient que maman intervenait souvent quand quelqu'un posait cette question à Rory. *Il travaille dans un magasin de disques. Il travaille dans un pub.* Il y avait quelque chose d'indubitablement passif-agressif dans ses interventions, un certain jugement dans sa voix et dans la façon dont elle s'arrogeait le droit de répondre à sa place. *Tu pourras répondre toi-même quand tu auras une réponse valable à apporter*, était ce qu'elle insinuait.

– C'est un programme de proximité en centre-ville. On a une population massive de sans-abris, dont la plupart sont atteints de troubles mentaux, avec des problèmes de dépendance.

Il y avait des années de complexité dans cette réponse. Maman savait déjà ce que Rory faisait mais il répondait autant pour elle que pour Ivy. *Non, maman, toujours aucune carrière fulgurante pour le rejeton Temple, mais je fais un travail important.* Important pour lui en particulier. Pour Ivy, il semble avoir trouvé une façon de faire pénitence.

– Mais on s'en fiche, sœurette, conclut Rory. Tu as changé de sujet avant que je puisse te demander où tu en étais dans ta vie amoureuse.

Il cherche à l'asticoter. Comme si elle allait lui balancer quoi que ce soit devant maman.

– Au mieux, c'est plutôt une vie sexuelle, dit-elle en espérant savourer le malaise de sa mère. Mais je travaille depuis trop longtemps dans les relations publiques pour faire l'erreur de révéler des détails qui pourront être utilisés contre moi.

– Pas de souci, répond Rory, indiquant qu'il laisse tomber le sujet.

Mais c'est loin d'être son cas à elle. La question lui a fait penser à L, à nouveau.

Chaque fois que son téléphone sonne, elle espère que c'est un message de lui, même si c'est juste pour l'entendre lui dire d'aller se faire foutre.

Elle refuse d'admettre qu'il lui manque. Qu'elle savait qu'il lui manquerait.

– Je vais piquer une tête, annonce Rory en se levant.

Il marche tranquillement jusqu'à la piscine, plonge sans marquer de pause, laissant Ivy seule avec maman.

– Et comment ça se passe pour toi, au travail ? demande-t-elle, une non-question inutile. Voilà comment ça se passe : une danse hésitante autour de sujets sans importance, comme un émissaire envoyé dans une zone tampon avant le début inévitable des hostilités.

– Chargé.

Le Portugal avait toujours été l'endroit où les choses ressortaient, les tensions accumulées, ou les problèmes que personne n'avait été prêt à aborder à la maison. Être ici facilitait l'ouverture, loin du contexte de tous les jours. Elle ne savait pas trop pourquoi : peut-être que l'absence de corvées domestiques et du train-train quotidien fournissait une tribune, une scène épurée. Mais les choses dites aux villas ne restaient pas aux villas. Les choses dites ici ne pouvaient être retirées. Tout comme les choses faites ici ne pouvaient être défaites.

C'était ici, près de cette piscine, qu'elle avait annoncé sa grossesse à sa mère. Cela lui avait semblé plus sûr : comme si elle pouvait parler de sa vie de façon abstraite pendant les vacances, sa situation temporairement mise en suspens. Mais jamais aucune échappatoire ne se trouvait au bout du vol retour.

– Chargé, répète maman. Oui, j'imagine que ça a dû l'être.

C'est la façon dont Celia amène le fait qu'Ivy n'est pas venue aux obsèques, parce qu'elle ne va pas le dire directement : pas encore.

– C'est étrange de penser que tu évolues dans un monde dont nous ignorons tout, dit-elle.

– C'est la nature du domaine des relations publiques dans lequel je travaille, ce n'est pas seulement confidentiel, parfois nous n'avons même pas le droit de dire qui sont nos clients. Si des gens reconnaissent notre touche, c'est qu'on a échoué.

Elle sort ça assez naturellement, faisant comme si c'était du monde de son travail que maman voulait parler. Celia ne se laisse pas avoir, cependant.

– Je voulais juste dire que tu vis de ton côté, et que tu nous manques. Désolée, j'ai dit *nous*. Je continue de dire *nous*. J'ai tellement l'habitude de parler pour ton père et moi.

– Difficile de perdre l'habitude de toute une vie, est la façon dont Ivy choisit de ne pas répondre.

– C'est bizarre de penser qu'il doit y avoir des tas de gens qui te voient tous les jours, qui doivent te connaître mieux que moi aujourd'hui et qui t'ont toujours connue sous le nom d'Ivy. C'est comme si tu étais celle que tu es pour nous ici et maintenant, mais que tu redeviendras quelqu'un d'autre quand tu seras rentrée. Tu as vraiment un passeport à ce nom-là ?

Ivy conserve un calme apparent, même si cette question l'agace. Elles sont revenues là-dessus si souvent, mais quand maman n'aime pas quelque chose, elle refuse de l'accepter. Elle fait simplement comme si c'était nouveau pour elle ou continue de poser la même question dans l'espoir d'obtenir la réponse qu'elle désire la fois suivante.

– Oui. Je te l'ai déjà dit. J'ai fait changer mon nom légalement. Je ne voulais pas que ma vie entière soit définie par ce qui est arrivé à Niamh.

Maman arbore un air pensif, une expression familière de rêverie et de regret.

– Ces satanés journaux ont été tellement impitoyables et intrusifs, dit-elle. Surtout après l'histoire de la petite Maddy.

Ce n'était pas pour cela qu'elle avait changé de nom, mais Ivy ne la corrige pas. En outre, il devient rapidement évident que son air songeur n'a pas été causé par une réflexion solennelle sur ce qui était arrivé à sa fille. Maman s'est mise à parler de la façon dont les ramifications l'avaient affectée. C'est ce qu'il ne faut pas oublier avec Celia : il s'agit toujours d'elle. Et, dans le cas contraire, elle se débrouille pour que cela le devienne.

– C'est ce qui a mis fin à ma carrière de chroniqueuse. Ce n'est pas comme si j'avais pu changer de nom, parce qu'une multitude de choses reposaient sur ce que les lecteurs savaient de moi après avoir lu ce que j'avais écrit sur ma vie de famille au fil des années. J'étais définie par une chose, comme tu dis. Je suis devenue ce qu'on appellerait aujourd'hui une marque douteuse, même si ce n'était pas ma faute. Pour conserver ma dignité, je n'ai eu d'autre choix que celui de me retirer discrètement des feux de la rampe.

Ivy s'astreint à ne pas faire de mauvais esprit. Se retirer discrètement est une interprétation idiosyncratique. Elle se souvient des crises, des menaces de poursuite en justice, des comment-osent-ils, et du blâme, bien sûr : ce magnifique blâme adoré.

Maman se tait quelques instants, regardant Rory faire des allers-retours dans la piscine. Elle jette un coup d'œil en direction de la pataugeoire où Marion s'occupe toujours de la petite Emily. Pour un observateur à l'œil non exercé, on pourrait croire à une arrière-grand-mère passant en revue les générations de sa famille. Ivy devine pourtant qu'elle s'assure que personne n'est à portée de voix. La danse est terminée.

– Tu n'es pas venue aux obsèques de ton père.

C'est une affirmation plutôt qu'une question, mais cela ne l'empêche pas d'être une accusation, un défi. Ivy s'y est préparée, cependant, et elle a une réponse assassine.

– Lesquelles ?

Maman tente de faire comme si elle était désorientée par la question, mais il y a une expression d'alarme fugace sur son visage qu'elle ne parvient pas à dissimuler assez vite. Elle a beau avoir été actrice, elle n'est pas toujours très bonne quand elle n'a pas de script.

– Lesquelles… ? Je ne…

– Quelqu'un t'a balancée. J'ai reçu un mail contenant toutes les informations.

Celia était allée contre les volontés de son défunt mari athée et avait organisé en secret une messe catholique autour de sa dépouille. Ivy soupçonne que son nom avait été ajouté à la chaîne de mails par erreur, mais elle sait que ça torturera beaucoup plus maman si elle pense avoir été trahie. Ça doit la tuer de ne même pas pouvoir demander par qui, car ce serait avouer qu'elle sait de quoi sa fille veut parler.

– Ne t'en fais pas, les autres ne sont pas au courant, dit Ivy. Ça leur ferait seulement de la peine s'ils l'apprenaient. Alors il vaut mieux que la vérité reste cachée, hein ?

Elles se dévisagent brièvement. C'est la deuxième fois en quelques minutes que Celia n'arrive pas à faire comme si elle ne savait pas à quoi Ivy fait réellement allusion.

– Je voulais parler de la cérémonie commémorative, reprend maman. Ton absence a été remarquée.

– Tout comme ma présence l'aurait été. Tu sais très bien pourquoi je ne suis pas venue. J'ai pris des tas de mesures pour protéger ma vie privée. Je ne voulais pas semer des miettes de pain derrière moi.

Elle aimerait tant dire à maman la vraie raison pour laquelle elle n'est pas venue à la cérémonie. Elle a envie de lui hurler cette raison, mais elles sont déjà passées par là, alors à quoi bon ? La mort de papa n'a pas changé ce qu'il y a entre elles.

– Et c'est la seule chose dont tu te souciais ?

– De quoi d'autre est-ce que j'aurais dû me soucier ?

– D'abord, de ce que vous, qui évoluez dans le monde des relations publiques, appelleriez l'optique. Quel genre de message tu as envoyé en n'assistant pas aux obsèques de ton propre père ?

– Le seul message que je me suis souciée d'envoyer était "laissez-moi tranquille".

– Et c'est exactement là où je veux en venir. C'est toi qui laisses ta vie être définie par ce qui est arrivé à Niamh. Ou, plutôt, en fuyant ce qui lui est arrivé : en faisant comme si elle n'avait jamais existé, comme si tu n'avais pas eu de vie avant celle-ci.

Ivy bout en silence, trop bouleversée pour formuler une réponse.

– Je vois encore son adorable petit visage, dit maman en tournant un regard lourd de sens vers la mer, se comportant comme toujours, comme si elle se savait dans le champ de l'objectif. Elle dit cela comme si le choc pouvait déloger quelque chose des profondeurs de l'esprit d'Ivy, l'insinuation étant que celle-ci *ne voit plus* le visage de Niamh, qu'elle ne pense jamais à elle.

Et ce qui la pique au vif, c'est que maman a raison. Ivy a passé les seize dernières années à oublier la vie qu'elle a eue avant celle-ci, à essayer de faire comme si Niamh n'avait jamais existé. Mais c'est pour protéger la partie d'elle qui doit vivre avec ça. C'est une des raisons pour lesquelles elle est devenue Ivy et a laissé Sylvie dans le passé. Il y a une femme au fond d'Ivy qui pense à Niamh chaque jour et qui regrette que tout n'ait pas été différent. Mais il y a aussi une femme au fond d'elle qui comprend sa véritable nature, et cette femme ne changerait absolument rien.

La théorie conspirationniste nous permet de nous raccrocher à notre autonomie. Elle nous dit que nous pouvons nous aussi être des experts, que nous ne sommes pas obligés d'écouter ce qu'on nous dit, que nous pouvons trouver les réponses que nous cherchons uniquement en prenant la route la moins empruntée.

Max Temple

2018

AMANDA

Je suis en vrac mais le soleil et la chaleur me laissent espérer pouvoir survivre au moins à cette journée. Je suis debout depuis déjà sept heures et il n'est même pas encore l'heure du déjeuner. Il s'écoule à peine une minute sans que je pense au moment où je vais pouvoir retourner me coucher, sauf que je sais que la nuit prochaine risque d'être exactement pareille. Si j'étais aussi fatiguée à Toronto par une journée d'hiver, je serais à peine capable de fonctionner, mais la vivacité des couleurs et la vue de la mer sous un ciel bleu parfaitement limpide parviennent à me donner l'impression d'être au moins à moitié consciente.

J'essaie de lire une interview de Lauren Mayberry sur mon téléphone, mais ça fait quatre fois que je relis le même paragraphe et les mots ne s'impriment pas dans mon esprit à cause de la fatigue. Je pense que je vais avoir besoin de vacances pour me remettre de ces vacances, et c'est là que je m'aperçois que j'ai signé pour plusieurs mois à ce régime.

J'ai envie de pleurer, mais Arron menace de le faire avant moi. Il commence à avoir cette attitude pleurnicharde que je reconnais déjà: agité et mécontent. Comment peut-il seulement être réveillé? Ce môme a semblé dormir aussi peu que moi la nuit dernière. Je suis allée le voir sans arrêt, mais il se remettait à pleurer chaque fois que je le pensais apaisé, jusqu'à ce que je n'arrive plus à dormir tellement je stressais à l'idée que ça recommence. Je me suis même levée à deux reprises pour aller le voir avant de m'apercevoir que les cris venaient d'une des autres villas, où ils ont eux aussi un de ces petits démons impitoyables.

J'entends Kirsten revenir de la voiture. Je l'ai à peine vue ce matin. Elle est partie à l'aube à la salle de sport d'un hôtel de Praia Mexilhões, où elle a pris un abonnement temporaire, et après s'être douchée, elle est ressortie pour aller au supermarché.

Elle sort me rejoindre sur la terrasse carrelée, ombragée par un auvent automatique en toile.

– Nuit pourrie, dit Kirsten, indiquant qu'elle est au moins au courant.

– Ouais.

– Bienvenue dans mon monde.

Sauf qu'a priori, c'est plutôt devenu mon monde maintenant, ai-je envie de dire.

– C'est toujours aussi terrible ?

– Pas toujours. Une fois sur deux c'est pire. Je voulais prendre une nounou professionnelle tout de suite, mais Vince a râlé à cause de l'argent, comme d'habitude. Ensuite, il a changé d'avis et a dit qu'il prendrait des dispositions. J'aurais dû me douter qu'il ferait ça à moindre frais. Sans vouloir te vexer, je voulais juste dire…

– Pas de souci. Je comprends.

Kirsten sort son téléphone et le pose sur la table devant moi.

– En parlant de Vince, dit-elle en montrant l'écran.

Il a fini par donner des nouvelles, sous la forme d'un texto.

> Désolé, truc de dingue. Je me suis fait interpeller par la police à l'aéroport et interroger à propos d'un client. L'affaire est en instance, je ne peux donc pas en parler. Ça a été un cauchemar. Et ce n'est pas terminé, alors je ne peux pas encore quitter le pays. Espère avoir le feu vert bientôt. Presque plus de batterie, d'où le texto. Je t'appelle demain.

– J'ai reçu ça hier soir, dit-elle, ses lèvres pincées ne laissant pas paraître ce qu'elle en pense, d'autant qu'elle porte des lunettes de soleil.

– Eh bien, au moins vous avez une explication, dis-je.

– Des conneries, oui. Il ment. Il me prend pour une abrutie. En disant que l'affaire est en instance et qu'il ne peut donc pas donner de détails. Comme c'est pratique. "Plus de batterie", mon cul.

– Il a dit qu'il appellerait demain. C'est bien aujourd'hui, non ?

– On verra. – Elle ne paraît pas convaincue.

Arron se tortille dans son transat, les prémices d'un cri timide devenant plus convaincu.

– Écoute, t'as assuré cette nuit, dit Kirsten. Tu peux retourner te coucher un moment si tu veux.

– Je ne crois pas que j'arriverais à dormir maintenant, dis-je en songeant que je ne ferais que fixer le plafond dans un état d'épuisement et de frustration total.

– Peut-être après le repas dans ce cas, une petite sieste.

Cette perspective me requinque.

– Et si je l'emmenais faire une petite balade dans le porte-bébé ? dis-je.

– T'es sûre ?

– Ouais. J'aimerais bien voir les environs.

– OK, mais laisse-moi lui passer de la crème et lui mettre un chapeau.

Arron réagit lorsqu'on le soulève, son humeur aussitôt améliorée par l'activité. Kirsten le tartine généreusement de crème solaire, d'une façon que j'interprète comme étant censée montrer son approche sécuritaire de la question. Puis elle m'aide à le sangler, la tête du bambin contre ma poitrine.

– Vous ne croyez pas qu'il préférerait être dans l'autre sens, pour pouvoir voir le paysage ?

– Ce n'est pas bon pour sa colonne vertébrale. Le porte-bébé ne le soutient pas assez quand il est tourné vers l'extérieur. En plus, tu verras qu'il pique du nez quand sa tête repose confortablement contre un corps chaud.

Je comprends ce que Kirsten veut dire dès que je commence à marcher. Il y a quelque chose de réconfortant dans la chaleur que dégage la petite forme d'Arron pressée contre moi, malgré l'humidité de sa bouche baveuse. Le rythme de mes pas lui fait balancer doucement la tête, ce qui semble avoir sur lui un effet hypnotique calmant.

Je n'ai qu'une destination en tête. Je veux voir ce qu'on appelle ici – et de façon plus significative, dans les journaux – le chemin de la falaise. Je fais le grand tour, étrangement mal à l'aise à cause des personnes réunies autour de la piscine, comme si elles pouvaient deviner mes intentions et ma curiosité malsaine.

Le sentier est abrité de la résidence par une haie, trouée par intervalles aux endroits où elle jouxte les chemins menant aux deux villas des Temple. Ce qui se trouve de l'autre côté n'est pas vraiment une falaise, même si un à-pic d'environ trois mètres tombe directement dans l'eau. La côte continue ainsi vers l'est jusqu'à ce qu'elle s'aplatisse près de la plage au niveau du village. Vers l'ouest, elle s'élève de façon régulière.

L'eau est calme aujourd'hui, et elle vient lécher la paroi rocheuse en provoquant de petites éclaboussures. Elle est suffisamment transparente et étale pour permettre de voir des poissons entrer et sortir des ombres. Elle est aussi suffisamment transparente et étale pour permettre de voir les crêtes rocheuses acérées qui se trouvent sous la surface. Personne ne s'amuserait à sauter d'ici et, même s'il n'y avait pas de rochers mortels sous l'eau, il n'y a pas d'endroit pour ressortir. Si on tombait ici, il faudrait nager jusqu'à Praia Mexilhões ou parcourir presque cinq cents mètres pour contourner le promontoire de plus en plus haut afin d'atteindre la première crique.

J'imagine à quel point ce doit être effrayant quand la mer est agitée. Même hier, alors que le temps n'était pas vraiment à l'orage, le bruit des vagues qui s'écrasaient contre les rochers était omniprésent. J'ai localisé l'endroit sur Google. Nous ne sommes qu'à quelques kilomètres de Sagres, l'une des extrémités de l'Europe continentale : le bout du monde, à une certaine époque. C'est là que la Méditerranée rejoint l'Atlantique, et partout où deux immenses étendues d'eau se jettent l'une dans l'autre, il y a des marées et des courants puissants.

Je regarde le bout de chou sanglé sur ma poitrine, ses yeux luttant pour rester ouverts. Je pense à quel point cette petite fille devait être fragile, à quelle vitesse son petit corps a dû être entraîné au large.

Oui, je ne peux réprimer la petite voix inquisitrice qui me dit : Ouais, mais est-ce que ça s'est vraiment passé comme ça ?

Cette idée s'est formée avant que je puisse l'en empêcher. C'est ce qu'il y a de si insidieux dans les théories conspirationnistes : dès qu'une explication alternative est proposée, celle-ci devient aussitôt plus intéressante que l'explication donnée. C'est comme quand vous êtes dans le bus et que le livre ou le magazine de votre voisin devient instantanément plus intéressant que celui qui est ouvert sur vos genoux. Et puis l'attrait vient du fait que, si la version acceptée est quelque chose d'établi, la version alternative semble vivante, se développer, comme une série dont on attend encore la fin de la saison.

Un bébé tombe à la mer, se noie ou se cogne la tête et se fait emporter par la marée, disparaissant à tout jamais. Il n'y a pas à chercher plus loin : une mort accidentelle triste et tragique. Alors que l'idée qu'on se soit en fait débarrassé du corps quelque part permet à tout le monde d'écrire sa propre version.

Mais il ne s'agit pas seulement de proposer une explication alternative. Afin de donner un peu d'ampleur à vos conneries ad hoc, il faut commencer par chercher des failles dans la crédibilité de la version officielle, et d'après ce que j'ai pu lire hier soir, les conspirationnistes étaient convaincus que la petite fille n'avait pas pu marcher et n'aurait pas marché aussi loin, surtout dans le noir.

Hier soir je voyais les lumières baigner la résidence entière de couleurs douces, depuis les allées jusqu'au sommet de la falaise. Il est possible qu'elles aient été installées récemment, mais celles qui sont ici en bordure du chemin ont l'air d'un modèle identique aux lampes coulées dans le béton entourant la piscine, lesquelles ont dû être posées quand la résidence a été construite.

Qu'il ait fait clair ou sombre, ces siphonnés du bocal donnaient l'impression que la gamine aurait dû s'embarquer dans une sorte d'aventure épique pour atteindre le bord de la falaise. Au niveau du sol, les villas comportent presque autant de verre que de pierre, les portes coulissantes de la terrasse ayant été conçues pour laisser pénétrer l'extérieur à l'intérieur. Je constate que la plus proche de ces portes donne sur une chambre, à quelques mètres seulement du trou dans la haie. À force de côtoyer mes cousins – les enfants de la sœur de Sadiq –, je sais que si vous quittez des yeux un bambin dix secondes, il est alarmant de voir à quelle distance il peut aller et à quelle vitesse il peut se mettre potentiellement en danger. Si Niamh était sortie par la porte que je regarde, il aurait pu s'écouler à peine vingt secondes entre le moment où elle avait quitté son lit et celui où elle avait touché l'eau.

Mais j'oublie la logique pile-je-gagne-face-tu-perds des conspirationnistes. Peu importe que leurs doutes soient déraisonnables. Tout n'est pas obligé de tenir debout dans leur hypothèse : il suffit de trouver des failles dans la thèse officielle. Ils "posent juste des questions". Ce que les anglophones appellent communément le *JAQing off*, *JAQ* étant l'abréviation de *Just Asking Questions*.

J'ai lu qu'il était impossible qu'une enfant de dix-huit mois ait pu escalader la barrière. Un type était même parvenu à dégoter une photo de cet endroit, soulignant que la barrière mesurait presque un mètre vingt de haut. Pour lui, cette seule image mettait la version officielle échec et mat. À vrai dire, la seule chose qu'elle prouvait, c'était qu'il ignorait complètement à quoi ressemble le monde pour un enfant de cette taille. La barrière est formée d'une série de trois poutres de bois parallèles, dont la plus basse se trouve à environ trente centimètres du sol. Inutile d'escalader une barrière quand on peut passer dessous.

Maintenant que je suis juste à côté, je baisse les yeux et remarque qu'il y a un grillage entre le sol et la poutre du bas. Contrairement aux lampes, je soupçonne qu'il s'agit d'un ajout plus récent. Cela me fait penser aux lois sur la sécurité qui ne sont entérinées par le système politique qu'après une tragédie : des mesures souvent nommées en hommage à la personne décédée et adoptées trop tard pour la sauver.

Instinctivement, je sors mon téléphone pour prendre une photo de la barrière en me disant que je pourrai l'utiliser si j'écris un article ou si j'enregistre une vidéo là-dessus. Puis j'aperçois une ombre du coin de l'œil. Quand je me retourne, je vois Sylvie Temple à quelques mètres de moi, en train de me dévisager. Je range mon téléphone dans ma poche et m'écarte de la barrière, désignant involontairement la chose même que, j'en ai bien peur, on m'a surprise en train de regarder.

– Salut, dis-je en essayant d'avoir l'air naturelle et amicale. Sylvie, c'est ça ?

Les mots sont à peine sortis de ma bouche que je vois brièvement passer sur le visage de la jeune femme une expression me disant que je viens de l'agacer. Je le pige bien trop tard : je n'aurais pas dû connaître son nom. Ou alors je suis juste parano. Sylvie ne peut pas savoir avec qui j'ai parlé ou pas, si bien que ça peut être Celia ou Marion qui me l'a dit, ou Kirsten.

Et pourtant.

– C'est Ivy, maintenant, dit-elle, le visage neutre mais les yeux froids. On a fait quelques petites recherches sur Google, c'est ça ?

Je sens mes joues s'enflammer. S'il y avait une chance pour que je puisse feindre de ne pas savoir de quoi Sylvie parlait, je l'ai manquée.

– Et on photographie l'endroit fatal, à ce que je vois. Tu cherches quoi ? C'est de la curiosité morbide ou tu veux vérifier la véracité de la thèse officielle ?

Je crois que si je n'avais pas Arron dans le porte-bébé, j'envisagerais de me jeter du haut de cette falaise sur-le-champ.

– C'est pas ça, dis-je. Complètement l'inverse, en fait. J'étais une grande admiratrice de votre père et de ses critiques de la pensée conspirationniste.

À nouveau, j'ai l'impression de n'avoir pas dit ce qu'il fallait. Le fait d'évoquer le père de cette femme maintenant était peut-être un acte d'intrusion de plus.

– Mais tu as fait des recherches sur l'histoire locale, non ?

– J'ai juste… compris que je ne savais rien de l'homme qu'était Max Temple. J'ai lu une notice nécrologique qui en parlait. Je suis canadienne. Je ne savais absolument pas ce qui s'était passé. Je suis désolée.

Sylvie laisse le silence se prolonger et le malaise s'amplifier. Elle ne dit pas "C'est pas grave", ne m'adresse aucun remerciement, et nous savons toutes les deux que c'est son droit.

Elle finit par parler.

– Il s'appelle comment ?

– Arron.

– C'est celui de Vince ? De Vince et de sa nouvelle… ?

– Femme. Kirsten. Ouais.

– Et tu es la nounou.

– Si on veut. Je n'ai suivi aucune formation ni rien. J'aide juste en échange du gîte et du couvert, genre.

– Je ne voudrais pas être à sa place. C'est un dur métier.

– C'est ce que je découvre.

Sylvie laisse un autre silence s'éterniser même si, cette fois, celui-ci semble être celui de la réflexion.

– Niamh aimait bien lancer des cailloux d'ici, dit-elle.

Je sens une tension étrange, surprise que Sylvie partage quelque chose à propos de la fillette morte sur laquelle j'ai lu des articles, mais je me méfie de ce à quoi cela pourrait conduire.

– J'ai pratiquement ramassé tous les cailloux que j'ai pu trouver sur ce chemin. Elle adorait voir les éclaboussures, mais pour ça, il fallait que quelqu'un la porte. À cause de la barrière.

Elle me regarde fixement, comme si elle me demandait : Tu comprends ?

Je déglutis. Je ne sais pas si je suis censée dire quelque chose.

Sylvie ramasse un caillou, le retourne entre ses doigts. Je m'inquiète un instant en me disant qu'elle va peut-être me le jeter dessus. Au lieu de quoi elle le lance par-dessus le bord de la falaise. Nous entendons toutes les deux le plouf tranquille.

– Ma mère m'a envoyée te dire qu'on allait déjeuner tous ensemble et que tu devrais te joindre à nous.

2002

SYLVIE

Derrière elle, dans la salle de bains attenante à la chambre, Sylvie entendait le grondement de l'eau qui remplissait la baignoire pendant que, de l'extérieur, lui parvenait le bruit plus doux des éclaboussures dans la piscine. Les portes coulissantes étaient ouvertes mais, pour elle, il aurait tout aussi bien pu y avoir un champ de force délimitant une barrière mystique entre deux mondes. Les gens qui se trouvaient de l'autre côté étaient en vacances, se détendaient et s'amusaient dans la chaleur agréable du soleil du début de soirée. De son côté, elle était prisonnière et sa dernière audience en vue d'une libération conditionnelle ne s'était pas bien passée.

Niamh était par terre dans la chambre de Marion et Ken, en train de mâchouiller le coin de la couverture violette dont elle ne se séparait jamais, pendant que Lia lui lisait *Ce n'est pas mon train*, ou plutôt faisait semblant de lire, récitant surtout le texte de mémoire. Sylvie et Calum avaient été cantonnés dans la même villa que ses parents. Comme autrefois, Marion et Rory avaient eu le droit de loger dans la seconde villa, tandis qu'elle-même se trouvait juste au bout du couloir de la chambre de maman et papa. Assez loin pour que le bruit ne porte pas si on n'en faisait pas.

Ce soir, elle donnait le bain à sa fille dans l'autre villa afin que Lia puisse "l'aider", même si à vrai dire n'importe quel changement dans son implacable quotidien était le bienvenu. Quand on était enceinte, les gens vous parlaient des joies et vous mettaient en garde contre les dangers, faisant ressembler la maternité à des montagnes russes de polarités et d'extrêmes. Personne ne vous disait à quel point vous seriez la plupart du temps accablée par l'ennui, à regarder les secondes s'égrener lentement, coincée dans une stase développementale pendant que la vie telle que vous la connaissiez continuait pour tout le monde, juste hors de votre portée.

Certains soirs, le bruit de l'eau qui coulait faisait piquer une crise à Niamh, car elle savait que c'était le début d'un processus qui se terminait par l'heure du coucher. Ce soir, elle était trop distraite par la présence de sa cousine, si bien que Sylvie s'estimait heureuse.

Dehors, Calum était dans la piscine où il jouait au taureau avec Hughie et Ken. Les règles étaient ostensiblement standard, mais pour les adultes la véritable prouesse était de foirer de façon suffisamment convaincante pour que Hughie ne fasse pas un scandale parce que tout ne se passait pas comme il le voulait. Calum s'était plié à ces règles sans qu'on le lui dise : en fait, en général, il se montrait plus patient et plus proche de l'explosif Hughie qu'il ne l'était jamais de Niamh. Il restait au milieu, feignant de manquer le ballon à chaque fois. Pour finir, cependant, un des meilleurs lancers de Hughie glissa sur l'eau de façon bizarre et atterrit par accident dans les bras de Calum, précipitant une réaction familière. Hughie devint violet, refusa de passer au milieu et sortit de la piscine comme une furie.

Son père le regarda partir avec un sourire patient. Marion lui aurait couru après, soit pour le consoler, soit pour lui passer un savon, en fonction de son humeur, même si les deux tentatives étaient vouées à l'échec.

Ken sortit de la piscine et commença à se sécher. Sylvie s'offrit un petit plaisir, se disant qu'il ne la verrait pas le regarder depuis l'intérieur. Ken avait un corps superbe, tonique et musclé, un homme dont les qualités soulignaient le fait que Calum n'était encore qu'un gamin.

Elle n'était pas la seule à s'en rendre compte, d'ailleurs.

– Oh, Ken, pendant que vous êtes debout, ça vous ennuierait de me passer un peu de crème solaire dans le dos ?

Maman était allongée sur un transat, et elle se retourna pour se mettre à plat ventre puis décrocha le haut de son maillot de bain. Qu'est-ce que ça voulait dire ? se demanda Sylvie. Il était presque sept heures du soir et le soleil n'était pas assez fort pour justifier une application de crème solaire, mais elle avait choisi ce moment précis pour se retourner ? En plus, papa était lui aussi assis dehors, pourquoi ne lui avait-elle pas demandé ? Ce n'était pas comme si elle hésitait à le déranger dans sa lecture le reste du temps.

Maman ne se mettait jamais seins nus mais Sylvie avait remarqué qu'elle semblait mettre son décolleté en avant chaque fois qu'il y avait un homme plus jeune dans les parages. Elle pouvait rester assise à l'ombre en robe bain de soleil toute la matinée, puis elle l'enlevait subitement pour se mettre au soleil en bikini dès que le type qui entretenait la piscine ou le jardinier arrivait.

Ken s'approcha d'un pas tranquille et s'exécuta, étalant de la crème entre les omoplates de maman. Elle gémit avec une satisfaction exagérée. C'était répugnant. Pauvre Ken. Il était toujours si obligeant, si patient. Sylvie se demandait comment il supportait l'oscillation éprouvante de Marion entre tyrannie et dépendance affective. Quand elle était plus jeune, elle fantasmait sur le fait de le voler à sa grande sœur et de lui offrir une vie meilleure.

Maintenant que la piscine était vide, Calum en profitait pour faire quelques longueurs. Il avait dû nager plus d'un kilomètre et demi au cours de la journée, quand il n'était pas en train de lire. Ça avait été la même chose quand ils étaient venus en avril, pendant les vacances de Pâques. Apparemment, d'après quelque loi tacite, s'occuper du bébé relevait de sa responsabilité à elle, et tout le monde semblait trouver ça normal. Bien sûr, il prenait la relève de temps en temps, pour une chose facile, comme emmener Niamh sur le chemin ramasser des cailloux pour les lancer par-dessus la barrière, mais ça s'arrêtait là.

Ce qui l'ennuyait, ce n'était pas simplement la répartition des tâches, mais le fait que tout le monde présume que, quelque part, elle aurait dû aimer ça. Tous ses besoins humains avaient été subvertis par ses devoirs de mère et cela n'était pas censé la déranger puisque c'était son rôle naturel.

Récemment, chez eux, elle avait joué avec Niamh sur le tapis du salon pendant une bonne quarantaine de minutes pendant que Calum et son pote de fac Alan discutaient sur le canapé.

– Je suis vraiment fasciné par ce rapport naturel que tu as avec ta fille, avait dit Alan. C'est incroyable de voir à quel point tu es épanouie, assise là avec elle, complètement en paix.

Il lui avait fallu faire appel à toute sa retenue pour ne pas hurler : "Putain, mais t'es malade ? Je me fais chier comme un rat mort. J'en peux plus. Chaque seconde est interminable. Chaque. Putain. De. Seconde."

Il lui était douloureux de penser qu'elle pourrait assister à des cours ou des TD au lieu de regarder les minutes défiler lentement avec l'impression que son intelligence était érodée par un manque chronique de stimulation intellectuelle. Et le plus déprimant, c'était non seulement ce qu'elle manquait maintenant, mais le fait de réaliser à quel point la vie qu'elle pourrait finir par mener serait étriquée.

Calum venait de terminer sa deuxième année de droit. La mère de Sylvie l'avait rassurée en lui disant qu'elle irait tout de même à l'université, mais il y avait toujours une raison pour remettre cela à plus tard.

Elle avait à nouveau abordé le sujet durant l'après-midi. Ça ne s'était pas bien passé.

– Niamh pourra aller à la crèche après le premier trimestre, avait suggéré Sylvie alors qu'elle et Celia étaient restées à table après le déjeuner. L'école Montessori les prend à partir de deux ans.

– Il reste encore tout un trimestre avant ça et, même à ce moment-là, les horaires de l'école ne couvriront pas ton emploi du temps, sans parler des trajets pour l'emmener et aller la chercher. Les parents de Calum travaillent tous les deux à plein temps, ne l'oublie pas.

Comme si elle avait pu l'oublier.

– J'espérais que tu pourrais me donner un coup de main. Tu en ferais finalement moins que maintenant si elle était à la crèche.

– J'ai beaucoup de travail en cours, et je risque d'en avoir encore plus.

Celia n'avait pas précisé quoi, mais elle n'avait pas eu à le faire : elle avait déjà souligné le paradoxe. Maman était heureuse de jouer un rôle actif dans la vie de Niamh tant que Sylvie se pliait à sa volonté. Mais si celle-ci tentait de revendiquer un tant soit peu d'autonomie, l'aide sur laquelle s'appuyait cette autonomie lui serait retirée.

Elle comprit que c'était sans espoir. Maman adorait le pouvoir que lui conférait cette situation et elle n'allait pas y renoncer, surtout pas maintenant. Celia prétendait le contraire mais Sylvie devinait que ça l'agaçait vraiment que papa soit devenu la célébrité de la maison. Elle avait toujours eu peur de se faire éclipser, ce qui expliquait pourquoi elle avait autant maltraité sa première fille. De sorte que, maintenant, il était important qu'elle ait ce rôle de grand-mère impliquée dont elle pouvait parler dans ses chroniques, mais encore plus crucial qu'elle garde Sylvie dans une petite boîte.

– Et puis il y a les devoirs… combien de temps il te restera à consacrer à Niamh le soir après avoir passé une journée sans la voir ? Pas beaucoup, j'imagine. Elle mérite mieux qu'une mère qui a toujours la tête ailleurs.

– Et moi, qu'est-ce que je mérite? avait demandé Sylvie, la frustration la poussant à parler même si elle savait qu'elle gaspillait sa salive.

Maman l'avait fixée avec une expression de pitié feinte, comme si Sylvie ne comprenait pas, mais en réalité son regard ne contenait que du mépris.

– Mais tu *as* ce que tu mérites. C'est ce que tu dois accepter, et plus vite tu l'accepteras, plus vite tu t'épanouiras et tu verras la richesse de ce que tu as.

– Je mérite une chance dans la vie, de faire des études. Je ne veux pas que ce soit ça qui me définisse.

– *Ça* a un nom: Niamh. C'est une personne. Et la maternité est une vie. J'ai abandonné ma carrière d'actrice pour être mère, ne l'oublie pas.

Sachant qu'elle avait déjà brûlé toutes ses cartouches, Sylvie avait riposté.

– Tu as abandonné ta carrière d'actrice parce que personne ne te remarquait plus. Il y a un truc sur Internet qui s'appelle l'IMDb, maman, et ça dit que tu n'avais pas travaillé pendant deux ans avant d'avoir Marion.

Elle avait vu un éclair dans les yeux de sa mère. Celia était restée calme, mais son attitude était devenue glaciale. Il n'était pas concevable de plaisanter avec la mythologie.

– J'ai bien peur que ce soit le seul moyen de te faire acquérir le sens des responsabilités, Sylvie.

– Alors tu trouves ça normal de voir ta fille comme une sorte de mise en garde?

Elles avaient déjà eu cette conversation, comme quand elle lui avait annoncé qu'elle était enceinte. Cela avait fait ressortir le côté prude et sévère de maman, lequel parvenait à coexister à l'intérieur de cette même femme qui cherchait constamment à manipuler les gens en minaudant, ce qui devenait plus inapproprié et moins digne chaque année qui passait.

– Notre culture moderne met assurément trop l'accent sur le plaisir sexuel, mais ce n'est pas là où je veux en venir. Tu as été trop gâtée, voilà le problème. Franchement, tu as passé la majeure partie de ton enfance à être la fifille à son papa. Tu le tenais dans le creux de ta main et tu faisais n'importe quoi pour attirer son attention, tu t'attendais à ce qu'il fasse tout pour toi. Tu n'as jamais pu accepter que ce soit un homme très occupé dont de nombreuses personnes réclamaient l'attention, et c'était important que tu apprennes que tu ne peux pas résoudre tous tes problèmes en battant des cils, en faisant un sourire et en t'attendant à ce que quelqu'un se précipite à ton secours.

Sylvie avait été momentanément paralysée en comprenant que sa mère aurait pu s'appliquer ces mots à elle-même et en réalisant après-coup que chaque fois que Celia exprimait des critiques, elle décrivait en général sa propre attitude. Cela aurait dû lui fournir une riposte fatale, mais elle avait été désarmée par le fait que ce que sa mère venait de dire était néanmoins vrai. Enfant, elle avait vénéré son père, et une partie d'elle le vénérait encore. C'était celle-ci qui avait causé sa perte.

Gâtée. Oui, c'était une description littérale.

– C'est important d'apprendre qu'il y a un prix à payer pour ta conduite, avait poursuivi maman. Tu t'es infligée ça toute seule à plus d'un titre.

– Qu'est-ce que c'est censé vouloir dire ?

– Oh, allons, Sylvie. Tu as toujours eu le goût de te donner en spectacle. Comme la période où on n'arrêtait pas de te retrouver soûle et en train de vomir quand tu avais quatorze ans. Ou quand tu as avalé ces pilules et qu'on a dû te conduire à l'hôpital. Le médecin a appelé ça un parasuicide, il a dit que c'était très courant chez les adolescentes qui cherchaient à attirer l'attention. Comme toujours, tu n'as absolument pas pensé à ce que ça pourrait faire aux gens qui t'entourent. Tant que tu étais le centre de l'attention, tu te moquais bien du reste.

"Quand tu t'es mise enceinte, je n'ai pas pu m'empêcher de voir simplement ça comme le dernier épisode en date, sauf que tu n'avais pas prévu que, cette fois-ci, il ne te suffirait pas de t'excuser et de faire comme si de rien n'était. Du coup, tu te retrouves dans ce qui n'est pas tant un mélodrame sublime qu'un soap qui passe en boucle. Et, oui, beaucoup de choses vont te paraître ennuyeuses, sans intérêt et un peu pénibles, mais c'est peut-être inconsciemment l'antidote que tu cherchais."

Sylvie n'avait pas eu d'autre choix que d'écouter, remplie d'un mélange familier de rage écumante et d'impuissance abjecte tandis que sa mère prononçait ce qui ressemblait à une condamnation à perpétuité.

Il y avait eu un temps où la grossesse lui avait semblé être une échappatoire. Au lieu de cela, Niamh était devenue les chaînes signifiant qu'elle ne pourrait jamais s'échapper.

Sylvie retourna dans la salle de bains où elle vérifia la température du bain avec son coude. Elle était parfaite, même si le niveau de l'eau était un peu plus haut que prévu. Elle avait rêvassé et cela l'avait distraite. Elle avait faim maintenant, ce qu'elle interprétait comme une réaction pavlovienne au bruit des robinets qui coulent. Ce n'était pas seulement l'anticipation d'un repas imminent, mais de la meilleure partie de la journée, quand Niamh était bordée dans son lit.

Avec un peu de chance, elle ne réapparaîtrait pas au bout de dix minutes, juste au moment où Sylvie finissait par s'asseoir et prendre un peu de temps pour elle. C'était quelque chose de nouveau depuis leur arrivée au Portugal. Chez eux, quand elle n'arrivait pas à s'endormir, elle pleurait jusqu'à ce que quelqu'un aille la voir (en général Sylvie). Mais le lit bébé était ici une version de voyage, et Niamh avait été enchantée de découvrir qu'elle pouvait maintenant passer par-dessus les côtés.

Le premier soir, elle n'avait pas arrêté de le faire, pas parce qu'elle avait besoin de quelque chose, mais simplement pour montrer qu'elle en était capable. Calum avait eu la désastreuse idée de rire en la voyant exécuter cette manœuvre, garantissant ainsi de multiples répétitions de celle-ci. Depuis, Niamh l'avait fait au moins deux fois chaque soir.

Sylvie ferma les robinets. Niamh n'avait pas réagi en l'entendant les ouvrir, mais comme c'était parfois le cas, elle réagit au silence soudain : pas en pleurant, mais plutôt en rigolant et en sortant à une vitesse déconcertante. C'était un jeu : c'est l'heure du bain et maman doit me courir après. Sylvie n'avait rien vu venir et elle devait encore s'habituer à la vitesse à laquelle Niamh était capable de se déplacer. La dernière fois qu'elle était venue ici, à Pâques, elle se tenait aux meubles et, quelques semaines plus tôt, elle marchait encore comme Frankenstein. Maintenant, c'était un vrai whippet.

Sylvie la poursuivit dans le couloir et la vit se précipiter dans la chambre de Rory par la porte légèrement entrouverte, envoyant celle-ci voler contre le mur. Sylvie ressentit un élan d'inquiétude familier en voyant la distance entre elles, trop grande pour lui permettre d'intervenir immédiatement. Les portes, qui étaient avant de simples séparations entre une pièce et une autre, représentaient désormais autant de risques de se trancher les doigts. Elle la rattrapa et la suivit à l'intérieur sur la pointe des pieds et d'un air contrit.

Une seconde après être entrée, elle ne doutait plus de les avoir dérangés. Rory et Svetlana la regardèrent comme s'ils avaient été surpris au mauvais moment.

Il y avait des lignes tronquées sur le dessus de la commode et des parallèles poudreuses attestaient du fait que ce n'étaient pas les premières de la journée. L'atmosphère n'était pas à l'abandon hédoniste, cependant; plutôt à une tension palpable. Deux personnes qui se défonçaient parce qu'elles avaient du mal à affronter ce qui se trouvait devant elles, ou peut-être ce qu'il y avait entre elles, ou encore les deux à la fois.

La commode était en fait un buffet, long et profond mais doté de deux tiroirs seulement, de sorte que le haut se trouvait au niveau des yeux de Niamh, laquelle fixait un sachet en plastique rempli de pilules posé à côté de la coke. Sans doute de l'ecstasy, à une hauteur et une distance tentantes.

Sylvie se précipita dans la chambre et saisit le sachet au moment où la petite main curieuse de Niamh cherchait à l'attraper. Elle n'avait toujours pas passé le stade où les enfants portent absolument tout à la bouche. Même si le goût était infect, ils essayaient une deuxième fois pour en être bien sûrs. La veille, Calum et elle l'avaient emmenée à la plage de Praia Mexilhões et elle avait mangé du sable. Après dix minutes passées à pleurer pendant que Sylvie lui lavait la bouche avec toute l'eau en bouteille qu'ils avaient apportée, elle avait recommencé dès que sa mère l'avait reposée par terre. Et, en avril, elle avait eu la diarrhée après avoir bu dans la pataugeoire.

Sylvie était agacée que Rory ait laissé traîner cette merde, mais elle ne voulait rien dire. D'abord, il pouvait riposter en lui balançant la remarque raisonnable que c'était sa chambre et que Niamh n'était pas censée être ici, mais surtout elle ne voulait pas être le genre de mère qui se plaint tout le temps et qui répète sans arrêt que la sécurité de leur enfant relève de la responsabilité de tous. Elle avait toujours détesté ça chez Marion quand les deux siens étaient petits, et elle ne voulait pas que Rory ait la même image d'elle. Elle voulait encore qu'il la voie – que quelqu'un la voie – comme la fille qu'elle était autrefois, avant qu'elle ne devienne ça.

Par-dessus le marché, elle était un peu embarrassée par la scène gênante sur laquelle elle était tombée. Ça aurait été plus facile s'ils avaient été en train de baiser. Inutile d'avoir un sixième sens pour sentir qu'il régnait une atmosphère particulière dans la pièce. Quelque chose se dégageait d'eux ces deux derniers jours, qui couvrait l'odeur du shit. Elle se disait que ça avait peut-être un rapport avec le fait que Svetlana soit si manifestement trop bien pour son frère. Elle ne voulait pas dire que Rory n'était pas un type raisonnablement séduisant, mais il n'avait pas vraiment de perspectives d'avenir. Sa copine ressemblait à un top model, ou du moins à une actrice porno, quoique sortie d'un film de boules sur la michetonneuse d'un gangster d'Europe de l'Est. Elle avait quelque chose de dur, sous une surface très lisse. La première fois que Sylvie avait vu Svetlana, elle avait seulement remarqué à quel point elle était belle. Par conséquent, il lui avait fallu un moment pour s'apercevoir qu'elle était plus âgée que ce qu'elle paraissait au premier coup d'œil. D'après elle, elle avait une bonne dizaine d'années de plus que Rory.

Niamh montra qu'elle savait mieux apprécier la situation que sa propre mère : elle attendit que Sylvie soit momentanément distraite pour saisir l'occasion de filer à nouveau.

Sylvie battit en retraite, refermant soigneusement la porte derrière elle. Lorsqu'elle se retourna, Niamh avait à nouveau disparu. Le jeu continuait.

Elle l'appela, parce que ouais, ça marchait toujours.

– Niamh ?

Rien.

Sylvie alla jusqu'au salon, où elle trouva seulement Marion occupée à ramasser des CD. Encore. Hughie avait cette fois-ci entrepris de les lancer à travers la pièce comme des frisbees.

– Elle est où ?

– Lia ?

– Non, Niamh.

– Je croyais qu'elles étaient toutes les deux avec toi. Elle n'a pas pu aller bien loin, dit Marion d'un ton désinvolte. Des mots d'une hypocrisie flagrante dans la bouche de quelqu'un qui avait toujours réagi de manière excessive chaque fois que ses gamins sortaient de son champ de vision. Quand Hughie était tout petit, Marion représentait pour Sylvie tout ce qu'elle ne voudrait jamais être en tant que mère. C'était avant de découvrir une candidate beaucoup plus douée pour ce rôle.

Elle entendit un plouf à l'autre bout du couloir.

– Oh, merde !

Sylvie sentait quelque chose s'emparer d'elle chaque fois que Niamh agissait de la sorte : disparaître sans crier gare ou foncer tout droit vers un danger potentiel. Elle était sidérée par la force de son instinct, alors qu'elle était horrifiée par le peu de contrôle qu'elle avait sur elle-même. Quand elle avait vu ces pilules, sa main avait réagi avant qu'elle ait seulement assimilé consciemment ce qu'elle voyait. Parce qu'à vrai dire, au plus profond, il y avait une partie d'elle qui avait une attitude ambiguë face au danger : une partie d'elle qui savait que si quelque chose de terrible arrivait à Niamh, tout serait plus simple. Cette partie ne prenait jamais le dessus. C'était l'instinct maternel qui était au volant et il y avait un grand panneau à côté qui disait "Prière de ne pas distraire le chauffeur et de ne pas franchir cette limite".

Elle traversa rapidement la chambre de Marion pour entrer dans la salle de bains, où la première chose qu'elle vit fut Lia, l'air contente d'elle malgré l'eau qui trempait le devant de ses vêtements. La seconde, ce fut Niamh à plat ventre dans le bain et la tête sous l'eau.

Sylvie la sortit brusquement de la baignoire, heureuse d'avoir machinalement vérifié la température de l'eau avant de fermer les robinets. Niamh toussait et crachait, ses petits yeux arrondis par la peur et la surprise.

– Putain de merde, mais qu'est-ce qui t'a pris? gronda Sylvie.

Effrayée, Lia tremblait physiquement devant la férocité du ton de Sylvie. Elle jeta un coup d'œil vers la porte où Marion venait d'apparaître et se mit aussitôt à pleurer à chaudes larmes, recourant à un acte d'autodéfense infaillible.

– Je lui donnais le bain, comme tu m'as dit que je pouvais.

Lia jeta ses bras autour des jambes de sa mère pour se mettre à l'abri, comme si Sylvie avait eu l'intention de lui faire du mal.

Niamh rechercherait-elle elle aussi sa protection un jour? Elle avait toujours eu cette peur qu'en son for intérieur Niamh ait senti ses sentiments ambigus et su qu'elle n'était pas une bonne mère.

Sylvie serra sa fille contre elle. De façon ironique, ce fut l'un des rares incidents auxquels Niamh ne réagit pas en pleurant.

– Ba, ba, dit-elle en tendant les bras vers la baignoire. Il y avait sans doute suffisamment de distraction, avec autant de personnes autour d'elle. En outre, elle adorait être dans l'eau, adorait faire des éclaboussures. Elle résistait à l'approche de l'heure du bain, mais une fois dedans elle résistait pour en sortir.

Pour autant, cela ne changeait rien à ce que Lia avait fait.

– Les bains sont dangereux pour les bébés. Tu aurais pu la noyer. Tu aurais pu l'ébouillanter.

– Pourquoi tu lui en donnes si c'est dangereux? voulut savoir Lia.

Sylvie n'allait pas faire dans la nuance.

– Il ne faut pas faire ça sans surveillance, c'est tout. Tu as six ans, bon sang.

– Elle ne voulait pas mal faire, la défendit Marion. Et tu ne mets pas autant d'eau d'habitude.

Sylvie était exaspérée mais également impressionnée par la patience et la dévotion de Marion. Marion était une vraie mère. Tout le monde disait qu'elle était trop indulgente avec ses enfants, mais elle se serait précipitée dans un immeuble en flammes pour eux, se serait pris une balle pour eux. Elle aurait fait n'importe quoi pour les protéger, peu importe ce que cela lui en coûtait, peu importe ce qu'ils faisaient.

2018

AMANDA

Je vois que Kirsten est déjà assise à la grande table sur la terrasse des Temple quand je suis Sylvie entre les villas. Kirsten se lève en nous voyant arriver, observant Arron avec une certaine satisfaction.

– Je t'avais dit qu'il piquerait du nez. Je vais chercher son siège.

– C'est bon. Mieux vaut ne pas le déranger. Tant que je peux m'asseoir.

– Il devient lourd au bout d'un moment, non ?

– Il est magnifique, dit Celia.

– Ils le sont tous quand ils dorment, remarque Marion en apportant un saladier qu'elle pose à côté d'un plat de charcuterie et de fromage. Fais-toi une petite place, ajoute-t-elle en s'asseyant.

– On n'attend pas quelqu'un ? demande Kirsten. Elle tourne son regard vers la seule personne qui n'est pas à table, un type dans le genre hipster qui lit un bouquin sur un transat à côté de la piscine.

– Non, répond Celia. Mon petit-fils Hugh est parti à Praia Mexilhões pour que mon arrière-petite-fille puisse barboter sur la plage, et Ken, le mari de Marion, est allé visiter le château de Silves avec ma petite-fille Lia.

Celia jette un coup d'œil en direction du hipster.

– Mon fils Rory a pris son petit-déjeuner il n'y a pas longtemps. Il vit dans un autre fuseau horaire. J'ai l'impression que ça a été le cas toute sa vie, mais cette fois-ci, c'est parce qu'il arrive tout juste de San Francisco.

Je m'interroge sur la réponse de Celia. Il est utile d'avoir un récapitulatif de qui est qui, mais celui-ci me semble étrangement pompeux. Celia a défini tout le monde en fonction du lien qui les unit à elle, comme si elle posait un jalon matriarcal.

– Et Vince, est-ce qu'il compte nous rejoindre à un moment ou à un autre ? demande Celia.

Sa question semble relativement polie, mais j'y détecte autre chose que de la simple curiosité, une pique. Un jugement.

– Ça reste à voir.

– J'essaie encore de comprendre comment on peut manquer un avion quand on se trouve en salle d'embarquement, dit Marion en gloussant.

– Si quelqu'un en est capable, c'est bien Vince, réplique Kirsten, même si elle ne donne aucun détail sur l'excuse qu'il lui a envoyée par texto. Heureusement que j'ai Amanda pour me donner un coup de main.

Marion prend une carafe d'eau agrémentée de rondelles de citron pour m'en servir un verre, tenant compte de ma difficulté à me pencher sur la table avec Arron dans le porte-bébé.

– Kirsten nous disait que tu es canadienne, dit Celia. Comment ça se fait que tu sois venue travailler pour Vince et elle ? Tu es passée par Internet ? Ou vous avez des liens familiaux ?

– Si on veut. Un de mes pères connaît Vince depuis longtemps.

– Un de tes pères ? répète Celia.

Et allez. C'est reparti.

– J'ai deux pères. Deux pères homos. Deux pour le prix d'un, dis-je d'une voix chantante en essayant d'avoir l'air désinvolte pour que ça ne casse pas l'ambiance.

– Il n'y avait aucun sous-entendu, se défend Celia. Je suis juste curieuse. Je ne juge personne.

Ce qui est une chose que les gens disent seulement quand ils jugent quelqu'un.

Je sens une certaine tension autour de la table, même si je me fais peut-être seulement des idées et si c'est juste moi qui ressens ça. Je suis encore secouée par ma rencontre avec Sylvie, qui n'a pas prononcé un mot depuis.

– Enfin, de toute évidence ils se sont extrêmement bien débrouillés pour t'élever. C'est juste…

Nous y voilà.

– Je pense que chaque enfant, en particulier une fille, a besoin d'une mère.

Il y a une certaine nostalgie dans la voix de Celia, comme si elle partageait une vérité ou une perle de sagesse indéniable mais douloureuse.

Je m'efforce de garder un ton mesuré en répondant. Je suis invitée à la table de cette femme, et on m'a appris – mes deux pères m'ont appris – à être polie. (Et puis bon, je suis canadienne.)

– J'ai une mère. C'est juste qu'elle ne fait pas vraiment partie de ma vie.

Celia affiche un sourire mièvre, mielleux et condescendant.

– Mais c'est exactement là où je veux en venir, ma belle. Je sais que ce n'est pas politiquement correct de le dire, mais il y a une raison si le mariage et la parentalité fonctionnent mieux entre un homme et une femme.

J'ai envie de répondre, mais j'ai peur de me lancer dans une diatribe et qu'après ce soit l'horreur. En plus, ce n'est pas comme si j'allais faire changer cette femme d'avis. Malgré tout, ça m'agace que Celia pense avoir eu le dernier mot sur le sujet.

Sauf que ce n'est pas le cas.

– Tout le monde ne peut pas dire qu'avoir une mère soit un cadeau, dit Sylvie.

Au début, je pense qu'il s'agit d'une boutade pour détendre l'atmosphère, mais le froid qui s'installe autour de la table me dit que non. Mon autre erreur a été de croire que Sylvie prenait peut-être mon parti. En fait, cela n'a rien à voir avec moi. Je suis juste le ballon, et le match se joue entre elles deux.

– Kirsten nous a dit que tu allais entrer à la fac, intervient Marion pour tenter de changer de sujet.

– Elle veut devenir présentatrice de télé, ajoute Kirsten.

– Plutôt journaliste. J'aimerais bien me lancer dans le journalisme télévisuel. J'ai une chaîne YouTube.

Pourquoi est-ce que j'ai dit ça ? Je m'en veux. Je suis complètement déstabilisée. Et s'ils allaient y jeter un coup d'œil ?

– Eh bien, si tu veux être journaliste, tu devrais parler avec Syl… avec *Ivy*. C'est elle, l'expert.

– Vous êtes journaliste ? dis-je, incapable de dissimuler la surprise dans ma voix. Cela me semble être un choix de carrière invraisemblable pour quelqu'un ayant eu une telle expérience des médias. À moins que l'expertise dont parle Celia soit seulement cela, ce qui signifie qu'avoir parlé de ma vocation revient en fait à m'être peint une cible sur le front.

– Non, répond Celia. On pourrait dire qu'elle est l'opposé d'une journaliste, de sorte qu'elle sait tout sur leur façon d'opérer.

– C'est quoi, l'opposé d'un journaliste ? dis-je.

– Je suis dans les relations publiques, explique platement Sylvie, d'une manière qui n'est pas destinée à encourager d'autres questions.

– Oui. Le journaliste essaie de découvrir ce qui se passe vraiment dans le monde, alors qu'Ivy aide les riches à le cacher. C'est pas ça, ma chérie ?

Ouah, me dis-je, étourdie. Ce petit échange était loin d'être anodin. Le deuil a réuni ces personnes physiquement, mais les fissures doivent être vraiment profondes si elles n'arrivent pas à les cacher devant une étrangère.

– C'est une façon de voir les choses, répond Sylvie. Je ne prétendrais pas que je ne tire pas un certain degré de satisfaction en sapant les efforts des journalistes. C'est en majeure partie une bande de misérables crétins. Comme disait Yeats : "Les meilleurs ne croient plus à rien, les pires se gonflent de l'ardeur des passions mauvaises." Des automates débiles qui traitent des communiqués de presse et bricolent des articles à partir d'échanges sur Twitter, ou des fouille-merdes tordus qui portent un intérêt inapproprié aux affaires des autres.

Sylvie ne me regarde pas directement mais je sais que c'est à moi qu'elle s'adresse. Ceci venant s'ajouter aux conneries condescendantes de Celia, j'ai atteint ma limite de passivité polie et je ressens un besoin irrépressible de défendre mon point de vue.

– L'intérêt qu'un journaliste porte aux affaires des autres n'est pas approprié uniquement si ceux-ci ont quelque chose à cacher.

Je me rends compte aussitôt de la façon dont cela peut être perçu. Ce n'était pas mon intention, mais je ne peux pas faire marche arrière sans attirer l'attention sur ma raison de le faire et donc sans empirer les choses. Quoi qu'il en soit, j'en ai marre et je maintiens ce que j'ai dit.

– Ah, tu vois, c'est là que tu surestimes le rôle des journalistes et que tu sous-estimes le pouvoir de ce que peut faire Ivy, reprend Celia. Elle fait partie de ces consultants en relations publiques qu'on va trouver *après* que des vérités préjudiciables ont été révélées. Les faits et les preuves ne représentent même plus la moitié de la bataille.

Je sens un noyau de rage se former en moi. Sylvie me regarde de haut, se posant en championne de la morale depuis notre rencontre sur le chemin.

– Vous voulez parler du fait de laver la réputation des entreprises, dis-je. J'essaie de ne pas laisser la colère transparaître dans ma voix mais je ne vais pas permettre à quelqu'un qui fait un métier *pareil* de dénigrer mes aspirations de journaliste.

– On préfère le terme de "communications stratégiques d'entreprise".

– Appelez ça comme vous voulez, c'est les mêmes conneries. Je veux travailler dans le journalisme parce que je suis convaincue qu'on doit informer les gens. Pas laisser des entreprises décider de ce que les autres sont autorisés à savoir.

Sylvie paraît calme, mais arbore un air condescendant. *Ma pauvre enfant, tu ne comprends pas grand-chose.*

– Et c'est quand l'information a été rendue publique que mon travail commence, me dit Sylvie. Les faits et les preuves ne sont pas la même chose que la vérité objective. Tout le monde essaie de façonner son message. Parfois, mon travail consiste à aider les gens à comprendre ce que l'entreprise fait réellement et à éviter des malentendus qui peuvent les inquiéter inutilement.

Je décide de lui montrer ce que je comprends.

– Et, comme par hasard, aider les gens à éviter des malentendus consiste à faire de fausses campagnes d'information et à imposer des points à mettre en avant afin d'amadouer les journalistes, c'est ça ? Vous voulez parler des "malentendus" comme le changement climatique ? Ou comme la nocivité du tabac ? Les faits et les preuves ne sont pas une vérité objective, soit, mais il ne faut pas les écarter en balançant une tonne de merde à la place. C'est vrai, quoi, à notre époque de fake news, vous ne trouvez pas que la pratique qui consiste à neutraliser des preuves solides et à inventer votre propre réalité est une insulte à tout ce que défendait votre père ?

Un ange passe et je me rends compte de ce que je viens de dire et à qui. Ma dernière remarque m'avait semblé être un argument décisif il y a quelques secondes lorsqu'elle s'était logiquement imposée dans mes processus mentaux, mais sitôt après avoir franchi mes lèvres, elle s'est transformée en quelque chose de grossier.

Celia semble un instant déconcertée, Marion paralysée par le malaise, les yeux fixés sur la table. Sylvie, pour sa part, me regarde comme si elle avait envie de m'écraser sous son talon. Elle ouvre la bouche pour répondre, puis semble prendre un moment.

Elle se maîtrise et, quand elle finit par parler, elle est parfaitement calme. Elle va même jusqu'à sourire, mais d'une façon polie et professionnelle, froidement consensuelle.

– J'espère vraiment que tu obtiendras ce que tu veux, dit-elle. Que tu deviendras une journaliste engagée ou le leader d'un mouvement contestataire. Ça me faciliterait le travail, parce que ce sera un jeu d'enfant de retourner l'opinion contre toi. Les gens n'aiment pas les militants véhéments et autoritaires, et c'est pour ça que *moi*, je les adore. Leur angle d'attaque est pain bénit. Il est facile de donner une image digne de son client quand ses détracteurs pètent un câble. En plus, tu es tellement convaincue de ta droiture morale que tu es facilement prise au dépourvu par la nuance. Tu ne t'attends pas à ce que quelqu'un d'autre puisse avoir un point de vue différent. C'est la perception qui change tout. Très peu de choses sont aussi noires ou blanches que les gens pourraient le croire. En ce moment, je travaille pour faire changer la façon dont est perçu un régime politique – je ne peux pas dire où –, mais sa réputation est actuellement totalement entachée par sa position concernant les MGF.

– Est-ce que ça a quelque chose à voir avec les aliments génétiquement modifiés ? demande Celia.

– Non, dis-je en sentant quelque chose se figer dans mon ventre. Les mutilations génitales féminines.

– Eh bien, circoncision féminine est un terme moins connoté.

– Moins *connoté*? dis-je en bredouillant.

– Oui. C'est la première bataille que nous devons mener : le fait que les gens présument que, d'un point de vue moral et culturel, c'est une affaire entendue. Nous devons déplacer le débat vers un espace ouvert. Les femmes musulmanes pro-MGF font face à des intimidations qui visent à les écarter de la discussion en raison d'une prétendue supériorité culturelle des féministes blanches occidentales.

Je fais mon possible pour contrôler ma voix, consciente qu'Arron dort contre ma poitrine.

– Vous voulez faire croire que les femmes sont *pour* les MGF ?

– Juste pour commencer. Ma stratégie est essentiellement de copier-coller certaines positions concernant la burqa et le niqab. Il faut qu'on dissuade les gens de sauter à pieds joints dans la bataille au cas où on les accuserait d'être racistes ou insensibles aux différences culturelles.

Je suis obligée de boire une gorgée d'eau car je suis tellement en colère que j'ai la bouche sèche. Le pire, c'est que j'imagine que cette stratégie peut fonctionner, parvenir à brouiller suffisamment les pistes pour ralentir les progrès et parasiter l'avancée des campagnes sur le sujet. C'est vraiment déprimant, mais pire que ça, c'est scandaleux.

– Je n'arrive pas à croire que quelqu'un doté d'une conscience en état de marche puisse seulement envisager une chose pareille. Mais, en tant que femme, comment pouvez-vous… ?

Je ne peux même pas. Les mots me manquent.

Sylvie me regarde d'un air parfaitement calme, son expression inchangée : d'une politesse professionnelle, froidement consensuelle.

– Tu dis que tu n'arrives pas à croire que je puisse faire une chose pareille, mais pourtant tu y crois, sinon tu te serais rendu compte que je mentais.

Nom de Dieu. Cela me percute comme un train de marchandises. Elle joue avec moi depuis le début, comme un chat avec un oiseau blessé.

– Pour l'amour du ciel, Sylvie, gronde Marion. Ce n'était pas nécessaire.

Sylvie ne fait même pas mine d'avoir entendu sa sœur. Elle ne me lâche pas des yeux.

– Je voulais te faire comprendre que ce que tu présumes des motivations et de la morale des gens risque de t'induire en erreur.

Je suis heureuse de sentir la chaleur et la douce respiration audible du bébé endormi contre moi, car cela compense le froid paralysant de la colère et de l'humiliation qui m'étreint.

– Même si ce n'est pas la première fois, je ne peux que m'excuser pour le sens de l'humour particulier de ma fille, intervient Celia.

L'expression de Sylvie demeure d'un calme neutre, d'une impassibilité clinique après qu'elle m'a envoyée au tapis, comme si c'était un succès professionnel.

Je ne dis presque rien tandis que tout le monde oublie le malaise ambiant, ou du moins conspire pour en avoir l'air : papotage poli autour de la salade. Je réponds quand on me parle, obligée de prendre part à cette mascarade par bienséance, mais je ne m'étends pas. J'ai besoin de tranquillité pour pouvoir réfléchir à ce qui vient de se passer, et pour comprendre quel genre de personne peut humilier une invitée de la sorte. Je ne pense pas posséder un sixième sens particulièrement aiguisé, mais j'ai rarement côtoyé quelqu'un qui m'ait rendue aussi viscéralement mal à l'aise depuis le début.

Cependant, les mots de l'homme qui manque autour de cette table résonnent dans ma tête.

"On devrait se méfier des premières impressions, car elles peuvent influencer toutes celles qui suivent. Une fois qu'une idée a pris racine, en particulier quand il s'agit d'une idée qui nous réconforte et nous sécurise, ou qui renforce notre façon d'appréhender le monde, il est très difficile d'en changer. Il nous est très difficile de croire qu'une personne puisse être mauvaise quand on a déjà décidé qu'on l'appréciait ou quand on approuve son comportement ou son idéologie. De même, il nous est très facile de croire que quelqu'un puisse être mauvais quand nos valeurs sont contraires."

Je me rappelle ce que Sylvie a traversé, l'impact que cela peut avoir sur quelqu'un. Lorsque vous perdez votre petite fille, une partie de vous est forcément endommagée de façon irréparable, une partie qui aime, qui se soucie, qui ressent.

Puis je revois l'image de Sylvie en train de fixer l'objectif d'un air de défi et je ne peux m'empêcher de me demander si cette partie d'elle était déjà endommagée à l'époque, ou si elle n'a jamais existé.

2002

RORY

– Elle ne veut pas de cet enfant.

Svetlana affichait une expression renfrognée, et elle dit cela si vite après le départ de Sylvie que Rory eut peur que celle-ci soit encore à portée de voix. Il ne voulait pas que sa petite sœur entende quoi que ce soit de blessant, d'autant qu'il savait que Svetlana s'en prenait à Sylvie uniquement par procuration. Sa véritable cible était la relation qu'il entretenait avec certains autres membres de sa famille.

– Comment est-ce que tu peux dire ça ? Elle est jeune, c'est tout, et elle est confrontée à une situation difficile. C'est normal qu'elle soit tendue. Je crois que tu ne peux pas juger tant que tu n'as pas été mère toi-même.

Il regretta aussitôt ses paroles, et pas seulement parce qu'il craignait une escalade. Svetlana ne sembla pas blessée par ses propos, malgré tout, ou peut-être ne voulait-elle pas le lui montrer.

– J'ai grandi dans une grande famille. Beaucoup d'enfants, beaucoup de mères, des mères plus jeunes qu'elle. Elle ne veut pas de cet enfant. Tu te fâches, tu la défends parce que c'est ta sœur et que tu as pitié d'elle. Mais toi aussi tu connais la vérité.

Rory ne voulait pas croiser son regard, car elle y aurait vu un aveu. Au lieu de cela, ses yeux se posèrent sur les drogues qui se trouvaient sur la commode, les voyant à travers ceux de Sylvie. L'autre jour, Marion lui avait déjà reproché de laisser traîner son matos. Il avait eu un peu peur en voyant Niamh tendre la main vers le sachet de pilules, mais il devait reconnaître qu'une grande partie de sa consternation avait été une réaction instinctive en voyant quelqu'un tenter de s'emparer de sa came.

En temps normal, il la gardait hors de vue, surtout pour que son coloc Danny et ses potes ne soient pas tentés d'y toucher. Rory se demandait s'il laissait traîner son matos dehors parce qu'il voulait inconsciemment qu'on le voie, même si ce n'était pas à ses sœurs qu'il pensait. Quand les gens n'arrêtent pas de vous dire que vous les décevez, vous avez, d'une manière perverse, envie de leur donner raison, de le leur renvoyer dans la figure.

Svetlana lui lança un regard accusateur. Il savait ce qui se préparait. L'interruption de Niamh et Sylvie n'avait été qu'un répit temporaire.

– On est ici depuis quatre jours maintenant, et tu ne demandes toujours pas.

– C'est une question de timing. Ce sera mieux s'ils apprennent à bien te connaître, à créer un lien.

– Ta famille te rend malheureux. Je ne sais pas pourquoi tu veux qu'ils apprennent à me connaître. Plus vite on a l'argent, plus vite on va ailleurs, et tu n'auras plus à affronter tout ce… *otruta*.

Il lui arrivait parfois véritablement de ne pas connaître le mot anglais, mais Rory se disait qu'à l'occasion Svetlana aimait bien recourir à l'ukrainien pour souligner quelque chose. Cela l'obligeait à demander, pour qu'il n'y ait aucun doute sur ce qu'elle voulait dire.

– Ça veut dire quoi, *otruta* ?

– C'est comme… quand tu te fais piquer.

Oui, il ne pouvait y avoir aucun doute sur ce qu'elle voulait dire. Pas dans cette maison.

– Du venin.

– Oui. C'est le mot.

– Tu ne comprends pas. Oui, il y a… du venin. Mais je suis obligé de jouer le jeu. Ça fait deux ans que je ne suis pas venu ici pour les grandes vacances en famille. Mon absence a été notée et remarquée, et ma mère me harcèle constamment avec ça. Ils viennent ici plusieurs fois par an et on me culpabilise d'avance à chaque fois. C'est pour ça que j'ai accepté de rester les deux semaines. Je dois payer mon écot.

Rory était inquiet mais non surpris d'apprendre que le malaise qu'il ressentait d'être ici soit aussi flagrant. Il se demanda si le fait qu'il ait simplement joué le rôle du fils aimant et obéissant au lieu de l'être véritablement était aussi évident pour sa famille que pour Svetlana.

Mais bon, c'était la dynamique entière de la famille Temple en modèle réduit. Ils faisaient tous semblant d'appartenir à une famille aimante et obéissante : un *tableau vivant** à la fois orchestré par et joué pour Sainte Celia. Cette représentation était inextricablement liée à sa foi mais formait pourtant une religion miniature en soi : Le Grand Sacrement de la Famille. Ces vacances et autres réunions ressemblaient beaucoup à une messe dominicale : une série de rituels auxquels les fidèles devaient se soumettre, dont le contenu était au mieux banal et au pire d'une hypocrisie insultante, et si quelque chose avait jamais eu une signification un jour, celle-ci avait depuis longtemps été perdue. Tout le monde devait venir ne serait-ce que pour la forme, mais personne ne pouvait avouer à quel point cela lui paraissait vide de sens, à quel point il s'ennuyait et se sentait lié à ce rituel uniquement par un sens des obligations inculqué et une inertie qui vous poussait à continuer de faire ce que vous avez toujours fait simplement parce que vous l'avez toujours fait.

Pourtant, pour une fois, sa famille n'était pas le plus gros problème qu'il avait actuellement dans la vie et, bien sûr, les merdes auxquelles Svetlana avait été confrontée – et avec lesquelles elle se débattait toujours – le forçaient à relativiser. Lui, ce pauvre petit bon à rien de blanc occidental.

Rory ne cherchait pas à se débarrasser de Svetlana en lui servant une excuse : ils avaient tout le temps devant eux, et ils devaient mettre ce temps à profit pour obtenir un résultat. Néanmoins, il comprenait pourquoi elle était impatiente et inquiète, pourquoi ils revenaient sans cesse sur le sujet.

– Ces gens ne sont pas patients, Rory. Et plus ça durera, plus ils ajouteront des intérêts à la dette.

C'était peut-être la drogue, qui œuvrait de concert avec le soupir de la mer étincelante et de l'horizon limpide, mais Rory éprouvait un sentiment séduisant où tout lui semblait possible et se demanda : "Pourquoi est-ce qu'ils ne peuvent pas tout simplement disparaître ?"

– Quand on aura l'argent, est-ce qu'on ne pourrait pas juste se tirer avec ?

– Ils me retrouveront.

– Comment ils feraient ? On pourrait aller n'importe où. Australie, Thaïlande. Changer tous les deux de noms.

– Crois-moi, ils me retrouveront. *Nous* retrouveront, et à ce moment-là…

Elle ne termina pas sa phrase.

– Je ne peux pas vivre avec ce truc au-dessus de ma tête. Ça ne serait pas la liberté. Tu as toujours connu la liberté, Rory. Tu grandis au Royaume-Uni. Je grandis avec le KGB. Après la chute de l'Union soviétique, beaucoup de choses vont mieux en Ukraine, mais les gens du KGB ne partent jamais. Ils deviennent seulement des gangsters. Les humains sont juste des morceaux de viande pour eux. Les gens appellent ça trafic, mais ce sont des esclavagistes, comme dans l'histoire. Certains esclavagistes capturent des esclaves, certains vendent des esclaves, et d'autres les transportent d'un pays à un autre. Mais ce sont tous des esclavagistes, à l'époque comme maintenant.

Quand elle parlait de cette façon, il voyait sur elle le poids des années et se demandait vaguement si quelqu'un de sa famille avait remarqué leur différence d'âge et ce qu'il pouvait en déduire. Il fit le calcul pour trouver l'âge qu'avait Svetlana quand le Mur était tombé. Il se demanda à quoi avait ressemblé son enfance, quel genre d'adolescente elle avait été. Et de façon inévitable, il pensa à la vie de femme mariée qu'elle avait eue à un moment où ses plus gros soucis à lui concernaient les résultats de ses examens et ses scores sur Nintendo. Des vies tellement éloignées que ni l'un ni l'autre n'auraient pu imaginer qu'elles convergeraient un jour.

Ils venaient de milieux radicalement différents, mais ils avaient rapidement vu quelque chose l'un chez l'autre. Chacun à leur façon, ils avaient échappé à leur passé, mais ils ne savaient plus aujourd'hui ce qu'ils attendaient de leur avenir. Ils étaient tous les deux des ratés, des cas chroniques de potentiel gâché. Des déceptions pour eux-mêmes.

Svetlana avait été mariée à un joueur de foot, une superstar qui n'aurait peut-être pas orné autant d'affiches ni signé autant de contrats de sponsoring si les gens avaient su qu'il brutalisait sa femme et à quel point il était doué pour lui faire croire que c'était sa faute. Elle le croyait encore, considérait encore que c'étaient ses propres défauts qui avaient causé l'échec de leur mariage.

Bien entendu, Svetlana répugnait à parler de tous les stades qu'elle avait franchis en cours de route, mais entre son estime de soi démolie et sa famille qui l'avait abandonnée parce qu'elle avait gâché ses chances d'atteindre le sommet avec Golden Boy, elle avait fini entre les mains des esclavagistes, comme elle les appelait. Elle avait travaillé comme prostituée, même si elle était plutôt dans le haut du panier. Ils l'avaient attirée en lui promettant la liberté et la possibilité de voyager, facilitant ses déplacements d'une ville à une autre : Budapest, Prague, Munich, Londres. C'est là qu'elle avait rencontré Rory. Elle travaillait pour rembourser une dette qui ne diminuerait jamais, d'autant que les trafiquants étaient aussi ses dealers.

Le passé de Svetlana laissait penser à Rory qu'elle était attirée par des individus dénaturés et destructeurs, et ce que cela disait de lui ne le réjouissait guère. C'était peut-être pour ça qu'il était aussi déterminé à briser ce cycle : dans leur intérêt à tous les deux. Il avait l'occasion d'être celui qui l'aiderait à prendre un nouveau départ. Ils pouvaient tous les deux prendre un nouveau départ.

Elle avait besoin de trente mille euros pour se sortir de là une fois pour toutes. Rory ne les avait pas, bien sûr, mais son père oui, surtout maintenant qu'il était devenu célèbre et qu'il avait signé ce gros contrat avec une maison d'édition.

Il était venu ici pour lui demander cet argent, mais comme il se retrouvait à devoir l'expliquer sans cesse à Svetlana, la partie serait longue.

Rory entendit un bruit d'éclaboussures, comme si quelqu'un avait sauté dans la piscine, sauf qu'il semblait venu du bout du couloir. Il fut suivi par des bruits de pas rapides, puis par des voix inquiètes : Sylvie qui passait un savon à Lia, Marion qui tentait de calmer le jeu.

Svetlana lui lança un regard qui réclamait un genre de justification.

– Marion, elle aime ses enfants. Pas de doute. Mais l'autre…

Svetlana secoua la tête.

2018

AMANDA

Je mets la clim et ferme les portes coulissantes en regardant le groupe s'éloigner sur la route qui va à Praia Mexilhões. Je reste près de l'appareil et laisse l'air froid jouer sur ma peau. J'ai besoin de me rafraîchir à plus d'un titre.

Kirsten a mis Arron dans sa poussette. Celia et Marion marchent juste devant. Elles descendent au village pour aller se balader sur la plage et peut-être prendre un café. Kirsten m'a demandé si je préférais les accompagner ou passer un peu de temps tranquille toute seule. Je n'ai pas eu besoin de réfléchir avant de répondre.

Je suis d'une humeur massacrante et je sais que je dois éviter de côtoyer des gens. Je n'ai presque rien mangé, ce qui n'a pas amélioré mon état d'esprit, mais j'étais tellement en colère pendant le repas que j'étais incapable de mettre quelque chose dans ma bouche et de l'avaler. Tout me paraissait insipide, et je ne supportais pas cette impression que Sylvie m'observait, tour à tour amusée et méprisante.

J'en voulais à tout le monde, malgré tout, pas seulement à cette garce squelettique plus froide que la reine des neiges : à Celia d'être une sale fouineuse et une homophobe moralisatrice ; à Marion d'être aussi insipide ; et à Kirsten d'être d'un calme aussi déconcertant vis-à-vis de son mari qui ne venait pas la rejoindre pendant ces vacances à la con.

Et ça, d'ailleurs ?

Toute leur relation semblait assez bizarre, en fait. J'avais cru mettre le doigt dessus en arrivant chez eux et en voyant leur différence d'âge. J'ai vu un avocat qui n'était plus de la première jeunesse ayant épousé une fille jeune, mignonne et pas compliquée en pensant qu'elle ferait ce qu'on lui dirait. De même, j'avais perçu Kirsten comme quelqu'un de pas très brillant mais de débrouillard : une fashionista qui s'était dégoté un papa gâteau. Le problème avec mon hypothèse de croqueuse de diamants, c'est que je me serais justement attendue à plus de diamants. La maison était plutôt modeste, une maison jumelle en banlieue qui semblait dater des années 70, et dès le départ j'avais entendu Kirsten se plaindre du fait que Vince était près de ses sous.

Quand j'ai appris que Vince possédait une villa au Portugal, j'ai présumé qu'il était riche, mais il s'est avéré que c'était en fait à peu près la seule chose qu'il avait obtenue dans le divorce d'avec sa première femme. Elle aussi avait été avocate, d'après Kirsten, et de toute évidence bien meilleure que lui car elle l'avait plumé bien comme il faut au moment du partage.

– Vince est toujours sur le point de décrocher une grosse affaire qui le rendra riche, a dit Kirsten hier soir. Elle a dit ça d'un ton méprisant. Je me suis demandé si elle devenait acariâtre parce qu'elle se disait qu'elle avait misé sur le mauvais cheval et, pourtant, plus j'apprends des choses sur elle, plus j'ai du mal à imaginer qu'elle ignorait dans quoi elle s'embarquait. Elle avait été sa secrétaire, si bien qu'elle avait dû prendre la mesure de Vince avant de l'épouser.

Je sais qu'une petite sieste me ferait du bien, mais je sais aussi que je n'ai aucune chance de m'endormir tant que je suis aussi énervée. J'ai à peine cessé de trembler de rage après le tour de force de Sylvie sur les MGF visant à humilier la pauvre petite ado idiote.

Quel genre de psychopathe fait un truc comme ça à une inconnue, une invitée, au cours d'un repas ?

Je prends une tranche de pizza froide dans le frigo et la fais glisser avec un Coca pendant que mon ordinateur se met en marche. En temps habituel, je me distrais en regardant mes chaînes préférées, mais tandis que les premières pages se chargent et que je lis les descriptions des vidéos, tout cela me paraît loin et sans intérêt. Il y a deux jours, je composais des réponses dans ma tête en me disant que j'allais peut-être faire un film avec mon téléphone si j'avais le temps, mais non seulement je n'arrive plus à réfléchir efficacement, mais les questions ne me semblent plus pertinentes non plus. Alors quelle importance si un de ces célibataires misogynes qui laissent des gouttes de pisse sur leur cuvette de chiottes reprend pour son compte un énième sujet de discussion à l'emporte-pièce ?

Presque automatiquement, ma main déplace le curseur sur la barre de mon historique et rouvre certains des sites conspirationnistes que j'avais renoncé à regarder. En quelques secondes, je me retrouve à nouveau confrontée à cette photo : Sylvie Temple qui fixe l'objectif d'un air de défi. Je me sentais crade et voyeuriste la dernière fois que j'ai regardé cette image, mais c'était avant de connaître la personne en chair et en os. La photo me frappe à présent pour des raisons différentes. Qui se sent d'humeur provocatrice dans un moment pareil ?

Je pense à notre rencontre sur la falaise, Sylvie m'accusant de tourisme morbide de façon implicite. Bon, elle avait sans doute raison, mais c'était quand même bizarre de faire cette supposition, d'aborder directement le sujet, non ? N'était-elle pas un peu sur la défensive ? Un peu suspecte ?

En surfant sur les sites, je tombe à plusieurs reprises sur des articles contemporains du drame mentionnant que Sylvie ne semblait pas très affectée par la perte de son enfant. Et ils ne parlent pas d'une seule photo. Je trouve des citations d'officiels portugais qui remarquent à quel point Sylvie semblait froide, tandis qu'une interview rétrospective avec un policier parue dans un tabloïd décrit toute la famille comme étrangement évasive. L'article est soigneusement rédigé de façon à ne pas relayer des affirmations bizarres, le journaliste préférant se concentrer sur le fait que la mort de Niamh avait eu lieu pendant une fête. Il est fortement insinué que la famille n'a jamais dit toute la vérité afin de dissimuler une attitude irresponsable et peut-être même ce qu'on pouvait qualifier de négligence caractérisée.

Néanmoins, je ne peux m'empêcher de penser que personne n'a jamais touché un pot-de-vin de la part d'un journaliste pour faire une interview confirmant la version officielle. En fait, en parcourant les forums, où les bloggers sont moins limités dans l'édification de leurs théories, je me retrouve en train de déconstruire chaque déclaration, chaque affirmation. Et ce qui est vraiment étrange, c'est que j'entends cette déconstruction prononcée par la voix de Max Temple. Je me souviens de choses qu'il a dites dans des vidéos ou, dans d'autres cas, j'imagine seulement sa voix en me rappelant des articles que j'ai lus.

Sylvie Temple avait tué son bébé parce qu'elle ne supportait pas d'être mère et préférait aller à l'université. Elle s'était débarrassé du corps puis avait fait comme si la gamine s'était égarée, ou alors elle avait noyé le bébé dans son bain puis jeté le corps du haut de la falaise pour qu'il soit rejeté sur le rivage le lendemain, sauf que la marée ne l'avait jamais ramené.

C'était Calum, le père de Niamh, dans un cas de “bébé secoué”. Il n'avait pu contenir sa rage en l'entendant pleurer constamment et avait tué sa propre fille, si bien qu'il avait dû faire disparaître le corps avant que quelqu'un ne s'en aperçoive. Il avait longé la côte en voiture et s'était débarrassé de la preuve pendant que tout le monde était encore soûl ou endormi.

Un des jeunes enfants avait tué la petite en la faisant tomber dans la piscine, soit par accident, soit en jouant, et les adultes avaient dû couvrir son crime parce qu'ils étaient occupés à faire la fête au lieu de les surveiller.

Selon la cause de la mort, certaines théories avancent que le corps avait dû être transporté en voiture et enterré, d'autres scénarios s'en tenant à l'hypothèse qui veut que le corps avait été jeté à la mer.

Une théorie conspirationniste ne nécessite même pas forcément une conspiration. C'est une explication alternative sans fondement qui tombe sous le coup d'un biais intentionnel, par lequel un mobile est attribué par un jeu de hasard.

Un autre blogger note que la copine de Rory Temple, Svetlana Gruskov, avait par la suite atterri en prison parce qu'elle voyageait sous une fausse identité. Cette partie-là est en fait confirmée par un lien vers un article de journal révélant que son véritable nom était Tatiana Livchenko et qu'elle était en relation avec des gangsters ukrainiens. Une version moins fondée affirme qu'elle avait infiltré la famille et volé le bébé pour des trafiquants d'êtres humains.

"J'aimerais bien savoir qui a 'découvert' la couverture de la gamine près de la falaise, écrit un blogger, car c'est là-dessus qu'a été élaborée la théorie de la noyade et de l'accident."

Un autre blogger n'est pas du même avis et insiste sur le fait que le véritable assassin aurait très bien pu mettre la couverture à cet endroit pour la même raison. "Ça paraît beaucoup plus convaincant si c'est quelqu'un d'autre qui découvre la preuve et en tire les conclusions de façon indépendante."

Les théories conspirationnistes ne prennent pas beaucoup d'ampleur si elles se fondent uniquement sur des hypothèses : il doit y avoir des anomalies, des incohérences apparentes dans la version officielle : la Uno blanche dans le tunnel parisien pour Lady Di, les déclarations de témoins ayant entendu des coups de feu en provenance de la butte pour Kennedy.

Je vois de nombreuses références à un témoin occupant une villa située un peu plus loin sur la route, qui avait vu une voiture passer devant chez lui en direction du village aux alentours de 23 h 30, puis un autre véhicule se diriger vers la résidence *Baia Serena* dix minutes plus tard. Il ne pouvait affirmer qu'il s'agissait de la même voiture car il faisait trop sombre pour qu'il puisse identifier le modèle, mais il soulignait que les villas *Serena* se trouvent au bout d'une impasse. Il était également catégorique sur le fait que c'était une femme qui conduisait, même s'il reconnaissait qu'il n'avait pu la voir correctement que la première fois.

Aucun des occupants de la résidence *Baia Serena* n'avait reconnu avoir pris une voiture ce soir-là et, même si ceci avait été pointé du doigt par les conspirationnistes, j'avais dû admettre que cela ne constituait pas vraiment une preuve tangible. Je suis ici depuis quelques jours et j'ai vu plusieurs voitures passer devant les villas puis faire demi-tour, les conducteurs s'apercevant que la route ne menait pas là où ils le pensaient. Il est tout à fait raisonnable d'imaginer que le témoin a pu inverser le sens des trajets.

Lorsqu'on rassemble ses souvenirs, l'ordre des événements est fréquemment altéré, créant des versions auxquelles les gens veulent croire, ou qui leur donnent ce sentiment jouissif d'être bien informés, de découvrir un savoir occulte.

Je n'ai pas seulement l'impression d'entendre la voix de Max Temple : c'est comme s'il défendait sa famille depuis l'au-delà, et plus particulièrement comme s'il me dissuadait d'entretenir ces pensées indignes à l'égard de sa fille bien-aimée. Et pourtant mon instinct ne cesse de me dire que Sylvie cache quelque chose, et pas seulement parce qu'elle a été méchante avec moi. Pourquoi est-ce qu'elle me serait rentrée dedans comme ça simplement parce que je semblais m'intéresser à ce qui s'était passé sur cette falaise ?

Question encore plus pertinente : qu'est-ce qui avait déclenché cette tension entre Sylvie et le reste de sa famille ? La plupart du temps, elle restait littéralement à l'écart, assise toute seule dans son coin.

Celia avait été agacée en voyant que Sylvie était retournée à la solitude de son transat dès qu'elle avait débarrassé son assiette.

– On aurait pu espérer qu'elle nous consacre plus de vingt minutes, vu que c'est la première fois qu'on est tous réunis ici depuis…

Elle s'était arrêtée là. Celia n'avait pas dit depuis quand, depuis quoi, mais c'était inutile. Il y avait à l'évidence une histoire sérieuse là-dessous, une tension permanente flagrante dans les échanges lapidaires auxquels j'avais assisté à table.

Je réfléchis au fait que Sylvie ait changé de nom, un autre acte symbolique pour prendre ses distances avec sa famille. Je me demande s'il n'y a vraiment que les conspirationnistes qui nourrissent des soupçons concernant les Temple et la version officielle.

2002

SYLVIE

Sylvie sentit le matelas bouger derrière elle quand Calum se retourna, se rapprochant d'elle dans le noir. Il sentait l'alcool, même s'il s'était brossé les dents. Il avait pas mal picolé pendant cette courte période bénie où il avait pu être un être humain adulte, entre le moment où Niamh avait fini par se calmer et le début de l'épuisement total. Elle ne pouvait pas lui en vouloir. Il était toujours tentant de vouloir la prolonger, de manger plus, de boire plus, d'apprécier les conversations où il n'était pas question de couches et de biberons, mais ils ne savaient jamais ce qui les attendait la nuit ni à quelle heure Niamh allait se réveiller le matin.

Elle avait commis cette erreur la veille au soir et en avait payé le prix toute la journée.

– Hé, t'entends ça ? demanda Calum.

Elle tendit l'oreille. On n'entendait que le silence, hormis le bruit des vagues qui s'écrasaient contre la falaise.

– Quoi ? J'entends rien.

– Justement.

Il prit ses seins dans ses mains. Elle sentait son sexe en érection dans le creux de ses reins.

– Niamh dort à poings fermés, dit-il.

– Oui, mais mes parents non. Il est à peine plus de onze heures.

– On n'est pas obligés de faire du bruit. Et puis ce n'est pas comme s'ils ne savaient pas qu'on le faisait. Ou, du moins, comme s'ils *pensaient* qu'on le faisait.

Il y avait une certaine agressivité dans cette dernière remarque. Ça faisait un moment, elle le savait, mais ce n'était pas entièrement sa faute.

– J'ai juste envie de dormir. Ça m'étonne que tu ne sois pas plus fatigué vu toutes les longueurs que tu as faites dans la piscine pendant que je courais après Niamh.

Il ignora la pique, mais s'éloigna d'elle et son excitation laissa place à la mauvaise humeur

– J'essaie de comprendre ce que j'ai fait de mal, Sylvie. Avant, tu me lâchais jamais. Tu voulais le faire tout le temps. Je commence à croire que ce que tu voulais vraiment, c'était tomber enceinte. Tu aimais bien l'idée d'avoir un bébé – jusqu'à ce que tu en aies un. Maintenant, tu ne sembles plus trop nous aimer ni l'un ni l'autre.

– Eh bien, je suis pas vraiment tombée sur le Papa de l'Année. Tu sais, si tu veux faire du sport en chambre, ça aidera si tu es plus présent.

Ils "vivaient" tous les trois dans ce qu'ils appelaient de façon ironique l'appartement de la grand-mère. Sa défunte grand-mère, la mère de Max, qui était assez âgée, avait vécu là quand Sylvie était petite. C'était une extension de la maison avec une entrée indépendante, même si l'intimité et l'autonomie que cela suggérait étaient, comme elle l'avait découvert, purement symboliques. La grand-mère actuelle – Celia – vivait aujourd'hui dans la maison principale, et c'étaient les générations plus jeunes qui étaient confinées ailleurs.

Le logement de Sylvie était une représentation physique du rôle qui lui était alloué. Ses sentiments, sa conduite et ses décisions ne lui appartenaient jamais. Elle était seulement un appendice de l'idéal plus grand de la famille Temple, dont la matriarche était la gardienne de la flamme sacrée. De fait, elle n'était jamais partie de chez ses parents, mais Calum non plus. Dix-huit mois plus tard, elle avait toujours l'impression qu'il s'agissait de dispositions temporaires, comme quand on va dormir plusieurs nuits de suite chez des amis ; ou plutôt quand on passe plusieurs nuits de suite à-ne-pas-pouvoir-dormir-la-moitié-du-temps chez des amis.

Lui continuait d'aller à la fac, continuait de faire des projets pour sa vie future. "C'est pour votre avenir à tous les trois", était l'expression que maman utilisait. C'était pour bien insister sur la raison pour laquelle Sylvie était censée se satisfaire de la situation, même si elle-même ne pouvait faire de tels projets pour sa propre vie. Au moins, tout le monde avait renoncé à faire pression sur eux pour qu'ils se marient. Mais Calum rentrait de moins en moins souvent "à la maison" le soir. Il allait parfois pioncer chez des amis du campus lorsqu'il travaillait tard à la bibliothèque, ou bien dormait chez ses parents qui habitaient un peu plus loin dans la rue afin de pouvoir étudier en paix. Sa mère et son père l'autorisaient à retrouver son état de célibataire car il restait leur petit adolescent chéri, comme il l'était avant que Sylvie ne lui joue ce mauvais tour.

Ce n'était peut-être que justice. Mais Sylvie n'avait pas la possibilité de retrouver son état antérieur.

Elle repensa à ce que Celia avait dit plus tôt, ou plus particulièrement à la façon dont elle l'avait dit: elle "s'était mise enceinte".

Personne n'avait jamais été capable de faire une chose pareille, pas même la Sainte Vierge. Il y avait eu un ange dans l'histoire, d'après le mythe.

Une visitation.

Des choix s'étaient offerts à elle, des bretelles de sortie qu'elle n'avait pas prises et qu'elle voyait maintenant à regret dans son rétroviseur. Elle aurait pu se faire avorter. Elle le savait. Maman n'aurait pas pu l'en empêcher. Mais ce n'était pas ce qu'elle voulait à l'époque. Elle avait ses raisons, confuses et naïves comme elle s'en rendait compte à présent. Les mêmes raisons qui l'avaient poussée à ne pas vouloir faire adopter son bébé. Calum avait raison, malgré tout: elle n'avait plus envie d'être mère.

Passé un temps, elle avait cru que ce serait un moyen de tracer sa propre route, loin de sa famille. Au lieu de quoi les tentacules s'étaient encore resserrés autour d'elle. Pas étonnant que Calum ait essayé de s'en libérer.

Aux yeux de ses parents, Calum était toujours l'enfant chéri qui avait fait ce qu'il fallait, même si personne n'avait dit clairement ce qu'il n'aurait *pas* fallu faire. Mais ça, c'était les parents de Calum. Ils n'étaient pas donneurs de leçon et, s'il les avait déçus, ils ne le montraient jamais.

Calum était presque littéralement le voisin d'à côté. Ils avaient grandi dans la même rue, des amis d'enfance proches qui s'étaient éloignés avec les changements apportés par la puberté, mais elle s'était tournée vers lui ces dernières années parce qu'il était tendre et attentionné. Il avait quelques mois de plus qu'elle mais semblait plus jeune à bien des égards. Elle pensait qu'il serait facile à manipuler, et elle avait raison, mais dans ses projets elle aurait été la seule manipulatrice.

Elle ne l'aimait pas. Elle n'avait même pas envie de lui (même si elle-même n'était pas terrible en ce moment et devenait de plus en plus grosse), mais elle était tout de même désolée de lui avoir fait une chose pareille. C'était un mec tellement gentil, ou du moins il l'avait été autrefois. Elle craignait que tout cela ne le transforme en autre chose.

Il posa une main sur la sienne et la serra doucement.

– Je suis désolé, dit-il. Je n'ai pas envie qu'on soit comme ça.

À ce moment-là, elle entrevit des temps meilleurs : une version différente de lui, une version plus heureuse d'elle. Elle n'aurait pu dire s'il s'agissait simplement d'un aperçu de son passé ou d'un avenir possible. Mais elle savait en revanche que, dans un cas comme dans l'autre, ces temps meilleurs existaient dans un endroit où ils n'étaient pas parents.

Sylvie se retourna et retira sa chemise de nuit, attirant Calum contre elle. Elle détestait son propre corps et détestait que quelqu'un le voie, mais elle apprécia le contact de sa peau contre la sienne.

Lorsqu'elle sentit ses mains sur elle, elle ferma les yeux et ce ne fut plus Calum qu'elle voyait. Elle s'imaginait que ces mains étaient celles de Ken. Elle fit courir ses doigts sur ses bras maigres, se représentant à la place le corps ferme et nerveux de Ken, et lorsqu'elle l'attira en elle, elle vit le sourire timide de son beau-frère, ses cheveux blonds poussiéreux, sa patience inépuisable, une masculinité calme, tendre, nourricière et forte. Pour la première fois depuis des lustres, elle se dit qu'elle allait peut-être jouir.

Puis elle les entendit : des pleurs au bout du couloir.

Ils se figèrent tous les deux, se tendirent, arrachés à l'instant présent comme seul ce bruit savait le faire.

Une voix rationnelle lui dit qu'ils pourraient tous les deux l'ignorer – peut-être même *devraient* l'ignorer – au moins pour un petit moment. Mais son instinct exigeait une réaction, envoyant dans son corps et son cerveau des signaux qui, eux, ne pouvaient être ignorés. Cette voix hurlait comme ces alarmes anti-effraction hyper aiguës conçues pour décourager les intrus.

– Merde, dit-elle avec un soupir.

Sylvie remit sa chemise de nuit et sortit du lit, les cris devenant plus forts lorsqu'elle ouvrit la porte. Elle éclaira le couloir et sursauta en voyant Niamh debout devant elle, à quelques mètres à peine. Sylvie savait déjà qu'elle était capable de sortir de son lit-parapluie, mais elle était certaine d'avoir fermé la porte de sa chambre. Niamh ne pouvait assurément pas encore atteindre la poignée. La porte n'avait peut-être pas été fermée correctement.

Elle s'avança pour la prendre dans ses bras. Elle avait lu récemment qu'une fois qu'ils savaient marcher, il fallait les raccompagner jusqu'à leur lit en marchant. Ce devait être dans un livre sur la parentalité ou un article de magazine, elle ne se rappelait pas : elle en avait lu tellement, espérant y trouver quelque chose qui l'aiderait à se sentir plus à l'aise dans son rôle de mère. Ce conseil en particulier lui avait semblé bien argumenté à la froide lumière du jour, mais là elle n'avait ni énergie ni patience pour rien hormis pour la méthode la plus directe.

Les larmes de Niamh se tarirent rapidement grâce au réconfort du contact physique. Ce fut au tour de Sylvie de se mettre à pleurer de désespoir alors qu'elle demeurait assise dans le noir, restant avec Niamh jusqu'à ce qu'elle se rendorme. D'une certaine façon, elle était heureuse du temps que cela prenait car elle ne voulait pas que Calum la voie dans cet état. Elle ne savait pas trop pourquoi.

Elle repartit à pas de loup et referma la porte. Elle remarqua que le pêne ne s'enclenchait pas complètement : c'était ça le problème. La gâche métallique était légèrement tordue.

Elle retourna dans sa chambre où elle s'attendait à trouver Calum endormi. Au lieu de quoi elle entendit de l'eau couler dans la salle de bains. Elle espérait qu'il s'était branlé sous la douche et n'entretenait pas l'espoir de reprendre leurs activités. Lorsqu'il ressortit, un simple regard lui suffit pour deviner que ses pensées étaient loin d'être libidineuses. Son expression disait qu'il était à cran.

Il s'assit lourdement sur le lit, comme si ses membres étaient un fardeau.

– Quoi ? demanda Sylvie, se sentant déjà hors d'elle.

– J'arrive pas à gérer.

Il avait un air exagérément pitoyable et cela lui hérissa le poil. Elle venait de réconforter un bébé pour l'aider à se rendormir de sorte que, s'il lui restait une once de pitié, elle se la réservait.

– À gérer quoi ? Ces vacances, c'est la première fois que tu te retrouves dans son environnement immédiat depuis des semaines, et même là, tu n'es presque pas resté avec elle. Tu as passé plus de temps à jouer avec Hughie qu'à t'occuper de Niamh.

Il hocha la tête, le regard vitreux. Il ne tenta pas de nier. Il ne l'écoutait pas vraiment non plus, se contentant de parler.

– Je me disais sans cesse qu'une fois passé l'enfer des premiers mois, plus ça irait et plus je me sentirais père. J'attends toujours. Je n'étais pas prêt pour ça. Je n'ai jamais voulu ça. J'ai cédé sous la pression parce que j'avais déjà déçu mes parents en te mettant enceinte. Je ne voulais pas les trahir encore en me comportant comme un connard et en fuyant mes responsabilités. Mais maintenant, quand je regarde Niamh, je ne ressens pas d'amour. Je vois seulement cette chose qui a gâché ma vie, cette chose qui semble être un prix à payer bien trop élevé pour une ou deux parties de jambes en l'air.

Il soupira.

– Je veux retrouver ma vie d'avant. Je veux redevenir un adolescent, un étudiant. Je veux me soûler, faire l'idiot et baiser à droite à gauche, tomber amoureux et puis ne plus être amoureux. Je veux pouvoir faire plus qu'une seule putain d'erreur.

Sylvie le dévisageait, attendant qu'il croise son regard. Il s'était surtout adressé au sol, craignant de l'affronter.

– Tu ne crois pas que c'est aussi ce que je ressens ? demanda-t-elle.

Il fronça les sourcils, l'air exaspéré.

– Je sais à quoi tu es confrontée, mais c'est différent pour toi. Tu es sa mère, celle qui l'a mise au monde. Tu as ce lien naturel.

Sylvie ouvrit la bouche, indignée par la fausse idée qu'il se faisait de la chose. Elle avait envie de le rembarrer brutalement mais se tut en comprenant qu'il avait vu juste sans même s'en rendre compte. Elle et Niamh avaient un lien plus fort, mais cela ne rendait que plus frustrant le fait qu'elle ne se sentait pas comme tout le monde semblait penser qu'elle aurait dû se sentir.

– J'ai peur de la personne que je deviens, reprit Calum. J'ai peur des idées qui me viennent. J'ai envie de fuir : celle-ci me traverse l'esprit une douzaine de fois par jour. De me tirer à Chypre ou à Ibiza ou n'importe où, de trouver du boulot dans un bar et de simplement devenir quelqu'un d'autre. Mais il y a pire. Ce qui me fait vraiment peur, c'est de penser à ce qui risque de se passer si je suis désespéré au point de perdre le contrôle. Il m'arrive de rester allongé en me demandant ce qui serait le plus facile : si Niamh était morte ou si moi, j'étais mort.

Il la regarda enfin, en quête d'un signe lui disant qu'elle l'avait compris ou d'une réaction quelconque. Elle avait l'impression qu'elle était censée avoir l'air choquée. Au lieu de quoi cela lui avait ôté un grand poids de savoir que Calum ressentait la même chose qu'elle.

– Une partie de moi sait qu'elle me manquerait si elle ne faisait plus partie de ma vie, dit-il. Mais moins que me manque le fait d'être moi-même.

Sylvie savait que Niamh lui manquerait aussi. Mais qu'elle supporterait mieux ce manque que sa vie actuelle.

2018

CELIA – MARION

Quand Celia repense au drame qui s'est déroulé ici, elle considère que le véritable tournant a été l'arrivée de la police. Oui, la panique et le désespoir croissant de la nuit précédente demeurent terriblement vivaces les rares fois où elle entrouvre la porte derrière laquelle ce souvenir reste enfermé. Mais c'est le souvenir de quelque chose qui, de par sa nature même, est flou et indistinct: une brume d'émotions, un moment de turbulences et d'agitation, où tout restait incertain. C'était un moment où rien n'avait encore vraiment changé avec certitude, et donc un moment où personne ne savait quoi ressentir.

L'arrivée de la police, qui coïncida avec l'aube, avait marqué l'instant où tout était devenu irrévocablement réel, leur faisant comprendre que le pire était bel et bien arrivé. Il ne s'agissait plus d'une situation interne qu'ils pouvaient gérer entre eux, une crise qui pouvait être d'une façon ou d'une autre résolue ou contenue. Quand la police s'en était mêlée, Celia avait compris que l'affaire leur avait échappé: que Niamh leur avait échappé et ne reviendrait plus jamais.

Ce fut le début de la fin de la famille telle qu'elle l'avait connue.

Voici, les enfants sont un héritage de l'Éternel; le fruit des entrailles est une récompense. Telles les flèches dans la main d'un guerrier, tels sont les fils du jeune âge.

C'est ainsi que le psaume 127 le formule.

Des générations qui se réunissaient si souvent, qui étaient si proches, si étroitement liées. C'est seulement après cette matinée que ce qui avait autrefois formé un tout avait commencé à se fracturer.

C'est à ce moment-là que les soupçons s'étaient insinués. Que le poison s'était infiltré.

Et Dieu lui pardonne de dire cela, mais ce poison avait au bout du compte été distillé par sa propre fille : pas seulement à cause de ce qui était arrivé à Niamh, mais de l'existence même de Niamh. Si Sylvie ne s'était pas mise enceinte, tout se serait tellement mieux passé dans la famille. Naturellement, il y aurait eu des hauts et des bas, tout le monde aurait poursuivi le cours de sa vie, mais il y aurait toujours eu cette proximité et cet amour.

Il est particulièrement douloureux pour une mère d'accepter qu'il y a quelque chose de corrosif et de destructeur chez sa propre progéniture.

Sylvie est actuellement à l'autre bout de la piscine, assise à l'écart de tout le monde, comme d'habitude. Il est presque onze heures. Ils sont censés se retrouver et partir pour cette cérémonie organisée à la mémoire de Max dans environ cinq minutes, et elle est encore pendue à son téléphone. Elle est ici physiquement mais c'est comme si elle souhaitait faire passer un message en se mêlant le moins possible aux autres et, quand elle le fait, ça devient aussitôt désagréable, comme cette scène avec la nounou canadienne.

Celia n'avait pas prévu de jour particulier pour la cérémonie et avait envisagé de la reporter parce qu'elle soupçonnait que Sylvie rentrerait chez elle dès qu'elle se sentirait déchargée de ses obligations, quand elle se serait acquittée de sa contribution minimum. Malheureusement, Celia n'a pas la possibilité de la repousser car Lia ne peut rester que trois nuits. En outre, à quoi bon obliger Sylvie à s'attarder si elle continue de se conduire comme si elle n'avait pas envie d'être là ?

La cérémonie de ce matin se veut un simple rituel. Ils vont emprunter le chemin qui mène au banc installé à la pointe du cap. Max avait toujours aimé la vue qu'on avait de là-bas. Ils prononceront tous quelques mots puis disperseront les cendres, laissant le vent les emporter au large. Ce sera la dernière des trois cérémonies organisées pour la mort de Max, après le service funèbre auquel tout le monde sauf Sylvie avait assisté, et l'autre, tenue secrète, dont Sylvie avait d'une façon ou d'une autre découvert l'existence.

Celia avait demandé au prêtre de sa paroisse de pratiquer les rites funéraires catholiques sur le cercueil de Max le soir précédant la cérémonie officielle au crématorium, car Max était athée et cette messe allait contre ses volontés. Les autres n'auraient pas compris, mais de façon ironique, Max oui.

Elle plaisantait jadis avec lui sur le fait que c'était précisément ce qu'elle ferait s'il mourait le premier.

– Ce serait un pari annexe à celui de Pascal. Et selon tes propres dires, à ce stade, tu t'en ficheras éperdument.

– Ce n'est pas faux, avait-il concédé, même si pour être honnête il avait cru qu'elle plaisantait.

C'était un des aspects de l'harmonie unique de leur relation qui permettait à Max de parler ouvertement sans que Celia ait l'impression qu'on critiquait sa foi, et elle-même ne lui avait jamais demandé de se censurer dans ses écrits et ses conférences en raison de ses convictions. Réciproquement, il l'avait laissée élever les enfants dans le respect de sa religion sans se plaindre et sans saper les enseignements de l'Église. Il savait que cela avait pour elle plus d'importance qu'ils soient élevés dans la foi catholique que cela en avait pour lui qu'ils ne le soient pas. C'est pour cette raison qu'elle souriait toujours quand elle l'entendait qualifier d'"athée militant". De même, lorsqu'elle rencontrait de véritables athées militants, elle se demandait toujours pourquoi ils ne ressemblaient pas plus à Max : respectueux et tolérants tout en exprimant leur point de vue, et pourtant acerbes et sans pitié lorsqu'ils étaient confrontés aux discours creux et à l'hypocrisie.

Il aurait été si heureux de voir les vacances qu'ils passaient à présent : quatre générations de la famille Temple à nouveau réunies aux villas, comme cela aurait toujours dû être.

Celia n'est pas naïve. Elle sait que les familles grandissent et se dispersent, qu'elles ont toutes leur vie à elles, mais avant – avant le drame –, c'est lorsqu'ils se retrouvaient tous dans cet endroit si particulier qu'ils étaient le plus heureux. Elle veut que tout le monde se souvienne de cela et voie que c'est encore possible. Elle trouve douloureux qu'il ait fallu la mort de Max pour que cela se produise, mais elle a fini par accepter le fait que c'était le seul moyen.

Marion regarde Lia s'empresser auprès de sa nièce – sa petite-fille – et se sent réchauffée par un sentiment de plénitude, de guérison. Elle a senti tellement de tension chez tout le monde du fait d'être ici, tant de conflits et d'écueils potentiels, qu'elle est surprise de voir à quel point il est agréable d'être entourée par tous ces gens qu'elle aime.

Hugh s'adapte bien à la parentalité. Elle avait toujours senti que ce serait une évidence pour sa femme Maggie, mais elle nourrissait quelques inquiétudes concernant la patience de son fils. Il l'a surprise, cependant. Elle ne l'aurait jamais imaginé s'acquitter de ses tâches de père en solitaire avec autant de satisfaction pendant que Maggie restait chez eux pour rattraper le temps perdu. Il semble avoir appris à cloisonner, réservant son côté colérique et intransigeant à son travail. Là aussi ça se passe bien, et il est à présent en lice pour un poste si prestigieux que cela lui donne le vertige rien que d'y penser.

Lia aussi s'en sort bien, elle a décroché une place dans un centre hospitalier universitaire où elle commencera en août ; même si, là encore, Marion sent son cœur se serrer quand elle pense aux résultats imminents de ses examens de fin d'études. Maman se rengorge ostensiblement chaque fois qu'elle dit que sa petite-fille va devenir médecin. Celia est moins enthousiaste concernant le fait que Lia ait annoncé récemment qu'elle était lesbienne, même si elle refuse d'admettre que cela la met mal à l'aise. Maman a toujours eu ce côté prude. Elle tourne autour du pot, dit des choses comme : "Je revois Lia en train de jouer avec ses poupées en parlant de quel genre d'homme elle épouserait quand elle serait grande. Ça montre seulement qu'on ne peut pas prévoir ce genre de choses."

Marion s'assoit à côté de maman, laquelle observe la scène comme si elle prenait des notes, lançant des coups d'œil désapprobateurs en direction de Sylvie qui parle au téléphone. C'est un grand jour pour maman. Tout le monde est là. Elle a réuni la famille, d'un point de vue géographique tout au moins. Mais bon, quand une telle unité a-t-elle été autre chose que superficielle, l'illusion d'une famille liée plaquée sur la vérité ? Peut-être qu'une famille ne peut pas être véritablement plus unie que ça : quand tout le monde vit ensemble pendant un moment – le fantasme de la famille Walton, comme dit tout le temps Rory.

Hugh émerge de la maison en riant, aux côtés de sa sœur. Marion les revoit au même endroit quand ils étaient petits. Elle se rend compte à quel point ils ont changé et à quel point ils sont restés les mêmes.

Elle repense à toutes les piques et toutes les critiques dont elle a fait les frais à cause de sa manière de les élever, à tous ceux qui l'accusaient d'être trop indulgente. De façon inévitable, elle repense aussi à la culpabilité qu'elle a toujours portée. Une partie de celle-ci est comparable à celle du survivant, elle tient au fait que ce n'est pas un de ses enfants qui est mort. Mais avant tout, cette culpabilité est due à ce qu'elle sait et qu'elle a gardé pour elle. Malgré tout cela, cependant, il lui suffit de les regarder maintenant pour savoir qu'elle ne changerait rien. Son travail était de les élever et de les protéger, et elle a réussi. Ils sont là et ils s'épanouissent.

Néanmoins, il est impossible de les regarder dans ce contexte sans voir l'autre fantôme présent à cette fête et de ne pas se demander quelle vie aurait pu avoir Niamh.

Elle comprend la façon dont maman considère Sylvie encore aujourd'hui et se rappelle avec un dégoût dissimulé les pensées peu charitables qu'il lui arrivait d'exprimer à propos de la tragédie.

– Je me console parfois en me disant que Dieu savait peut-être ce qu'il y avait de mieux pour cette enfant, avait-elle dit un jour, sous-entendant qu'être élevée par Sylvie aurait été un destin littéralement plus terrible que la mort.

Elle avait dit cela d'un ton rêveur et mélancolique, mais sa réflexion était inspirée par une amertume aussi tenace que sincère. Maman n'avait jamais pardonné à Sylvie ce qu'elle avait dit à propos de papa. Il ne faisait aucun doute que Max avait été blessé, mais lui avait eu la force de mettre ça sur le fait que Sylvie était Sylvie (et Sylvie avait été Sylvie puissance dix au cours des années précédentes). En revanche, maman n'avait rien voulu savoir, s'inventant a posteriori une histoire dans laquelle tous les malheurs qui s'étaient produits ensuite découlaient inévitablement de ce seul moment épouvantable.

Mais même si elle était honteuse et mal à l'aise de l'admettre, cela lui semblait malgré tout avoir du sens. Il était vrai que des catastrophes arrivaient sans cesse dans l'entourage de Sylvie et, quand Niamh était morte, même s'ils avaient eu du mal à le reconnaître, sa quasi-absence d'émotion n'était pas passée inaperçue. Celle de Calum non plus, dans une certaine mesure (mais était-il sexiste de s'attendre à ce que Sylvie soit plus affectée par le drame ?). D'une façon comme de l'autre, Marion ne pouvait s'empêcher de penser qu'ils étaient au fond un peu soulagés. Bien sûr, il y avait eu des larmes, mais Seigneur, si une telle chose était arrivée à un des siens…

– Elle s'en fiche complètement, non ? dit maman en entendant Sylvie rire en discutant au téléphone. De son père, je veux dire.

– Elle est venue, non ? répond Marion pour défendre Sylvie, ou du moins pour apaiser la colère de maman.

– Elle est ici physiquement, mais ça ne va pas plus loin. La vérité, c'est qu'elle a quitté cette famille il y a longtemps et qu'il est impossible de la faire revenir. Elle ne supporte même pas notre nom de famille, ni son nom de baptême. Et pourquoi est-ce qu'elle a choisi Ivy, d'abord ? Je me pose la question depuis des années.

– Elle n'avait pas une poupée qui s'appelait Ivy quand elle était petite ? demande Marion, un souvenir brumeux remontant d'une époque où elle était plus préoccupée par OMD et Duran Duran.

– Non, c'était Slyvie, répond maman.

Comment avait-elle pu l'oublier ? Ce nom venait d'une des premières tentatives de Sylvie pour écrire son prénom, et maman ne s'était pas privée pour se moquer de l'inversion. Elle avait toujours été tellement dure avec elle. Maman répétait sans cesse qu'elle voulait simplement "maintenir sa fille cadette à un bon niveau" (ce qui en soi était une pique à l'égard de ses aînés pour leurs résultats décevants), mais Marion mettait cela sur le compte du fait que Sylvie cherchait toujours à attirer l'attention, en particulier celle de Max. Cette attitude s'était accrue au fil des années, une petite fille un peu perdue qui cherchait désespérément à s'affirmer et qui se retrouvait en compétition avec une narcissique pour l'affection de son père.

– Je vois pas du tout à quoi le nom de Roan fait allusion, poursuit maman. Mais ce n'est pas un hasard, tu peux en être certaine.

– C'est sûr, renchérit Marion. C'est pour ça que Sylvie est faite pour les relations publiques. Elle comprend que chaque message peut contenir plusieurs niveaux de lecture, certains involontaires et d'autres encodés. Ça doit vouloir dire quelque chose, pour elle en tout cas.

– Oh, il y a forcément un sens caché et ça l'amuse de ne pas le révéler. Mais sa véritable intention est de nous pousser à nous interroger sur cette énigme : c'est une autre façon subtile pour elle d'être le point de mire. Sylvie trouve toujours un moyen d'être au cœur du drame. Il y a eu le végétarisme, l'alcoolisme, la boulimie, l'anorexie.

Maman soupire, la colère creusant désormais des rides sur son front. Lorsqu'elle reprend la parole, c'est d'une voix plus basse.

– Et puis bien sûr il y a eu… *ça*.

2018

CELIA

Elle pose l'urne au bord de la falaise et se baisse, ôte délicatement le couvercle. Ils restent tous autour un moment, ne sachant trop quoi faire. Ils avaient formé une procession solennelle pour monter jusqu'ici, marchant en silence. Le soleil est déjà fort, la journée trop chaude pour un début juin. Une brise légère apporte un peu de soulagement vis-à-vis de la chaleur, mais Celia sait qu'ils ne vont pas vouloir s'éterniser ici.

Elle prend une poignée de cendres et la jette du haut de la falaise où le vent l'emporte. Un nuage noir, qui se dissipe jusqu'à ne plus exister : l'essence d'un grand homme retourné à la poussière, puis disparu à jamais.

Elle avait imaginé qu'elle aurait quelque chose de profond à dire à cet instant. Elle y avait beaucoup réfléchi, mais rien de valable ne lui était venu. Tout lui semblait trivial et inadéquat. Aucun mot ne pouvait exprimer tout ce qu'il représentait pour elle et, maintenant qu'elle est ici, il lui semble incongru de seulement essayer.

– Tu vas me manquer, dit-elle, mais même ces mots restent coincés dans sa gorge qu'elle sent se serrer, et les larmes se mettent à couler.

Elle sent la main de Rory sur son épaule, qui la réconforte. Celle de Marion aussi, de l'autre côté. C'est important pour elle.

Chacun leur tour, ils prennent une poignée de cendres : Marion, Ken, Rory, Lia et Hugh, lequel parvient à le faire avec Emily calée sur l'autre bras. Ils trouvent tous quelque chose à dire, quelque chose de simple.

– Adieu, papa.

– Je t'aime, grand-père.

– Au revoir, Max.

– Repose en paix.

Plusieurs regards se tournent vers Sylvie qui ne s'est pas encore approchée de l'urne. Une fois encore, elle change le point de vue, braque l'objectif sur elle.

Quand elle finit par s'accroupir au bord de la falaise, elle a les larmes aux yeux.

Celia éprouve des sentiments mitigés devant cette démonstration de tristesse. Elle est instinctivement émue de voir sa fille pleurer, mais elle ne peut s'empêcher de penser que c'est trop peu, trop tard.

Sylvie ne dit rien en jetant une poignée de cendres dans le vent, puis elle s'écarte du bord, suivant des yeux la poussière qui s'éloigne vers le large.

Celia prend l'urne une fois de plus et s'apprête à verser le reste des cendres mais change d'avis en la soulevant. Elle remet le couvercle et décide de garder ce qui reste.

L'ambiance est au soulagement, l'atmosphère plus légère lorsqu'ils redescendent le chemin en direction des villas.

– Hé, j'ai vu que trois des livres de papa sont dans le top ten du *Sunday Times* après les ventes de la semaine dernière, lui dit Rory, de la gaieté dans la voix mais un sourire triste aux lèvres.

– C'est génial, non ? suggère Marion.

– Ouais, dit Sylvie. Mourir est la meilleure opération marketing qui soit.

Les autres rient un peu trop fort, afin de se convaincre qu'il n'y avait que de la légèreté dans son intention. Celia n'est pas dupe. La pique visait à blesser, et elle sait à qui elle était destinée. Sylvie lui avait montré son vrai visage il y a longtemps et, depuis, elle n'avait plus jamais vraiment pu le lui cacher.

Elle venait d'avoir seize ans. Elle avait été insupportable pendant toutes les vacances, oscillant entre méchanceté et mépris, buvant de l'alcool malgré leur interdiction et crachant son fiel en parlant d'"hypocrisie" chaque fois qu'un des adultes prenait ne serait-ce qu'une bière ou un verre de vin.

Elle voulait accompagner Rory à ce bar de Praia Mexilhões, ce que le village avait de plus proche d'une discothèque. La controverse avait duré des jours, jusqu'à ce que Celia finisse par céder – contre l'avis de Max – surtout parce que cela leur offrirait une soirée de répit sans Sylvie.

Mais Sylvie n'avait pas réagi de bonne grâce. Lorsqu'elle était apparue sur la terrasse après le dîner, apprêtée pour sortir, elle avait l'air d'une pute. Elle portait cette minijupe du genre que Celia avait qualifié de cache-sexe et un haut léger échancré sans soutien-gorge. C'était d'autant plus horrible qu'elle avait pris du poids et qu'elle débordait de ses vêtements d'une façon particulièrement peu flatteuse.

Celia avait pris cela pour ce que c'était : un acte flagrant de provocation, mais il n'était pas question de l'ignorer. Ils ne pouvaient pas la laisser aller dans un bar comme ça, d'autant plus qu'elle était déjà éméchée. Ils ne lui avaient pas servi d'alcool pendant le repas, de sorte qu'elle devait avoir une bouteille planquée dans sa chambre. Elle semblait sur le point de perdre le contrôle, envoyant toutes sortes de signaux dangereux, et quelqu'un risquait d'en profiter. Elle était censée y aller avec Rory, mais s'il la quittait des yeux, peut-être pour parler avec une fille, qui sait ce qui pouvait arriver.

– Pas question que je te laisse sortir dans cette tenue, avait dit Max. Une de ces choses qu'on jure de ne jamais dire quand on sera parent, jusqu'à ce qu'on se retrouve en train de la dire. Il y avait de la colère dans sa voix, parce qu'il avait au départ refusé de la laisser sortir et parce que c'était ainsi qu'elle les remerciait d'avoir finalement obtenu leur permission.

La réaction de Sylvie avait été de croiser fermement les bras afin de mettre encore plus en avant son décolleté, puis de tourner sur elle-même, ce qui avait eu pour effet de soulever sa jupe et de révéler un string que Celia ignorait qu'elle possédait.

– Quoi, je ne suis pas à ton goût ? avait-elle demandé à Max.

C'était horrible, vraiment horrible. Elle aguichait son père en faisant étalage de sa sexualité naissante, une des choses les plus compliquées à gérer chez une fille pour tous les parents, même dans le meilleur des cas. Cela avait mis Celia mal à l'aise à tant d'égards qu'elle n'était pas parvenue à le formuler. Son unique consolation, c'était que seule Marion était là. Rory était encore en train de se changer dans l'autre villa, et Ken couchait les enfants.

– Tu te donnes en spectacle, lui avait dit Celia en pensant naïvement que la peur du ridicule aurait un peu d'impact.

– Papa ne supporte pas de me voir aussi sexy, avait-elle répondu. Elle souriait, mais il y avait quelque chose d'amer dans chacun de ses mots.

– Tu n'as pas l'air sexy, avait rétorqué Celia. Tu ressembles à l'idée que se fait un garçon de treize ans d'une prostituée. Tu devrais vraiment viser un peu plus haut.

– Eh bien, j'aurais peut-être dû m'habiller comme Kurlia dans *Les Libérateurs*, avait-elle lancé en s'adressant à Celia avec une fausse sincérité. Ou tout enlever, comme tu l'as fait dans ce film d'horreur. C'est la seule raison pour laquelle les gens se souviennent de toi, non ? Pour ce que tu portais et ce que tu ne portais pas. Au moins, si je montre mes nichons dans un bar ce soir, ça sera pas quelque chose que mes enfants auront à voir dans vingt ans.

Celia s'était sentie prise de court par sa remarque, attaquée de toutes parts en même temps. Elle avait lutté pour refouler ses larmes et sa colère, muette de stupeur en constatant à quel point sa fille pouvait être blessante.

– C'était une autre époque et j'étais une personne très différente, avait-elle répondu. On fait tous des choses idiotes quand on est jeune, des choses regrettables qui ont des conséquences plus graves qu'on n'aurait pu l'envisager. Tu devrais peut-être être plus attentive à ça. Moi aussi, j'ai été naïve et imbue de ma personne autrefois, mais j'ai fini par apprendre ce que signifiait le respect de soi, et il est grand temps que tu fasses la même chose.

– Le respect de soi ? avait rétorqué Sylvie d'un ton railleur. Tu veux dire en devenant une vieille grenouille de bénitier frigide baignant dans sa propre suffisance ? Je sais pas, maman, peut-être que si tu remettais ton vieux costume de Kurlia et que tu faisais une petite gâterie à ton mari de temps en temps, il ne me baiserait pas.

2018

CELIA

Le soleil est haut dans le ciel et la brise est tombée. La chaleur est oppressante quand on ne peut s'en abriter : une boule de feu furieuse et pleine d'indifférence pour ceux qui sont piégés dans ses rayons. C'est à ça que Sylvie ressemblait à l'époque.

Celia se souvient de l'expression effrayée qui s'était peinte sur le visage de Sylvie, comme si elle avait brièvement eu peur des conséquences de ce qu'elle venait de dire. Puis une détermination méprisante était réapparue et l'avait dissimulée.

– C'est vrai. Il fait ça depuis des années.

Celia avait eu l'impression que le monde s'était arrêté un instant, et qu'il ne serait plus jamais le même lorsqu'il s'était remis à tourner. Encore aujourd'hui, elle se rappelle nettement la douleur, les choses qui l'entouraient flottant dans son champ de vision. Et, au milieu de tout cela, un noyau rationnel et pragmatique présent en elle qui tentait de tenir le cap, se consolant à nouveau en se disant que seule Marion assistait à tout cela.

Elle se souvient que Max s'était approché d'elle pour la réconforter, même si c'était lui qui avait été le plus profondément blessé. C'était peut-être sa façon à lui de reconnaître qu'il l'avait bien cherché en lui passant tout année après année, en l'encourageant dans ses pires travers.

– Bonté divine, Sylvie, regarde ce que tu fais à ta mère, avait-il dit. Sa voix était remarquablement calme et contenue, mais Celia devinait la colère sourde en dessous. – C'est ça que tu veux ? Tu crois que ta mauvaise humeur en vaut la peine ? Je ne sais pas ce que tu as ce soir, à part que tu as dû ingurgiter une sacrée dose de vodka, mais je vais te faire l'énorme faveur de faire comme si ces dernières minutes n'avaient pas existé. Tu retires ce que tu viens de dire et nous effacerons tous ça de notre mémoire collective.

Elle était partie comme une furie, bien sûr, car depuis quand Sylvie retirait-elle quelque chose ? Depuis quand Sylvie reconnaissait-elle avoir fait quelque chose de mal ? C'est pour ça que toutes ces entreprises faisaient la queue pour s'offrir ses talents : c'était un génie quand il s'agissait d'éviter de reconnaître sa culpabilité.

Quelque chose avait changé après ça. C'était une transgression qu'ils n'étaient pas parvenus à surmonter, une ligne qui avait été franchie, et Sylvie le savait. Celia avait eu du mal à lui pardonner, et Sylvie avait également réagi à cela.

Max, lui, lui avait pardonné, mais cela n'avait fait qu'empirer les choses. Sylvie n'avait jamais montré aucun remords. Le pardon peut être libérateur, mais sans remords il ne peut y avoir de changement.

C'est pour ça que Celia pensait parfois que Sylvie était tombée enceinte juste pour les blesser, Max et elle. Ils avaient tout donné pour lui permettre de réussir et ils auraient fait n'importe quoi pour lui assurer un avenir, pourtant elle avait trouvé un moyen de saboter ça – peut-être littéralement.

Lorsqu'ils avaient eu une explication à propos de sa grossesse – un après-midi mémorablement terrible –, le pauvre Calum désespéré avait juré qu'il avait toujours utilisé des préservatifs (comme si cela rendait acceptable le fait d'avoir des relations sexuelles avec leur fille de seize ans). Il avait admis que l'un d'eux avait pu se déchirer. Avec le recul, Celia n'excluait pas le fait que Sylvie ait délibérément endommagé l'objet. Elle savait à quel point sa fille cadette pouvait se montrer impitoyable quand il s'agissait d'obtenir ce qu'elle voulait, ou ce qu'elle pensait vouloir : têtue dans sa quête de folies, et indifférente aux personnes qu'elle blessait.

Tandis qu'ils redescendent la pente, Celia se demande à nouveau à quoi Sylvie pensait en dispersant ces cendres. Pleurait-elle la fille qu'elle avait été jadis, en se rappelant à quel point Max lui avait toujours donné l'impression d'être exceptionnelle et importante ? Ou ses larmes exprimaient-elles ses regrets d'avoir été trop fière pour s'excuser ou lui demander pardon ?

Celia est douloureusement consciente du fait que ces dernières années ont apporté d'abord un filet puis un torrent de révélations terribles. Des femmes qui avaient gardé le silence très longtemps parce qu'elles craignaient de ne pas être crues. Des victimes qui redoutaient le pouvoir et la vengeance de ceux qu'elles accusaient, et les forces censées les protéger.

Le mouvement MeToo avait résonné au cœur de son être. Ayant été actrice, elle ne se souvenait que trop nettement de ce que c'était : devoir se vendre sur la base de son physique autant que de son talent, et par conséquent se faire traiter comme une pute. Elle avait parfois eu la chance d'y échapper, mais il y avait eu d'autres occasions où elle n'avait pas eu autant de chance, où elle s'était convaincue après coup qu'il s'était s'agi d'autre chose, d'un acte consensuel ou qu'elle avait provoqué par son propre comportement. Elle a lu que les victimes rejettent la faute sur elles-mêmes car cela leur donne au moins l'impression de garder un certain contrôle.

Le message de ces terribles révélations est de ceux qu'elle comprend : que nous devons être prêts à croire des choses inimaginables, prêts à croire les victimes, quelle que soit la personne qu'elles accusent. Mais même si c'est politiquement délicat de le dire, la vérité dérangeante est qu'il y a à cela un corollaire, à savoir qu'il est d'autant plus impardonnable de prétendre être une victime quand on n'en est pas une, car non seulement cette fausse accusation est un acte méprisable, mais c'est également une insulte cruelle envers toutes les personnes qui ont véritablement souffert.

C'est pour cela que, pour sa part, elle n'a jamais pu laisser tomber, et pour cela qu'elle est hantée depuis par les ramifications de cette histoire. Car si Sylvie avait été capable de mentir sur quelque chose d'aussi sérieux et terrible que ça, cela soulevait la question de savoir quels autres mensonges elle avait racontés.

Quelles autres choses elle était capable de commettre.

Ils sont presque arrivés aux villas maintenant, approchant de la partie de la barrière où le grillage avait été installé. Elle remarque que Sylvie ralentit un instant et jette un œil à l'endroit où elle avait perdu Niamh.

Celia avait elle-même perdu une fille longtemps plus tôt.

Elle comprend maintenant qu'il n'y aura jamais de réconciliation larmoyante pendant ces vacances. Mais elle peut éventuellement parvenir à accepter le fait que Sylvie n'existe plus, qu'elle est devenue cette Ivy Roan et qu'Ivy Roan ne fera plus partie de la famille Temple.

Celia pourrait s'en accommoder. Elle apprécie les richesses qu'elle trouve chez les autres qui sont à présent réunis autour d'elle ici, dans cet endroit bien-aimé. Elle a perdu Max, mais pour la première fois depuis de très très nombreuses années, elle a trouvé la paix. Ce qui avait été déchiré est à nouveau réuni. Tout ce qui avait commencé à se fracturer à l'aube de cette horrible matinée est enfin réparé.

Ils coupent par le trou dans la haie et continuent en direction de la piscine, Ken et Marion ouvrant la marche. Ils se tiennent par la main, ce qui lui fait ressentir un pincement au cœur qu'elle a du mal à définir. De la nostalgie ? Non, plutôt du ressentiment. C'est quelque chose que Max et elle ne feront plus jamais.

Puis ils s'arrêtent net devant elle, et Celia porte une main à sa poitrine en voyant pourquoi.

Un spectre. Un écho.

Une voiture de police est garée dans l'allée, presque exactement au même endroit qu'il y a seize ans. Mais, cette fois, elle ne voit pas d'agents de police. Au lieu de cela, c'est la jeune Canadienne, Amanda, qui s'avance vers eux en traversant la pelouse, le petit Arron dans les bras et une expression d'effarement figée sur le visage.

– C'est Vince, dit-elle. Il est mort.

II

Le biais de proportionnalité est la notion instinctive selon laquelle un événement important doit avoir une cause importante. C'est pour cela que nous avons du mal à accepter qu'une princesse puisse mourir dans un simple accident de voiture ou qu'un tireur solitaire puisse abattre un président. Dans un monde qui nous paraît épouvantablement chaotique, nous avons grandement besoin d'un sentiment d'ordre et, paradoxalement, nous préférons croire que des forces malveillantes exercent le contrôle plutôt que d'accepter que personne ne l'exerce. C'est pour cela que dans *Sa Majesté des mouches*, les garçons ont inventé la Bête.

Max Temple

2002

VINCE

La lumière de ce début de matinée semblait cruelle, son éclat effrontément invasif et les couleurs vives qu'elle peignait totalement inappropriées. Vince se disait que cela aurait dû être une journée de pluie et de ciel bas pour que la météo colle à l'ambiance, mais ils avaient peut-être ce qu'ils méritaient : le soleil tenant lieu de projecteur pour un interrogatoire, leur disant à tous qu'ils n'auraient nul endroit où se cacher.

À part la voiture de police, rien n'indiquait physiquement à quel point tout venait de changer, le bouleversement qui avait lieu à l'intérieur de chacune de ces trois villas. C'était une belle matinée, mais la journée promettait d'être terrible.

Laurie et lui étaient assis à table, à un petit mètre l'un de l'autre. Lui serrait une tasse de café dans ses mains. Elle cajolait un verre rempli d'un liquide transparent. Il espérait que c'était de l'eau. Il ne l'avait pas vue se servir mais il avait vu qu'il y avait une bouteille de vodka sur le buffet derrière elle. Vince avait été ravi de remarquer qu'elle avait réduit sa consommation ces derniers jours, mais il craignait que les circonstances ne la fassent replonger. Et par "les circonstances", il ne voulait pas simplement parler de ce qui était arrivé à Niamh. Il voulait aussi parler de ce qui s'était passé avant : des circonstances qui étaient entièrement sa faute.

Cela dit, elle avait pas mal picolé la veille au soir avant de voir ce qu'elle avait vu. Cette bouteille d'un litre était pleine la veille encore, et maintenant il n'en restait plus qu'un quart. Ce qu'il redoutait vraiment, c'était que les flics viennent ici et le sentent dans son haleine avant même d'avoir passé le seuil. Ils avaient été appelés aux villas pour ce qui était apparemment un accident, mais il n'était pas question que tout le monde soit soupçonné sous prétexte que leur conduite avait peut-être contribué au drame. Une enfant qui disparaît pendant que tout le monde se bourre la gueule et, dans certains cas, s'envoie… Non, ça ne faisait pas bon effet.

Vince voyait un des agents de police juste derrière les baies vitrées de la villa d'en face, en train de poser des questions aux individus vidés et hébétés qui se trouvaient à l'intérieur. Il se demandait quels mensonges les Temple allaient raconter, et quelles raisons chacun avait de les dire.

Il se sentait épuisé, brassé, et son violent mal de tête lui semblait aiguisé par chaque photon de soleil. Ça ne ressemblait pas au genre de gueule de bois qu'on a au réveil, quand on reprend conscience, l'œil vitreux, plusieurs heures après la fin d'une soirée. Ces symptômes-là étaient ceux que l'on ressent uniquement quand quelque chose de terrible met un terme brutal aux festivités et quand ce qui suit n'est pas le sommeil mais la tension et l'effroi. Il avait ressenti l'effet dégrisant temporaire de la peur et de la panique pendant que les autres couraient dans tous les sens avec un désespoir grandissant, puis l'adrénaline et l'alcool avaient tourné en lui comme du lait, leurs effets désormais inutiles mais lents à s'estomper.

Se sentir sobre quand on est encore soûl n'était pas bon pour le jugement. Il fallait donc un peu de temps à Vince pour faire le tri dans ses souvenirs, car il était difficile d'assembler les pièces du puzzle sans vraiment savoir auxquels de ces souvenirs se fier.

Il se méfiait en particulier d'un élément qui déformait l'image, à savoir qu'il s'était déjà produit un événement terrible avant qu'ils ne s'aperçoivent que la petite avait disparu. C'était comme un présage de ce que tout le monde s'apprêtait à ressentir : une brusque secousse qui l'avait tiré d'un abandon hédoniste.

Laurie l'avait surpris en pleine action. Pas la moindre place pour une interprétation nuancée ou un plaidoyer passionné du genre "ce n'est pas ce que tu crois". Son regard avait duré à peine une seconde, et elle avait poursuivi son chemin sans rien dire, mais c'était irréversible. L'instant où leurs regards s'étaient croisés lui avait donné un aperçu de conséquences qui ne s'étaient pas encore produites mais qui étaient désormais inévitables.

C'est seulement après qu'il avait compris la signification de ce que *lui* avait vu au même instant.

Vince contemplait une scène d'une tranquillité incongrue de l'autre côté de la piscine. Il voyait Calum assis dehors à la grande table, Rory appuyé contre le mur à côté de lui. Vince se demandait ce qui pouvait bien traverser l'esprit du gamin. Le pauvre n'était encore qu'un adolescent. Il avait eu du mal à accepter la réalité d'être père, mais il aurait sûrement échangé celle-ci en un clin d'œil contre la réalité d'avoir tout juste perdu sa fille. Tous ses sentiments de frustration et d'ambivalence avaient dû s'envoler, et il comprenait trop tard la valeur de ce qu'il avait eu.

Svetlana, la copine de Rory, était assise sur le bord d'un transat à côté de la piscine, buvant de l'eau à la bouteille. Encore maintenant elle semblait sortir d'une pub pour parfum, sauf qu'elle n'avait pas les yeux dans le vague : elle regardait fixement le large.

À l'intérieur, par les portes ouvertes de la terrasse, il voyait Celia pliée en deux sur le canapé, secouée de sanglots. Max avait passé un bras autour de ses épaules mais elle semblait perdue dans son propre monde de souffrances. Vince se demanda si la culpabilité empirait les choses, si elle se torturait en se disant que cela ne serait peut-être pas arrivé si elle n'avait pas fait quelque chose qu'elle n'était pas censée faire. Ce genre d'accusation irrationnelle qu'on s'inflige à soi-même quand un autre de nos péchés est resté impuni.

Tout le monde semblait engourdi et vaincu. Il n'y avait pas eu de repos, seulement des heures d'impuissance atroce suivies par l'acceptation naissante du fait que la situation était bel et bien aussi terrible qu'elle en avait l'air.

Seuls les enfants avaient dormi : ceux de Marion. Ils n'étaient pas sortis de leurs chambres pendant tous ces terribles événements, à compter du moment où Sylvie avait donné l'alerte en passant par les recherches frénétiques et jusqu'à la prise de conscience déchirante que le pire était effectivement arrivé. Il avait entendu dire de certains enfants qu'ils pouvaient dormir pendant un tremblement de terre. Et, assurément, la terre avait tremblé sous les pieds de Hughie et Lia. Leur monde avait été transformé et rien ne les avait préparés à ce qu'ils allaient trouver à leur réveil. Cela n'aurait pour eux aucun sens. La petite Niamh était vivante quand ils étaient allés se coucher, et c'était la fête. Tout le monde était heureux, à leurs yeux tout au moins.

Vince se souvenait de sa propre incompréhension devant la maussaderie et la colère de son père, son incapacité frustrante à prédire ce qui allait lui faire perdre son sang-froid. Ces deux-là auraient au moins une explication sur laquelle s'appuyer pour comprendre pourquoi les adultes étaient tristes et distants et, avec le temps, cela s'améliorerait. Enfant, il n'avait jamais compris ce qui mettait son père aussi en colère jour après jour. Mais le plus dur, c'était qu'il ne pouvait jamais rien faire pour le rendre heureux. Vince savait que si on travaillait sans relâche, on avait un peu moins de risques de se faire accuser d'être inutile. Mais ça ne voulait pas dire qu'on faisait bien son travail.

Vince était souvent debout à cette heure-ci parce que Laurie se plaignait quand elle le trouvait devant son ordinateur, si bien que c'était pour lui l'occasion de travailler un peu avant qu'elle se lève. Ils vivaient à des rythmes différents, ici comme chez eux. Il s'était monté la tête en se disant qu'ils traîneraient au lit et feraient l'amour en venant ici, mais il avait depuis longtemps remisé ça au rang des fantasmes.

Dans des moments pareils, il avait presque l'impression d'avoir la résidence pour lui tout seul. Les seules personnes debout à part lui étaient les enfants, et les adultes étaient en général à l'intérieur en train de regarder la télé. Au mieux, il voyait lequel des parents avait pris le premier quart pour s'occuper du bébé.

La veille à cette heure-ci, il avait vu Sylvie emmener Niamh faire une balade sous étroite surveillance dans le jardin, le regard rendu vitreux par l'ennui et l'épuisement, et pourtant vigilant en permanence, ses yeux ne se détachant jamais de celle dont elle avait la responsabilité. Son expression maussade et fatiguée avait été ponctuée tantôt par une brève panique quand la petite semblait sur le point de faire quelque chose de dangereux, tantôt par un sourire chaleureux quand elle faisait quelque chose de mignon. Elle avait souri d'une façon qui suggérait que l'enfant l'avait surprise, et que sa propre réaction l'avait également étonnée.

Sylvie l'avait suivie autour de la piscine une ou deux fois, tentant de l'amuser pendant que tout le monde dormait encore. Niamh l'avait ensuite entraînée en direction du chemin de la falaise. Elle aimait bien aller là-bas pour lancer des cailloux et regarder les éclaboussures.

C'était un endroit qu'aucun d'eux ne regarderait plus jamais de la même façon.

C'est Marion qui avait trouvé la couverture, accrochée à une des poutres en bois qui séparaient le chemin du précipice. Elle était entrée dans la maison en la serrant contre elle, l'air vidé. Ses mains avaient tremblé quand elle l'avait tendue à Sylvie, sans rien dire, la voix coincée dans sa gorge. C'était comme si elle avait invité tout le monde à en déduire ce que cela signifiait pour ne pas avoir à le formuler elle-même. Mais ceci ne lui serait finalement pas épargné car personne ne voulait exprimer ce qu'il redoutait véritablement, comme si cela aurait en soi suffi à rendre la chose manifeste.

– Tu l'as trouvée où ? avait demandé Sylvie.

Car la couverture abandonnée proprement dite ne signifiait rien de définitif. Mais quand Marion avait répondu, cela avait semblé mettre un terme à l'espoir.

Quand Sylvie s'était aperçue que la petite avait disparu, le premier endroit vers lequel tout le monde s'était précipité avait été la piscine. On aurait dit qu'ils avaient oublié qu'il y avait une étendue d'eau beaucoup plus grande et bien plus dangereuse à seulement quelques mètres de là. Maintenant que Marion leur en avait rappelé l'existence, leurs conclusions étaient sans appel. Jusque-là, il y avait encore eu la possibilité que, d'une seconde à l'autre, Niamh émerge d'une cachette dans laquelle personne n'avait regardé, ou d'un endroit inattendu du jardin. Cela avait marqué le moment où toutes ces possibilités avaient cessé d'exister. Et c'est à ce moment-là qu'ils avaient su qu'ils devaient appeler la police.

Un bateau des garde-côtes était en train de patrouiller, allant et venant le long de la falaise. Il devait y avoir des agents de police sur la plage et d'autres en train de fouiller les criques le long de la côte, mais aucun d'eux ne s'attendait à trouver autre chose qu'un petit corps. Tout le monde savait que tout était terminé, hormis les questions et la culpabilité.

Il leva les yeux vers sa femme. Elle le remarqua et l'imita, soutenant son regard. Ils étaient assis ici depuis près d'une heure sans avoir prononcé un mot ni l'un ni l'autre, mais ils savaient tous les deux que cela devait changer, et vite.

Vince termina son café et posa fermement sa tasse sur la table comme s'il déclarait la séance ouverte.

– Bon, avant que la police vienne frapper à la porte, dit-il, tu veux parler de ce qu'on a vu ?

2018

IVY

Ivy se retire dans sa chambre, la même pièce aux murs nus dans laquelle elle a toujours dormi quand elle venait ici. Elle sait que personne ne viendra la déranger une fois la porte fermée, ce qui en fait virtuellement un lieu d'intimité, mais pas de sainteté. Un refuge qui n'est plus inviolé ne peut plus jamais être un refuge, mais c'est tout ce qu'elle a, et elle a besoin de temps et d'espace pour réfléchir à ce qui s'est déroulé au cours de cette dernière heure.

Ce tordu de Vince repose en paix. Mort dans son bureau, de façon assez appropriée. Son travail avait fini par le conduire plus tôt que prévu dans cette tombe que tout le monde lui avait creusée.

Son absence lui avait semblé suspecte, mais elle s'était dit qu'elle se faisait peut-être seulement des idées. Elle avait l'habitude de sentir son regard posé sur elle chaque fois qu'elle venait ici. Elle s'était toujours demandé ce qu'il savait, ce qu'il pouvait avoir vu. Maintenant, elle n'en sera jamais vraiment certaine, mais elle n'est pas encore prête à penser à lui, pas tant qu'il lui reste des résidus des cendres de son père sur les doigts.

Elle va dans la salle de bains attenante et ouvre le robinet pour se laver. Elle met les mains sous le jet et voit la poussière grise laisser des traînées dans le lavabo avant de disparaître, diluée puis emportée dans l'évacuation. C'est à ce moment-là qu'elle comprend qu'il est vraiment parti. C'est à ce moment-là que les larmes viennent et qu'un minuscule filet de souvenirs se transforme en déluge.

Elle pense à l'homme que la famille pleure, et à l'homme que le monde a perdu. Mais ses larmes sont dues aux souvenirs d'un homme qu'elle seule connaissait vraiment. L'homme pour qui elle aurait fait n'importe quoi. L'homme qu'elle avait vénéré.

L'homme qui l'avait violée la première fois quand elle avait eu seize ans.

Cela n'avait pas non plus été un véritable tournant : à ce stade, il s'agissait presque d'un rite de passage pervers, une étape dans un voyage qui avait commencé quand elle n'avait que douze ans. Elle avait cru pendant longtemps que ça avait commencé à ce moment-là parce qu'elle avait atteint la puberté, mais elle avait ensuite compris que cela avait coïncidé avec l'époque où Rory et Marion étaient tous les deux partis à la fac. Marion était restée à la maison jusqu'en dernière année, mais Rory s'était fait la malle dès qu'il avait pu, et après leur départ il y avait encore eu deux personnes de moins dans son entourage susceptibles de le remarquer.

Elle se demandait parfois si c'était aussi arrivé à Marion : cela expliquait peut-être pourquoi il avait attendu qu'elle ait quitté la maison, car elle connaissait ses habitudes. Mais elle s'était dit ensuite que si c'était effectivement arrivé à Marion, celle-ci aurait fait quelque chose pour la protéger. À tout le moins, elle aurait pris sa défense en entendant les accusations de Sylvie. Au lieu de quoi, elle avait semblé aussi incrédule que maman.

Rien d'étonnant. Papa n'avait jamais vraiment semblé s'intéresser à Marion.

Tel était l'homme dont elle avait joyeusement jeté les cendres dans le vent avant d'en évacuer les restes dans le lavabo. Un éminent psychologue qui s'était fait un nom en étudiant la mécanique des théories conspirationnistes mais dont le véritable talent était de mener les gens en bateau. C'était lui qui lui avait appris qu'on pouvait leur faire gober n'importe quoi.

Les conspirationnistes s'attachent avant tout à tenter de se convaincre eux-mêmes, dupes consentantes de leur propre supercherie. Il n'est pas difficile de faire gober un mensonge à des gens qui cherchent désespérément à l'avaler. Les mener en bateau est par conséquent un art beaucoup plus délicat à maîtriser, mais Max Temple était un virtuose.

Les théories conspirationnistes ont toujours besoin d'une version officielle de laquelle s'écarter, mais dans l'art de mener les gens en bateau il n'y a pas forcément de version officielle. Concernant la façon dont Sylvie avait été abusée, il n'y avait aucun discours cohérent, aucune version cohérente de quoi que ce soit, parce qu'une version officielle lui aurait donné quelque chose à quoi se raccrocher, ou quelque chose à contester. Max l'avait désorientée si totalement qu'elle ne savait plus quoi croire ni en qui avoir confiance, mais de façon tout aussi importante elle ne savait pas non plus de quoi douter ni de qui se méfier. Elle n'avait aucune certitude, aucune conviction à propos de quoi que ce soit, et elle était devenue complètement dépendante de Max car sa version à lui était le seul point de référence qu'elle avait.

Elle tentait constamment d'y trouver une logique, de la déconstruire ; de voir à quel point celle-ci avait changé par rapport à la version précédente, de calculer à quel point cette version divergeait de ce qu'elle pensait savoir. Elle n'avait même pas un mensonge cohérent à rejeter ou un fantasme auquel se raccrocher. La réalité était sans cesse en mouvement et le passé réécrit en permanence.

Il lui avait fallu un an avant de lui dire quelque chose, car cela lui avait semblé être une nouvelle normalité avant qu'elle comprenne véritablement ce qui se passait. Elle ne pouvait jamais affirmer sa position, n'avait aucune ligne à tracer dans le sable car ces sables étaient mouvants.

Des murmures dans le noir. Un cœur apeuré, qui battait à tout rompre quand elle avait tenté d'aborder le sujet pour la première fois.

– Papa, je ne pense pas qu'on devrait… tu sais… continuer à faire ces choses.

– À faire quelles choses ?

– Tu sais. Les choses qu'on fait parfois.

– Je ne vois pas de quoi tu parles.

– Quand tu me touches. Quand je te touche.

– Oh mon Dieu, Sylvie. C'est ce qu'un père redoute le plus, mais dans un sens je suis heureux que tu en parles. C'est un phénomène bien connu chez les filles pubères, tu sais : les filles de ton âge et plus. Il leur arrive parfois de ne plus trop faire la différence entre le fantasme et la réalité ou le rêve et la réalité, des choses qu'elles ont imaginées quand elles étaient dans leur lit. En particulier des choses sexuelles parce qu'elles ont atteint ce stade sensible et curieux de leur développement.

"C'est de là que vient le phénomène des esprits frappeurs. Celui-ci est toujours associé à des adolescentes, c'est un moyen d'expliquer un comportement étrange qui provient de cette confusion entre imagination et réalité. Parfois les fantasmes sont des choses qui leur font peur, et parfois ce sont des choses qu'elles souhaiteraient au fond d'elles voir se produire."

Elle s'était entendu dire cela par une voix dans laquelle perçait une autorité accrue : celle d'un professeur en psychologie et auteur de manuels sur le sujet, mais aussi du père auprès de qui elle recherchait la sagesse, des avis et des conseils à propos de tout ce qui lui semblait troublant. Il retournait ses mécanismes de défense contre elle : la dissociation qui lui permettait d'échapper à l'instant présent lors des abus, et le déni qui tentait de réécrire le passé pour sa propre protection. Il savait qu'il était réconfortant de croire que cela ne s'était pas vraiment produit, et il jouait là-dessus afin de la maintenir dans un état de confusion vis-à-vis de ce qui se passait réellement.

Mais même cela n'était pas la version officielle, car il ne pouvait y avoir aucune vérité cohérente. Encore aujourd'hui il lui est difficile de se rappeler à quel moment les choses se sont déroulées et dans quel ordre. Elle a du mal à relater les événements, et c'était bien là l'intention de Max. Tout s'était passé de façon si progressive, si fluide. Elle parvenait en fait à se convaincre que ce n'était pas arrivé, qu'il s'agissait d'un rêve ou d'un fantasme, et en même temps elle se disait que c'était elle qui avait provoqué cela et que c'était donc sa faute à elle.

– Je regrette que tu m'aies forcé à faire ça. Tu es très persuasive et tu profites de ma faiblesse. Tu es une fille tellement exceptionnelle que j'ai toujours envie de te donner ce que tu demandes et de satisfaire tes moindres désirs. Mais un père ne devrait pas gâter sa fille.

Il lui avait fait croire que c'était son idée à elle, quelque chose qu'elle avait voulu. Et le plus difficile, encore maintenant, c'est qu'elle avait parfois l'impression que c'était vrai. Elle adorait ce contact physique, ce sentiment d'intimité que lui donnaient cette proximité et cet accès exclusif à son père. Elle recherchait son attention et son approbation. Mais il y avait quelque chose de beaucoup plus difficile à gérer : une source de confusion, de culpabilité et de honte qu'elle avait traînée presque toute sa vie. Comment pouvait-elle aimer cela si elle n'en avait pas envie ?

Il lui avait fallu des années pour comprendre que son corps faisait ce pour quoi il était fait, et qu'il y avait des mécanismes et des réactions en jeu sur lesquels elle n'avait aucun contrôle.

Il le savait aussi. Il s'en servait. Et, bien sûr, cela devait rester leur secret.

– Nous ne devons laisser personne le découvrir. Ils ne comprendraient pas. Cela ferait beaucoup de mal à ta mère. Elle serait très en colère contre nous deux.

Il gaspillait sa salive, car tant de peurs l'empêchaient d'en parler : la peur des réactions des gens ; la peur que son père apprenne qu'elle en avait parlé ; et la plus grande de toutes, la peur de ne pas être crue. Par conséquent, elle avait toujours trouvé impossible de le dire à quelqu'un, en particulier à sa mère. Mais elle regrettait, elle regrettait tellement que sa mère ne l'ait pas découvert toute seule, qu'elle n'ait pas reconnu les signes et ne soit pas venue à son secours.

C'est comme ça qu'elle avait appris qu'il y a pire que de ne pas être crue.

Sylvie mettait toujours ses draps dans la corbeille à linge le lendemain matin. Elle se sentait obligée de laver tout cela, c'était une des raisons, mais il s'agissait aussi d'un message codé. Si elle sentait l'odeur du sperme dessus, sa mère devait bien la sentir aussi. Elle avait envie qu'elle se mette à lui poser des questions. Cela aurait été le moyen le plus simple de tout lui révéler : l'élan d'investigation serait venu de sa mère, qui aurait alors pris des mesures pour protéger sa fille.

Mais il ne s'était rien passé.

Pour tenter de faire avancer les choses, elle était un jour restée à côté de sa mère pendant que celle-ci chargeait la machine à laver. Elle n'avait rien dit, même si elle avait envie de lui hurler la vérité. Sa mère avait remarqué sa présence alors qu'elle manipulait le drap poisseux. Leurs regards s'étaient croisés.

À ce jour, elle revoit encore l'expression de dégoût et de colère qui lui était entièrement adressée. Elle avait compris la véritable amertume qu'il y avait dans les reproches que sa mère lui adressait parce qu'elle se mettait en avant, cherchait à monopoliser l'attention de son père :

– Tu fais ton intéressante.

Elle avait quatorze ans.

Ce qu'elle n'avait pas prévu, c'était que sa mère avait *bel et bien* reconnu les signes mais qu'elle refusait d'accepter la réalité de ce à quoi elle était confrontée.

Ç'avait été le début de cette étrange dualité dans laquelle Celia faisait comme s'il ne se passait rien, tout en reprochant à Sylvie le fait qu'il se passait bel et bien quelque chose.

Ce sentiment de trahison avait sans doute été pour elle la chose la plus difficile, et elle se demandait sans cesse : "Qu'est-ce que j'ai de si terrible pour que ma mère refuse de me sauver ?"

Le monde entier de Celia était construit autour du mythe selon lequel elle était une mère parfaite au sein d'une famille parfaite. Ivy a depuis lu des choses là-dessus et découvert qu'il s'agissait du comportement typique du parent narcissique. Tout ce qui menace de remettre le mythe en question est accueilli par une combinaison de déni et d'hostilité.

Néanmoins, Sylvie avait vu une lueur d'espoir en dépit du fait qu'elle était ignorée : un moyen éventuel de décourager Max.

– Je crois qu'on va devoir arrêter, lui avait-elle dit. Je crains que maman commence à avoir des soupçons. Elle a fait tourner une lessive aujourd'hui et je suis sûre qu'elle a remarqué quelque chose sur les draps.

Cela n'avait pas marché. Il n'avait pas arrêté, et il lui avait même lancé un avertissement, un qu'elle n'avait pu ignorer.

– Il faut que tu sois plus discrète et, si ta mère devait un jour te poser la question, tu ne dois rien lui dire. Si elle se mettait vraiment en colère, elle pourrait réagir de façon excessive et aller voir la police. Elle ne se rendrait pas compte des conséquences que son acte pourrait avoir. Toute la famille serait déchirée, tu imagines ? Maman a fait de la télé et des films, elle a fait carrière comme chroniqueuse, alors ce serait dans tous les médias. Tout le monde parlerait d'elle, de moi, de toi. La vie de Marion, de Rory, de tout le monde, la vie de toute la famille serait anéantie, et pour quoi ? Juste parce que les gens ne comprendraient pas ces petits moments que nous passons tous les deux, à quel point notre relation est exceptionnelle.

C'est ce que les gens ne comprennent pas quand ils se demandent pourquoi les victimes d'abus sexuels n'en parlent à personne. Ça semble toujours facile quand on voit les choses de loin. Ils ne comprennent pas à quoi cela ressemble de l'intérieur : que, des années plus tard, il reste impossible d'en parler parce qu'on voit toujours l'auteur de ces sévices et sa famille du point de vue d'un enfant.

Ce n'est pas comme si elle n'avait pas tenté d'envoyer des signaux. C'est pour cette raison qu'elle s'était mise à boire : pour cette raison, et pour tenter d'occulter tout ça. Elle espérait que quelqu'un assemblerait les pièces du puzzle, poserait des questions. Pendant un moment, elle n'avait presque rien mangé, un acte d'autodestruction né en partie du dégoût d'elle-même et en partie de l'espoir que les gens se demanderaient pourquoi.

Quand une amie de sa mère avait voulu savoir pourquoi elle était si maigre et si pâle, elle se souvient que Celia avait avancé qu'elle se laissait sans doute mourir de faim à cause d'un garçon. Et quand Marion y avait fait allusion, maman lui avait dit que Sylvie avait dû lire des choses sur l'anorexie.

– C'est juste sa dernière tactique pour attirer l'attention.

Là-dessus, elle avait raison. C'était pour attirer l'attention, de la même façon qu'une fusée de détresse sert à attirer l'attention.

Elle avait abandonné l'anorexie pour la boulimie. Sa mère était mince, tandis que Marion avait toujours été un peu plus potelée. Le fait que Sylvie soit menue était peut-être la raison pour laquelle Max était attiré par elle et non par sa grande sœur. Elle s'était donc dit que, peut-être, si elle grossissait, il ne la désirerait plus. Cela n'avait pas fonctionné non plus, cependant. Elle devait reconnaître une chose à Max : ce qu'il voyait en elle ne s'arrêtait pas à son seul physique.

Et pendant tout ce temps, à l'extérieur, personne ne remarquait que quelque chose clochait.

“L'ennemi comptait sur l'incrédulité des gens”, écrivait Elie Wiesel, un survivant de l'Holocauste. Le mythe de la famille parfaite, cimenté chaque semaine dans les chroniques de Celia, présentait une façade derrière laquelle personne ne prenait la peine de regarder. Car qui allait proférer une telle accusation contre Max Temple, un universitaire respecté de plus en plus célèbre pour ses travaux visant à discréditer les théories extravagantes ?

Ivy se rinça le visage pour laver ses larmes puis se sécha avec une serviette. Elle se regarda dans le miroir, le même que celui dans lequel elle avait dû se regarder tant de lendemains matins. Les vacances étaient toujours particulièrement terribles. Elle n'est plus cette personne aujourd'hui, plus cette petite fille sans défense.

Il est temps de se remettre au travail. C'est une arène dans laquelle elle n'est pas sans défense mais au contraire quelqu'un qu'il faut craindre. Poison Ivy ? Tu m'étonnes, putain.

Elle s'empare de son téléphone pour reprendre la discussion là où elle l'avait laissée avec Jamie avant de se faire traîner de force pour prendre part à la cérémonie. Cela concernait l'incendie qui avait ravagé l'entrepôt logistique de DKG, et leur problème de lanceuse d'alerte.

– J'ai fait quelques recherches pendant que vous étiez occupée, rapporte Jamie. Il y a eu des avancées sur un certain nombre de fronts, mais je doute qu'il y en ait une seule qui vous plaise.

– Dites toujours.

– OK. DKG a confirmé qu'ils avaient effectivement un mail de Jane Astley concernant l'insuffisance de leurs consignes de sécurité, et il y a des documents sur les procédures en vigueur à l'époque. Ils confirment tous sa version.

– Ce n'est pas un problème. DKG peut détruire tous les documents qui restent et effacer les mails de leur serveur. On pourra toujours dire que les versions papiers ont été perdues lors d'un changement de bureaux et qu'il y a eu une purge massive d'anciennes données ou un bug catastrophique.

– Ouais, mais ça ne change pas le problème : Astley a des copies.

– Elle n'a rien si nous faisons disparaître les traces écrites. On dira que ce sont des faux, trafiqués par une employée rancunière pour attirer l'attention. Elle ne peut pas prouver qu'ils sont authentiques sans les originaux de DKG auxquels les comparer. Quoi d'autre ?

Jamie marque une pause afin de digérer ses commentaires. Elle devine qu'il est en mode Jiminy Cricket.

– C'est Liam Sneddon.

Sneddon était un employé de DKG qui avait pris des tas de photos avec son téléphone avant que la scène ne soit bouclée. Rien qui ait montré les victimes, car cela n'aurait pas été un problème : on ne peut pas montrer des cadavres brûlés à la une d'un journal. Lorsqu'un incendie fait des victimes, il y a tout au plus des images d'un bâtiment qui achève de se consumer et des portraits des personnes décédées. Rien qui montre la véritable horreur du brasier.

C'est pour cette raison que ce que Sneddon avait pris en photo était potentiellement bien pire. La partie du dépôt qui avait le plus souffert contenait des jouets. Ivy avait vu ces images : Elsa, Moana, Iggle Piggle, Makka Pakka, tout noircis, tordus, fondus, gisant sur le sol mouillé tels des cadavres de jeunes enfants. Ivy comprend d'instinct le problème : il y avait dans ces jouets quelque chose d'effrayant qui montrait la férocité de ce que le feu avait provoqué. Ils deviendraient des symboles, avec un effet dévastateur. Elle avait elle-même acheté ces photos à Sneddon afin que la vente ne figure pas dans les livres de comptes de l'entreprise et qu'on ne puisse pas finir par remonter jusqu'à DKG. Elle avait également acheté le téléphone avec lequel elles avaient été prises et, dans un accord de confidentialité hautement contraignant, Sneddon avait affirmé qu'il n'y avait pas de sauvegardes.

– Qu'est-ce qu'il a ? demande-t-elle à Jamie.

– Il a menti. Il a bien fait des sauvegardes. Et il est en pleine crise de conscience.

– Il veut me faire casquer plus ?

– L'inverse. Maintenant que l'histoire de la lanceuse d'alerte prend de l'ampleur, il veut rompre votre accord et vous rendre votre argent. Le problème c'est que, même si on refuse, il peut malgré tout faire fuiter les photos.

– Non, il ne peut pas et il ne le fera pas. Faites en sorte que les avocats lui foutent la trouille. Assurez-vous qu'il comprenne bien que si jamais ces images voient le jour, il ne perdra pas seulement son argent, je lui ferai déposer le bilan. Je lui prendrai sa putain de baraque. On verra ce qui reste de sa conscience quand il risquera de se retrouver à la rue et de nous devoir du fric pour le restant de ses jours.

– Compris.

– Bien. Quoi d'autre ?

– Le détective privé est revenu vers nous avec son rapport sur Jane Astley. Ça ne vaut absolument rien.

– Comment ça ?

– Il apparaît qu'elle a fait une fausse couche juste avant d'avoir fait part de ses préoccupations, a priori à la suite de maltraitances de la part d'un ex-compagnon violent. Ça va juste la rendre plus sympathique et tous ceux qui voudront s'en prendre à elle passeront pour des méchants.

Ivy ne répond pas, pesant ce qu'il vient de lui dire, et elle en tire des conclusions très différentes. Elle devine aussi qu'il ne lui a pas tout dit.

– C'est tout ?

Il soupire.

– Non. Le détective a déterré une condamnation pour racolage, mais c'était des années avant qu'elle travaille chez DKG.

Oh, Jamie, se dit-elle. Il ne va vraiment pas faire long feu dans ce métier. Il espérait qu'une révélation à propos de la fausse couche d'Astley semblerait suffisamment décourageante pour qu'Ivy ne lui demande pas le reste du rapport. Il ne comprend vraiment rien. Ce n'était pas mauvais du tout. C'était parfait. Le fait qu'elle ait aussi été pute était juste la cerise sur le gâteau.

Laver une réputation ne consiste pas toujours à donner une bonne image d'un individu ou d'une institution. Parfois, cela consiste à donner une mauvaise image de quelqu'un d'autre. Personne ne comprend cela mieux qu'elle.

Sa stratégie est de s'en prendre au caractère et à la crédibilité d'Astley afin que DKG puisse dire que cette soi-disant lanceuse d'alerte n'est pas une source fiable. Ils peuvent aller jusqu'à prétendre que personne ne l'a crue à l'époque parce qu'elle avait déjà crié au loup à maintes reprises. Elle était peu fiable, cherchait à attirer l'attention. Elle était émotionnellement fragile à l'époque, une loque détruite par ses hormones qui n'avait plus les idées claires et qui avait besoin d'aller voir un psy. Si elles avaient vraiment existé, ses mises en garde à propos de la sécurité avaient peut-être été négligées parce qu'elles avaient été interprétées comme un appel au secours de plus.

Jamie se trompe en disant que les gens ont de la compassion. Ça ne marche pas comme il aimerait le croire. Une fois que quelqu'un a été présenté comme une victime, naturellement, les gens peuvent avoir pitié de cette personne ; mais ils la classent alors dans la catégorie abîmée par la vie et ne se soucient plus autant de tous les autres trucs terribles qui peuvent lui arriver par la suite.

C'est une stratégie immorale, Ivy ne se fait aucune illusion là-dessus, mais celle-ci portera ses fruits. Elle sait ce que c'est de détruire une vie innocente pour obtenir ce que l'on veut, et elle sait aussi qu'il n'y a pas de vérité terrible au point d'être impossible à cacher si on se montre suffisamment impitoyable.

2018

AMANDA

Arron a l'air encore plus petit sur son matelas à langer, sa barboteuse remontée pour que je puisse lui changer sa couche. Je l'ai essuyé et il remue joyeusement ses petites jambes d'avant en arrière, comme s'il venait de s'apercevoir qu'il en est capable. Il semble autant amusé par ce jeu que par les gazouillis qu'il fait, son monde plein de nouvelles merveilles innocentes. Cette petite chose fragile ne se doute pas de la façon dont ce monde vient d'être altéré. Ne se doute pas qu'il ne connaîtra jamais son père.

Je me dis qu'au moins, ce sera sans doute plus facile pour lui que si son père était mort quand il avait cinq ans, ou dix, ou douze. Et ce qu'on n'a jamais eu ne nous manque pas. J'en suis la preuve. J'ai grandi sans maman, et ce n'est pas comme si j'avais l'impression d'avoir été négligée à cause de ça. Tout dépend de l'amour qu'on reçoit de la part des gens qui *eux* sont là.

En me disant ça, je jette un coup d'œil en direction de la pauvre Kirsten. Elle est assise là, agrippant son verre de vin d'une main et consultant sa tablette de l'autre. Elle ne boit pas pendant un grand moment puis, soudain, elle en avale goulûment une grande lampée, un contraste saisissant avec les petites gorgées affectées que je l'avais vue boire jusque-là.

Elle a les yeux vitreux mais elle n'a pas pleuré, ce que je trouve un peu étrange. Elle n'a pas prononcé un mot depuis le départ des flics. C'est sympa de leur part d'avoir envoyé des êtres humains pour lui annoncer la nouvelle, je trouve. C'est mieux que de l'apprendre par téléphone. Je me demande si c'est un truc portugais ou européen.

Je glisse une couche propre sous les fesses d'Arron et la fixe. Je commence à maîtriser ça, au moins. Dommage que tout le reste semble sombrer dans le chaos. J'ai refoulé mes larmes parce que je ne voulais pas que Kirsten me voie pleurer, car mon chagrin n'aurait pas été pour elle ou pour Vince mais pour moi-même. J'ai les boules et j'ai un peu peur. Je ne l'ai vu que quelques jours et j'ai en fait passé moins de temps avec lui qu'avec Kirsten, mais Vince est celui qui m'a permis de venir en Europe.

Je ressens chaque kilomètre qui me sépare de chez moi. Comme j'avais terminé le lycée et que j'entrais à l'université, je m'étais vaguement dit que j'étais sur le point d'être adulte, mais là je me sens comme une petite fille perdue dont il faudrait s'occuper. Et j'ai tendance à être moins critique envers Sylvie Temple. Cette fille avait deux ans de moins que moi quand elle est devenue maman. Je commence à comprendre à quel point elle a dû avoir peur et se sentir piégée.

Je pense qu'à la même heure la semaine dernière une opinion contraire émise par un YouTuber militant pour les droits des hommes me paraissait être la chose la plus difficile que j'avais à affronter dans ce monde. Mais là, il me suffit de regarder l'autre famille pour comprendre à quel point tout ce qu'on prend pour acquis peut subitement changer.

Il paraît que si on veut faire marrer Dieu, il suffit de lui expliquer ses projets. Je ne crois pas en Dieu, mais je vois ce qu'il y a de vrai là-dedans. Je m'étais imaginé passer des vacances au soleil en aidant un gentil jeune couple à s'occuper d'un petit bébé, aller me balader un peu en Écosse, peut-être même visiter Londres puis faire un tour en Europe avant la reprise des cours en automne. Je ne sais pas ce qui va se passer maintenant. Est-ce que Kirsten va prendre d'autres dispositions, trouver une vraie nounou ? Est-ce qu'elle va me renvoyer directement à Toronto ? Je ne sais même pas de quoi j'ai envie pour l'instant.

J'entends des voix approcher à l'extérieur et je lève les yeux du matelas à langer pour voir Marion et Celia se diriger vers la villa. Marion porte un grand saladier de quelque chose. On dirait des pâtes.

Je me relève et leur ouvre les portes coulissantes.

– Ne vous levez pas, dit Celia à Kirsten. On voulait juste voir comment vous alliez et vous apporter de quoi manger.

– Merci, dit Kirsten d'une petite voix rauque. Mais je n'ai pas faim.

– Je sais à quel point il est facile de se passer de nourriture dans un moment pareil, répond Celia. On a l'impression de ne pas avoir faim, mais il faut manger. Croyez-moi. Mon expérience de la chose n'est que trop récente.

Kirsten répond par un simple hochement de tête, comme si elle était trop faible pour parler.

– Je vais mettre ça dans le frigo, s'excuse presque Marion.

– Je peux vous offrir un rafraîchissement ? dis-je, ainsi que mes parents me l'ont appris.

– Oh, mais non. Mais non, répond-elle en regardant Kirsten à la place. On est ici pour vous apporter notre soutien, pas pour s'imposer. Ma pauvre.

Celia pose une main sur le bras de Kirsten.

– Ma pauvre, pauvre petite. Vous savez ce qui s'est passé ? Non, en fait, je n'ai pas à vous demander ça. Mais si vous avez envie de parler…

– Ils l'ont trouvé dans son bureau, répond Kirsten. C'est tout ce qu'ils ont voulu me dire. Il a dû avoir une crise cardiaque ou un truc comme ça. Ils ne m'ont pas donné de détails.

– Et vous tenez le coup ?

– Je ne sais pas. Je ne sais pas où j'en suis. Rien de tout ça ne me semble réel, et même s'ils m'ont dit des trucs, c'est seulement des mots. Je n'arrive pas à leur trouver un sens. Vince n'était pas dans la villa ce matin, tout comme il n'y était pas hier. Ça, ça n'a pas changé. Et là, la police me dit qu'il est mort chez nous et que je ne le reverrai jamais. Ça ne rime à rien. Je n'arrive pas à accepter le fait qu'il ne va pas m'envoyer un texto pour me dire qu'il prend le prochain avion et qu'il sera là dans quelques heures.

Celia s'assoit à côté d'elle sur le canapé.

– Il n'y a rien à comprendre, croyez-moi.

– J'ai juste l'impression que ce serait plus facile si j'étais là-bas. Si je pouvais le voir.

– C'est moi qui ai trouvé Max. Lui aussi a eu une crise cardiaque dans son bureau, à l'étage. Je le vois comme s'il était encore devant moi et, même si je me souviens de tout ce que j'ai ressenti à ce moment-là, le fait qu'il ne soit pas là maintenant, comme il devrait l'être, me paraît toujours inconcevable.

Je finis de boutonner le pyjama d'Arron et le prends dans mes bras. Celia le regarde avec adoration et tristesse. Je vois en temps réel le moment où elle comprend ce que cela signifie pour le petit.

– Oh, pauvre petit père, dit-elle, les larmes aux yeux.

C'est à ce moment-là que le barrage de Kirsten cède. Elle ne sait pas quoi ressentir pour elle, mais elle est triste pour son fils et personne ne va lui dire à *elle* que ce qu'il n'a jamais eu ne lui manquera pas.

Elle pleure un moment, et Celia la réconforte pendant que Marion lui tend des mouchoirs.

– Je sais pas ce que je vais faire, dit-elle en reniflant. Il va y avoir tellement de choses à régler, tellement de choses à organiser. Comment est-ce que je suis censée gérer tout ça sans la seule personne sur laquelle je m'appuyais ?

– Vous avez Amanda, lui assure Celia. Et vous nous avez, nous.

– Mais il faut que je rentre. J'ai regardé les vols sur ma tablette mais c'est vraiment galère. Ceux d'aujourd'hui pour Glasgow et Édimbourg sont déjà partis et ceux qui retournent en Écosse demain sont tous complets. Je ne peux pas attendre aussi longtemps.

– Dans ce cas, pourquoi est-ce que vous n'essayeriez pas de rentrer toute seule en passant par Gatwick ou Luton ? suggère Celia. Amanda peut rester ici avec nous et on peut s'occuper d'Arron pendant quelques jours, histoire que vous ne l'ayez pas dans les pattes pendant que vous réglez tout ce qu'il y a à faire chez vous.

L'idée ne me plaît pas trop, mais le pire, c'est qu'on ne me demande pas mon avis, et je sais que la décision ne m'appartient pas.

Kirsten regarde Arron et jette un œil en direction des autres villas en faisant des calculs.

– Ça ne vous ennuierait pas ? demande-t-elle à Celia, pas à moi.

Je déglutis. J'ai envie de vomir.

– Ce serait la moindre des choses, répond Celia.

Je me sens impuissante en regardant Kirsten faire ses bagages, se préparant à me laisser ici. Elle me sert des tas d'excuses et de remerciements, que je ne peux qu'écarter en lui assurant que ce n'est rien. J'ai peur et je me sens paumée comme je ne me rappelle pas l'avoir déjà été, mais ce n'est rien.

Ken porte la valise de Kirsten jusqu'à sa voiture et la met dans le coffre. C'est lui qui va l'emmener à Faro, car elle ne serait pas en état de conduire même sans le vin qu'elle s'est enfilé. En la voyant marcher jusqu'à la voiture, je n'arrive pas vraiment à croire qu'elle s'en va. Quelques minutes à peine après avoir pris sa décision, elle avait réservé un vol pour Luton qui partait environ quatre heures après qu'elle avait cliqué sur Confirmer.

S'il est à l'heure, elle prendra une correspondance tardive pour Glasgow et sera chez elle vers minuit.

Les membres de la famille Temple se rassemblent pour lui dire au revoir, lui exprimant leurs condoléances. Tous sauf une. Bon, je ne suis pas restée tout le temps avec Kirsten, alors j'ai peut-être manqué quelque chose, mais ça ne me surprendrait pas. C'est peut-être injuste, peut-être pas. Les autres forment un groupe bienveillant et ils semblent vraiment tous très proches, mais cela me fait seulement comprendre à quel point ma propre famille me manque.

Kirsten est sur le point de s'asseoir sur le siège passager quand elle ressort de la voiture pour embrasser Arron une dernière fois.

– J'ai juste besoin d'un jour ou deux, dit-elle sur un ton d'excuse. Je ne sais pas trop si elle s'adresse à lui ou à moi.

Je sens une larme monter en regardant la voiture s'éloigner, soulevant de la poussière rouge dans son sillage.

– Ça va ? me demande Marion.

– J'aimerais bien passer un coup de téléphone à mes pères, dis-je.

– Vas-y. On va surveiller Arron. On va te préparer quelque chose à manger pour ce soir, aussi.

Je me précipite dans la salle de bains et me débarbouille le visage pour tenter de me ressaisir. C'est idiot : je suis inquiète et j'ai besoin qu'ils me rassurent, et pourtant je ne veux pas qu'ils sachent que je suis inquiète et que j'ai besoin qu'ils me rassurent.

D'instinct, j'essaie de joindre Rob en premier, me disant comme toujours que ce n'est pas parce que c'est mon père biologique. Je tombe sur sa boîte vocale. Merde. J'appelle Sadiq. Pareil. J'essaie à nouveau de les joindre, deux fois de plus, toujours pas de réponse. Je regarde ma montre, calcule l'heure qu'il est à Toronto. Fin de matinée. Ils doivent tous les deux être au travail, coincés dans une réunion.

Une petite voix effrayée me dit que je connais quelqu'un qui ne sera pas au travail, qui ne sera certainement pas coincé dans une réunion. En temps normal, je n'y songerais même pas. Je me trouve ingrate de seulement penser qu'il puisse y avoir un rôle à remplir en plus de ce que mes pères m'apportent, mais là, je me sens un peu vulnérable. Loin de chez moi. Hors de mon élément. Avec tout qui s'écroule. Et maintenant un bébé dont je dois m'occuper sans sa mère, entourée de gens que je connais à peine.

Il y a longtemps que j'ai le numéro, je l'avais copié en douce depuis le téléphone de Rob. Mais je n'ai jamais pu me résoudre à l'utiliser.

J'appelle. Il y a une longue pause le temps de la connexion, puis des sonneries. Plus ça sonne, plus j'envisage de raccrocher. Je fais le calcul : il est dix heures en Californie. Ou peut-être neuf ?

Puis elle répond.

– Allô ? – Elle a un ton méfiant. Son téléphone n'a pas dû reconnaître le numéro.

– Salut, Kara.

– C'est qui ? – Elle a l'air endormie.

– C'est Amanda.

Il y a un silence. Je ne sais pas trop si c'est parce que Kara flippe de recevoir cet appel ou si elle essaie encore de comprendre qui je suis. Est-ce que je vais vraiment devoir dire : "*Tu sais, la fille de Rob et Sadiq*" ?

– Mais bien sûr. Amanda. Tout va bien, ma grande ?

– Ouais, je voulais juste…

Je déglutis parce que je ne veux pas que Kara entende l'émotion dans ma voix. Je ne sais pas pourquoi. J'ai juré par orgueil que je ne m'adresserais jamais à elle en l'appelant maman, car j'aurais l'impression d'agir de façon déloyale vis-à-vis de mes pères. Et puis une petite partie de moi en colère pense que Kara ne mérite pas ce titre.

Pourquoi est-ce que j'ai appelé ? Je ne vais pas lui ouvrir mon cœur et lui expliquer ma situation, comme je le ferais avec mes pères. Mais on est en train de parler, et il y a vraiment une chose que j'ai envie de savoir.

– J'ai besoin de te poser une question.

– Ouais, vas-y.

– Quand tu étais enceinte… non, je veux dire, après m'avoir eue, genre, après avoir accouché… – J'avale ma salive. – Est-ce qu'il y a eu un moment où tu as envisagé de rompre le contrat ?

A-t-il été difficile de me donner ? As-tu des regrets ? Pourquoi m'as-tu rejetée ? Comment as-tu pu renoncer à moi ?

Kara soupire. Sa voix est nostalgique mais pleine de compassion.

– Oh, ma belle. C'est compliqué. C'est pour ça que, dans la plupart des cas, l'identité de la mère porteuse n'est pas révélée à l'enfant. Pour les protéger tous les deux. Mais tu connais Rob et Sadiq, ils ne font jamais rien comme tout le monde, et même si tu ne me connais pas beaucoup, tu sais que je ne fais pas les choses de façon très conventionnelle non plus. J'ai rendu un grand service à de bons amis, et c'est quelque chose dont on devrait *effectivement* parler, mais je ne pense pas que ce soit une conversation qu'on puisse avoir au téléphone, tu vois ce que je veux dire ?

– Ouais, parviens-je à répondre, même si ma voix a du mal à sortir.

– Hé, tu dois avoir fini l'école et être en vacances d'été. Pourquoi est-ce que tu ne viendrais pas faire un tour en Californie avant la rentrée ?

Mes larmes débordent. Je me sens étrangement vide, comme à chaque fois que j'ai parlé à ma mère. C'est comme si je retenais quelque chose, comme s'il y avait des choses que je ressens mais que je ne m'autorisais pas à admettre que je les ressens.

Je n'accepterai jamais de concéder quoi que ce soit aux bigots qui aiment épiloguer sur les familles "naturelles". Ce que je ressens n'a rien à voir avec l'instinct, ça n'a rien à voir avec ce que je n'ai jamais eu, mais avec ce que je sais. Le père du petit Arron ne va pas lui manquer car il ne se souviendra pas de lui, mais en grandissant Arron saura que ce n'était pas le choix de Vince de ne pas avoir eu un rôle dans sa vie.

Ce qu'on n'a jamais eu ne peut pas vous manquer, tel est mon mantra sur la question.

Sauf que, parfois, ça vous manque.

2018

IVY

Ivy pose les bras sur le bord de la piscine, une douleur satisfaisante dans les membres après les cent cinquante longueurs qu'elle vient de faire. Elle est épuisée mais c'est ce qu'elle recherchait, afin de pouvoir dormir ce soir. Le sport l'aide à évacuer le bordel qui règne dans sa tête, et il fait trop chaud pour aller courir. En temps normal, elle ne se tape pas une telle distance dans l'eau et elle a eu envie d'abandonner à plusieurs reprises, mais c'est incroyable de voir comme on peut être motivé quand la seule alternative est de passer du temps avec sa famille.

L'atmosphère est sombre et silencieuse. Personne n'a envie qu'on le voie en train de rire et de plaisanter, d'ouvrir des Super Bock et de faire des sauts débiles dans la piscine quand le voisin d'à côté vient de passer l'arme à gauche. C'est une *démonstration* de respect plutôt qu'une attitude guidée par une véritable émotion. Tout le monde doit faire comme s'il avait eu de la sympathie pour Vince par respect des convenances : comme si la situation n'avait pas été bizarre au cours de ces seize dernières années ; comme s'ils n'auraient pas été massivement soulagés s'il avait vendu la villa et s'ils ne l'avaient plus jamais revu.

Ce qui ne veut pas dire que la nouvelle n'a pas été un choc, ou qu'il ne leur a pas fallu un moment pour la digérer. Maman est dans son élément parce qu'il y a une crise, tandis que Marion gère cela comme elle gère le reste, à savoir en faisant profil bas dans la cuisine et en préparant un autre repas à la con. Ils ont une invitée à dîner, après tout.

Délicat, surtout après les mots qu'elles ont eus hier au déjeuner.

Elle est presque certaine que cette animosité explique en partie pourquoi maman prend Amanda sous son aile. Ça, plus le fait de pouvoir se dire à quel point la famille Temple est chaleureuse et accueillante : à quel point ce sont des gens gentils qui n'hésitent pas à prendre soin d'une étrangère dans le besoin.

Ivy, en revanche, a envie de crier à cette étrangère de se casser de cette villa, de se casser de l'Algarve et de retourner fissa dans son Canada de merde. Elle n'a pas envie de voir cette sale petite fouineuse dans les parages, et pas seulement parce qu'il y a un autre bébé qui pleure dans le tas, mais parce qu'elle déclenche son signal d'alarme.

Elle s'est rarement autant méfiée instinctivement de quelqu'un, et son expérience amère lui a appris à se fier à son instinct concernant ces choses-là. Elle en a trop bavé, a fait trop de sacrifices pour protéger Ivy Roan des péchés de Sylvie Temple. Et le simple fait d'être ici a révélé son identité à cette personne : à une aspirante journaliste, rien de moins.

C'est pour ça qu'elle a réagi de façon excessive, hier. L'histoire des mutilations féminines était dure et elle n'en est pas fière, mais elle sentait la curiosité d'Amanda et devait lui envoyer un avertissement. Cette fille se montrait indiscrète et curieuse, forte du sentiment de légitimité découlant de la certitude morale de la jeunesse. Cela lui a rappelé celle qu'elle avait jadis été, et c'est pour cette raison qu'elle savait que l'antidote le plus efficace était de frapper fort et tout de suite, de lui ôter son idéalisme et de lui faire comprendre qu'elle ne devait pas la chercher.

Elle s'est sentie tellement à nu sur la falaise quand elle a vu Amanda s'accroupir près de la barrière, en imaginant ce qui pouvait traverser l'esprit de cette fille. Elle aurait peut-être dû s'y préparer. Ivy s'était préparée à côtoyer sa famille, mais pas à côtoyer une étrangère, quelqu'un de nouveau. Cela a fait remonter un souvenir troublant de netteté sur la vulnérabilité qu'elle avait ressentie à l'époque en présence d'étrangers. Elle avait eu l'impression que les flics lisaient en elle. Les médias aussi, comme s'ils n'avaient eu qu'à la regarder pour voir tout ce qu'elle cachait. C'est pour cela qu'elle s'était fermée, qu'elle avait refoulé tout ce qu'elle ressentait pour arborer un visage de marbre.

La plus grande et la plus amère ironie dans tout ça, c'est que cette insécurité et cette paranoïa vont à l'encontre de ce qui, elle le sait, est une vérité plus profonde. Non seulement les gens ne peuvent pas lire en vous, mais ils ne sont même pas capables de voir ce qu'ils ont sous les yeux s'ils en ont décidé autrement.

Elle jette un coup d'œil en direction de la grande table et se rappelle ce conflit notoire qui avait eu lieu quand elle avait seize ans. Ç'avait été un moment charnière dans l'histoire de la famille Temple, mais pas pour les raisons auxquelles on aurait pu s'attendre. Non seulement Celia avait aussitôt écarté ce que sa fille lui disait, mais un autre mythe familial avait été créé, dans lequel Sylvie avait retiré son accusation. Dans certaines versions, elle s'était excusée ; dans d'autres, elle avait eu trop honte pour demander pardon, en fonction de qui parlait et de ce qu'il avait ressenti à l'époque.

Non seulement Sylvie n'avait pas retiré ce qu'elle avait dit, mais elle ne s'en était certainement jamais excusée, et Celia ne le lui avait d'ailleurs jamais pardonné. Elle savait la vérité et, pourtant, elle en voulait plus à Sylvie de ne pas jouer le jeu qu'à son mari de violer leur fille cadette.

Papa était resté calme et digne ce jour-là, stoïque devant cette blessure cruelle. Il avait eu une réaction plus mesurée face à son accusation que quelques instants plus tôt quand il avait critiqué sa tenue. Il n'avait pas aimé l'idée que sa fille ait l'air d'une pute si c'était destiné à quelqu'un d'autre. Il était agacé parce qu'il avait apporté ces choses-là en secret au Portugal afin qu'elle puisse les porter, et les porter pour lui seul : pour qu'elle les mette afin qu'il puisse les lui retirer.

En voyant cela, il avait failli perdre son sang-froid, mais il était resté détaché et maître de lui lorsqu'il lui avait parlé seul à seul dans le salon, une fois que maman s'était retirée en larmes dans sa chambre et que Rory était parti au bar du village sans elle.

– Tu as vraiment bouleversé ta mère. Je suis sûr que tu vas regretter ce que tu as fait et que tu auras honte de toi quand tu auras dessoûlé.

Elle se rappelle avoir vu la pièce tournoyer, rattrapée par l'effet de l'alcool qu'elle avait ingurgité. Elle s'était sentie désorientée et incertaine, mais toujours dans la provocation.

– Peut-être, avait-elle répondu. Mais tu penses qu'elle est bouleversée parce que j'ai lancé une accusation aussi épouvantable ou parce qu'elle sait que c'est vrai ?

C'était censé le déstabiliser, mais cela n'avait pas fonctionné.

Papa lui avait adressé un sourire patient et confiant.

– Comment peut-on être sûr de ce qui est vrai ?

Il ne s'agissait pas seulement du déni et de la manipulation habituels. C'était un avertissement. Et, ce soir-là, il était venu dans sa chambre pour enfoncer le clou. Littéralement. Elle n'avait aucun pouvoir et la réalité était telle qu'il le décrétait.

Lorsqu'ils avaient commencé à avoir des rapports avec pénétration, cela lui avait semblé inévitable : pas un genre de tournant décisif, simplement la phase suivante. Néanmoins, elle avait été troublée à l'idée de ne plus être vierge, que cette partie d'elle était revenue à Max. Elle s'était doutée que ce serait le cas mais avait continué d'espérer le contraire.

C'était arrivé peu après ses seize ans. Elle ne sait pas pourquoi il avait attendu. Elle se disait qu'il avait un sens des convenances bizarre et tordu, et qu'ainsi il pouvait se convaincre qu'il ne s'agissait pas d'un détournement de mineure. Il avait presque réussi à la persuader que c'était son idée à elle de passer au stade suivant.

Il s'était fait faire une vasectomie peu de temps avant son anniversaire. Il en avait parlé longtemps à l'avance, pour être sûr qu'elle soit au courant. De façon à ce qu'elle comprenne qu'il était temps d'aller jusqu'au bout et qu'ils n'auraient pas à s'inquiéter à propos de la contraception.

Cependant, il s'avère que les vasectomies ne sont pas instantanément efficaces. On pourrait croire que quelqu'un qui se targue d'être un homme de science aurait fait des recherches et des calculs. Il peut en effet rester du sperme viable dans les testicules pendant quelques semaines après l'intervention. Et il suffit d'un bon nageur…

Elle pense à toutes ces nécrologies et à tous les hommages qui décrivaient Max comme le grand-père de Niamh. Ils n'avaient pas tort, mais ils ne donnaient pas non plus un aperçu exact du tableau. Son véritable statut était moins grand que ça.

2018

IVY

Elle se hisse hors de la piscine et s'assoit au bord, les pieds dans l'eau, le cœur cognant encore dans sa poitrine à cause de ses efforts soutenus. C'est une piscine de quinze mètres de long, si bien qu'elle a parcouru deux mille deux cent cinquante mètres en tout.

Une bonne nageuse, elle aussi.

Ivy a entendu parler de la façon dont certaines femmes traversent une période d'angoisse et de déni lorsqu'elles s'aperçoivent qu'elles sont tombées enceintes par accident, surtout lorsqu'elles n'ont que seize ans. Mais le déni est souvent une réaction courante chez les gens qui n'ont pas déjà subi le pire. Quand elle avait appris qu'elle était enceinte, elle avait compris que c'était pour de vrai et elle s'était forcée à réfléchir aux choix qui s'offraient à elle.

Elle avait imaginé la clinique d'avortement, les consultations et le test ADN qui lui ôteraient ce fardeau et témoigneraient de son calvaire. Mais elle avait aussi imaginé ce qui s'ensuivrait. Une partie de cela, elle le sait, résultait du bourrage de crâne et de la manipulation que lui avait fait subir son père, mais une partie seulement. Elle se retrouverait au cœur d'un énorme scandale et elle ne pourrait garder son anonymat, étant donné la réputation de Max en tant que professeur d'université. Sa famille se déchirerait bel et bien, et malgré la preuve de ce qu'elle avait subi, Celia lui avait bien fait comprendre que les gens la tiendraient en partie pour responsable. On ne le lui pardonnerait pas. Elle serait marquée, humiliée, détestée et entièrement seule.

Mais, dans son désarroi, elle avait entrevu une lueur d'espoir, une opportunité qui la sortirait de sa situation par ailleurs catastrophique. C'est à ce moment-là qu'elle avait tout fait pour renouer avec son ami d'enfance du bout de la rue.

Quand elle était petite, avec Calum, ils jouaient à être mari et femme. Elle disait à l'époque que c'était ce qui se passerait quand ils seraient grands. Ils se marieraient et auraient une petite fille. Peut-être que, dans une partie optimiste de son esprit, elle se disait que c'était le destin.

Elle savait que c'était quelqu'un de bien, un ami, quelqu'un qui ferait ce qu'il faudrait quand il apprendrait qu'elle était enceinte. Mais, avant tout, elle devait faire en sorte qu'il pense être le père. Elle devait se débrouiller pour que tout le monde le croie, y compris et surtout Max. Parce que, si elle avait un bébé, il ne pourrait plus se mettre entre elle et son compagnon, le père de l'enfant.

Toutes ces conneries lui avaient paru sensées en l'an 2000.

Pauvre Calum. Il ne méritait pas ce qui lui était arrivé. Il était gentil, généreux, attentionné et sérieux. Mais il avait aussi dix-sept ans, ses hormones le travaillaient, et il n'allait pas renoncer à une relation adolescente insouciante quand on la lui servait sur un plateau.

Il était responsable, bien sûr. Utilisait toujours des préservatifs. Même la première fois, quand elle avait prétendu qu'il s'agissait d'une exploration mutuelle qui était allée un peu trop loin. Il en avait dans sa chambre, achetés de toute évidence pour qu'il se familiarise avec l'objet avant que l'occasion de s'en servir ne se présente. Sylvie savait où il les rangeait, cependant. À son insu, elle en avait percé plusieurs à travers l'emballage, en prenant soin de faire un tout petit trou à l'extérieur mais de bien l'agrandir sous l'aluminium. Néanmoins, il avait fallu de nombreuses tentatives – une chance pour lui – avant la fois cruciale où, après avoir joui et s'être retiré, son visage extatique avait fait place à une expression inquiète.

Honnête et correct, il n'avait pas tenté de cacher que son préservatif s'était déchiré.

– Je suis sûre que ça va aller, avait-elle menti.

Avait-elle mal agi ? Elle y repense souvent en se posant la question, en général après quelques verres. Elle se dit que Calum avait simplement été un dommage collatéral, une victime inévitable du seul moyen d'action dont elle disposait à l'époque. Mais elle ne peut échapper au fait que c'était lui qu'elle avait choisi pour ce rôle et qu'elle l'avait fait parce que c'était quelqu'un de bien. Pour cela, elle se sent coupable. Quoique un peu moins coupable que vis-à-vis de ce qu'elle lui avait infligé par la suite. De ce qu'elle avait fait de lui.

Mais sinon, comment aurait-elle pu passer de la petite fille impuissante et prisonnière à la garce insensible conçue pour survivre? Cela nécessitait un genre de sorcellerie, pourrait-on dire. De magie la plus noire: une transformation miraculeuse qui exigeait un sacrifice humain. Parce qu'il y a dans chaque mort la possibilité d'une renaissance. Quand Niamh était morte, Sylvie était morte aussi, et à l'instant de cette exécution Ivy était née.

Ivy. Un nom choisi de façon à ce qu'elle n'oublie jamais la femme qu'elle est. IV: Incest Victim, victime d'inceste.

Elle avait mis au rebut le nom que ses parents lui avaient donné pour en prendre un qui attestait de ce qu'on lui avait fait. Elle savait qu'ils spéculeraient sur sa signification, savait aussi que même s'ils arrivaient à cette supposition, ils ne s'avoueraient jamais qu'ils avaient mis le doigt sur la vérité.

Et ouais, elle avait lu tout ce qui concernait le fait de se considérer comme une survivante, pas comme une victime. Une victime est faible, et se considérer comme telle revient à se définir en fonction de ce que l'on vous a fait. Il n'y avait aucun intérêt à enjoliver les choses, cependant. Elle *était*, à ce stade, définie et façonnée par ce qu'on lui avait fait. Son mécanisme de survie était de se l'approprier, de se construire à partir de cela. De devenir véritablement la femme que cela avait fait d'elle.

On s'attend à ce que les femmes soient gentilles. À ce qu'elles sourient, se montrent amicales, vous mettent à l'aise, vous fassent sentir qu'elles vous apprécient. Elle voit tout ce que cela a d'absurde et d'injuste. C'est un rôle que les femmes jouent sans se rendre compte qu'on le leur a imposé. Sylvie l'a joué. Ivy, non. Elle en a eu assez qu'on lui attribue un rôle, que celui-ci lui ait été attribué par la société ou par la famille.

Ce qui ne veut pas dire qu'elle ne peut pas se montrer amicale ou charmante. C'est important lorsqu'on traite avec des clients, même si ce n'est pas parce qu'elle est obligée de leur témoigner du respect et de la courtoisie. Les clients ont besoin de voir que vous pouvez user de l'un et de l'autre afin de prouver que vous pouvez cesser de le faire, car il y a certaines personnes qu'ils veulent vous voir intimider à leur place. Il y aura pour eux des gens qui ne devront pas vous aimer *vous*, au lieu de ne pas les aimer *eux*.

Quant à son nouveau nom de famille, oui, il avait également un sens caché, mais chez les Temple personne n'allait le deviner. Elle seule pouvait le comprendre. Ivy signifiait ce qu'on lui avait fait. Roan signifiait ce qu'elle avait fait, *elle*. Ivy parlait de l'impuissance. Roan parlait de l'acte dont elle avait tiré du pouvoir. Ce nom parlait de sa prise de contrôle. D'être une garce insensible si nécessaire. Ces quatre lettres représentaient un grand allez-vous-faire-foutre à tous ceux qui voulaient lui dicter sa conduite, lui dire quels étaient ses devoirs, que ce soit en tant que fille, en tant que mère, ce qu'on attendait d'elle en tant que femme. Roan signifiait refermer la porte sur tout ça.

Ivy Roan n'est pas seulement son nouveau nom, c'est son champ de force, son armure. C'est pour ça qu'elle se sent aussi vulnérable face à l'étrangère qui vit parmi eux, cette fille qui a si manifestement cherché leur nom de famille sur Google et qui sait donc tout sur la personne qu'elle était avant.

Elle a presque entièrement séché au soleil et elle a des picotements dans les bras après tous les efforts qu'elle a déployés lors de sa longue séance de natation. Elle marche jusqu'à son transat et prend une serviette pour se frictionner les cheveux, jetant instinctivement un coup d'œil sur son téléphone au passage. Elle aimerait se dire que c'est purement symptomatique du fait qu'elle n'arrive pas à décrocher de son travail, mais il y a des choses à propos desquelles elle ne peut pas se mentir. Elle espère encore trouver un message de L. Il n'y en a pas, mais le fait de penser à lui fait naître en elle une vague d'angoisse.

Elle pense à ses proches qui avaient choisi de ne pas voir ce qu'ils avaient sous les yeux, malgré tout ce qu'elle avait pu leur révéler. Puis elle pense à ce qu'elle a pu révéler à L : à quel point elle a baissé sa garde, ce qu'elle l'a invité à en déduire. Inconsciemment, elle avait confiance en lui, car faire des déductions à partir de la preuve la plus mince était un peu son argument de vente. C'était une chose qui ne l'avait jamais inquiétée pendant leur relation, mais qui pose un problème de vulnérabilité énorme à présent que celle-ci est terminée.

Il lui arrivait de péter les plombs pendant qu'ils faisaient l'amour, une version intégrale des petites crises de panique qu'elle avait jusque-là réussi à maîtriser avec ses autres partenaires. Ivy s'était dit que c'était peut-être parce qu'elle allait plus mal, mais elle comprend maintenant que cela signifiait qu'elle allait mieux. Elle parvenait à lâcher prise comme elle n'avait jamais pu le faire auparavant. Quelque chose d'instinctif lui avait dit qu'il était sans danger de flipper avec L, sans danger d'affronter ses démons.

Ils n'en avaient jamais parlé. Il avait essayé une fois, mais elle avait brutalement mis le holà. Il avait dû faire le lien, mais elle lui avait bien fait comprendre qu'il n'était pas en droit de lui poser la question.

Comment peut-elle lui dire qu'elle crie toujours son nom quand elle jouit afin de se connecter au moment présent, de se rassurer sur la personne avec qui elle est. Elle a ces horribles souvenirs où elle se revoit se perdre dans l'instant, succomber au plaisir physique puis, dans la milliseconde où l'orgasme commençait à refluer, revenir brutalement à la réalité avec un sentiment de révulsion et de dégoût d'elle-même qui n'en finissait pas de se répercuter en elle.

Comment pouvait-elle lui parler d'une chose pareille ? Que verrait-il ensuite ? Elle ne serait plus Ivy. Elle serait Sylvie, et Sylvie était pathétique.

Cela l'effraie de penser à tout ce qu'il sait. Il pouvait même savoir son véritable nom, peut-être même le savait-il depuis le début mais ne le lui avait jamais dit. Que risquait-il de faire de cette information après ce qu'elle lui avait infligé, après l'avoir largué de la façon la plus cruelle qu'elle avait pu trouver ?

C'est la réponse à cette question qui lui fait le plus mal. Il ne fera rien. C'est un homme bien. C'est pour ça qu'elle avait dû le protéger d'elle.

L. C'était l'initiale de son deuxième prénom, mais cette lettre en était venue à signifier autre chose, en secret, pour elle seule. Son L. Comme *Lover*. Comme *Love*.

Ivy est tellement perdue dans ses réflexions qu'elle ne voit pas Rory s'approcher avant qu'il soit à côté d'elle.

– Coucou.

Sa voix la fait sursauter. Elle frissonne.

– Merde, fais pas ça. Putain de ninja.

– Désolé. Je voulais juste savoir si tu allais bien.

– Pourquoi est-ce que je n'irais pas bien ?

Son ton est un peu plus acerbe qu'elle ne le voulait, étant elle-même instinctivement sur la défensive.

– Avec ce qui s'est passé aujourd'hui. Tout le monde a pensé à Vince et a entouré Kirsten et Amanda, mais je me suis dit que la vue de cette voiture de police… Ça m'a rappelé pas mal de choses, alors j'ai compris que ça pouvait être, tu sais, difficile.

Pauvre Rory. Condamné à toujours s'inquiéter pour les autres. Dieu sait d'où il tenait ça.

– Merci, mais ça va, franchement, lui dit-elle.

Ce n'est pas vrai. La vue de la voiture de la police portugaise avait été déstabilisante, plus particulièrement pour cette partie d'elle qui attendait une petite tape sur l'épaule depuis ces seize dernières années.

En apprenant que cela concernait Vince, elle n'avait été que brièvement soulagée. Son angoisse n'avait pas entièrement reflué, au lieu de quoi elle avait plutôt été remplacée par une méfiance instinctive lui disant que quelque chose clochait. Cette impression ne l'avait pas quittée depuis, même si elle était incapable de mettre le doigt dessus.

– Qu'est-ce qui s'est passé ? demande-t-elle. On a du nouveau ?

– Nan. Amanda a dit que les flics n'avaient donné aucun détail à Kirsten. On l'a retrouvé dans son bureau, si bien que Kirsten pense que c'est une crise cardiaque ou un truc comme ça. Mais quand on voit débarquer la police, on se demande si ce n'est pas quelque chose de plus sérieux, comme un suicide. Enfin, ça ne paraît pas très probable vu qu'il s'apprêtait à partir en vacances avec sa nouvelle femme et son bébé, mais j'imagine qu'on ne sait jamais trop avec ces choses-là.

Et voilà : la chose qui la chiffonnait. Quand votre mari meurt de façon soudaine, crise cardiaque ou même suicide, vous n'avez droit qu'à un coup de téléphone. On ne vous envoie pas des flics pour vous annoncer la nouvelle, surtout quand vous êtes à l'étranger.

Ivy soupçonne que les forces de police des deux pays ont décidé de collaborer. Les flics portugais avaient été envoyés ici pour voir la réaction de Kirsten quand ils le lui annonceraient. Peut-être pour voir si la nouvelle lui semblait vraiment être une surprise, ou si elle en faisait trop pour *feindre* la surprise. Impossible de savoir ce qu'ils cherchaient, mais c'était le but : le simple fait que les flics se pointent pour lui faire part de la nouvelle signifiait qu'ils en savaient beaucoup plus qu'ils ne voulaient bien le dire.

Une idée se forme dans l'esprit d'Ivy, un moyen d'en savoir plus sur ce qui se passe. C'est un acte désespéré, elle le sait. Elle se demande à quel point ceci est dû à son sentiment d'insécurité paranoïaque – sa peur d'être percée à jour – et à quel point elle se fabrique un prétexte simplement pour l'appeler. Mais, d'une façon comme de l'autre, elle sait qu'elle va le faire.

– Je rentre, dit-elle à Rory.

Elle prend son téléphone et retourne dans sa chambre, où elle ferme la porte pour que personne ne l'entende. L'insonorisation n'a jamais été très bonne ici. Les voix portent : c'est pour ça qu'elle était sûre que sa mère entendait tout à l'époque. Et, de fait, quand ses accusations n'avaient pas été entendues, elle avait fait en sorte de faire plus de bruit, espérant se faire prendre. Elle pensait que papa lui aurait dit d'être plus discrète, mais il ne l'avait jamais fait. Il savait que la combinaison du déni et du mythe de la famille parfaite qu'entretenait Celia constituait la meilleure insonorisation possible. Elle avait arrêté quand elle s'était aperçue que cela ne faisait que l'exciter.

Elle prend une inspiration et appelle, appuyant sur un champ qui ne contient que la lettre L.

Il répond au bout de deux sonneries. Elle s'aperçoit qu'elle n'est pas prête, mais il est à présent trop tard.

– Ivy ?

Il y a une certaine surprise dans sa voix et si jamais il y a autre chose, comme un jugement ou de la colère, il parvient parfaitement à le cacher.

Elle a brièvement songé à masquer son numéro au cas il ne décrocherait pas, mais en toute honnêteté elle savait qu'il répondrait. C'est aussi pour ça qu'elle est certaine qu'il va l'aider maintenant. C'est quelqu'un de bien. Les gens bien ont toujours envie de vous aider.

C'est pour ça qu'ils souffrent à cause des gens comme elle.

– Oui, confirme-t-elle.

– Dire que je ne m'y attendais pas figurerait dans le top five de mes euphémismes, juste en dessous de "Boris Johnson n'est pas le plus honorable des individus" et "trouver sa copine au lit avec un autre homme peut faire l'effet d'une… douche froide".

Elle s'interroge sur la pause. Soit il choisissait ses mots, soit il voulait masquer le fait que sa voix était restée coincée dans sa gorge. Elle ne veut pas l'imaginer en train de souffrir, même si elle se rend compte que ce serait pire s'il ne ressentait rien.

Elle a envie de s'excuser, mais elle ne saurait par où commencer. Et elle ne veut pas qu'il pense qu'elle cherche un moyen de revenir.

– Je sais que je n'ai aucun droit et je n'attends rien… mais j'ai besoin de te demander un service.

– C'est pour un de tes clients ou juste pour toi ?

– Je t'ai dit depuis le début que je ne te demanderais jamais rien pour un client.

– C'était quand on sortait ensemble.

– Ma position n'a pas changé.

– La mienne non plus.

– Je ne te suis pas, avoue-t-elle.

Il soupire.

– Ça veut dire que mon esprit de discernement n'est pas à son maximum quand il s'agit de toi et que, par conséquent, je continuerai à faire tout ce que je peux pour toi. Tu as besoin de quoi ?

2002

CELIA

– *Obrigada.*

La jeune fille derrière le comptoir de la boulangerie afficha un sourire indulgent en entendant Celia la remercier en portugais et lui tendit un sachet en papier brun à l'intérieur duquel la miche de pain était encore agréablement chaude au toucher. Elle le glissa dans le panier que tirait Max, et elle éprouva ce faisant cette sensation familière d'être dévisagée.

Elle jeta un coup d'œil en direction d'un couple qui passait devant le rayon lait et remarqua que l'homme et la femme détournaient rapidement les yeux. Vingt ans passés sur le devant de la scène lui avaient appris à reconnaître les signes. Et ils s'inscrivaient dans la bonne tranche d'âge.

Elle entendit leurs voix au moment où Max et elle tournaient dans la travée suivante, l'homme et la femme ne s'apercevant pas qu'ils étaient juste de l'autre côté du rayon.

– Tu es sûr ? demanda la femme. Je n'ai pas bien vu. Il y avait du monde au comptoir.

– À cent pour cent.

Celia s'autorisa un sourire. Elle jeta un coup d'œil à Max mais il était à des lieues de là, dans un monde à lui, comme d'habitude.

– Tu devrais aller lui dire bonjour, si tu es un si grand fan. Tu n'en auras peut-être plus jamais l'occasion.

– Je n'ai pas envie d'aller l'embêter, répondit le mari. Surtout pendant ses vacances.

Il n'avait pas à s'inquiéter, se dit Celia. Un petit bonjour poli était le bienvenu de la part des gens qui appréciaient son travail, que ce soit des fans de science-fiction ou, plus récemment, des lecteurs de son magazine.

En arrivant à l'angle, il était clair que Max avait l'intention de se rendre directement au rayon alcool à l'autre bout du magasin. Elle le prit par le bras et l'entraîna dans l'allée d'à côté, sachant que cela précipiterait la rencontre avec le couple.

– J'ai juste besoin de quelques boîtes de pâté de sardines, dit-elle, s'assurant que le couple arrivait maintenant en sens inverse.

Elle reconnut le rituel : les coups d'œil furtifs, l'instant d'indécision, puis un coup de coude encourageant de la femme. L'homme s'avança à grands pas, celui qui était "un si grand fan". Vu son âge et son genre, elle l'imaginait plutôt être un fan des *Libérateurs*, même si elle recevait des lettres d'hommes qui lisaient ses chroniques.

Comme à son habitude, dans une danse avec son public, Celia feignit de ne pas s'être aperçue qu'on l'avait reconnue et qu'on l'approchait.

– Excusez-moi.

Quand elle leva les yeux, ceux de l'homme étaient posés sur Max.

– Excusez-moi de vous déranger, mais je vous ai vu dans l'émission d'Abby Cook et je voulais juste vous dire que je vous avais trouvé épatant. Voir ce charlatan se faire rabattre son caquet était impayable.

– Oh, merci. Eh bien, ça fait partie du service.

L'homme adressa un sourire à Celia en guise de bonjour. Elle le lui retourna poliment mais quelque chose en elle se sentit offensé, comme s'il eût mieux valu qu'il l'ignore complètement. Il pensait qu'elle n'était personne.

– Vu le nombre de fois où, au pub, un abruti prétend que les voyages sur la Lune ont été bidonnés ou la ramène sur les extraterrestres de Roswell. C'était super d'entendre un véritable démontage scientifique de tout ça.

– Eh bien, je peux vous assurer que l'histoire des extraterrestres de Roswell est la pure vérité.

Le fan en resta bouche bée.

– Je plaisante.

L'homme éclata d'un rire obséquieux. Pathétique.

– Alors, c'est vrai qu'un de vos livres va bientôt sortir ? Vous y abordez seulement l'histoire de la Lune, ou d'autres conspirations ?

La femme se rapprocha d'elle tandis que Max répondait. Elle adressa à Celia un sourire compatissant.

– Vous devez y avoir droit tout le temps, dit-elle doucement. C'est difficile d'être mariée à quelqu'un de célèbre ?

Une réponse lui traversa l'esprit : "*Oh, je crois que Max s'y est habitué.*" C'était une plaisanterie qu'elle avait faite en réponse à celle d'un ami peu de temps après la diffusion de l'émission de télé. Elle ne la prononça pas à haute voix, car de toute évidence la femme ignorait qui elle était. Tout comme son mari.

Elle parvint à afficher un autre sourire.

– Je m'y habitue.

On avait également reconnu Max dans l'avion en venant ici, une femme qui s'était penchée pour lui faire un compliment en revenant des toilettes. Ça allait être comme ça désormais, avait compris Celia. Et cela ne la dérangeait pas. Cela ne la dérangeait absolument pas. Elle était contente pour lui.

Tant qu'il se rappelait à quel point la griffe Max Temple avait bénéficié du fait qu'il était le mari de Celia Wilde. C'était grâce à elle qu'il avait obtenu le contrat pour coécrire ce livre avec Jason Cale – le Danthos de Kurlia –, et c'était la raison pour laquelle il avait au départ été invité dans l'émission d'Abby Cook.

Et l'ironie dans tout ça, bien sûr, c'était qu'il y avait vraiment eu une conspiration à l'œuvre ce soir-là. Le réalisateur était en rogne contre le producteur parce que l'émission avait donné une tribune à Toby Cutler-Wood, si bien qu'il avait envoyé à Max un exemplaire de *La Conspiration Apollo* à l'avance. Il l'avait tuyauté pour qu'il ait toutes les bonnes informations bien en tête, et c'est ainsi que Max avait pu démonter aussi complètement les arguments de l'homme à propos de la Lune. Le réalisateur lui avait également envoyé un mail pour lui dire que c'était lui qui serait en régie ce soir-là et qu'il n'avait pas à s'inquiéter d'être coupé.

Les secrets du showbiz, les gars. Il n'allait certainement pas dire *ça* à son admirateur du supermarché.

Quelques heures plus tard, Max tenait salon une fois de plus, cette fois-ci à la villa. Il était debout, dos tourné aux portes ouvertes de la terrasse, en train d'épiloguer sur cette émission de télé à la noix et les théories conspirationnistes, pendant que tout le monde était réuni autour de lui, debout ou assis, et sirotait son apéritif. Celia s'habituait à l'artifice naturel de ses manières : il donnait l'impression d'être vaguement stupéfait par toute cette histoire, un universitaire intellectuel blasé par les conventions vulgaires du show-business, tout en se pavanant sous les projecteurs. Revenant sans cesse sous les feux de la rampe.

– Ce qui me frappe le plus dans le livre de Cutler-Wood, c'est que lui et consorts font preuve d'une foi étonnante dans le pouvoir et l'influence des complotistes impliqués. La complexité des choses qu'ils pensent avoir été montées de toutes pièces dépasse inévitablement la complexité de tout ce que la conspiration est censée avoir fabriqué ou couvert.

Il faisait salle comble. Tout le monde était réuni autour de lui, même Vince et Laurie, les voisins. Ils avaient décidé d'aller dîner au village mais avaient changé leurs plans quand Marion les avait invités à prendre un verre et un repas tardif avec eux. Le repas promettait même d'être plus tardif que prévu car Marion avait été distraite par Lia un peu plus tôt et était en retard dans ses préparatifs. Par conséquent, Celia était un peu éméchée après avoir bu deux verres de gin à jeun, d'autant que c'était Ken qui faisait le service. Il avait toujours la main lourde.

Svetlana était assise juste à côté de Max, et elle buvait chacun de ses mots en battant des cils. Celia était presque sûre qu'elle avait défait un bouton depuis qu'elle s'était assise. Elle n'était pas la seule à être captivée par ce qu'il disait. Calum et Vince ne cessaient de lui poser des questions, et même Ken, qui ne disait rien en temps normal, mettait son grain de sel.

– Vous n'étiez pas nerveux ? demanda-t-il.

Celia saisit cette opportunité pour répondre à sa place.

– Jason Cale et moi, on est rompus à l'exercice de l'interview, si bien qu'à nous deux, on a fait en sorte que Max se sente à l'aise devant les caméras. Pas aussi à l'aise que nous, mais bon, on avait trois saisons des *Libérateurs* à notre actif. Oh, je pourrais vous en raconter des histoires là-dessus.

Elle balaya la pièce du regard, prête à répondre au pied levé à une question. Il n'y eut aucun volontaire. Elle remarqua bien que le regard de Vince s'éclairait un instant à cette perspective, mais cela n'avait rien de surprenant. Le jour où il n'aurait plus l'air intéressé, elle aurait véritablement touché le fond. Mais, s'il avait une question, il se fit coiffer au poteau par Ken.

– Je veux dire, vous n'étiez pas inquiet de sortir de votre réserve, de vous écarter du format ? Je n'ai jamais vu une chose pareille dans ce genre d'émission.

Celia se consola en se disant que Ken avait peut-être déjà entendu toutes ses histoires au fil des années, tandis que le moment de gloire de Max était plus récent dans les mémoires. Elle se souvint à quel point Ken avait été stupéfait en apprenant qu'elle avait été Kurlia, la première fois que Marion l'avait amené à la maison. Il n'avait jamais rencontré quelqu'un ayant fait de la télé et semblait jusque-là avoir imaginé que les vedettes du petit écran sortaient toutes faites de la cuisse de Jupiter et ne faisaient qu'un passage éclair dans la dimension des mortels. Malheureusement, elle avait depuis longtemps cessé d'incarner quelque chose d'intangiblement exotique pour n'être plus que sa belle-mère, et elle trouvait d'autant plus blessant de n'être que cela pour quelqu'un d'aussi quelconque que Ken.

Physiquement parlant, il était assez séduisant, mais d'un point de vue plus général elle ne pouvait se cacher sa déception à l'idée que sa fille aînée, la première des *enfants* de Celia Wilde et Max Temple, ait fini institutrice et mariée à un plombier.

Par-dessus le bar du petit-déjeuner, elle jeta un coup d'œil dans la cuisine où Marion s'affairait. Elle aurait vraiment dû aller chez le coiffeur, et elle aurait certainement mérité de perdre quelques kilos avant les vacances, sachant qu'elle allait se mettre en maillot de bain. Boulote et mal fagotée, elle faisait plus que ses vingt-huit ans. Celia se revoyait à son âge, alors qu'elle avait elle aussi déjà deux enfants à l'époque. Il n'y avait aucune comparaison. Elle faisait encore tourner des têtes aujourd'hui, alors que Marion n'avait jamais su se mettre en valeur.

Elle avait rencontré Ken à l'âge de dix-sept ans et l'avait épousé avant même d'avoir obtenu son diplôme, comme si elle avait eu hâte de partir. Celia se disait que Marion avait jeté son dévolu sur Ken sachant qu'elle n'aurait plus jamais à faire d'efforts si elle se casait avec quelqu'un d'aussi peu inspirant. Dommage. Marion aurait pu faire tellement mieux. Mais elle n'avait jamais semblé vouloir se dépasser. N'avait jamais semblé croire en elle. Celia en avait pris son parti, néanmoins. Elle avait lu que c'était souvent le cas avec les enfants de parents célèbres et particulièrement brillants. Le plus important, c'était que Marion soit heureuse, supposait-elle.

– Ce qui me fascine, ce n'est pas tant les preuves déformées que les mécanismes mentaux qui poussent les gens à s'en saisir, disait à présent Max, Celia ayant perdu le fil un moment. Le cerveau n'observe pas le monde de façon passive : il construit de façon active à partir d'un matériau parfois étonnamment limité et, pour compenser, il possède un catalogue de raccourcis qu'il utilise pour comprendre les données fragmentaires qu'il reçoit. Cela donne lieu à toutes sortes d'illusions et de perceptions erronées.

Celia vint se poster à côté de lui et posa un bras sur son épaule.

– Allons, Max, on ne devrait pas ennuyer tout le monde avec ces choses-là. Ils ont dû entendre ça une douzaine de fois.

– Non, pas du tout, lui assura Calum, appuyé par Svetlana, Vince et Ken. Max a été pris dans une espèce de tourbillon et c'est la première fois qu'on l'a pour nous tout seuls depuis que tout s'est emballé. On a envie de tout savoir.

Tous les gens réunis dans la pièce semblaient être sous son emprise, à part les enfants. Hughie et Lia s'amusaient avec des jouets, séparément et dans le calme, comme ils étaient capables de le faire quand ils savaient qu'il était tard et qu'un geste déplacé pouvait précipiter l'heure du coucher.

Celia remarqua ensuite qu'il y avait une exception parmi les adultes : Laurie. En temps normal, elle était trop bourrée pour prêter attention à quoi que ce soit à ce stade de la soirée, mais là elle était sobre. Cela indiquait peut-être que Celia était elle-même un peu cuite, si Laurie lui paraissait sobre en comparaison, mais pour être honnête elle semblait avoir diminué sa consommation pendant ces vacances. Elle suivait peut-être un programme de désintoxication.

Laurie se tenait près de Vince, appuyée contre un canapé, en train de siroter un verre de jus d'orange.

Celia commença à remarquer qu'elle ne croisait jamais le regard de Max alors même que celui-ci tenait le crachoir. Cela lui parut étrange et déclencha dans sa tête un signal d'alarme lui disant que quelque chose lui échappait.

Maintenant qu'elle y pensait, Laurie était comme ça depuis qu'ils avaient déjeuné tous ensemble, le jour où Sylvie et Calum étaient arrivés. Sur le moment, Celia s'était dit que Laurie avait simplement la gueule de bois, mais elle constatait à présent la même étrange alchimie. Laurie ne croisait jamais le regard de Max, mais elle l'observait en permanence dès qu'il tournait la tête, une certaine détermination au fond des yeux. On aurait dit une adolescente à une soirée du lycée reluquant à la dérobée le type qui l'obsédait.

Celia repensa aux vacances précédentes, aux alentours de Pâques. Elle tenta de se rappeler si Laurie était déjà comme ça à ce moment-là mais se souvint que Vince n'était pas avec elle. Il était resté en Écosse et Laurie était venue ici toute seule. Un frisson la parcourut lorsqu'elle assembla les pièces du puzzle. La seule question qui se posait était de savoir si cela continuait. S'était-il passé quelque chose à Pâques susceptible d'expliquer que les choses soient désormais bizarres entre eux ? Ou prenait-elle l'air détaché pour que Celia ne se doute pas de ce qui se passait encore maintenant ?

Celia vida son verre et s'éloigna de Max, se dirigeant vers la cuisine en quête d'un autre gin. Elle s'en servit une dose suffisante pour digérer ses dernières conclusions, puis l'agrémenta de tonic et en avala une grande gorgée avant même d'avoir refermé la porte du frigo.

Elle en oublia presque que Marion était à proximité, mais en l'occurrence celle-ci était distraite par le remue-ménage qui avait lieu dans le salon. Celia regarda par-dessus le bar le canapé derrière lequel Hughie s'était glissé et tirait le nœud coulant qu'il avait passé autour du cou de Rory.

Rory lâcha sa bouteille de bière en portant instinctivement les mains à sa gorge, et Hughie prit peur en voyant la réaction disproportionnée que son mauvais tour semblait avoir provoquée. Il paraissait au bord des larmes, craignant d'avoir de gros problèmes.

– Je jouais, c'est tout, dit-il.

Ken expliquait calmement – peut-être trop calmement – pourquoi ceci n'était pas un jeu rigolo pour tout le monde.

– Tu peux faire ça à des poupées, mais pas à oncle Rory.

– Pourquoi ?

– C'est dangereux. À ton avis, pourquoi est-ce qu'ils pendaient les prisonniers dans *Robin des Bois* ? C'est comme ça qu'on exécutait les gens, avant.

– Mais ils se sont enfuis, répliqua Hughie, sans paraître convaincu.

– Je crois qu'il est peut-être temps d'aller au lit, suggéra Marion. Le dîner va être prêt dans une demi-heure environ, de toute façon.

Lia poussa aussitôt un couinement de protestation, mais Hughie sembla résigné, voire soulagé. Il savait déjà qu'il avait fait une bêtise.

– Mais j'ai pas sommeil, protesta Lia.

– Je te lirai une histoire, dans ce cas, lui dit Ken.

Celia entrevit là une occasion.

– Je vais vous donner un coup de main.

Lia grimpa avidement dans les bras fermes et musclés de son père pendant que Hughie laissait Celia l'accompagner avec une gratitude inhabituellement timide. Rory lui frictionna la tête lorsqu'il passa devant lui, ce qui lui redonna le sourire, mais il paraissait fatigué.

Ils traversèrent la pelouse pour aller dans l'autre villa, que la famille de Marion partageait avec Rory et Svetlana.

Celia et Ken surveillèrent le débarbouillage et le brossage de dents, puis bordèrent les deux enfants dans les lits jumeaux.

– Je veux *La Petite Taupe*, dit Lia.

– Je vais me débrouiller maintenant, dit Ken à Celia en prenant le livre.

– C'est bon. J'ai envie de l'écouter aussi, répondit-elle.

– Pourquoi est-ce que vous ne la liriez pas, dans ce cas ? lui proposa-t-il en lui tendant le livre. C'est vous la professionnelle.

C'était à la fois vrai et une proposition flatteuse, mais elle ne voulait pas risquer qu'il la laisse s'en charger seule.

– Et si je faisais la voix de certains animaux, suggéra-t-elle en s'adressant aux enfants.

– Ouais ! répondit Lia.

Quelques minutes plus tard, l'histoire était terminée et les enfants semblaient calmés. Ken éteignit la lumière et se retira, refermant la porte.

– Merci, dit-il.

– Échange de bons procédés. Vous m'avez rendu service en me passant de la crème solaire tout à l'heure.

Celia s'arrêta au bout du couloir, devant la porte ouverte de la chambre de Ken et Marion. Elle se tourna face à lui alors qu'il approchait et lui prit la main.

Elle savait qu'elle était un peu soûle, mais qui n'aurait pas eu besoin de s'en jeter quelques-uns quand tout le monde passait de la pommade à Max de cette façon. S'ils savaient comment il était vraiment. Elle méritait bien une petite compensation et, si sa fille était casée avec un plombier, pourquoi n'en profiterait-elle pas un peu ?

– Vous savez, vous pourriez me frictionner plus que le dos, si vous vouliez. Je sais que ça vous a plu.

Elle posa la main de Ken sous sa clavicule, juste au-dessus de son sein droit.

– Je pense que Marion ne verrait pas ça du même œil, répondit-il d'un ton calme et mesuré, comme toujours. Il était difficile de savoir ce qu'il pensait. Cherchait-il à se rassurer ?

Elle posa sa propre main sur la poitrine de Ken et la fit glisser vers le bas. Ses pectoraux étaient fermes.

– C'est ma fille, je sais. Vous êtes gentil avec Marion et je vous en remercie. Mais vous pourriez avoir un petit avantage en nature en faisant partie de cette famille.

Ken retira sa main de la poitrine de Celia et s'en servit pour empêcher ses doigts d'aller plus loin.

– Je ne pense pas que Max apprécierait non plus, Celia.

– Max ? Ha ha. Vous voulez rire ? Vous croyez qu'il n'a jamais eu d'aventure ? Juste sous mon nez ? Croyez-moi, tout le monde fait des petits écarts de conduite par ici.

Elle reprit la main de Ken et la posa directement sur sa poitrine.

– Je mérite une petite gâterie, et je pense que vous savez que vous méritez vous aussi un petit quelque chose. J'ai peut-être une bonne vingtaine d'années de plus que vous, mais soyons honnêtes, je suis encore mieux fichue que Marion.

L'expression de Ken s'assombrit. Il retira sa main et la prit par le bras avec fermeté et autorité.

– Je crois que vous avez bu un coup de trop, Celia. Vous avez peut-être besoin de manger quelque chose. Marion aura terminé de préparer le repas dans un instant.

Un froid intense s'empara aussitôt de Celia, en imaginant comment lui apparaîtraient les quelques secondes qui venaient de s'écouler dans l'avenir immédiat.

– Je suis juste… c'était un test, Ken, dit-elle d'une voix rendue hésitante par la nervosité, l'alcool et l'humiliation. Je cherche seulement à protéger ma fille. Je vous testais, c'est tout. Pour voir si vous feriez un écart. Et vous avez réussi l'examen.

– Heureux de le savoir.

Alors qu'elle rentrait à nouveau dans l'autre villa, Celia se sentait visiblement empourprée, comme si son visage avait été une balise signalant sa honte et invitant des questions sur la raison de celle-ci. Elle espérait que tout le monde pense qu'il s'agissait juste de la chaleur et de l'alcool, et priait pour que Ken n'en parle pas plus tard à Marion. Mais il ne le ferait sûrement pas. Ce serait trop gênant pour tout le monde.

Elle nierait tout en bloc, ou s'en tiendrait à son histoire de test. Le problème, c'est qu'à moins que Marion ne lui en parle, elle ne saurait jamais si Ken le lui avait dit ou pas.

À son retour, Celia trouva Niamh réveillée et en train de pleurer dans les bras de Sylvie, laquelle était assise sur le canapé. Classique. Ils venaient juste de coucher les deux autres et la petite avait été réveillée par les voix qui venaient du salon.

Svetlana, Vince et Rory étaient tous réunis autour d'elles, et ils essayaient de faire rire la petite. Ce qui, bien sûr, était la pire des choses à faire quand on essayait de calmer et d'endormir un enfant. Celia tenta de ne pas s'appesantir sur le fait que même un bébé illégitime et non désiré semblait capable d'attirer plus l'attention qu'elle ce soir.

Marion émergea de la cuisine en portant un plat de lasagnes qu'elle posa sur la table.

– Ça a l'air fabuleux, dit Laurie. Merci beaucoup pour votre invitation. En fait, on se disait avec Vince qu'on devrait se faire un barbecue tous ensemble à la fin des vacances.

– Oui, on s'occuperait de toute la nourriture, dit Vince. Il est grand temps qu'on vous rende la politesse. Gros gueuleton vendredi prochain. C'est notre dernière soirée.

– C'est une excellente idée, répondit Marion. Ce sera notre dernière soirée à nous aussi. Mais on devra se lever tôt le lendemain matin pour prendre l'avion et il faudra aussi faire les bagages, du coup…

– Bien sûr, bien sûr, dit Vince. Nous aussi, on prend l'avion samedi. Jeudi alors. Ça vous irait, Celia ?

– J'ai déjà hâte d'y être, lui dit-elle.

Elle fit appel à tous ses cours d'art dramatique pour feindre un sourire, mais ses mots n'étaient pas entièrement dénués de sincérité. Celia avait effectivement hâte d'y être, car jeudi soir il ne resterait plus qu'une journée de ces vacances pour le moins décevantes. Et une fois celles-ci terminées, elle n'était pas certaine de vouloir entendre à nouveau parler de cette histoire de Portugal.

2002

RORY

Allongé, Rory savourait une sensation de bien-être tout en écoutant Svetlana prendre sa douche lorsqu'il entendit frapper à la porte. Ils avaient fini par trouver un moment furtif pour faire l'amour sans, pensait-il, avoir fait trop de bruit, de sorte que la présence de quelqu'un devant sa chambre fut un électrochoc qui lui rappela qu'ils vivaient tout près de Marion et sa famille, même si le simple fait de frapper laissait penser que la personne qui se trouvait dehors se doutait que ce n'était peut-être pas le bon moment pour entrer.

Svetlana s'était montrée insistante et angoissée quand il avait repris ses esprits à dix heures et demie, après avoir peut-être un peu abusé la veille au soir. Apparemment, elle était réveillée depuis des heures, et elle était restée au lit à retourner les choses dans sa tête au point de frôler la crise de panique. Ça lui arrivait parfois et il s'interrogeait alors sur ce qu'elle avait bien pu traverser avant qu'ils se rencontrent. Il l'avait serrée contre lui pour la calmer, et une chose en avait entraîné une autre, comme aimaient à le formuler les tabloïds.

– Une seconde, dit-il en se levant pour enfiler un short.

Il ouvrit la porte et trouva Ken, un téléphone portable à la main.

– Il y a un appel pour toi, dit-il d'un ton d'excuse. On a appelé sur le téléphone de Marion. Elle est dehors. Je l'ai entendu sonner et, quand j'ai décroché, on m'a dit que c'était pour toi.

– Merci, Ken. Désolé pour le dérangement.

– Pas de souci.

Ken lui tendit le téléphone et s'en alla.

Rory n'avait pas de portable. C'était encore une des choses qu'il ne pouvait pas s'offrir, alors qu'il essayait de payer un loyer à Londres avec un salaire de disquaire. Il fallait faire des économies et se fixer des priorités. Ces jours-ci, le moindre sou dépensé pour un contrat de téléphonie mobile constituait de l'argent qu'il pourrait dépenser pour, hum, des nécessités.

Svetlana avait un portable, même s'il ne savait pas comment elle le payait. Quand on avait vécu dans des endroits aussi reculés, joindre les gens devait sans doute davantage faire partie des priorités.

Il porta le téléphone à son oreille, un truc avec un clapet qui ressemblait aux communicateurs dans *Star Trek*.

– Allô, c'est Rory.

– Rory, c'est Danny. Mec, je suis vraiment désolé. Fallait que je te prévienne.

Son coloc semblait au bout de sa vie. Secoué.

– Y a des mecs qui sont venus à l'appart, ils te cherchaient. Non, ils cherchaient Svetlana, mais ils savaient que t'es avec elle. Genre, des Russes ou un truc comme ça, des mecs d'Europe de l'Est. Des putains de gangsters en tout cas, t'as capté. Mec, je suis désolé…

Sa voix tremblait, chevrotante. Il avait vraiment l'air terrifié.

– Ils m'ont bousculé pour entrer quand j'ai ouvert la porte. Putain, mec, ils avaient une pince coupante. Je leur ai dit où tu étais. C'est pour ça que je t'appelle, pour te prévenir. Je leur ai dit que je savais pas exactement où t'étais, mais je leur ai dit que c'était au Portugal, en Algarve.

– Ça va, Danny ? Ils t'ont fait du mal ?

– Ils ont pas eu besoin. Y en a un qui a mis la pince contre le lobe de mon oreille. Même pas eu besoin de serrer, mec. J'ai vraiment failli me chier dessus. Ils foutent carrément les jetons, ces enfoirés.

– Et ça va maintenant ? T'as appelé la police ?
– Putain, non. Ils ont été très clairs sur le sujet.
– Qu'est-ce que tu leur as dit ?
– Tout. Tout ce que je sais.
– Ouais, mais *qu'est-ce* que tu sais ?
– Juste que t'es avec ta famille. Je sais pas où, exactement. Je les ai laissés fouiller dans tes affaires. Je leur ai montré que le seul numéro que tu m'avais laissé, c'était celui du téléphone de ta sœur. C'est pour ça que je t'appelle maintenant. Je suis désolé, mec, j'ai eu trop peur. Qu'est-ce qui se passe ? Dans quoi tu t'es fourré ?

Svetlana sortit de la douche, une serviette enroulée autour de la taille. Elle eut l'air perplexe en remarquant qu'il parlait dans un portable. Il devait surveiller ce qu'il disait et changer de sujet, rappeler Danny quand elle ne serait pas là.

– Je suis désolé que ça te soit retombé dessus, mec. Mais je vais régler ça, d'accord ? Merci pour l'info. Je te vois dans quelques jours, OK ?

Il raccrocha.

– C'était qui ? demanda Svetlana. Elle paraissait inquiète.
– Un ami, c'est tout.
– Qui appelle ici ? Sur le téléphone de quelqu'un d'autre ? Ça doit être… urgence.

Il ne voulait pas lui dire ce qui se passait. Ne voulait pas l'effrayer.

– Bah, c'était juste Danny, mon coloc. Il y a eu une fuite d'eau et il a des soucis avec le proprio.

Il se demandait s'il devait lui dire la vérité. Elle avait le droit de savoir, mais savoir ne changerait rien à leur situation, alors à quoi bon ? Il n'y avait qu'un moyen de résoudre ça. Il était temps de prendre le taureau par les cornes et de passer à l'action.

2018

IVY

Ivy écoute le bruit des vagues et les cris des oiseaux depuis sa chambre où elle est allongée, réveillée mais pas tout à fait prête à ouvrir les yeux. C'est le matin, trop tôt pour que les hors-bords tirent des adeptes du ski nautique et du parachute ascensionnel, un moment de tranquillité, mais pour elle ce moment est perverti par trop de souvenirs de lendemains matins. Elle se rappelle ceux-ci plus nettement que les nuits les ayant précédés, une combinaison des jeux psychologiques de son père et de ses propres mécanismes de défense.

Couchée là toute seule, contemplant le plafond, assaillie par la culpabilité, la confusion et la honte. Allongée à côté de Calum, se sentant perdue, impuissante et complètement terrifiée.

Pâques 2002. C'est à ce moment-là qu'elle avait compris jusqu'où le désespoir pouvait l'entraîner. Incapable de trouver le sommeil, elle était allée se chercher un verre d'eau, et c'est alors qu'elle avait vu Max assis dehors de l'autre côté de la piscine.

Elle était sortie le rejoindre. Elle était en manque de sommeil et folle de rage. Elle avait envie de s'en prendre à lui, de le blesser, et elle avait enfin cru savoir comment.

– Je viens souvent m'asseoir ici quand tout le monde est couché, avait-il dit d'une voix douce. Je regarde la mer illuminée par la lumière des étoiles et il est alors impossible de ne pas se dire que tout va pour le mieux dans le meilleur des mondes.

– Je vois ce que tu veux dire, répondit-elle. C'est tellement excitant de voir à quel point tout décolle pour toi après cette émission de télé. Et maman dit qu'il y a peut-être un contrat d'édition à la clé. Tu vas être une star.

Elle le laissa réfléchir à cela pendant quelques secondes, puis frappa.

– Bien sûr, je pourrais tout t'enlever en un clin d'œil. Dire à tout le monde ce que tu m'as fait.

– Quoi ?

Il fit comme s'il ne voyait pas du tout de quoi elle voulait parler. Il était doué pour ce genre de chose.

– Coucher avec ta propre fille. L'amadouer, la formater pour ça. Ça ne ferait sans doute pas bon genre sur la couverture. Et puis il y a toutes ces années pendant lesquelles tu m'as embrouillé les idées, où tu m'as fait douter de ce qui était réel, où tu m'as fait croire que c'était ma faute. Pourquoi ne pas le dire à tout le monde, *papa* ?

– Oh, Sylvie. Tu es juste d'humeur sombre, avec la petite qui t'empêche de dormir. Tu vas te calmer, et je te conseille vivement de le faire. Je sais que tu es en colère, mais ce n'est pas le moment de prendre des décisions. Surtout concernant le genre de chose dont tu parles.

– J'ai une vie de merde à cause de ce que tu m'as fait. Je n'ai pas l'impression d'avoir quelque chose à perdre. Tu m'as foutue en cloque, putain.

Cela effaça l'expression de calme et d'assurance du visage de Max, alors qu'il voyait enfin ce qu'il avait eu sous les yeux pendant tout ce temps.

– Ouais. Pauvre Calum, je lui ai fait croire que Niamh était de lui, mais c'est faux. Tu sais ce que ça veut dire ? Ce n'est plus ma parole contre la tienne. Un simple test ADN et tu te retrouveras en prison. J'ai maintenant une preuve irréfutable de ce que tu as fait. Une preuve *vivante*.

Elle avait cru que ce serait le moment où il s'effondrerait, implorerait son pardon, la supplierait de ne pas révéler la vérité. Elle avait cru que ce serait enfin le moment où elle aurait du pouvoir sur lui.

Il retrouva son expression de calme, mais seulement en surface.

– Comme je suis sans cesse obligé de te le rappeler, tu ne ferais jamais ça à toi-même, à la famille. Les retombées, les choses que tu libérerais. – Il lui saisit le poignet et le tordit. – La loi des conséquences involontaires.

Alors qu'il parlait, c'est ce qu'elle vit dans ses yeux qui l'effraya : elle entrevoyait à quel point il était dangereux de l'avoir menacé ; de quoi son père était véritablement capable.

Toutes ces années après, il lui semble presque inimaginable d'être dans cette chambre et de ne pas avoir peur, mais elle n'est pas complètement sereine non plus. Max est mort, mais cela ne veut pas dire qu'il ne reste pas des choses capables de la blesser.

Son téléphone vibre sur la table de chevet, la poussant à jeter un coup d'œil à l'horloge accrochée au mur. À sa grande surprise, elle a fait la grasse matinée et, à son étonnement plus grand encore, l'appel ne provient pas du bureau.

Elle sent un élan de quelque chose qu'elle n'est pas tout à fait prête à définir quand elle voit l'identité de son correspondant : L. Bien que leur discussion d'hier ait été courtoise et qu'il ait promis d'essayer de l'aider, c'est seulement maintenant qu'il appelle qu'elle s'aperçoit qu'elle ne s'attendait pas vraiment à ce qu'il s'exécute.

Pourquoi le ferait-il ? s'était-elle demandé, mais elle connaissait la réponse à cette question. Il est beaucoup plus sensible que sa réputation pourrait le laisser supposer, pour peu qu'on sache sur quel bouton appuyer. Au moins, il s'était montré conciliant avec elle, et peut-être seulement avec elle. Elle n'aime pas penser à ce que cela implique, pas plus qu'elle n'aime s'attarder sur ce que L en est venu à signifier. Si elle est prête à se servir des sentiments qu'il a pour elle afin d'atteindre ses propres objectifs, cela en dit long sur ce qu'elle est vraiment.

Mais il en a toujours été ainsi. C'est la survivante qui est en elle. Sa priorité numéro un a toujours été de se protéger, de protéger son secret ; et parfois de protéger les autres de son secret.

– Salut, dit-elle.

– Tu as la voix rauque. Je t'ai réveillée ?

– Non. Mais je ne suis pas encore levée.

– Ah bon ? Un jour de semaine ? Ça va ?

– Ça va. Et de ton côté ?

– Ça va, répondit-il d'un ton neutre.

– Non, je veux dire, sérieusement, comment tu vas ?

Il marqua une pause.

– Tu sais, Ivy, on n'a pas besoin de compliquer les choses. J'ai les informations que tu m'as demandées et tu n'as pas besoin de satisfaire à des exigences pour les avoir.

– J'apprécie. Et j'imagine que tu veux m'éviter d'avoir à entendre comment tu vas vraiment, parce que la façon dont tu vas vraiment est entièrement ma faute.

Autre pause. Puis il dit :

– C'est à peu près ça, ouais.

Elle savait que ce serait le cas, mais il lui est quand même douloureux de l'entendre le lui confirmer.

– Et pourtant tu t'es mis en quatre pour m'aider.

– Plus que ça. J'ai dû faire appel à des gens pour t'aider.

– Pourquoi ?

– Parce que tu me l'as demandé.

– Je veux dire pourquoi, après ce que je t'ai fait ?

– Peut-être parce que j'espère encore que tu peux le défaire.

C'est à son tour de marquer un temps d'arrêt. Elle sent à nouveau ce petit élan, comprenant qu'il vient de lui dire que la porte est toujours ouverte. Une partie d'elle veut s'y engouffrer, et elle souffre de ne pouvoir le faire.

Il était devenu proche, beaucoup trop proche, avant qu'elle ne s'en rende compte. Ça tenait peut-être à son super-pouvoir, au fait de faire les choses telles qu'il les faisait.

– Qu'est-ce que tu as trouvé ?

Lorsqu'il reprend la parole, c'est sur un ton plus professionnel, ayant analysé son absence de réponse à sa dernière remarque. Ils savent tous les deux où ils en sont.

– J'ai parlé à mon contact, la commissaire Catherine McLeod. Tu avais raison. La police considère cette mort comme suspecte. Le fait que j'appelle pour lui poser des questions dessus aussi lui a paru suspect. Ça a déclenché quelques signaux d'alarme, si bien que McLeod est maintenant très curieuse d'apprendre ce que je sais et de qui je le tiens.

Ivy ressent un élan d'un genre différent, quelque chose de plus inquiétant.

– J'espère que tu n'as pas donné mon nom.

– Non, mais je risque d'avoir à lui renvoyer l'ascenseur à un moment ou à un autre.

– Je ne peux rien te promettre.

– Je lui ai dit la même chose, mais je lui ai également dit que je la tiendrais au courant de ce que je trouve. Elle n'était pas contente, mais l'expérience lui a appris que j'étais un bon cheval.

– Tu veux parler de cette histoire de veuve noire et de ta précédente enquête ?

– Entre autres.

– Qu'est-ce qu'elle a dit d'autre ?

– En l'occurrence, "suspecte" signifie qu'il a été assassiné mais qu'ils ne veulent pas rendre ça public pour le moment ni donner de détails sur ce qui s'est passé. On l'a retrouvé dans son bureau. Aucune trace d'effraction. Ils pensent qu'il a laissé entrer son meurtrier, ou qu'il s'agit de quelqu'un qu'il connaissait, peut-être un client ou un client potentiel. Ils ont écarté le cambriolage parce qu'il ne conservait là-bas ni argent ni objets de valeur. La seule chose qu'on a prise, c'est son téléphone.

– Et la police peut le localiser ?

– En théorie, oui. À moins que la batterie ait été retirée et, même s'il est éteint, l'opérateur peut activer le téléphone à distance. Mais, pour ça, la police a besoin d'un mandat, et il y a beaucoup d'obstacles à franchir concernant la légalité et la vie privée.

Il en reste là, mais seulement pour qu'elle comprenne qu'il ne lui a pas tout dit.

– Et c'est là que tu m'annonces que tu connais un type ?

– Non, je connais une fille. Tu as le numéro ?

Ivy voit cette possibilité se profiler puis s'éloigner à nouveau. Elle n'a pas le numéro de Vince et elle ne peut le demander à personne car pourquoi en aurait-elle besoin ? Puis elle se souvient de la liste scotchée au mur derrière la porte de la cuisine : les numéros de SOS médecins, de traiteurs faisant des plats à emporter, des restaurants du village et de leurs voisins.

– Donne-moi une minute.

Elle se lève et enfile des vêtements. Quelques instants plus tard, elle est dans la cuisine en train de regarder la liste. Le numéro est devant ses yeux, juste en dessous de Casa Padaria Pizzas. Pas de nom de famille, juste "Vince".

Ivy le lit à haute voix et il le répète pour vérifier.

– Je te rappelle dès que j'ai du nouveau. Entre-temps, tu vas me dire en quoi tu es mêlée à cette histoire ?

– Pas encore.

– J'ai remarqué que la sonnerie du téléphone était bizarre. Tu es où ?

– À l'étranger. Avec ma famille.

– Je n'étais pas sûr que tu en aies une. Je ne t'ai jamais entendue en parler.

Elle éprouve une angoisse croissante, craignant qu'il soit en train de fouiner, redoutant ce qu'il a déjà pu découvrir.

Elle ne dit rien jusqu'à ce qu'elle soit à nouveau derrière la porte de sa chambre, ne voulant pas parler dans un endroit où on pourrait l'entendre.

– Dis-moi la vérité, Jack, dit-elle. Est-ce que tu sais qui je suis vraiment ?

C'est l'une des rares fois où elle l'a appelé par son prénom. Cela lui donne le sentiment d'être étrangement vulnérable, comme si elle parlait à la personne qu'il est vraiment et non à celui qu'il n'est que pour elle. Ou l'appelle-t-elle comme tout le monde parce qu'elle a peur de ce qu'elle a mis dans le nom qu'elle seule utilise ?

L. L'initiale de son deuxième prénom. Jack Lapsley Parlabane.

– Est-ce que c'est ta façon de me dire que je ne t'ai jamais vraiment comprise ? répond-il.

– Je te pose la question au vrai sens du terme. Sais-tu qui je suis ?

– Tu es Ivy Roan, maîtresse ès magie noire en relations publiques. Je ne suis toujours pas sûr de comprendre la question.

– Allez. Tu es journaliste d'investigation. Tu as sûrement fouillé dans mon passé.

– Je n'ai jamais enquêté sur toi. Sauf de rares fois et dans la mesure où tu me l'as permis. Est-ce qu'il y a quelque chose que je devrais savoir ?

Merde, se dit-elle. En lui disant qu'il a quelque chose à découvrir, elle l'invite à savoir quoi. Mais n'était-ce pas ce qu'elle faisait depuis le début ?

Quelle idiote. Elle qui est une putain de vampire, elle avait couché avec Van Helsing.

2002

RORY

Papa posa son livre et se leva, se pencha en arrière et étendit les bras. Cet étirement et le bâillement qui l'accompagnait étaient un prélude suffisamment familier pour que ses paroles suivantes soient inutiles, mais il les prononçait tous les jours.

– Je vais faire mon petit tour du matin.

La marche quotidienne le long de la falaise qu'il faisait même par la chaleur la plus torride, habituellement tout seul.

– Hé, je crois que je vais t'accompagner, dit Rory.

– Vraiment ? Tu es sûr ?

Papa tentait de faire comme s'il ne voulait pas que Rory se sente obligé de lui tenir compagnie, mais ce qu'il voulait dire en réalité, c'était qu'il préférait être seul : seul avec ses pensées géniales. Rory aussi aurait préféré le laisser seul, mais il n'avait plus beaucoup de jours devant lui.

Ce n'était pas tout à fait maintenant ou jamais mais cela lui semblait être le bon moment. La famille avait eu le temps de connaître Svetlana, pas seulement de s'habituer à la voir, mais à ce qu'elle participe à la vie quotidienne, comme aider Marion à s'occuper de ses enfants. Elle avait également semblé faire bonne impression sur papa la veille au soir, quand Vince et Laurie étaient venus. Papa avait péroré devant le public assemblé et Rory avait remarqué que Max adressait nombre de ses réponses spécifiquement à Svetlana, même quand ce n'était pas elle qui lui avait posé la question. Les gens décrivent parfois les universitaires comme des intellectuels monastiques exsangues et asexués cloîtrés dans leur tour d'ivoire, mais Rory savait qu'au moins l'un d'entre eux n'était pas immunisé contre l'attention d'un joli visage et l'aperçu d'un nichon sans soutien-gorge.

Ils marchèrent au soleil d'un pas tranquille, leur conversation accompagnée par le fracas de l'eau contre la paroi de la falaise en contrebas. Ils s'en tinrent à des généralités inoffensives, ces échanges maladroits de deux personnes se méfiant de la distance qui les sépare. Rory craignait que Max interprète ses bavardages comme un prélude évident à un autre sujet, même si le fait qu'il ait proposé à son père de l'accompagner avait sans doute été un signal suffisant.

– Comment ça se passe, à Londres ? demanda papa.

– Rien de bien nouveau. Je n'ai pas beaucoup de marge et les fins de mois sont difficiles. Je n'ai pas l'intention de travailler dans un magasin de disques éternellement, si c'est la question que tu te poses. Je stagne un peu depuis un moment, je l'admets.

– Tu sais, ça t'ouvrirait plus de portes en termes de perspectives financières si tu envisageais de reprendre tes études et de passer ton diplôme.

Cette vieille rengaine, comme une scène récurrente dans un jeu vidéo : le Gardien qui dit "Tu ne peux poursuivre ta quête avant d'avoir terminé ce défi".

Ce n'est pas comme si papa s'attendait à ce qu'il le fasse, ou s'il cherchait sincèrement à le convaincre de retourner à la fac. Max réaffirmait seulement sa déception et posait en conséquence les termes de leur relation.

Mais pour aujourd'hui, au moins, cela donna à Rory l'occasion qu'il attendait.

– J'ai comme l'impression d'avoir trouvé un nouvel élan à propos de beaucoup de choses depuis que j'ai rencontré Svetlana. Elle m'a fait beaucoup de bien.

– Oui, convint papa en souriant. C'est un bon parti. N'importe quel homme s'estimerait heureux d'avoir une femme qui lui ressemble.

– Je me suis senti à la dérive pendant longtemps parce que je n'ai jamais vraiment eu de vocation. J'ai manqué de motivation pour aller où que ce soit parce que je ne savais pas où je voulais aller. Mais maintenant j'ai compris que ce qui me fallait, c'était trouver la bonne personne plutôt que le bon objectif.

– Et tu as des grands projets, maintenant ? C'est ça que tu es en train de me dire ?

Il y avait une note joyeuse dans la voix de son père, mais Rory ne savait pas trop si sa bonne humeur indiquait qu'il était heureux de voir que son fils avait enfin pris un peu de plomb dans la cervelle ou s'il était amusé, trahissant par là son scepticisme méprisant quant à savoir si cela le mènerait effectivement quelque part.

– Le magasin de disques n'est pas le meilleur des jobs, mais j'acquière pas mal d'expérience dans le domaine de la vente au détail. On n'a envie de rester à Londres ni l'un ni l'autre, du coup je me disais que j'irais bien dans un endroit vraiment différent pour prendre un nouveau départ.

Une femme en parachute ascensionnel passa, tirée par un hors-bord. Rory entendait les cris de la femme accrochée dans son harnais à une centaine de mètres au large et autant de hauteur, son rire porté par la brise.

– Différent comment et nouveau comment ?

– Extrêmement. J'ai un ami à Cairns qui cherche quelqu'un pour l'aider à tenir sa boutique de surf. On se disait qu'on pourrait tenter le coup en Australie.

Papa acquiesça, en pleine réflexion.

– C'est sûr que ce serait vraiment un nouveau départ. Quant au changement de décor, il serait physiquement impossible d'aller beaucoup plus loin de celui dans lequel tu vis actuellement. J'imagine que ta mère ne serait pas enchantée à la perspective de te savoir à l'autre bout du monde. Elle ne te verrait jamais.

Elle ne te verrait jamais. Pas *nous*. Rory tenta de ne pas s'appesantir là-dessus.

– Vous pourriez venir nous voir. Vous n'êtes jamais allés en Australie. Ça vous motiverait pour faire le voyage. Si ça se trouve, tu pourrais même aller faire de la promo pour ton bouquin là-bas.

Rory déglutit.

– C'est le nouveau départ dont j'ai besoin, papa.

Il fut surpris par la profonde sincérité qu'il entendit dans ses propres paroles, n'ayant pas réalisé à quel point il y croyait avant qu'elles ne sortent de sa bouche.

Papa ralentit le pas mais ne s'arrêta pas de marcher.

– J'imagine qu'il n'y a pas besoin d'être professeur en psychologie pour anticiper le fait que nous approchons d'une demande de fonds afin de t'aider à réaliser ce grand projet.

Rory ressentit une légère déception en se rendant compte qu'il avait été parfaitement transparent.

– Eh bien, oui, mais en fait c'est un peu plus compliqué que ça.

– Je t'écoute.

De façon surprenante, le ton de papa ne ressemblait pas à une porte qui se ferme. Il paraissait curieux, malgré son côté sec et suranné habituel.

Rory profita de ce moment pour exposer la situation. Il lui expliqua le pétrin dans lequel Svetlana était embourbée, même s'il sauta la partie concernant le fait qu'elle avait été call-girl de luxe.

– Et de combien avez-vous besoin pour vous sortir de ce pétrin et commencer une nouvelle vie aussi loin que possible de ces gens ?

Rory soupira, se demandant à quel genre de somme son père s'attendait. Il regretta de ne pas lui avoir laissé entendre que le montant pouvait atteindre six chiffres afin que la vérité ne lui paraisse pas aussi terrible.

– Elle leur doit vingt-cinq mille.

– Vingt-cinq mille quoi ? Livres ? Euros ?

Il avait opté pour les livres car cela faisait paraître la somme plus petite.

– Livres. Sans doute plus maintenant, parce qu'ils augmentent sans cesse les intérêts composés.

Ils marchèrent encore un moment, sans rien dire. Un peu plus loin sur la falaise, il y avait un banc qui dominait une crique en fer à cheval. Rory savait que c'était un endroit où papa s'arrêtait souvent pour se reposer et boire de l'eau. Max s'assit, contemplant la mer, pendant que Rory restait debout, sur des charbons ardents.

Papa tapota le bois à côté de lui, l'invitant à le rejoindre. Ils restèrent assis en silence pendant quelques instants, puis Max dit :

– C'est vraiment une belle femme, Rory. Tu as tiré le gros lot. Je comprends pourquoi tu envisages un avenir radieux avec elle. Pas étonnant que tu sois tombé sous son charme. Mais là où tu me déçois un peu, c'est que tu te sois laissé avoir par son histoire.

Rory se tourna vers lui.

– Quoi ?

– Allons, Rory, elle est beaucoup trop bien pour toi. Tu es trop amoureux et aveuglé par ta chance apparente pour avoir pris le temps de te demander ce qu'une fille aussi belle faisait avec toi. Et cette femme de rêve débarque comme par hasard dans ta vie peu de temps après que j'ai commencé à me faire un nom dans les médias et signé un contrat d'édition dont tout le monde parle ? Elle se fiche de toi, mon garçon. C'est une arnaqueuse.

Rory eut l'impression de recevoir un coup de poing dans le ventre en entrevoyant avec horreur à quel point il avait été naïf et stupide. Mais pas stupide de croire que Svetlana l'aimait sincèrement : stupide de croire que son père l'aimait ; et naïf d'avoir pensé que son père pourrait le voir comme autre chose qu'un raté. Il avait cru jusque-là que Max s'était toujours montré à la fois tendre et dur avec lui dans l'espoir que cela l'encouragerait à exploiter pleinement son potentiel, que son père le pensait encore capable de faire plus de sa vie. Le simple fait qu'il doute que quelqu'un comme Svetlana ait envie d'être avec lui disait tout ce qu'il avait besoin de savoir sur la façon dont son père le considérait véritablement.

Néanmoins, Rory avait des preuves de son côté. Max s'était toujours vanté de fonder ses jugements sur des faits empiriques plutôt que sur des émotions.

– Ils sont venus chez moi, papa. J'ai reçu un coup de fil de Danny, hier. Ils ont menacé de le torturer. Ils sont venus chercher Svetlana à Londres et maintenant ils savent qu'elle est au Portugal.

Papa leva les yeux au ciel. Ce n'était pas un signe encourageant.

– Tu le connais vraiment bien, ce Danny ? Comment sais-tu qu'il ne fait pas partie du stratagème visant à me soutirer une coquette somme d'argent que je ne reverrai jamais ?

– Putain, c'est Danny. Il travaille chez Halfords. C'est pas une arnaque à deux balles échafaudée au bistrot du coin. On parle d'un trafic d'êtres humains à l'échelle internationale. Ce sont des gens impitoyables, papa.

– Je pense que la personne la plus impitoyable dans cette équation est ta prétendue copine, et c'est ce qu'elle va faire une fois que tu lui auras annoncé la mauvaise nouvelle qui devrait être le plus instructif. J'espère que le miel qui t'a attiré dans ce piège a été bon et que tu t'es bien envoyé en l'air au passage, parce que le robinet ne va pas tarder à se refermer, et pour toujours. Qu'elle obtienne cet argent ou pas, je te garantis que tu ne la reverras plus après ce voyage, alors, étant donné que le résultat sera identique, je vais opter pour la solution qui me coûtera vingt-cinq mille livres de moins.

Papa se leva.

– Bon, on continue notre promenade ? Ou ai-je raison de supposer qu'à ce stade tu préférerais rester seul ?

Rory resta sur le banc. Il avait l'impression qu'un poids le clouait sur place, car il savait qu'une fois debout, une fois qu'il retournerait à la villa, il devrait annoncer ça à Svetlana. Elle avait été abusée et déçue par tant de gens. Il ne voulait pas être comme les autres.

Pendant ce temps-là, papa poursuivait sa balade sans paraître se soucier du reste du monde, sans doute parce qu'il ne s'en souciait pas. Il avait toujours eu un côté complètement insensible. Parfois Rory se disait que si cet enfoiré s'avérait aussi doué pour déconstruire la psychologie humaine, c'est parce qu'il l'observait depuis l'extérieur : un extraterrestre étudiant une espèce dont il ne faisait pas partie.

2018

MARION

Marion donne le biberon à Arron dont les larmes sèchent sur son petit visage maintenant qu'il a obtenu ce pour quoi il pleurait. Il est tout chaud dans ses bras, une sensation merveilleuse qui la ramène vingt ans en arrière, tout comme c'est le cas lorsqu'elle tient la petite Emily. Les deux bébés qu'elle avait jadis dorlotés sur cette même terrasse sont à présent à table, où ils discutent de choses et d'autres avec Amanda. Cela la réconforte de les voir accueillants et solidaires.

– D'après ce que j'ai cru comprendre, vous êtes médecin ? demande Amanda à Lia.

Marion est heureuse de voir qu'elle est un peu plus bavarde ce matin. De façon bien compréhensible, cette pauvre fille avait semblé sous le choc et renfermée hier, déstabilisée par la situation dans laquelle elle s'était retrouvée.

– Pas tout à fait, répond Lia. Je viens de passer mes examens de dernière année. J'attends les résultats.

Elle croise les doigts.

– Oh, tu les auras haut la main, lui dit maman.

Marion aurait préféré qu'elle s'abstienne, craignant qu'elle lui porte la poisse en tentant le destin. Il est toujours facile de se montrer confiant quand on n'a aucun intérêt en jeu.

– Si tout se passe bien, je commencerai en FY1 en août.

– Qu'est-ce que c'est ? demande Amanda.

– Oh, c'est ce qu'on appelait autrefois la première année d'internat.

– Et vous avez déjà une spécialité en vue, ou c'est trop tôt ?

– C'est encore très loin, mais j'aimerais faire de la pédiatrie.

– Et vous, Hugh, qu'est-ce que vous faites ?

– Hugh suit les pas de son grand-père à l'université, répond Celia à sa place. Il a obtenu son doctorat et bientôt nous allons avoir un autre professeur en psychologie dans la famille. Un hommage qui tombe à point nommé, si tu veux mon avis.

Hugh paraît timide, comme chaque fois que maman en rajoute.

– Mamy a quelques pages d'avance, dit-il à Amanda. Je suis maître de conférences à l'université de Liverpool.

– Mais plus pour très longtemps, intervient maman. Hugh va aller enseigner à Yale.

– Oh, ouah. Sérieusement ?

Hugh affiche une grimace inquiète, reflétant les propres sentiments de Marion.

– Je suis allé passer des entretiens aux États-Unis et c'est plutôt positif, mais je ne veux pas vendre la peau de l'ours. Je suis un peu partagé sur le fait de nous déraciner tous les trois alors qu'Emily est encore si petite, mais ma femme Maggie n'arrête pas de dire qu'il faut absolument y aller. C'est une des raisons pour lesquelles elle est restée à la maison : elle cherche des endroits où on pourrait vivre et prépare le terrain pour les démarches concernant l'immigration.

– Maggie a raison, lui dit sa sœur. C'est une opportunité incroyable.

Marion regarde Hugh et Lia, et elle les sent encore dans ses bras, les revoit encore ici quand ils couraient en jouant à la poupée ou avec des pistolets à eau. Elle se rappelle à quel point elle s'inquiétait toujours pour eux à l'époque, et comprend le truc qu'on ne vous dit jamais sur le fait d'être parent. Vous faites tout ce qui est en votre pouvoir pour qu'ils grandissent bien et à l'abri du danger, mais il n'y a pas de ligne d'arrivée. Votre mission ne se termine jamais. Elle sait qu'elle ne cessera jamais de se faire du souci pour eux. Qu'elle essayera toujours de les protéger.

Chaque fois que quelqu'un dit que Hugh va peut-être aller à Yale, elle éprouve une sensation proche de la panique. Une partie d'elle s'inquiète parce qu'elle sait qu'il sera anéanti s'il n'obtient pas le poste, tandis qu'une autre partie s'inquiète à propos de Trump, des fusillades et de tous les dangers auxquels il devra faire face s'il va aux États-Unis.

Comme quand ils étaient petits, tout semble encore tellement précaire. Ses deux bébés sont sur le point de faire un grand pas en avant dans leur carrière, et elle ressent la même chose qu'à l'époque où chacun d'eux s'apprêtait à entrer à la crèche, à l'école, à la fac.

Ken dit qu'elle doit apprendre à lâcher prise, à se réjouir de les voir prendre leur envol. Elle sait qu'il a raison.

Elle le regarde assis au bord de la piscine, en train de faire sauter sa petite-fille sur ses genoux, laissant ses petits pieds tremper dans l'eau. Elle gesticulait dans tous les sens il y a à peine cinq minutes, mais Emily se calme toujours quand elle est dans ses bras.

Marion connaît bien cette sensation.

Elle s'inquiétait autrefois de savoir quel genre de père serait Hugh vu qu'il avait été particulièrement turbulent quand il était petit. Elle avait toujours craint que les décisions qu'elle prenait en tant que mère ne fassent qu'empirer ce trait de caractère. Mais cela lui avait passé en grandissant, et il était devenu de plus en plus comme son père. Calme et imperturbable.

Ken est le meilleur des hommes, vraiment. C'est un homme bien meilleur que son propre père ne l'était. Il lui avait fallu longtemps pour se l'avouer, car cela lui semblait déloyal, mais c'est vrai. Il est une personne meilleure que l'un ou l'autre de ses parents, et il avait été le premier à lui donner l'impression qu'elle aussi valait mieux qu'eux.

Ils s'étaient toujours montrés tellement arrogants avec lui sous prétexte qu'il était "plombier". Il avait sa propre entreprise, pour l'amour du ciel. Autrefois, cela l'avait ennuyée, jusqu'à ce qu'elle comprenne qu'avant la parution du livre de papa, Ken gagnait sans doute plus d'argent que son père ou sa mère. Elle les soupçonnait de le savoir aussi et, en réalité, c'était sans doute ce qui les agaçait. Mais la chose qu'ils détestaient vraiment chez Ken, c'est qu'il la rendait heureuse. Eux ne l'avaient jamais fait.

De façon tout aussi importante, Ken l'avait aidée à voir toutes les manières dont ils l'avaient rendue *malheureuse*. Ils montraient en permanence leur déception parce qu'elle n'avait pas embrassé une carrière brillante comme ils l'avaient espéré, mais Ken lui avait fait comprendre que ce qu'ils pensaient n'avait aucune importance. Marion aimait son métier, et c'était ce qui comptait.

Quelques années plus tôt, Ken lui avait avoué que Celia lui avait un jour fait des avances. Il ne lui en avait jamais parlé jusque-là parce que ça s'était passé pendant ces vacances-*là*, en 2002, un sujet qu'ils n'aimaient pas aborder, mais un soir qu'il était un peu éméché, il lui avait raconté l'histoire. Cela n'avait pas simplement été une révélation mais une véritable épiphanie. Cela lui avait fait comprendre que maman était en fait jalouse d'elle, de ce qu'elle avait, et même de qui elle avait.

Les révélations de Ken avaient rompu le charme et changé la façon dont Marion avait toujours perçu sa mère. Elles lui avaient fourni la clé lui permettant de comprendre son comportement et ainsi de le voir depuis l'extérieur pour ce qu'il était vraiment. Celia avait cette aura prestigieuse à laquelle Marion avait adhéré toute sa vie, mais elle voyait à présent que sa mère était seulement fragile et en quête de reconnaissance, l'otage permanente de son propre narcissisme. Tout ce qu'elle faisait, tout ce qu'elle disait n'avait finalement pour but que d'attirer l'attention sur elle. Si Marion se retrouvait en train de se demander "Pourquoi est-ce qu'elle agit comme ça, pourquoi est-ce qu'elle me dit ça ?", la réponse était toujours la même. À partir du moment où elle avait compris cela, elle avait pu observer au lieu d'absorber.

Elle pense à toutes les remarques subtilement méprisantes que maman fait sur son apparence. Autrefois, celles-ci la blessaient, jusqu'à ce qu'elle comprenne que c'était maman qui souffrait. C'était maman qui passait ses journées à regretter de ne pouvoir retrouver ce qu'elle avait eu à l'adolescence, quand elle était une vedette du petit écran.

Au cours de sa vaine tentative de séduction, Celia s'était vantée devant Ken d'être mieux fichue que sa fille. Maman pensait que cela signifiait quelque chose, pensait que c'était important, et c'était précisément la raison pour laquelle Marion en était venue à la trouver ridicule. Marion se moque de savoir si les gens la trouvent sexy. Elle s'intéresse seulement à l'image qu'elle renvoie à Ken, et Ken aime ce qu'il voit. Ils ont désormais passé la quarantaine et ils baisent encore comme des adolescents. Encore plus incorrigibles depuis le départ de Lia, en fait. Aucune raison de ne pas faire de bruit. Aucune raison de ne pas le faire dans la salle d'eau non plus.

Maman n'est pas inoffensive, cependant, et Marion se méfie de son répertoire de mauvais tours et de jeux psychologiques passifs-agressifs. Mais, de façon plus essentielle, elle comprend désormais que Celia a seulement le pouvoir que les gens veulent bien lui prêter.

Marion entend vibrer un portable. Amanda se lève.

– C'est Kirsten, dit-elle. Faut que je réponde. Ça va aller avec…

– Arron ne craint rien, dit Marion. Vas-y.

– Merci.

Marion la regarde s'éloigner à vive allure en direction de ce qu'elle considère encore comme la villa de Vince.

La mort a toujours quelque chose d'irréel, au début. On ne peut accepter le fait qu'une personne ne va pas simplement réapparaître, qu'on ne la reverra plus jamais. Mais Marion a été vaccinée contre ce phénomène il y a à peine quelques semaines, de sorte que c'est plus facile à accepter cette fois-ci.

En fait, savoir que Vince est vraiment mort consolide un sentiment d'achèvement. Elle a cette impression qu'elle ne reviendra plus jamais ici, que c'est la fin de leur relation avec cet endroit et avec tout ce qui s'y était passé. C'est pour cela que la petite cérémonie d'hier au sommet de la falaise signifiait plus pour elle que celle qui avait eu lieu chez eux. Pour Marion, il ne s'agissait pas seulement de dire au revoir à papa.

Elle encouragera maman à vendre. Au fil des années, Celia s'était montrée déterminée à réunir tout le monde ici à nouveau, disant que cela les aiderait à surmonter le passé, mais maman n'avait jamais vraiment voulu l'affronter. Ce qu'elle voulait, c'était qu'ils se réunissent tous ici et fassent comme si le passé n'avait jamais existé, qu'ils créent une dimension parallèle dans laquelle sa famille était harmonieuse.

Il est temps de tourner la page. Chaque mort est l'occasion d'un nouveau commencement. Elle se sent triste pour Kirsten et le petit Arron, mais si la mort de Vince marque la fin d'un chapitre, cela signifie qu'un autre peut commencer. Un meilleur.

Elle remarque du mouvement à l'intérieur et voit Sylvie entrer dans la cuisine, son téléphone à la main. Ivy, plutôt. Marion n'arrive pas à penser à elle autrement que sous le nom de Sylvie, surtout ici. Elle regarde la liste des numéros de téléphone scotchée au mur.

Cette scène lui rappelle tout ce qu'elle a besoin de laisser derrière elle. Marion est encore mal à l'aise en présence de sa sœur et elle se demande quels sont les véritables motifs qui l'ont poussée à venir ici. Elle se rend compte que c'est la présence même de Sylvie qui la fait se sentir coupable. Chaque fois qu'elle entend le nouveau nom de sa sœur, Marion se demande à quel point elle a contribué à cette transformation. Et toujours, toujours, elle se demande de quoi Sylvie l'accuse encore en secret.

Mais, dans cette famille, tout le monde accuse tout le monde de quelque chose en secret. Lorsqu'il n'y a aucune preuve irréfutable, personne ne peut jamais savoir ce qui est vrai, ce qui signifie que, chez les Temple, tout le monde est potentiellement coupable. Mais ce qui console Marion, c'est que, d'après ce que tout le monde sait, il est encore possible que personne ne le soit.

2002

RORY

Rory était assis tout seul à la terrasse d'un petit café sur le front de mer de Praia Mexilhões. Sa table se trouvait juste en bordure du sable, à côté d'une paillote où l'on vendait des dauphins gonflables, des bodyboards Spiderman et des T-shirts Luis Figo. La plage était bondée, pleine de gens dont la bonne humeur éclatante était une parfaite démonstration du fait que les émotions humaines étaient totalement indétectables : nul n'avait conscience de l'agitation qui avait lieu derrière les yeux d'une autre personne pourtant à quelques mètres d'eux à peine.

Il regarda une gamine renverser un seau d'eau dans le trou que son père creusait, une petite action qui sembla l'amuser de façon disproportionnée et par conséquent ravir ses parents. Il observa leur expression et se dit qu'il avait rarement vu, pour ne pas dire jamais, une joie si simple sur le visage de Sylvie ou de Calum. Ces deux-là se retrouvaient coincés avec cette môme qu'ils n'avaient pas sérieusement désirée, et Rory ne pouvait s'empêcher de se demander quel en serait l'impact sur la pauvre Niamh. Il suffisait de regarder les trois enfants Temple pour voir à quel point on pouvait être paumé même quand on avait été élevé par des parents qui avaient prévu de vous avoir.

Le serveur lui apporta un café et le posa sur la table. Rory refusa de s'avouer à quel point il aurait préféré que ce soit une bière, ou cinq bières, mais il avait besoin d'avoir les idées claires. Il avait besoin de s'éloigner de la villa, de tout le monde : de prendre du temps pour lui afin de réfléchir.

Tout le monde rentrait chez soi dans moins de quarante-huit heures. Vince et Laurie organisaient un genre de fête ce soir, ce qui rendrait difficile les conversations privées. Il était à court d'options.

Il s'était attendu à ce que Svetlana pète vraiment les plombs quand il lui avait annoncé la réaction de papa. Dans un sens, ça aurait été plus facile si elle avait piqué une crise de nerfs, si elle s'était mise à hurler et à déchirer les draps. Au lieu de quoi, on aurait dit qu'elle était habituée à ça. Résignée à ce qu'on la laisse tomber.

– Je suis vraiment désolé, lui avait-il dit.

– Ce n'est pas ta faute, Rory. C'est moi qui me suis fourrée là-dedans toute seule.

– Il reste un peu de temps. Je parlerai à ma mère.

Il savait que Max avait déjà dû le dire à Celia, mais Rory se disait qu'il pourrait peut-être la convaincre d'agir de son côté, lui faire comprendre ce qu'il en était. Elle ne serait peut-être pas aussi aveuglée que Max l'était par la piètre opinion qu'il avait de son propre fils.

On aurait dit que Svetlana ne l'écoutait pas. Elle s'était roulée en boule sur le lit, l'air sonnée. Vaincue. Elle n'avait émergé de leur chambre que plusieurs heures plus tard. Rory avait dit aux autres qu'elle ne se sentait pas bien, même si, selon lui, ils présumaient juste qu'il y avait de l'eau dans le gaz entre eux.

Quand Svetlana avait fini par sortir, elle avait dû faire comme si tout allait bien. Lui aussi. Ils s'étaient assis au bord de la piscine, avaient discuté et partagé le repas, se comportant comme si papa et lui n'avaient pas eu cette terrible conversation. Heureusement, le malaise n'était sans doute pas si flagrant que ça, sachant qu'il planait en permanence une espèce de tension étrange autour de la famille Temple.

Rory avait prévu de choisir le bon moment pour parler à maman, mais elle lui avait coupé l'herbe sous le pied. Elle s'était matérialisée à côté de lui dans la cuisine de l'autre villa environ une heure plus tôt, pendant que Svetlana jouait avec Lia dans la piscine.

– Ton père m'a raconté, fut tout ce qu'elle avait eu besoin de dire.

– Il n'a rien compris, maman. Svetlana dit la vérité. Tu ne sais pas ce qu'elle a dû traverser dans la vie. Franchement, nous pouvons mutuellement nous aider à prendre un nouveau départ.

Maman l'avait écouté attentivement pendant qu'il lui racontait le premier mariage de Svetlana et ce qui s'était passé ensuite. Cette fois-ci, il n'avait gardé aucun détail pour lui.

– Je voudrais vraiment vous aider, Rory, avait-elle répondu. Si la situation est telle que tu le dis, quand nous serons rentrés chez nous, nous irons trouver la police tous ensemble.

Rory s'était efforcé de contrôler son exaspération.

– Maman, c'est pas un petit caïd qui te rackette l'argent que tu as pour manger.

– Oui, et de la même manière, si tu te contentes de leur donner vingt-cinq mille livres, ils reviendront t'en réclamer cinquante. Je suis prête à aider Svetlana, Rory, mais selon mes propres conditions. Je te laisse y réfléchir.

Il but une petite gorgée de café, amer, revigorant.

Il ne l'avait pas encore dit à Svetlana. Il ne pouvait affronter la réaction d'abattement qu'elle aurait. Malgré tout, se demanda-t-il, la position de maman ne relevait-elle pas du bon sens ? Ne parviendraient-ils pas à résoudre le problème de façon plus pérenne et plus sûre s'ils passaient par les voies officielles pour gérer la situation ? Lorsqu'ils seraient de retour à Londres, Svetlana comprendrait peut-être que Celia avait raison sur ce point. Le Royaume-Uni n'était pas l'Ukraine ou la Russie. Ils pouvaient faire confiance à la police pour leur venir en aide.

Ou peut-être qu'ils pourraient s'enfuir, comme il l'avait déjà suggéré. Liquider tout ce qu'ils avaient. Récupérer le fric de sa caution pour l'appartement et s'acheter deux billets pour l'Australie, tenter leur chance à l'autre bout de la planète. Malgré les craintes de Svetlana, il doutait que ces types aient le bras aussi long.

Rory fut tiré de ses pensées par quelqu'un qui posait un café sur sa table. Il était sur le point de dire qu'il n'en avait pas commandé un autre quand il leva les yeux et vit que ce n'était pas le serveur qui se tenait à côté de lui. C'était un type blond et musclé portant une chemise en lin impeccable et des lunettes aviateur, l'ombre de cinq heures de l'après-midi ne parvenant pas à dissimuler la cicatrice qu'il avait sur le menton.

– Rory, c'est bien ça ? dit-il en s'asseyant.

Il avait un accent d'Europe de l'Est.

Rory fit mine de vouloir se lever. Le type le saisit par le bras avec une poigne déconcertante.

– Tu es avec Svetlana, oui ? Tu es… petit ami ?

Il avait marqué une pause pour trouver le bon mot, puis sembla amusé par ce terme d'une façon que Rory trouva menaçante.

Rory hocha la tête, sentant ses entrailles se liquéfier.

– Svetlana pas libre pour être petite amie.

Tout en s'asseyant, l'homme fit le geste universel consistant à frotter ses doigts contre son pouce. Il se mit à boire son café, dévisageant Rory par-dessus le bord de sa tasse. Puis il indiqua les T-shirts sur le présentoir qui se trouvait derrière lui.

– Tu aimes foot, oui ? Luis Figo. Très grand joueur. Aller Madrid après Barcelone. Soixante millions d'euros. Quel est le mot ? Transfert. Maintenant tu veux Svetlana transférer chez toi, mais elle jouer encore pour nous.

Il fit alors un geste plus obscène, formant un cercle avec l'index et le pouce de sa main gauche et enfonçant le majeur de sa main droite dedans.

– Elle travailler encore pour nous. Svetlana ne vient pas chez toi avec arrêt Bosman, tu comprends ? Il y a frais de transfert. Ou alors elle devoir racheter son contrat.

– On a prévu de vous payer, dit Rory. On y travaille. On a juste besoin d'un peu de temps.

L'homme haussa les épaules.

– Le temps ça va. Mais ici, vous êtes au Portugal. Tu penser peut-être pouvoir prendre Svetlana et t'enfuir.

Rory comprit pourquoi Svetlana avait si peur de ces gens. Il avait l'impression que ce type était capable de lire dans ses pensées.

– On est en vacances, expliqua-t-il. Avec ma famille.

– Tu penser peut-être aller plus loin. En Amérique ? Au Brésil ?

L'homme but une gorgée de café puis plongea la main dans la poche de son pantalon, en sortant une pince coupante. Il la posa sur la table entre les tasses, et le poids de l'outil les fit trembler dans leur soucoupe.

– Je suis ici pour montrer, comme foot, on est business international. On joue dans le monde entier. Je aller au Portugal, je te trouver, je la trouver. C'est OK. C'est vacances. Tu vas ailleurs, mais tu pars sans payer transfert, je te trouver, je la trouver, et la prochaine fois, on pas prendre le café. Tu comprends ?

Rory avait la bouche trop sèche pour pouvoir parler. Il se contenta de hocher la tête.

L'homme termina sa tasse, prit les tenailles et lâcha deux euros sur la table avant de s'en aller.

Rory resta assis et contempla la mer, incapable d'avaler le reste de son café. Il savait maintenant pourquoi Svetlana ne s'était pas mise à hurler et à déchirer les draps. La peur et l'angoisse l'empêchaient de fonctionner, et il se sentait simplement sonné.

Ses yeux vitreux furent appelés à faire la mise au point par une vision familière : Sylvie qui promenait Niamh dans sa poussette, Calum à côté d'elle. Niamh pleurait, si bien qu'une partie instinctive de lui avait reconnu le bruit et l'avait poussé à baisser la tête. Il ne se sentait pas capable d'avoir une conversation avec qui que ce soit pour le moment.

Sylvie ne l'avait pas remarqué de toute façon, perdue dans son propre monde de souffrances, dont le centre était en train de hurler devant elle. Rory avait entendu quelqu'un dire que les bébés vraiment intelligents pleuraient beaucoup parce qu'ils étaient frustrés par leur incapacité à s'exprimer, d'une curiosité insatiable mais incapables de poser des questions. Si c'était vrai, Niamh allait devenir un putain de génie. Il soupçonnait que cet argument avait seulement été inventé pour remonter le moral des parents en souffrance.

Sylvie et Calum marchaient le long du front de mer en silence, et Rory les suivit des yeux. Le mieux qu'il puisse dire, c'est que sa sœur semblait perdue dans ses pensées, mais en réalité ils semblaient tous les deux complètement anéantis. Malgré tout, Rory aurait volontiers échangé leurs problèmes contre les siens en ce moment.

Si seulement ç'avait été aussi simple.

Lorsqu'on cherche à discréditer une théorie conspirationniste, l'erreur que nous commettons est de penser que nous argumentons contre une hypothèse : c'est plutôt contre un processus, une entité qui évolue en permanence. La version officielle est un compte rendu fixe, qui peut être mis à l'épreuve, tandis que la théorie conspirationniste est par nature impossible à réfuter. C'est la bande annonce alléchante d'un film qu'on ne verra jamais : la version complète reste éternellement hors de notre portée.

Max Temple

2018

AMANDA

Je sors de table dès que je vois de qui provient l'appel.

– C'est Kirsten. Faut que je réponde. Ça va aller avec…

– Arron ne craint rien, me répond Marion. Vas-y.

– Merci.

Je retourne à l'intimité de l'autre villa, où je fais glisser le doigt sur l'écran pour répondre tout en franchissant les portes coulissantes. J'avais remarqué que Kirsten ne les fermait jamais complètement, même la nuit. Les Temple non plus. J'imagine que la sécurité n'est pas un gros problème ici, du moins pas quand les villas sont occupées. C'est peut-être une réaction au fait d'être cloîtré tout le reste de l'année. Je compatis : chez moi, les odeurs du dehors et le contact d'un air plus doux me manquent pendant les hivers interminables. Pour le moment, cependant, mon instinct me dit moins d'ouvrir la barrière entre l'extérieur et l'intérieur mais plutôt de me barricader.

– Kirsten. Comment ça va ?

– Ça a déjà été mieux. Arron va bien ?

Elle a une voix fatiguée, rauque. Elle a beaucoup pleuré, beaucoup moins dormi. Telle mère tel fils.

– Super. Marion est en train de lui donner le biberon.

– J'imagine que c'est le seul à ne pas savoir ce qui vient de se passer.

– L'ignorance, c'est le bonheur.

– Comment tu vas ? Je suis vraiment désolée de t'avoir lâchée comme ça.

– Ça va. Je me débrouille.

– J'ai regardé les vols et je peux vous rapatrier tous les deux à Glasgow demain matin. Je ne peux pas faire mieux.

– Non, bien sûr, c'est génial. Enfin, si vous avez besoin que je garde Arron ici un peu plus longtemps, si ça peut vous aider à régler…

Je dis ça parce que j'ai l'impression de devoir le dire, et parce que c'est ce que Rob et Sadiq aimeraient que je dise.

– C'est plus facile d'être efficace quand on n'a pas à s'occuper d'un bébé, mais je ne me sens pas moi-même quand il n'est pas là. Il me manque terriblement. Encore plus maintenant, tu vois ? Je n'ai plus que lui. Je vais tout de suite réserver les vols depuis mon téléphone et je t'enverrai les détails par mail.

– Merci.

Je ne veux pas être indiscrète mais je dois lui poser la question. C'est comme quand Vince ne donnait pas de nouvelles. J'ai l'impression que c'était il y a un mois, alors que c'était encore la situation il y a moins de vingt-quatre heures.

– Vous en avez appris plus sur ce qui s'est passé ?

– Ouais. C'est en partie pour ça que j'appelle. La police…

Sa voix se brise. Elle essayait de donner le change mais, de toute évidence, elle n'y arrive plus maintenant qu'elle doit dire ce qu'elle a à dire.

– Ils trouvent ça suspect. Au début, ils pensaient qu'il avait eu une crise cardiaque mais, après, ils ont remarqué qu'il avait une ecchymose dans le cou. Ils pensent qu'on lui a injecté quelque chose. Ils pensent que quelqu'un l'a tué.

– Putain de merde !

J'entends Kirsten renifler pour ravaler ses larmes.

– Je sais, c'est dingue, non ? Ils m'ont demandé si je savais quelque chose, si je pouvais penser à des ennemis qu'il aurait pu avoir, si quelqu'un l'avait dans le collimateur. Vince ? Je ne vois pas pour qui il aurait pu être une menace. Tout ce qu'il faisait, c'était bosser. La seule chose à laquelle j'ai pu penser, c'est cette affaire dont il n'arrêtait pas de parler et à propos de laquelle il faisait sans cesse des cachotteries. Je commence à me demander si c'était bien régulier, cette histoire. Ils refusent de me dire ce qui s'est vraiment passé, juste des petites choses comme le fait que son téléphone a disparu. Quoi qu'il en soit, il faut qu'ils aient accès à ses mails et ils n'ont pas le mot de passe. J'ai besoin que tu me rendes un service.

– Bien sûr, dites-moi.

– J'ai laissé ma tablette à la villa parce que je n'avais pas les idées très claires, et j'étais complètement dans le cirage quand je me suis tirée. Vince s'en servait parfois pour envoyer des mails et faire des trucs.

J'avais remarqué que la tablette était encore là hier soir. Elle est posée sur l'accoudoir du canapé. Je vais la chercher, fais glisser mon doigt dessus pour l'allumer.

– Il me faut votre code PIN.

Kirsten me dicte six numéros. Je reconnais la date de naissance d'Arron, que je sais parce que j'avais conservé son passeport pendant le vol. Il m'avait semblé absurde que celui-ci soit valable cinq ans. La photo avait été prise quelques semaines plus tôt, et on le reconnaissait déjà à peine. Ça aurait pu être n'importe quel bébé.

– Il y a une appli de gestion de mots de passe. Ça s'appelle PassKeeper ou PassGuard, un truc comme ça. Tous les mots de passe que Vince a renseignés, ça a dû les sauvegarder.

– PassKeeper. J'ai trouvé.

– Merde, quand j'étais sa secrétaire, c'est moi qui gérais ses mots de passe. Vince est nul pour ces trucs-là. – Elle marque une pause. – *Était* nul. Bref, il va te falloir le mot de passe principal pour l'ouvrir.

Kirsten me dicte un truc si complexe que je n'imagine pas qu'il puisse exister un moyen mnémotechnique pour s'en souvenir, et l'appli de gestion s'ouvre. Elle affiche une longue liste de comptes pour des programmes et des sites.

– Qu'est-ce qu'il vous faut ?

Kirsten énumère trois comptes mails. Le premier contient le nom du cabinet de Vince dans le champ de renseignement, les autres sont des comptes Microsoft et Google créés par défaut. Je copie les noms d'utilisateur et les mots de passe dans un mail que j'envoie à Kirsten.

– J'ai l'impression d'être une pauvre idiote qui ne sait rien de son mari, alors j'ai envie de pouvoir donner quelque chose à la police, tu comprends ?

– Parfaitement. Et s'il y a autre chose, n'hésitez pas.

– Merci, Amanda. Tu m'as été d'une aide précieuse depuis le début.

Je raccroche, avec l'envie que ce soit vrai. Je n'ai presque rien fait et je me sens complètement inutile. J'ai vraiment envie de l'aider.

Brusquement, je m'aperçois que je peux.

Kirsten a dit que le téléphone de Vince avait disparu. Elle a aussi dit qu'il se servait quelquefois de cette tablette. Il y a des chances pour que celui qui a pris le téléphone l'ait éteint pour éviter précisément ce que j'ai l'intention de faire, mais ça vaut le coup d'essayer. Même s'il est quelque part au fond d'une poubelle, la localisation peut être un indice.

Je cherche sur Google "Localiser mon appareil Android" et, au bout de quelques secondes, j'ai sous les yeux une rue sur une carte : l'appareil est finalement toujours allumé. Mon cœur bat comme un fou quand je zoome pour voir où ça se trouve.

Stirling, Royaume-Uni.

C'est à ce moment-là que je comprends que j'ai seulement trouvé le téléphone de Kirsten, parce que je me suis connectée sous son nom. Mais l'appli PassKeeper est toujours ouverte.

Je fais défiler la liste des programmes et des sites web jusqu'à ce que j'arrive sur les comptes Google. J'en trouve trois.

SpecialK92@gmail.com. J'imagine que le K est pour Kirsten suivi sans doute de sa date de naissance. En dessous, je trouve vincible67@gmail.com et witness02@gmail.com. vincible67 me paraît le plus évident, si bien que je l'essaie en premier.

Je me connecte et je tape à nouveau "Localiser mon appareil Android". L'écran d'attente s'affiche. Je m'attends à ce que le temps de recherche soit dépassé parce que l'appareil est éteint mais, quelques instants plus tard, je tombe sur une autre carte. Cette fois-ci, je n'ai pas besoin de zoomer.

C'est *Baia Serena.*

J'ai l'impression que les murs viennent de trembler.

Il y a là-dedans une explication que je ne suis pas prête à envisager. Il me faut plus d'informations. Mes yeux sont à nouveau aussitôt attirés par la liste des comptes.

witness02.

2002. L'année où Niamh Temple est morte.

Je quitte le compte vincible67 et me connecte à l'autre. Je ne cherche pas un téléphone cette fois-ci, mais les mails de Vince.

La boîte de réception est vide à part les notifications générées automatiquement. Je regarde dans les sous-répertoires et la corbeille. Toujours rien. Puis j'ouvre Envoyés, où je trouve deux messages. Je clique sur celui du haut et le lis dans une sorte de brouillard.

À : XX171174@truemail.com
Sujet : Arriéré de salaire
Toutes mes condoléances pour feu le professeur, mais avant que vous ne divisiez ses biens, je voudrais réclamer ma part

en récompense de seize années de silence. J'ai vu que les ventes de son livre avaient grimpé en flèche, si bien que je sais qu'il y en aura suffisamment pour tout le monde.

Je sais ce que vous êtes. Je sais ce que vous avez fait et ce que vous couvrez. Je l'ai toujours su, mais maintenant j'ai une preuve tangible, et le monde entier sera au courant de tout à moins que nous puissions trouver un accord juste et équitable.

Appelez-moi quand vous voudrez négocier. Mais, sans nouvelles de votre part, j'apporterai cette preuve pendant vos grandes vacances en famille.

N'oubliez pas : ce n'est pas simplement pour vous protéger vous, mais aussi pour protéger votre famille de la vérité.

Il ne laisse pas son nom, seulement un numéro de portable. Il y a aussi une pièce jointe. Je clique dessus pour la télécharger, mais la connexion plante à ce moment-là. J'arrive à peine à respirer.

Quelques secondes plus tard, le bug se résout tout seul et le téléchargement aboutit : un document Word. Je l'ouvre mais je tombe sur une page de charabia : juste d'interminables suites aléatoires de lettres. Le fichier doit être corrompu. Je l'efface et télécharge à nouveau la pièce jointe.

Pareil. Juste des conneries sans queue ni tête de G, de T, de A et de D.

Merde.

Je n'ai aucun moyen de trouver ce que le document était censé montrer, mais ce n'est pas très important par rapport à ce que je sais maintenant avec certitude, à savoir qu'un des Temple a non seulement assassiné Vince, mais a également tué Niamh. Et je suis coincée ici parmi eux avec le bébé de Vince et Kirsten.

2002

MARION – RORY – SYLVIE

Après s'être fait gentiment gronder par Laurie et Vince pour avoir tenté de les aider à préparer le repas, Marion décida de se rendre utile en proposant à Sylvie de donner le bain à Niamh. Comme cela devenait une habitude, Lia lui donnait un coup de main, l'avantage étant qu'elle comprenait qu'il s'agissait d'un signe avant-coureur de son propre rituel du coucher.

Marion s'attendait à rencontrer un peu de résistance ce soir car les enfants sentaient toujours quand les adultes préparaient quelque chose et ils étaient curieux de savoir ce qu'ils allaient peut-être manquer. Lia et Hugh avaient regardé avec beaucoup d'intérêt Ken aider Vince à déplacer la table de leur terrasse pour l'installer à côté de la piscine. Marion savait qu'ils feraient quelques réapparitions ce soir, sous différents prétextes peu convaincants.

Cela dit, sa plus grande inquiétude était qu'ils se lèvent pendant la nuit dans un endroit comme celui-ci et ne viennent *pas* la déranger – là, au moins, elle savait à quel danger ils risquaient de s'exposer.

– Je peux le faire toute seule ?

Elle ne va pas recommencer, se dit-elle.

– Il faut que maman soit là au cas où il y aurait un problème.

La veille, elle avait surpris Lia en train de faire couler un bain toute seule. Celle-ci avait prétendu que c'était pour ses poupées, mais elle avait donné cette information un peu trop spontanément, comme le faisaient les enfants chaque fois qu'ils ne voulaient pas qu'on devine leurs véritables intentions.

C'était à peu près aussi bizarre que cette espèce d'obsession que Hughie montrait pour ces histoires de pendaison. Elle l'avait surpris tout seul sur le chemin de la falaise, en train de s'entraîner à faire des nœuds coulants pour pendre d'autres poupées de Lia. Au moins, il semblait le faire en douce maintenant qu'il avait compris que ça fichait la trouille aux adultes. Elle s'inquiétait quand même lorsqu'il partait tout seul.

Elle avait toujours dit qu'elle le trouvait trop jeune pour certains de ces films. La première fois qu'il avait vu ce *Seigneur des anneaux*, il n'avait que sept ans, et il regardait *Robin des Bois, prince des voleurs* depuis ses cinq ans.

Ken s'était seulement moqué de ses inquiétudes.

– Avant, on nous disait que les séries débiles comme *Power Rangers* allaient rendre les enfants dangereux et violents, avait-il dit. Même si, pour être honnête, je suis effectivement inquiet quand je pense que ça risque de faire croire à mes enfants qu'ils peuvent résoudre leurs problèmes en se transformant en gigantesques mécanoïdes.

Elle devait écouter Ken, elle le savait. Il n'arrêtait pas de dire que tout irait bien, qu'ils avaient seulement besoin d'amour et de bon sens, et qu'à partir de là on ne pouvait pas beaucoup se tromper. Il avait sans doute raison, mais elle aurait bien aimé qu'il lui dise à quel moment elle allait pouvoir cesser de se faire du souci pour eux.

Rory était assis en silence et il regardait Svetlana en train de se maquiller devant le miroir. Il se sentait un peu barbouillé à l'idée de mettre leur plan à exécution, mais il savait que s'ils devaient le faire, ce serait ce soir. Tout le monde serait distrait, et probablement soûl.

Le simple fait que ce soit une option, qu'elle ait les relations nécessaires rendant la chose possible, avait poussé Rory à se demander si cela n'avait pas été le plan de Svetlana depuis le début. Il commençait aussi à se demander quel genre de personne elle était vraiment, à s'interroger sur les cercles dans lesquels elle évoluait, les relations qu'elle pouvait avoir. Commençait à se dire que son père avait peut-être raison.

– Je comprends ce que je te demande, avait-elle dit. De t'obliger à choisir entre moi et famille. Mais je veux que tu saches, si tu fais ça pour moi, on est pour la vie.

Rory savait que ce serait une violation impardonnable de la confiance familiale, qu'après avoir franchi le Rubicon de cette façon, on ne pouvait jamais revenir en arrière. Mais il était prêt à le faire – pour elle. Il voulait croire qu'elle avait envie d'être avec lui. Il voulait croire que son père avait tort. Mais, plus que tout, il voulait être avec elle, et il savait que leur plan rendrait cela possible.

Ce plan résoudrait tant de problèmes d'un seul coup.

Le rythme d'une musique sortait de la villa de Vince, couvert par des éclats de rire et un brouhaha de voix. Celui-ci portait dans l'air nocturne mais Sylvie doutait qu'il ait été assez fort pour réveiller les enfants couchés dans les autres villas, présumant qu'ils étaient à présent tous endormis.

La soirée était déjà bien avancée, les plats presque vides. Les choses se déroulaient comme prévu : tout le monde était réuni entre le barbecue et la terrasse de Vince et Laurie ; les gens entraient et sortaient de la cuisine où se trouvaient les boissons. L'activité était concentrée là où Sylvie le voulait.

Elle était assise au bord de la piscine, d'où elle regardait les autres manger et boire. Calum avait commencé à cartonner à la bière de bonne heure ainsi qu'il le faisait parfois, comme s'il voulait lui faire passer un message. Il était déjà relativement soûl, ou feignait de l'être, lui faisant comprendre que, ce soir, le bébé serait son problème à elle.

Cette attitude l'agaçait, jusqu'à ce qu'elle se souvienne que Niamh n'était pas le bébé de Calum. Rien de tout cela ne relevait de sa responsabilité. C'était quelque chose qu'elle lui avait infligé. C'est pour cette raison qu'elle était cool par rapport à ça, et qu'elle ne lui en tenait jamais rigueur. Cela avait créé un cercle vicieux. Calum savait qu'elle prendrait le relais, de sorte qu'il se permettait ce genre de chose de plus en plus souvent.

Maman aussi n'y allait pas de main morte. C'était le signe infaillible qu'elle avait renoncé à être le centre d'intérêt : fallait qu'elle soit bourrée pour tolérer que les gens parlent d'autre chose que d'elle. Papa, en revanche, était sobre comme à son habitude. Il pouvait faire durer un whisky pendant deux bonnes heures, cet homme-là.

Laurie avait sa propre réserve, bien sûr. Pas d'allers et retours à la cuisine pour elle. Elle conservait à côté d'elle cette bouteille de vodka qui diminuait à vue d'œil et ne la laissait jamais sans surveillance. Sa vigilance était sans doute inutile, se disait Sylvie, car personne n'aurait osé s'en servir un verre. Elle trouvait étrange de voir que les gens savaient que quelqu'un était alcoolique tout en feignant de ne pas s'en apercevoir.

Sylvie aurait bien bu quelque chose pour se calmer, mais elle craignait que cela la rende malade, d'autant plus qu'elle n'avait pas eu envie de manger. Elle était sur les nerfs depuis que la fête avait été annoncée, comprenant qu'un compte à rebours s'était enclenché jusqu'au moment où elle devrait s'engager complètement dans un sens ou dans l'autre : agir de façon impitoyable ou vivre le restant de ses jours avec les cartes qu'elle avait en main. L'heure était à présent presque venue et chaque minute qui passait la rendait plus nerveuse. Elle avait beau avoir cru s'y préparer, tout restait hypothétique jusqu'au moment où cela ne le serait plus.

Elle leva les yeux vers le ciel nocturne au-dessus de la mer. Les étoiles étaient toujours si brillantes, ici, et il semblait y en avoir tellement ! Il faisait plus sombre que chez eux – moins de pollution lumineuse.

Elle se demandait seulement s'il ferait assez sombre. Les étoiles ressemblaient à un milliard de petits yeux, prêts à témoigner de ses gestes.

Étoiles, cachez vos feux ! – Que la lumière ne voie pas mes sombres et profonds désirs !

2018

AMANDA

Je regarde à travers les portes coulissantes la villa située de l'autre côté de la piscine et les gens assis dehors. J'éprouve un brusque et profond sentiment de menace, comme si, là-bas, quelqu'un savait ce que je viens de regarder. Je me dis que c'est dingue, mais ça ne change pas ce que je ressens. Il n'y a aucune explication innocente à ce que je viens de voir ni à la présence du téléphone de Vince ici. Parmi les gens assis là-bas, quelqu'un l'a. Quelqu'un a tué Vince et, qu'il le sache déjà ou l'ignore encore, je représente maintenant un problème pour lui.

J'ai peur, et je sais que j'ai raison d'avoir peur.

Je repense à samedi matin, quand Vince nous a plantées juste avant qu'on parte pour l'aéroport.

Il y a un bon paquet de fric à la clé, mais il faut que je règle ça maintenant.

C'est ça qu'il prévoyait de fêter au champagne : il faisait chanter un des Temple, et il avait dû croire qu'ils étaient sur le point de conclure. Il pensait qu'il allait toucher sa part, mais il a fini mort dans son bureau. Je ne sais pas pourquoi il est allé à l'aéroport entre-temps, il s'est peut-être fait doubler, mais c'est ce qui s'est passé ensuite qui compte vraiment.

Je comprends que c'est pour ça qu'on lui a pris son téléphone. Ces textos envoyés à Kirsten : seulement des textos, pas d'appels. Pour faire comme s'il était encore en vie, afin de faire gagner du temps à quelqu'un, peut-être même de lui forger un alibi.

J'ouvre le second mail du dossier Envoyés, remarque qu'il date de plus de deux semaines avant l'autre.

L'adresse n'a rien d'ambigu cette fois-ci. Le mail avait été envoyé à maxtemple@st-andrews.ac.uk.

Je sens des picotements sur mon cuir chevelu à mesure que les mots s'affichent, comme si mes cheveux n'étaient brusquement plus les miens.

Je sais que vous étiez le père de Niamh Temple. Je sais que vous violiez votre propre fille.
Et je peux le prouver.

Je suis prise d'un frisson, comme si une ombre froide venait de passer sur la maison.

Bordel de Dieu.

Inceste. Viol. Meurtre. Mais putain, c'est qui ces gens ?

On retrouve dans le mail la même demande de récompense pour les années de silence de Vince. Je me demande comment il avait pu découvrir une chose pareille, comment il pouvait le prouver.

Je remarque aussi que ce mail comporte une pièce jointe, le dossier portant le même nom que l'autre. Peut-être que, cette fois-ci, ça marchera. Je télécharge et ouvre le document, mais je tombe à nouveau sur des lignes et des lignes de lettres mélangées de façon aléatoire. Puis je percute. Ce n'est pas de façon aléatoire, elles forment des séquences.

Suivant mon intuition, je vais sur Google Images et tape "séquence ADN". Plusieurs résultats me montrent quelque chose de très similaire : des plages de texte comprenant des G, des T, des C et des A.

Le fichier n'était pas corrompu.

Je regarde à nouveau la date du message, comprenant un peu tard sa signification. Ce mail avait été envoyé le jour de la mort de Max Temple. Il ne peut s'agir d'une coïncidence. Il avait eu une crise cardiaque fatale lorsqu'il avait été confronté à la preuve de crimes pour lesquels il pensait sans doute depuis longtemps ne jamais être poursuivi.

J'éprouve un élan de colère et de révulsion, mélangé à un dégoût de moi-même à l'idée de ce que cet homme m'avait inspiré jusque-là. Je suis contente qu'il soit mort. Cet enfoiré avait eu ce qu'il méritait, mais le plan de Vince n'était pas mort avec le professeur. Sachant qu'il restait de l'argent à se faire, surtout avec les ventes du livre de Max qui décollaient depuis sa mort, Vince avait décidé de faire chanter quelqu'un d'autre.

XX171174

witness02

Vince savait qui avait tué Niamh, et on l'avait fait taire pour toujours afin de préserver ce secret. Mais si j'arrivais à découvrir qui avait assassiné Vince, j'aurais la réponse à un mystère que personne n'avait été capable de résoudre en seize ans.

Un scoop d'enfer pour quelqu'un qui aspire à devenir journaliste.

Je peux éliminer Celia et Marion parce que je les ai vues à l'aéroport samedi matin. Elles étaient toutes les deux dans la salle d'embarquement, l'alibi le plus imparable qu'on puisse trouver. Elles avaient toutes les deux aperçu Vince dans la zone des départs et, même si Kirsten et moi ne l'avions pas vu, la femme au comptoir de l'enregistrement avait confirmé qu'il avait bien passé la sécurité. Quand il s'était tiré pour retourner à son bureau, Celia et Marion montaient à bord d'un avion à destination de Faro avec Kirsten, Arron et moi.

Je me sens vaguement soulagée. J'aime bien Marion et, même si nous sommes parties du mauvais pied, je commence aussi à apprécier Celia.

Rory est arrivé plusieurs heures plus tard, si bien qu'il entre dans la fenêtre de tir. Il était venu ici après avoir pris une correspondance à Londres, mais c'est seulement ce qu'il a dit à tout le monde. Ce n'est pas comme si quelqu'un allait demander à voir son itinéraire de vol. Je pense aux forums et aux blogs sur lesquels je suis allée, aux spéculations à propos de sa petite amie qui voyageait sous une fausse identité et avec un faux passeport. Elle était en relation avec des trafiquants d'êtres humains des pays de l'Est, alors qui sait ce qu'elle avait pu le forcer à faire à l'époque.

Je pense pouvoir écarter sans risque Hugh et Lia, étant donné qu'en 2002 ce n'étaient encore que des enfants, puis je me souviens de la théorie qui avançait que l'un d'eux avait tué le bébé par accident ou par imprudence. Hugh briguait un poste à Yale et Lia était sur le point d'entamer une carrière médicale. Ce serait pour eux un désastre si cette histoire venait à sortir maintenant, même s'ils n'étaient pas légalement responsables à l'époque. Et ils étaient encore au Royaume-Uni au moment dit.

Ça semble un peu tiré par les cheveux, malgré tout. Quand les gens parlent de mobile, de moyen et d'occasion, ils se trompent souvent à propos du deuxième élément. Il ne s'agit pas que du revolver, du poignard, de la corde ou du chandelier : il s'agit de savoir si on est capable de tuer quelqu'un, de prendre cette décision en dehors du feu de l'action et de la mettre à exécution. Cela demande d'être froid et déterminé, calculateur et sans pitié.

Ouah, mais qui cela pouvait-il bien être ?

Cependant, d'après Marion, Sylvie est arrivée ici avant tout le monde. Elle était venue d'Édimbourg par un vol qui avait atterri une heure avant celui de Glasgow. Mais pourquoi d'Édimbourg alors qu'elle vivait à Londres ?

Quelqu'un de froid et déterminé, de calculateur et sans pitié pouvait avoir recours à une tierce personne, pour faire en sorte d'être hors du pays au moment dit et se forger ainsi un alibi solide. Il avait même pu être meilleur marché de payer un professionnel que de payer

Vince, lequel savait non seulement ce qui était arrivé à son bébé, mais aussi ce que son père lui avait fait. Elle n'aurait pas voulu que cela s'ébruite non plus.

Mais si j'envisageais la possibilité que l'assassin ait payé une tierce personne, alors Marion et Celia n'étaient plus hors de cause non plus. Si Marion avait couvert le rôle d'un de ses enfants et si Vince le savait, elle aurait pu vouloir protéger cet enfant aujourd'hui encore. Il en allait de même pour Celia. Elle avait peut-être contribué à couvrir ce qui s'était passé en 2002. Le mail disait bien que son destinataire ferait cela "pour protéger sa famille de la vérité".

Ça reste une énigme impossible, et je m'aperçois qu'il y a une sacrée bonne raison pour que le précédent crime de cette personne soit passé inaperçu pendant seize ans. Et pourtant la vérité est toute proche : cachée derrière une simple adresse mail. Si je pouvais avoir accès à chacun de leurs téléphones, je trouverais rapidement à qui appartient cette adresse, mais en me faisant cette réflexion, je me rappelle quelle doit être ma priorité pour l'instant. Je dois appeler Kirsten, lui dire de transmettre tout ça aux flics.

Je mets mon téléphone dans ma poche, mais alors que j'ai l'appareil à la main et que l'écran d'accueil se dévoile, j'ai brusquement une idée sur la manière de dévoiler la vérité.

La théorie simplifiée du Rasoir d'Occam affirme que l'explication la plus simple est en général la bonne, mais pour le conspirationniste l'explication évidente n'est jamais exacte. Il y a obligatoirement des forces obscures et des motifs occultes cachés derrière la façade.

Max Temple

2002

CELIA – VINCE

Celia n'était pas sûre de vouloir encore faire ça. Autrefois, elle avait vraiment hâte de réunir toute la famille ici, aux villas, mais aujourd'hui cela lui semblait trop compliqué. Avant, cela signifiait quelque chose que Marion et sa famille continuent de venir ici, et elle avait été ravie d'apprendre que Rory ferait le voyage pour la première fois depuis des lustres, mais au lieu d'avoir le sentiment qu'ils venaient tous ensemble, il semblait seulement de plus en plus évident qu'ils s'éloignaient les uns des autres. Ils étaient tous tellement pris par leur propre vie. Ne s'intéressant toujours qu'à eux-mêmes.

Cette réflexion lui trottait dans la tête depuis un moment, mais cela l'avait particulièrement frappée dimanche, quand une fois encore elle s'était retrouvée toute seule à la messe. Autrefois, elle adorait emmener ses enfants à la petite église de Praia Mexilhões. Elle le faisait déjà longtemps avant d'acheter les villas, à l'époque où ils louaient encore une maison dans le village.

Marion et Rory avaient tous les deux cessé d'aller à l'église quand ils étaient partis à la fac, adoptant la pensée en vogue parmi les étudiants, mais elle s'était dit qu'ils y reviendraient. Elle se rappelle avoir rayonné de fierté (et pas seulement éprouvé un petit sentiment de légitimation) quand Marion avait fait baptiser ses deux enfants. Son aînée avait été pleine de promesses et de nobles intentions quand ils étaient petits, mais elle n'avait pas poursuivi dans cette voie. Elle n'avait même pas envoyé Hughie dans une école catholique.

Celia regarda à l'autre bout de la terrasse où se trouvait Marion, qui tenait son mari par la taille tandis que la main de Ken était posée sur sa grosse cuisse. Ces deux-là étaient toujours en train de se tripoter. Ça la rendait malade. Son institutrice de fille et Ken le Plombier.

Elle ne supportait plus de les regarder. Elle préféra se tourner vers Rory, mais cela ne lui fut pas d'un grand secours. Elle avait été brièvement impressionnée par le fait que son fils ait pour une fois réussi à prendre dans ses filets une fille remarquable, au lieu des habituelles clochardes tatouées et fainéantes pleines de piercings, mais le vernis s'était vite écaillé quand Max avait vu clair dans son jeu. Elle n'était qu'une croqueuse de diamants calculatrice qui avait inventé un bobard, et Rory était tombé dans le panneau. Il avait toujours été particulièrement sensible aux histoires à faire pleurer dans les chaumières. Si désespérément timoré.

Elle devait pourtant reconnaître un certain mérite à cette petite pute intéressée. Svetlana devait savoir qu'ils n'avaient pas mordu à l'hameçon, mais elle continuait à jouer son rôle, feignant de ne pas savoir que certaines discussions avaient eu lieu. Elle ne se montrait pas seulement polie mais généreuse et prévenante, espérant que si son interprétation était suffisamment convaincante, Max et Celia commenceraient à avoir des doutes et finiraient par céder.

Et puis il y avait sa cadette, la mère célibataire adolescente. Cela ne gonflait pas son cœur d'orgueil. Peut-être était-il vrai que le talent sautait une génération et que ses petits-enfants la rendraient fières. Ou bien trouveraient-ils eux aussi un moyen de la décevoir ?

Franchement, elle avait hâte que ces vacances se terminent.

Elle regarda à nouveau Marion et Ken, comme on tâte une dent qui vous fait mal. Le simple fait de le voir la faisait se recroqueviller de l'intérieur car elle ne cessait de repenser à l'incident qui avait eu lieu quelques soirs plus tôt.

C'était parce qu'elle était soûle : cela expliquait à la fois l'élan qui l'avait poussée à tenter de le séduire et, de façon plus significative, la raison pour laquelle elle avait échoué. Ken était tellement plus jeune qu'elle, et toujours un peu intimidé par le fait qu'elle ait été une vedette du petit écran. Il n'avait pas voulu profiter d'elle au cas où elle n'aurait pas été sincère, croyant sans doute qu'elle ne l'aurait pas désiré si elle n'avait pas été à moitié bourrée. Et il avait raison. Mais, surtout, l'alcool lui avait un peu fait perdre ses moyens. Si elle n'avait pas bu, elle n'aurait pas échoué. Elle avait encore tout ce qu'il fallait. Elle aurait pu avoir tous les hommes qu'elle voulait.

Forte de cette réflexion, Celia vida son gin tonic et se dirigea vers la cuisine.

Vince avala une autre gorgée de Sagres et regretta que son père n'ait pas été en vie pour voir ça : l'actrice culte des années 70 Celia Wilde et son mari, universitaire, auteur et récemment figure médiatique, le professeur Max Temple, en train de faire la fête ici avec toute leur famille dans sa villa privée en Algarve.

Ce n'est pas qu'il aurait voulu partager ça avec son paternel. Juste lui montrer qu'il s'était trompé.

Regarde-moi ça. On peut rien te confier. Tu es un bon à rien, fiston, voilà ce que tu es. Tu n'arriveras jamais à rien si tu te remues pas un peu.

Vince regarda les villas, la piscine, la mer sous les étoiles et les gens réunis.

Voilà à quoi je suis arrivé, misérable con.

À la réflexion, il était heureux que son père ne soit jamais venu ici. Il aurait trouvé des raisons pour dire que cet endroit n'était pas assez bien non plus. Rien de ce que Vince faisait n'était assez bien.

Merde, se dit-il, pourquoi pensait-il encore à ce salaud toutes ces années après ? Lui qui était adulte et qui avait sa propre vie, sa propre affaire, tout ça.

Peut-être parce qu'il savait que son paternel avait raison. Ce qu'il avait n'était *pas* assez bien. Il n'avait qu'à voir sa femme pour s'en rendre compte.

Il la regarda prendre la bouteille qu'elle gardait jalousement pour se servir une autre dose de vodka. Il avait cru qu'elle avait diminué sa consommation pendant ces vacances, mais même si Laurie n'avait jamais vraiment été au régime sec, elle se rinçait particulièrement la dalle ce soir.

Et puis il n'arrêtait pas de la surprendre en train de regarder Max. Il l'avait remarqué chaque fois qu'ils étaient à proximité l'un de l'autre – d'étranges ondes obsessionnelles qui émanaient d'elle. Il s'interrogea à nouveau à propos des vacances de Pâques, quand elle était venue ici toute seule alors qu'il avait trop de travail pour l'accompagner. Était-ce seulement pour pouvoir se bourrer la gueule, boire en paix sans sentir sa désapprobation, ou avait-elle une liaison avec l'estimé professeur ? C'était la putain d'impression que ça faisait en tout cas.

Il aurait été un peu hypocrite de s'en formaliser, étant donné que Laurie avait fermé les yeux sur ses nombreux écarts de conduite. Mais ces écarts de conduite – et ces yeux fermés – étaient une réaction tacite au fait qu'ils avaient complètement cessé de faire l'amour, de sorte que Vince avait le droit d'être carrément dégoûté si elle le faisait avec quelqu'un d'autre.

Il vit Celia entrer par les portes coulissantes un verre vide à la main, se diriger vers la cuisine. Leurs regards se croisèrent et elle lui adressa un sourire chaleureux.

– *Excellente soirée**, Vince, lui dit-elle. Vraiment, un des grands moments des vacances.

Comme d'habitude, il ne savait pas vraiment si elle était sincère ou très douée pour feindre cette sincérité. Et comme d'habitude il s'en moquait un peu. Dans un cas comme dans l'autre, il était assez heureux de savourer le compliment.

– Vous voulez un autre verre ? demanda-t-il quand elle le rejoignit dans la cuisine.

– Oh, mais pourquoi pas ? répondit-elle en posant son verre sur le plan de travail. Un autre Bombay Sapph, s'il vous plaît.

Vince tendit la main vers la bouteille de gin en même temps qu'elle, et elle posa brièvement la sienne sur son bras.

– Hmm, murmura-t-elle d'un air curieux.

– Quoi ?

Celia posa la même main sur son biceps et pressa.

– Je ne pensais pas qu'un avocat aussi occupé que vous aurait le temps de faire du sport. J'ai ici la preuve du contraire.

– Je ne vais pas à la salle de sport aussi souvent que je le voudrais, mais je m'oblige à trouver du temps parce que je passe presque toute la journée assis derrière un bureau. Je trouve ça essentiel pour le corps et l'esprit.

– J'espère que Laurie apprécie cet effort, dit Celia tandis qu'il lui servait une généreuse mesure de gin. Il y a longtemps que les bras de Max ne sont plus comme ça, s'ils l'ont jamais été un jour. C'est ce qui nous attend tous, malgré tout. Le prix des années.

– Certains vieillissent mieux que d'autres, avança Vince.

– C'est très gentil et j'apprécie beaucoup, répondit-elle avec un sourire. Pour être honnête, il y a un double tranchant à mon passé dans le showbiz. Les autres femmes de mon âge, les gens ne les voient que pour ce qu'elles sont : ils ne savent pas à quoi elles ressemblaient vingt-cinq ans plus tôt. Tandis que, quand les gens me regardent, ils voient encore Kurlia. Parfois je souffre de la comparaison, mais parfois je pense qu'ils mélangent les deux dans leur tête. J'espère en tirer le bénéfice pendant encore quelque temps.

Vince sentit une étincelle, comme un signal électrique, sans trop savoir si c'était une question d'alchimie ou s'il prenait ses désirs pour des réalités. Il pensa à des mots qu'il n'était pas sûr de devoir prononcer, mais après tout, il ne s'agissait que d'un compliment, non ? Son mari était juste à l'extérieur, à moins de dix mètres, alors ce n'était pas comme si Vince pouvait sérieusement être accusé de tenter sa chance. Même si c'était ce qu'il faisait.

– Pour moi, la seule chose qui compte, c'est que vous êtes magnifique aujourd'hui. Je me fiche de savoir comment vous étiez il y a vingt-cinq ans.

– Oh, vous êtes adorable, dit-elle avec un gloussement.

Il sentit un étrange mélange de soulagement et de déception. De soulagement parce que sa remarque avait été prise pour un compliment poli. De déception parce qu'elle n'y avait pas vu autre chose qu'une petite civilité.

Celia s'accroupit devant le frigo et ouvrit la porte. Elle était penchée en avant. Grâce à l'échancrure de sa robe, Vince avait une vue plongeante sur son décolleté. Il ne put s'en empêcher, incapable de ne pas regarder. Il vit la courbe de son sein droit et le haut alléchant de son aréole avant que celle-ci ne rencontre le tissu de son soutien-gorge.

– La partie congélateur est en bas ou en haut dans ce truc ? demanda-t-elle en levant les yeux. Le surprenant en train de regarder.

Celia se redressa, à présent plus proche de lui.

– Vous ne cherchiez pas simplement à être gentil, Vince, n'est-ce pas ?

– Pas entièrement, avoua-t-il.

Il sentit les doigts de Celia s'enrouler autour des siens.

– Je ne sais pas comment formuler ça de façon délicate, alors je vais être directe.

La voix de Celia était grave et basse, intime. Il sentait la chaleur de son souffle sur sa joue.

– Je suis de plus en plus convaincue que votre femme se tape mon mari.

Elle le regarda au fond des yeux, attendant peut-être de voir s'il était choqué par ce qu'elle venait de lui révéler.

– L'idée m'a traversé l'esprit à moi aussi, répondit-il.

Elle posa une main délicate sur son entrecuisse.

– Que diriez-vous d'égaliser ?

Vince dut avaler sa salive avant de pouvoir répondre.

– Non seulement je veux bien égaliser, mais j'entends bien prendre une avance significative.

Elle lui avait dit d'attendre deux minutes, afin qu'on ne les voie pas entrer ensemble dans sa villa. C'étaient des putains de deux longues minutes. Le cœur de Vince battait la chamade, car il craignait qu'elle n'ait changé d'avis au moment où il arriverait là-bas. Il lui semblait incroyable que son cœur ait encore quelque chose à pomper, car il avait l'impression que tout son sang était déjà descendu dans sa bite.

Il fit le grand tour, passant derrière les villas, et il jeta un coup d'œil alentour avant d'entrer pour voir s'il n'était pas observé. Tout le monde semblait absorbé par sa propre conversation, et la plupart des convives étaient déjà trop bourrés pour faire attention à lui. Calum, l'étudiant en droit, était déjà en train de comater sur un transat.

Celia l'attendait presque au bout du couloir, à côté d'une porte ouverte. Apparemment, elle n'avait pas changé d'avis. Elle déboutonnait sa robe.

– Il va falloir être discret et il va falloir faire vite, dit-elle dans un murmure.

Vince se dit qu'il ferait de son mieux pour la première condition, mais craignait que la deuxième soit déjà courue d'avance.

Il fut surpris de la férocité avec laquelle ils se jetèrent l'un sur l'autre, Celia le traînant dans la chambre jusqu'au lit. Ils se déshabillèrent l'un l'autre avec une impatience désespérée, et il avait à peine sorti sa queue que Celia l'avait déjà attiré en elle.

Une partie de lui regrettait de ne pas pouvoir allumer la lumière. Cela lui semblait dommage de sentir le corps de Celia Wilde se tortiller nu sous le sien sans pouvoir le voir correctement. Le peu de lumière qu'il y avait venait de la porte entrouverte qui donnait sur le couloir. Dans leur précipitation mutuelle ils ne l'avaient pas refermée, mais il n'allait pas interrompre leurs ébats pour le faire.

En outre, s'ils se faisaient prendre, ça ne serait pas parce qu'ils n'avaient pas fermé la porte. Celia lui avait dit de ne pas faire de bruit mais, à ce jeu-là, elle n'était pas aussi bonne que ses intentions. Elle s'arc-boutait contre lui, se cambrait, les yeux fermés, sans se préoccuper du bruit qu'elle faisait dans son ardeur.

Vince ne s'autorisait pas à se perdre ainsi dans l'instant présent car il craignait que cela ne précipite la fin de ce moment. Il voulait que ça dure, et il voulait s'en souvenir. C'est pour cela qu'il entendit un bruit de pas étouffés, pour cela qu'il leva les yeux et la vit passer devant la porte, le bébé emmitouflé dans une couverture violette.

2018

AMANDA

J'ai tout organisé en moins de deux minutes, mais je ne peux pas agir avant que tout le monde soit présent. Il faudra peut-être que j'attende l'heure du déjeuner pour que Sylvie nous rejoigne à table, mais il suffit qu'elle soit à portée de voix et, si elle est coupable, elle écoutera forcément.

Les autres n'ont pas bougé. Ils attendent mon retour. Attendent des nouvelles.

Je vois Sylvie sortir sur la terrasse. Mais elle ne se dirige pas vers un transat. Elle traîne.

C'est le moment.

Je retourne vers la piscine et prends Arron des bras de Marion. Après tout ce que j'ai dû affronter, son poids et sa chaleur me réconfortent.

– Comment ça va? demande Marion d'un ton préoccupé mais pas très optimiste.

– Pas fort. Kirsten avait l'air vraiment retournée. Les flics pensent que Vince a été assassiné.

J'observe leurs réactions, essayant de jauger qui a l'air moins surpris qu'il ne devrait l'être, qui fait peut-être semblant de l'être pour compenser. Je ne vois rien qui soit capable de m'éclairer.

Beaucoup de "Mon Dieu" et de "C'est horrible".

– Elle est en vrac mais elle a réservé des vols pour nous faire rentrer tous les deux demain matin. Ça lui manque de ne pas voir Arron. Ce bébé était déjà sa vie avant, mais maintenant c'est *toute* sa vie.

– Bien sûr, dit Celia.

– Elle dit qu'elle pense à lui tout le temps. Qu'il est tout pour elle. En fait, même le code PIN de son iPad est sa date de naissance. Au moins comme ça, si je l'oublie, je n'aurai qu'à regarder sur son passeport.

Je laisse cette information apparemment sans importance en suspens quelques instants avant de reprendre.

– Je n'arrive pas à le croire. Il aurait dû être ici à l'heure qu'il est. Assassiné.

– Qui aurait pu vouloir tuer Vince ? demande Marion.

– Je sais, c'est dingue. C'est pour ça que Kirsten m'a demandé de regarder sur sa tablette. Il y a tout un tas de mails de Vince dessus, des trucs qui n'étaient pas dans son ordinateur portable. La police a besoin de les voir.

Maintenant que l'appât est en place, j'attends quelques minutes avant d'armer le piège.

– Je crois que je vais emmener Arron faire une balade sur le chemin de la falaise. Comme apparemment on ne va pas rester ici encore très longtemps, je ferais bien d'en profiter.

– Oui, c'est une bonne idée, dit Marion. Profites-en aussi pour t'éclaircir les idées.

Je passe un peu d'écran total sur les bras, les jambes et le visage d'Arron. Il ne résiste pas. Il est un peu somnolent après son biberon.

J'engage la poussette sur le chemin, passe devant l'endroit fatal où Niamh est censée être tombée. Je continue à marcher pendant une dizaine de minutes, jusqu'à ce qu'Arron se soit endormi, me retrouvant à un endroit d'où je ne vois plus les villas et, de façon plus essentielle, où leurs occupants ne me voient plus.

Il y a un banc devant moi, dominant la falaise à l'ombre de quelques arbres. J'engage le frein de la poussette d'Arron, m'assure qu'il a bel et bien piqué du nez et sors mon téléphone. Même à l'ombre, je suis obligée de l'incliner pour le protéger de la lumière, mais l'image s'affiche, nette et régulière. Je suis en lien direct avec mon ordinateur portable, que j'ai installé dans le salon de la villa. Son écran est noir et apparemment éteint, mais la webcam est braquée droit sur le canapé, sur lequel se trouve la tablette de Kirsten.

Je m'assois sur le banc sans quitter mon téléphone des yeux, espérant qu'il se passe quelque chose. Je me demande combien de temps j'ai devant moi. Je lève les yeux à l'occasion pour voir si quelqu'un arrive. Je jette un œil sur Arron au cas où il se réveillerait. S'il se met à brailler, il faudra que j'intervienne.

Je suis alertée par une ombre fugitive sur mon écran, un changement de lumière. Quelque chose passe devant, presque hors champ. J'aperçois seulement des pieds nus. Merde.

Je contiens ma frustration en me souvenant que celui ou celle qui se trouve là-bas devra d'abord chercher le passeport, que j'ai gentiment laissé en évidence sur le buffet à côté de la chaîne hi-fi de Vince.

Quelques secondes s'écoulent. La lumière change à nouveau. Encore du mouvement. Puis j'apprends que mon sixième sens n'est pas si mauvais que ça, après tout, en voyant mon suspect numéro un entrer littéralement dans le cadre.

J'arrive à peine à respirer en voyant la vérité enfin révélée, et pourtant celle-ci semble contenir une tragique inévitabilité.

La théorie du Rasoir d'Occam affirme que l'explication la plus simple est en général la bonne.

L'adolescente abîmée par la vie et privée d'émotions a jeté son bébé du haut de la falaise puis laissé la couverture sur place de façon à ce que quelqu'un la trouve. Elle s'est débarrassée de sa fille, laquelle était le produit d'un inceste, afin de pouvoir se libérer de l'homme qui l'avait violée. C'est pour ça qu'elle avait un air si froid et si provocateur sur les photos.

Les complotistes avaient eu raison pour une fois, mais la théorie du Rasoir d'Occam continue de s'appliquer, de même que la Loi de Temple.

Une théorie conspirationniste s'effondre au moment où elle requiert une complexité plus grande que l'explication officielle.

Sauf qu'il n'y avait jamais eu de conspiration, car il s'agissait d'une personne ayant agi seule. Parfois une seule personne suffit. Surtout si celle-ci est aussi intelligente et impitoyable que Sylvie Temple.

2002

RORY

Rory craignait que la soirée ne tire à sa fin, se disant qu'ils avaient peut-être attendu trop longtemps. Il avait vu maman entrer dans sa villa un moment plus tôt, et leur plan était foutu si elle n'en ressortait pas. Il avait oublié à quel point certaines personnes pouvaient aller se coucher tôt. Être parents semblait rendre les gens accros au sommeil, et il n'y avait apparemment pas de programme de désintoxication.

Marion était partie un moment plus tôt, disant qu'elle allait juste voir comment allaient les enfants. Rory s'attendait à ce qu'elle soit revenue, maintenant. Elle était absente depuis suffisamment longtemps pour qu'il se demande s'il n'y avait pas un problème, ou si elle avait seulement décidé qu'elle en avait assez et s'était mise au pieu.

Il traînait autour de la table où se trouvaient les derniers restes du barbecue, feignant de chercher quelque chose à manger. En fait, il attendait seulement le bon moment.

Il regardait Svetlana sur la terrasse avec Ken et, surtout, avec papa.

Rory ne se sentait plus aussi partagé maintenant que le moment approchait, regardant son père se comporter comme le connard hypocrite qu'il était. Se la jouant ami-ami devant Svetlana alors qu'il l'avait quasiment traitée de pute dans son dos en disant que coucher avec lui faisait partie d'une arnaque. En fait, Rory s'était dit qu'il y avait une possibilité encore pire : que Max ait bel et bien cru à l'histoire de Svetlana, et qu'il ait bel et bien cru qu'elle aimait sincèrement son fils, mais qu'il en ait rien à foutre.

Ouais, choisir la loyauté familiale ou choisir Svetlana. Ce n'était pas très difficile.

Il regarda sa montre, regrettant de ne pas avoir noté l'heure à laquelle maman était entrée dans sa villa. Puis il la vit enfin ressortir par les portes de la terrasse.

C'était le moment. Maintenant ou jamais.

Svetlana devait s'assurer que Max était occupé à l'extérieur pendant que lui-même se faufilerait dans la chambre de ses parents. Son rôle était de noter tous les numéros de cartes de crédit et de comptes de son père, les codes guichet, le numéro de passeport : tout ce dont ils avaient besoin pour que Svetlana puisse effectuer un virement bancaire vers un compte anonyme. Papa allait financer leur nouveau départ, qu'il le veuille ou non.

Il attendit que maman ait rejoint les autres sur la terrasse puis s'éclipsa, se dirigeant vers la villa de ses parents. C'est à ce moment-là qu'il tomba sur Sylvie qui arrivait en sens inverse.

Il devina tout de suite qu'il se passait quelque chose. Elle avait cette expression affolée et hagarde sur le visage.

– Tout va bien ? demanda-t-il, même si ce n'était à l'évidence pas le cas.

Elle répondit d'une voix blanche, effrayée, incrédule.

– Je ne trouve pas Niamh.

2018

IVY

Ivy voit la tablette sur le canapé dès qu'elle entre dans la villa de Vince par les portes coulissantes. Elle est sur le point d'aller la prendre directement quand elle se souvient qu'elle doit d'abord trouver le passeport.

Le contact de L avait réussi à allumer le téléphone de Vince à distance à une vitesse alarmante et, quand elle avait vu sa localisation s'afficher à l'écran, ce que cela impliquait l'avait percutée de plein fouet. Elle cherchait désespérément à savoir qui d'autre encore pouvait détenir des informations, ce qui expliquait pourquoi elle était sortie sur la terrasse lorsqu'elle avait vu Amanda se joindre aux autres.

Ce que la fille avait dit n'avait rien de rassurant. C'était exactement ce que L avait laissé entendre, mais encore pire à la lumière de ce qu'elle avait appris par la suite. Ivy avait besoin d'en savoir plus. Puisque la police n'allait pas tarder à lire les mails de Vince, elle voulait les voir d'abord. Elle s'était toujours dit que Vince savait quelque chose, et elle craignait qu'il soit au courant de tout.

La balade d'Amanda lui fournissait l'occasion rêvée, même si Ivy avait dû attendre un moment pour être bien sûre qu'elle soit partie et qu'elle ne soit pas sur le point de revenir parce qu'elle avait oublié le doudou du bébé ou un truc comme ça. Elle avait dû choisir le bon moment, attendre que les autres se soient dispersés ou qu'ils soient absorbés par leur téléphone ou leur livre pour que personne ne la voie s'introduire dans la propriété de leur voisin.

Ivy entre la date de naissance d'Arron. La tablette lui dit que le code PIN est incorrect.

Elle essaie à nouveau, cette fois-ci sous le format à huit chiffres, indiquant l'année complète. L'écran de verrouillage disparaît et elle se retrouve sur une page Gmail, le compte portant le nom de witness02. Elle va dans le fichier Envoyés, où il y a deux messages : un adressé à maxtemple@st-andrews.ac.uk et un à XX171174@truemail.com.

Elle les lit tous les deux. C'est exactement ce qu'elle redoutait.

Maintenant j'ai une preuve tangible.

– Oh, Vince, espèce de sombre abruti.

Elle regarde le document joint aux deux mails, dont elle reconnaît aussitôt le contenu. C'est l'ADN de Niamh, l'échantillon qu'elle avait fait analyser et dont elle avait reçu le résultat en 2002 après les vacances de Pâques, lorsqu'elle avait eu peur que Max fasse du mal à la petite parce qu'elle constituait une preuve vivante de ses crimes. Ç'avait été sa façon à elle de lui lancer un avertissement, son système de veille automatique : la preuve concrète qu'il était le père de Niamh.

Max avait été horrifié et scandalisé quand elle lui avait montré le résultat du test ADN, et pas seulement parce qu'elle avait changé les règles. Il avait semblé sincèrement blessé par l'idée qu'elle puisse penser qu'il "constituait un danger pour la chair de sa chair". Elle avait été atterrée devant la sincérité de sa réaction. Ouais, pourquoi aurait-elle pensé qu'un homme qui violait une de ses filles puisse être une menace pour une autre ? Sachant à quel point il avait l'esprit tordu, elle avait aussitôt commencé à craindre qu'il s'en prenne à Niamh.

Mais ce qui la troublait, c'est qu'elle avait elle-même exigé que l'échantillon soit détruit. Elle n'en avait plus eu besoin après la disparition de Niamh. Seules les données étaient restées.

Max n'était pas censé le savoir, cependant, de sorte que Vince bluffait peut-être. Ce n'était pas possible autrement car il n'avait aucun moyen de prouver que le résultat du test ADN appartenait bien à la personne qu'il prétendait.

À moins que…

Ivy se sent prise d'un bref vertige, comme si toute la pièce s'était mise à tourner. Elle se reprend, un instinct venu du fond des temps prenant le dessus.

Elle regarde à nouveau la seconde adresse : XX171174@truemail.com. C'est la date de naissance de Marion. Elle l'avait reconnue tout de suite, mais cela lui fait maintenant penser au code PIN qu'elle vient d'entrer et au passeport qui se trouvait comme par hasard dans la même pièce. Amanda qui leur disait qu'elle partait faire une balade, en laissant tout sans surveillance.

Ivy lève les yeux de la tablette et remarque un ordinateur portable posé à quelques pas de là. Son écran est noir, mais il y a une petite lentille en haut au milieu du cadre.

Maligne, cette fille. Elle avait posé un piège. Mais Amanda ne dispose pas de l'ensemble des éléments, et maintenant c'est sur elle que les mâchoires du piège se referment.

2002

VINCE

Il jeta un coup d'œil à sa femme. Elle le remarqua et lui retourna son regard, soutenant le sien. Ils étaient assis là depuis près d'une heure sans qu'aucun d'eux n'ait prononcé un seul mot, mais ils savaient que cela devait changer, et vite.

Vince termina son café et reposa fermement sa tasse sur la table comme s'il ouvrait la séance.

– Bon, avant que la police vienne frapper à la porte, dit-il, tu veux parler de ce qu'on a vu ?

Laurie attrapa la bouteille de vodka et commença à en servir un verre.

– Tu vas avoir besoin de boire un coup, lui dit-elle.

– Je ne pense vraiment pas que ce soit une bonne idée.

– Crois-moi, ça aide. J'insiste.

Elle lui en servit un demi-verre, une dose ridiculement généreuse à n'importe quelle heure de la journée, et le posa devant lui.

– Bois.

L'expression de Laurie lui disait de ne pas refuser.

Il sentit le liquide transparent en portant le verre à ses lèvres, mais en fait il ne sentit rien. Celui-ci ne dégageait aucune odeur. Vince en but une gorgée.

C'était de l'eau. C'est ce qu'elle avait bu la veille au soir.

– Je crois que c'est le moment où on dit tous les deux : "Ce n'était pas ce que tu croyais", dit-elle.

– Non, confessa Vince. Ce que tu as vu était exactement ce que tu croyais. J'étais bien en train de m'envoyer en l'air avec Celia. Bon, et si tu me disais ce que tu foutais avec le bébé que tout le monde cherche, et pourquoi tu as fait semblant d'être bourrée à ce moment-là ?

Laurie prit la bouteille et la contempla. Elle lâcha un rire sans joie.

– Tu sais pourquoi je me suis mise à boire, Vince ?

Elle le cloua du regard, lui faisant comprendre qu'il ne s'agissait pas d'une question rhétorique.

– On n'en a jamais parlé, dit-il. C'était un piètre argument et il le savait.

– Mais tu as dû faire des suppositions ?

Vince ne répondit pas. Il hocha la tête, cependant.

– Je ne me suis jamais senti en droit de te poser la question.

– Parfois, j'aurais bien voulu que tu me la poses. Enfin, dans l'ensemble, je suis contente que tu ne l'aies pas fait. Mais on y est maintenant, alors je vais te le dire et, après, on n'en reparlera plus jamais. Je me suis fait violer. Ça s'est passé quand j'étais étudiante. J'avais dix-huit ans et ça m'a fichue en l'air pour toujours. C'était quelqu'un en qui j'avais confiance, et quelqu'un dont la parole aurait eu pour tout le monde plus de poids que la mienne, ce qui est la raison pour laquelle je n'ai jamais pu en parler. J'aurais dû te le dire à toi. Je m'en rends compte. Je pensais qu'être avec toi m'aiderait à me remettre, que je pourrais avoir une relation normale, mais les marques que ça avait laissées étaient indélébiles.

Laurie avala sa salive, adoptant une posture plus raide. Elle le regarda dans les yeux.

– Voilà, maintenant tu sais, dit-elle.

Vince hocha la tête. Il ne savait pas quoi dire, mais il pensait que son rôle était d'écouter. Ce qu'il ne comprenait pas, c'était où menait cette conversation.

Laurie jeta un œil en direction des autres villas.

– Quand je suis venue ici à Pâques, c'était pour boire : je crois que tu l'avais deviné. Un soir, j'étais sur la terrasse, assise sur une chaise longue, à boire jusqu'à perdre connaissance. J'ai dû tomber du transat et être trop dans les vapes pour m'en rendre compte, parce que, quand je me suis réveillée, j'étais allongée sur le carrelage. J'ai entendu des voix tout près : Sylvie et Max en train d'avoir ce qu'ils pensaient être une conversation privée. Ils ne m'avaient pas vue parce que j'étais étendue sur le sol. Ils disaient à quel point tout allait bien pour Max avec le contrat d'édition et tout. Ensuite, Sylvie lui a dit qu'elle pourrait tout lui enlever en un clin d'œil.

– Comment ?

– En disant à tout le monde qu'il l'avait violée, et que Niamh en était la preuve vivante.

Vince se sentit figé un instant, piégé par le regard de Laurie qui lui disait qu'il n'y avait rien de nuancé ni d'ambigu dans ce qu'elle lui racontait. Il dut détourner les yeux, de sorte qu'il plongea son regard dans son verre. À présent, il regrettait que ça ne soit pas de la vodka. Il le but quand même.

– Je me suis dit que j'aurais dû m'en rendre compte. Les signes étaient sous mon nez, mais pendant des années j'avais été trop bourrée pour faire le rapprochement. Je me rappelle avoir vu cette gamine tellement pleine de potentiel. On aurait dit qu'elle était capable de faire n'importe quoi. Et après je l'ai vue diminuée par sa grossesse et par la maternité alors qu'elle n'était encore qu'une adolescente. Complètement vaincue, la lumière éteinte dans ses yeux. Et quand j'ai appris pourquoi, je n'ai pas pu rester là sans rien faire.

Vince eut l'impression que la pièce s'était rétrécie, mais ce n'était qu'une impression.

– Qu'est-ce que tu as fait, Laurie ?

– Je lui ai fait comprendre qu'elle pouvait me parler. Je lui ai dit que je connaissais la vérité. Et je lui ai dit comment je pouvais l'aider.

C'était une réponse sans vraiment en être une.

Il posa à nouveau la question.

– Qu'est-ce que tu as fait, Laurie ?

2018

AMANDA

Je regarde Sylvie lever les yeux de la tablette et fixer directement la webcam. Elle pose ensuite l'appareil et sort du champ.

J'ai été percée à jour.

Je me sens soudain vulnérable ici, sur ce chemin, le précipice au-dessus de l'eau et des rochers ne me paraît plus être un paysage de carte postale mais un avertissement sérieux. Je dois aller là où il y a du monde. Il me faut des témoins. J'ai déjà dit à Kirsten de transmettre tout ça aux flics, mais ce n'est pas comme s'ils allaient débarquer ici en hurlant. Il y a moins d'une heure, je me prenais encore pour une journaliste d'investigation, mais je suis maintenant complètement dépassée.

Quand je me lève du banc pour ôter le frein de la poussette, j'entends des pas approcher dans le virage. Je me fige, brièvement paralysée par la peur.

À mon grand soulagement, c'est seulement Celia, sortie se promener.

Elle a dû voir la peur sur mon visage.

– Tout va bien, ma grande ? Enfin, à part…

Je sens mes lèvres trembler. Je secoue la tête.

– Qu'est-ce qui ne va pas ?

– J'ai de très mauvaises nouvelles. Terribles, en fait.

– De Kirsten ?

– Non, mais ça concerne Vince. Il va falloir aller trouver la police.

– Mais qu'est-ce qui se passe au juste ?

Bon sang, comment est-ce que je pouvais lui dire un truc pareil ? Et pourtant, je n'avais pas le choix. J'étais en danger et j'avais besoin d'alliés.

– Ça va être très difficile à entendre pour vous, madame Temple, et je n'ai vraiment pas envie d'avoir à vous annoncer ça moi-même.

– Appelle-moi Celia, je t'en prie. Et tu peux tout me dire.

– J'ai des raisons de croire que c'est Sylvie qui a tué Vince.

Celia paraît troublée, presque comme si elle avait mal entendu.

– Sylvie ? Non.

– Je suis sérieuse.

Elle m'adresse un petit demi-sourire patient.

– Écoute, j'ai bien vu que vous ne vous entendiez pas très bien, mais avec tout le respect que je te dois, Amanda, je pense que tu racontes n'importe quoi. Et que tu n'es pas en possession de tous les éléments, non plus. Sylvie était déjà ici quand Vince est mort.

– Je pense qu'elle a pu payer quelqu'un pour le faire.

Celia commence à sembler agacée.

– C'est horrible. Comment peux-tu dire une chose pareille ?

J'ai besoin de l'avoir de mon côté, et vite.

– Quand j'ai dit que la police voulait avoir accès aux mails de Vince, c'était un appât. J'avais placé une caméra pour voir qui viendrait chercher la tablette de Kirsten. J'ai *vu* Sylvie le faire. J'ai sauvegardé l'enregistrement sur le cloud.

Celia paraît toujours calme, même si elle semble contenir sa colère vis-à-vis de moi.

– Je suis sûre qu'il y a une autre explication. Elle voulait peut-être seulement savoir ce qui s'était passé. Elle a dû affronter sa propre tragédie, tu le sais. Pourquoi aurait-elle voulu du mal à Vince ?

– Il la faisait chanter. Son mail dit qu'il a la preuve que…

J'ai besoin de reprendre mon souffle, de m'armer de courage pour pouvoir exprimer ça.

– Il a dit qu'il avait la preuve que Sylvie avait tué Niamh.

L'irritation de Celia grandit.

– Oh, c'est ridicule. Franchement, si tu savais ce que cette famille a dû endurer et le travail que mon mari a accompli pour combattre ces colporteurs de fantasmes et de sous-entendus. Je suis déçue de voir que tu envisages seulement de…

Je me demande pourquoi cette femme n'est pas plus curieuse. Je me dis que je ne me fais pas bien comprendre. Celia a rejeté l'idée dès le départ, de sorte qu'elle n'écoute pas ce que je lui dis.

– Vince faisait aussi chanter votre mari, dis-je en l'interrompant. Il a dit qu'il avait la preuve que Max était le père de Niamh.

Celia m'écoute à présent.

– Il disait qu'il savait que Max avait violé sa propre fille. Vince lui avait envoyé un mail qui menaçait de tout révéler le jour où Max est mort.

Celia semble figée, comme une vidéo qui plante. Elle paraît vide, en suspens, comme si elle était complètement absente de l'instant présent.

En la regardant, je me rappelle la première fois que je l'ai vue, il y a à peine quelques jours. C'est quand on était dans la salle d'embarquement, à l'aéroport de Glasgow, quand on attendait notre vol, qu'on attendait Vince. Si seulement ç'avait été Kirsten et moi qui l'avions aperçu au lieu de Celia et Marion, tout aurait pu se passer autrement. Kirsten l'aurait engueulé pour qu'il ramène son cul à bord de ce foutu zinc.

Mais c'est là que je comprends que Vince n'a jamais mis les pieds dans la salle d'embarquement. Qu'il n'est jamais arrivé à l'aéroport. Sa carte d'embarquement était sur son téléphone, ce qui signifie que la personne qui a pris l'appareil n'a eu qu'à la scanner aux contrôles de sécurité pour se créer un alibi électronique, faisant croire que Vince était dans la salle d'embarquement alors qu'il était déjà mort. Et pour enfoncer le clou, elle avait prétendu le voir au Starbucks.

Cette révélation doit se lire sur mon visage, et c'est à ce moment-là que Celia reprend ses esprits.

Elle me regarde d'un air différent. Nous nous dévisageons, chacune figée par le regard de l'autre. J'ai l'impression que l'air vient de s'électrifier autour de moi. Je sais que je suis en danger.

2018

IVY – AMANDA

Ivy repose la tablette et se précipite hors de la villa. Cette fois-ci, elle ne prend pas le soin d'être discrète de peur que quelqu'un la remarque. Il n'y a plus rien à cacher.

Elle a compris que c'était sa mère qui avait tué Vince au moment où elle a vu son adresse électronique sur le mail qu'il lui avait envoyé pour la faire chanter : le genre et la date de naissance de son premier enfant. La dernière fois qu'elle l'avait vue, c'était sur le message qu'elle avait reçu à propos des obsèques catholiques secrètes de Max. Cela montrait une fois de plus que sa mère vivait dans une version du monde tel qu'elle aurait souhaité qu'il soit, se moquant complètement des désirs ou des sentiments des autres si jamais ils se mettaient en travers de son chemin.

C'est pour cela que Vince ne lui avait pas simplement donné une raison de le tuer. Il lui avait involontairement fourni le moyen de le faire. Elle avait un mécanisme de défense exceptionnel quand la réalité menaçait de toucher à la vision fantasmée qu'elle avait d'elle-même.

Tuer Vince n'avait cependant pas fait disparaître la preuve. C'est pour cette raison qu'Amanda, en posant son piège, s'était identifiée comme une nouvelle menace.

Ivy voit Marion sortir de sa villa avec un magazine et un flacon de crème solaire à la main, et elle se précipite vers elle.

– Où est maman ?

– Elle est partie se promener. Elle a dit qu'elle allait jusqu'au banc de papa. Tout va bien ?

– Non. Appelle la police. Tout de suite.

Ivy laisse les questions de Marion sans réponse et passe en courant entre les villas puis par le trou dans la haie pour continuer sur le chemin de la falaise.

Vince savait depuis le début. Il était au courant de tout. Laurie avait dû le lui dire, pour une raison ou une autre. Le fardeau était peut-être trop lourd à porter pour elle seule. Malgré toutes leurs difficultés, elle et Vince étaient proches à l'époque, et elle lui faisait confiance. Mais Laurie n'avait jamais avoué à Sylvie que Vince était dans le secret. Elle avait dû croire qu'il n'y avait rien à craindre et elle ne voulait pas que Sylvie s'inquiète inutilement. Vince ne pouvait dire à personne ce qu'il savait sans incriminer sa femme et sans d'ailleurs s'incriminer lui-même de son silence et donc de sa complicité.

Mais Laurie était morte l'année dernière, alors que Vince avait une nouvelle femme et un bébé en route.

Ivy les aperçoit quand le chemin émerge d'entre les buissons. Elles se trouvent à côté du banc de papa, face à face, en pleine conversation. Quelque chose lui paraît bizarre. Elle comprend tout à coup ce qui ne va pas : elles ne parlent pas, elles se dévisagent. Elles ne discutent pas. Elles s'affrontent du regard. Au bord de la falaise.

J'ai envie de fuir mais je suis paralysée, clouée au sol. Je n'ose pas quitter Celia des yeux car j'ai peur de baisser ma garde. Il n'y a rien hormis de la fureur froide et de la haine dans son expression, et elle paraît soudain beaucoup plus âgée. C'est comme si elle avait mis un masque ou si celui qu'elle portait était tombé.

Je me sens si seule. Je veux voir mes pères.

Je perçois un mouvement du coin de l'œil et je ne peux m'empêcher de réagir. Je jette un bref regard à droite, par-dessus l'épaule gauche de Celia, où je suis soulagée de voir Ivy courir vers nous. Mais, au moment où je romps notre contact visuel, Celia en profite pour me pousser des deux mains au niveau de la poitrine, se jetant en avant avec une force et une détermination surprenantes.

Je me sens perdre l'équilibre, mon centre de gravité repoussé en arrière. Mes pieds dérapent sur le gravier et dans la poussière. Le ciel emplit mon champ de vision et je tombe puis roule sur le sol.

Je tends une main pour enfoncer mes doigts dans la terre, le frein le plus basique. Ça ne suffit pas. L'élan me fait basculer par-dessus le bord de la falaise.

Mon bras s'enroule autour d'un rocher tandis que mon corps glisse dans le précipice. Je me balance pendant une seconde terrifiante, mais mon bras droit tient bon et je me retrouve suspendue au-dessus du vide. Je tends la main gauche, cherchant à tâtons une prise quelconque. Puis je sens une explosion de douleur dans mes doigts et retire ma main.

Un second élan de douleur fuse à travers mon bras droit. Celia m'écrase la main, tentant de me faire lâcher prise. Un instinct brut de survie lutte contre mes réflexes et je parviens à tenir bon mais je sens ma prise se relâcher. Je sens un autre coup. Mon bras faiblit et mes doigts commencent à glisser.

Ivy s'élance dans la courbe suivante, un affleurement rocheux lui cachant temporairement Celia et Amanda. Sortant du virage à toute allure, un cri reste coincé dans sa gorge lorsqu'elle voit sa mère pousser violemment la jeune fille en arrière. Amanda bacule vers la falaise mais parvient à enrouler son bras autour d'un rocher. Celia s'en aperçoit et commence à lui piétiner la main.

Ivy court le plus vite qu'elle peut mais il y a trop de distance à parcourir. Elle n'arrivera jamais à temps.

Mais ça ne veut pas dire qu'elle ne peut pas intervenir.

Ivy hurle tout en continuant de courir.

– Éloigne-toi d'elle !

Maman se retourne, effrayée. Puis une transformation s'opère sur son visage, la fureur et la hargne s'effacent, remplacées par une expression inquiète. C'est là-dessus que comptait Ivy. Avec Celia, il suffit de lui offrir un public pour qu'elle devienne instantanément quelqu'un d'autre.

– Au secours, elle est tombée, s'écrie Celia d'un ton débordant d'inquiétude et de sincérité. Je l'ai bousculée par accident et elle a perdu l'équilibre.

Ivy parcourt les derniers mètres à toute vitesse et plonge au sol, verrouille ses deux mains autour du poignet d'Amanda. Puis, avec une force qu'elle ignorait posséder, elle hisse la jeune fille par-dessus le bord de la falaise pour la mettre en sécurité.

2018

AMANDA

La sensation de brûlure me fait grimacer tandis que Sylvie tamponne délicatement les écorchures de mes bras et de mes jambes, nettoyant les blessures avec un coton imbibé d'antiseptique. Il me semble stupide de m'en faire pour un petit bobo après ce qui aurait pu se passer mais c'est un pur réflexe.

Mon pouls a retrouvé un rythme normal, même s'il a fallu un certain temps. Je sais que je revivrai ce moment le restant de mes jours. Heureusement, il me reste des jours à vivre grâce à la femme qui se trouve en face de moi.

Est-ce de l'ingratitude de regretter que mes pères ne soient pas là à sa place ? C'est à eux que j'ai pensé quand j'ai vacillé et dérapé par-dessus le bord de la falaise. C'est eux que j'aurais aimé voir arriver à mon secours. Mais ils n'étaient pas là, et Sylvie oui.

Pas Sylvie. Ivy. Il est poli de commencer à penser à elle sous le prénom qu'elle préfère. Je comprends maintenant parfaitement pourquoi elle en a changé, et je tiens à respecter sa décision. Il y a encore beaucoup de choses que je ne comprends pas, malgré tout. J'ai tout un tas de questions mais je ne suis pas certaine d'être en droit de les poser.

J'ai encore un peu la tête qui tourne en raison de l'étrangeté de ce qui s'est passé ensuite. Une fois en sécurité, je me suis demandé ce qu'on allait faire de Celia. Devait-on la maîtriser d'une façon ou d'une autre, là, sur le chemin, en attendant que les flics arrivent ? Si j'avais eu une corde, j'aurais volontiers attaché cette sale psychopathe au banc. Au lieu de quoi Ivy a calmement suggéré à Celia de retourner à la villa et celle-ci s'est exécutée, marchant à quelques pas devant nous, comme s'il ne s'était rien passé, comme si tout allait bien.

Celia est maintenant dans sa villa avec Marion et Rory, qui montent efficacement la garde en attendant l'arrivée de la police.

J'ai l'impression de devoir parler de tout ça.

– Votre mère est rentrée calmement. Je n'arrive pas à croire qu'elle ait abandonné sans tenter quoi que ce soit.

– Tu ne la connais pas, réplique Ivy. Dans sa tête, elle a déjà effacé tout ce qu'elle a essayé de te faire. Ce qu'elle a fait à Vince, aussi. Elle niera tout en bloc, et elle sera convaincue d'avoir raison. Dans une partie de son esprit, ce qui va lui arriver sera d'une injustice kafkaïenne. Mais il y a aussi une partie d'elle qui connaît la vérité, et c'est cette partie-là qui assassine des avocats et pousse des jeunes filles du haut des falaises. On appelle ça de la rage narcissique. C'est ce qui arrive quand quelque chose menace de briser l'illusion grandiose qu'un narcissique a d'être parfait, toujours dans le vrai, toujours dans le contrôle de lui-même.

Elle me regarde dans les yeux.

– Tu as lu ces mails, j'imagine.

Je me mords les lèvres, arrivant tout juste à hocher la tête. Il est difficile d'admettre qu'on sait quelque chose comme ça à propos de quelqu'un. Mais je n'ai d'autre choix que de l'admettre. Ivy a vu la tablette. Elle sait que je les ai lus.

– Ma mère s'est construit un fantasme d'elle-même dans lequel elle était la matriarche d'une famille exceptionnelle. Son besoin de préserver ce fantasme l'a conduite à ignorer ce que son mari me faisait. Vince l'a menacée de faire tomber les murs et de révéler à tout le monde qui était réellement Max, et par conséquent qui elle était vraiment. Elle a cru qu'en le tuant, la vérité resterait cachée. En plus de ça, elle a dû en déduire que c'était la menace initiale de Vince qui avait provoqué la crise cardiaque de Max, si bien que la vengeance faisait aussi partie des mobiles.

Je revois la falaise, revois l'expression dans les yeux de Celia. Au moment où elle avait compris que j'étais une menace, elle n'avait pas hésité.

– Les mails de Vince disaient aussi qu'il savait ce qui était arrivé à Niamh. Est-ce que ça veut dire que Celia… ?

Je ne termine pas ma phrase, refusant de prononcer ces mots à haute voix.

Ivy pose le coton et se redresse. Elle semble loin pendant un instant. Puis elle s'approche des fenêtres. On dirait qu'elle vérifie que personne ne nous observe. Mais tout le monde est à l'intérieur, pas seulement Rory, Marion et Celia. Hugh et Lia ont également été mis au courant, et ce n'est pas comme si quelqu'un avait envie de se baigner ou de lézarder sur un transat après ce qui s'est passé.

– On n'est pas vraiment parties du bon pied, hein ? dit Ivy. Je comprends. On ne peut pas dire que je sois quelqu'un de très chaleureux ou de très doux.

– Hé, écoutez, avec ce que vous avez traversé…

– C'est pas grave. Je suis comme ça. J'ai lu que les enfants de personnes narcissiques ont parfois du mal à supporter d'être aimés. Je suis plus à l'aise quand on ne m'aime pas. Mais moi, je t'aime bien, Amanda, malgré ce que tu peux croire, et je n'ai pas envie que tu me détestes.

– Je ne vous déteste pas, dis-je en toute sincérité.

– Tu ne vas pas tarder.

Ivy s'accroupit à nouveau devant moi, mais cette fois elle ne tamponne pas mes blessures.

– Comme on venait souvent ici quand j'étais plus jeune, j'ai décidé d'apprendre le portugais. J'ai beaucoup perdu depuis toutes ces années, mais il y a un mot que je n'oublierai jamais parce qu'il n'a pas d'équivalent dans une autre langue. Ce mot, c'est *saudade*. C'est un sentiment, un désir mélancolique. On le décrit comme étant l'amour qui reste quand ce que vous aimiez a disparu, ou le sentiment à la fois douloureux et magnifique qu'on éprouve lorsqu'on pleure quelque chose qu'on ne retrouvera jamais. Je l'ai aussi entendu appeler la présence de l'absence. Parce qu'il est intraduisible, il est difficile à définir, si bien que je n'avais jamais vraiment su ce qu'il signifiait jusqu'à ce que je le ressente moi-même. Je le ressens chaque jour depuis cet été 2002, quand j'ai abandonné ma fille.

Je sens monter une vague d'adrénaline, un mélange de choc et d'exaltation. Je parle à voix basse, même s'il n'y a personne à proximité pour nous entendre.

– Vous êtes en train de me dire que Niamh n'est pas morte ?

2002

Il entendait le fracas des vagues contre les rochers à quelques mètres à peine, deux ou trois buissons seulement séparant le bord de la route du précipice. Il était venu là plus tôt, en plein jour, afin de se repérer. L'attente allait être suffisamment stressante pour ne pas craindre en plus d'être au mauvais endroit.

Il vit des rayons de lumière jumeaux slalomer sur le chemin poussiéreux, un véhicule qui sortait du virage avant d'apparaître entièrement. Il ressentit la même tension que lors des deux dernières fausses alertes, mais cette fois-ci les phares clignotèrent pour lui confirmer que c'était bien la voiture de Laurie qui approchait dans le noir.

Il n'y avait plus de retour en arrière possible à présent. C'était pour de bon.

Il jeta à nouveau un regard à l'arrière, où le siège bébé était fixé à sa place. Il avait du lait maternisé, des biberons, des goûters, des couvertures, des couches, des lingettes, des vêtements propres et des jouets. Il se tenait prêt depuis presque quinze jours.

L'attente et l'espoir avaient été un supplice, et il avait eu l'impression que sa vie était en suspens. Mais, quelques jours plus tôt, il avait reçu un appel lui disant que tout était réglé.

Il avait emprunté – sans la permission de sa sœur et à son insu – le passeport de sa nièce. Elle avait environ le même âge, à quelques mois près. Celui-ci ayant été délivré quand Keira n'avait que trois mois, le fait que la photo ne ressemble pas à Niamh n'aurait aucune importance. Elle ne ressemblait pas plus non plus à Keira. La pièce d'identité était seulement destinée à la faire sortir du pays.

Grâce à Laurie, tous les autres papiers seraient bientôt prêts. Certains de façon légale, d'autres un peu moins. Du fait de son métier, elle avait des contacts des deux côtés de la loi.

La voiture s'arrêta à côté de la sienne et il s'avança rapidement sur la route, scrutant l'obscurité à la recherche de témoins éventuels. Laurie sortit de son véhicule puis ouvrit la portière arrière du côté passager avant de se pencher à l'intérieur. Quand elle se redressa, elle avait le bébé dans les bras.

La petite fille dormait. C'était mieux comme ça. À son réveil, elle serait loin d'ici et elle ouvrirait les yeux sur une vie nouvelle.

2018

AMANDA

Je baisse les yeux vers Ivy agenouillée devant moi. Elle paraît plus petite et dégage une vulnérabilité que je n'ai pas sentie en elle jusqu'ici. Mon cœur bat à tout rompre tandis que j'attends qu'elle parle.

– Cette année-là, au printemps, j'ai été approchée par Laurie, la défunte femme de Vince. Elle avait surpris une conversation sensible que j'avais eue avec Max. Elle savait tout, et elle m'a proposé un moyen de me sortir de ma situation. Elle avait des amis qui voulaient un bébé mais qui ne pouvaient pas en avoir.

"J'ai réfléchi longtemps. Mais quand je suis revenue ici cet été-là, je me suis rendu compte que je ne pouvais pas continuer comme ça. Je voulais retrouver mon avenir. J'ai fait ça pour que Niamh et moi puissions toutes les deux avoir la vie qu'on méritait. Laurie a tout arrangé. C'est pour ça que c'était son idée d'organiser une fête ce soir-là, pour qu'on puisse mettre en scène une disparition. Elle a emmené Niamh en voiture à quelques minutes d'ici où quelqu'un l'attendait pour l'emmener dans une nouvelle famille. Si bien que, de façon assez ironique, il y a bel et bien eu une conspiration."

Je sens quelque chose affluer à mes oreilles, comme si plus de sang montait jusqu'à mon cerveau pour l'aider à traiter ce que j'entends. J'ai peur que quelqu'un surprenne notre conversation et, en même temps, j'ai l'impression que cette pièce, avec nous à l'intérieur, est complètement isolée du reste du monde.

Je suis soulagée d'apprendre que Niamh n'est pas morte, même si quelque chose continue de me tourmenter.

– Mais pourquoi…

– Est-ce que je ne l'ai pas faite adopter de façon légale ? Pour un certain nombre de raisons. Principalement parce que je ne voulais pas que mes parents soient mêlés à ça. Je ne voulais pas qu'ils me mettent des bâtons dans les roues, qu'ils essaient de m'en dissuader. Je ne voulais pas non plus qu'ils prennent les choses en main, qu'ils choisissent un couple qu'ils connaissaient pour pouvoir continuer à avoir de l'emprise sur Niamh.

"Et puis il y avait Calum. À ce stade, il ne voulait pas être père, mais c'était aussi quelqu'un de bien qui essayait toujours de faire ce qu'il fallait. Il n'aurait pas aimé l'idée d'abandonner son bébé, de sorte que, s'il résistait, j'aurais été obligée de lui prouver qu'il n'était pas le père. Si on en arrivait là, il aurait fallu tout révéler. Je n'étais tout simplement pas prête pour ça."

J'ai l'impression qu'elle ne m'a pas tout dit, qu'il y a une autre raison qu'elle me cache, mais j'ai pour le moment une question plus urgente.

– Est-ce que vous savez à qui Niamh a été confiée ?

Ivy regarde à nouveau en direction des fenêtres mais, cette fois-ci, ce n'est pas comme si elle vérifiait quelque chose. Plutôt comme si elle voulait me cacher quelque chose. Quand elle se retourne, elle a les larmes aux yeux.

– Je n'ai pas *voulu* savoir. J'ai demandé à Laurie de ne jamais me le dire, et elle a tenu parole. Mais je l'ai découvert. Aujourd'hui.

Je pense à ce que j'ai lu dans les mails de Vince et à la séquence ADN que j'ai trouvée en pièce jointe, mais il y a quelque chose qui m'échappe.

– Je ne vous suis pas.

– Vince avait menacé Celia d'apporter sa preuve pendant ses grandes vacances en famille : la preuve ADN que Max était le père de Niamh.

Je crois comprendre.

– Vince a obtenu un échantillon d'ADN, dis-je, ce qui veut dire qu'il doit toujours être en contact avec les nouveaux parents de Niamh. Et vous avez compris qui c'était.

Ivy pose les mains sur mes bras en secouant la tête.

– Il a obtenu plus qu'un échantillon, dit-elle d'une voix brisée.

C'est comme si un Léviathan surgissait des profondeurs, si gigantesque qu'on ne peut le voir approcher parce qu'il occupe tout l'espace. J'ai à peine le temps de le voir qu'il m'engloutit.

2002

ROB

Il tendit les bras, impatient de sentir son poids et sa chaleur. Laurie hésita un instant, la forme endormie lovée contre son épaule.

– Vous êtes sûrs d'être prêts pour ça ? demanda-t-elle.

– Autant qu'on puisse l'être.

Sadiq et lui étaient sur des charbons ardents depuis plusieurs mois, depuis que Laurie les avait contactés pour leur dire que Sylvie réfléchissait sérieusement à sa proposition. Ils avaient eu beaucoup de temps pour se préparer. Beaucoup de temps pour réfléchir à tout ce qui pouvait mal tourner. Beaucoup de temps pour réfléchir à ce qui se passerait si tout allait bien, aussi.

Ç'avait été la partie la plus difficile. Une fois qu'ils s'étaient autorisés à véritablement envisager cette possibilité, l'idée que cela n'ait finalement pas lieu leur était devenue presque insupportable. C'était comme s'ils avaient aimé cette petite fille par avance, attendant d'assumer leur rôle de pères. Attendant qu'elle soit à eux.

Ils voulaient désespérément avoir un enfant, mais à l'époque un couple d'homosexuels ne pouvait pas adopter au Royaume-Uni. Ils avaient commencé à chercher une mère porteuse parce que, si le bébé était biologiquement le sien ou celui de Sadiq, cela aurait résolu beaucoup de problèmes. Puis leur amie Laurie était intervenue en leur offrant la possibilité d'un raccourci.

Ils allaient partir s'installer dans le Canada natal de Sadiq. Commencer une nouvelle vie là-bas. Fonder une famille là-bas.

Laurie hocha sagement la tête en entendant sa réponse, les yeux rivés dans la direction d'où elle venait. Tous les subterfuges et les illégalités les avaient moins inquiétés que l'idée que la jeune mère vulnérable qui se trouvait là-bas risque de changer d'avis, mais Laurie avait expliqué avec nombre de détails dérangeants que cela n'arriverait pas.

Laurie mit l'enfant dans les bras de Rob. Il sentit son cœur s'accélérer. Il avait peur de cent façons différentes.

Rob avait juste envie de rester là et de la tenir dans ses bras, mais il n'en avait pas le temps. Il mit l'enfant dans le siège auto, boucla soigneusement les attaches et ajusta les sangles pour qu'elle soit bien installée et en sécurité.

Quand il referma doucement la portière, Laurie était déjà remontée dans sa voiture. Elle baissa sa vitre.

– Ne lisez pas les journaux. Ne regardez pas la télé. Ne vous sentez pas coupables. Vous donnez à Sylvie et Niamh la vie qu'elles méritent toutes les deux.

Rob regarda le chemin.

– Et pour les autres ?

– Je n'ai pas envie d'enjoliver les choses. Il y aura des dommages collatéraux, mais pour la plupart ils auront eux aussi ce qu'ils méritent.

2018

IVY

Ils sont debout à côté du banc de papa, juste tous les trois : les enfants de Max et Celia. Le lieu avait été une idée de Rory : ils avaient besoin d'un endroit où parler loin des autres et celui-ci lui avait semblé approprié. Le soleil de l'après-midi est accablant mais une brise venue de la mer le rend supportable et, pour Marion et Rory, tout au moins, la chaleur est loin d'être leur plus grande source d'inconfort.

Personne ne parle. C'est une grande tradition dans la famille Temple.

Ivy vient de leur dire comment elle a su que c'était maman qui avait tué Vince et pourquoi elle a essayé de tuer Amanda. Inévitablement, elle a aussi dû leur dire ce que papa lui avait fait. Mais c'est tout ce qu'elle leur a dit. Ce qu'elle a confié à Amanda resterait entre elles deux. Maintenant que Vince est mort, il n'y a que quatre personnes au monde qui connaissent la vérité, et aucune d'elles n'a de raison de la dévoiler.

Ivy avait changé légalement de nom lorsqu'elle avait déménagé à Londres à l'automne 2006, peu après avoir obtenu son diplôme. Elle avait pleinement pris conscience du bien-fondé de cette disposition quand l'affaire de la petite Maddy avait éclaté six mois plus tard.

Rory et Marion comprendront peut-être un jour pourquoi elle se fait appeler Ivy, mais ils ne sauront jamais pourquoi elle a choisi Roan. C'est une anagramme de Nora, l'héroïne de la pièce d'Henrik Ibsen, *Une maison de poupées*, qu'elle avait étudiée à l'université. Nora refusait le rôle d'épouse et de mère, et avait fait ce que l'on considérait à l'époque comme impensable, abandonnant son mari et ses enfants. Par conséquent, son départ à la fin de la pièce était décrit comme "le claquement de porte entendu dans le monde entier". Il disait à tous ceux qui voulaient mettre les femmes dans une boîte d'aller se faire foutre. Cette histoire lui avait parlé.

Amanda lui avait demandé pourquoi elle n'était pas passée par les voies légales de l'adoption. La réponse qu'elle lui avait donnée était honnête, mais ce n'était pas l'entière vérité. Donner sa fille avait seulement été pour elle le moyen de se délivrer de Max et Celia.

Simuler la mort de Niamh avait été le moyen de se venger d'eux.

Elle n'avait pas seulement voulu s'échapper du donjon dans lequel ils la gardaient enfermée : elle avait voulu détruire le château tout entier et brûler leurs bannières. Celia lui avait toujours reproché de diviser la famille et, à cet égard, elle avait raison. Cela avait bel et bien été l'intention d'Ivy, et ils l'avaient bien mérité.

Mais pas tous, cependant. Elle avait toujours cherché à se disculper de l'impact que cela avait eu sur Rory et Marion en se disant que la tragédie avait affaibli l'emprise cruelle que leurs parents avaient sur eux, mais à la vérité cela ne l'avait pas trop empêchée de dormir. Aucun d'eux n'avait souffert comme elle. C'était surtout vis-à-vis de Calum qu'elle s'était sentie coupable. Elle se demande maintenant si elle devrait lui dire, se demande à quel point le secret de l'instruction sera strict lors du procès de maman. Calum a laissé tout ça derrière lui il y a longtemps. Cela ne changera pas grand-chose pour lui aujourd'hui. Il est marié et a trois filles. C'est un bon père, comme elle avait toujours su qu'il le serait dans les bonnes circonstances.

Rory semble sous le choc de ce qu'il vient d'apprendre, encore plus qu'après avoir vu sa mère se faire emmener par la police portugaise. Il fixe le banc des yeux, comme s'il regardait l'homme qui n'est pas là.

C'est lui qui avait toujours été le plus sensible, celui qui sentait le chagrin des autres.

– Ça va ? lui demande Ivy.

– Je suis vraiment désolé, sœurette. Je ne me suis douté de rien. Ça devait se passer juste sous mon nez pendant tout ce temps, mais je n'ai rien vu. Enfin, je savais que papa pouvait être un salopard froid et cruel, mais je ne me doutais pas…

Rory pose une main sur le cadre métallique du banc.

– J'ai seulement vu ce que je voulais voir, dit-il. Ça a toujours été mon problème. Tu sais, en 2002, j'avais demandé de l'aide à papa ici, juste à cet endroit. J'avais besoin d'argent. Svetlana m'avait parlé de ces trafiquants d'êtres humains à qui elle devait de l'argent. Une fois qu'ils lui auraient fichu la paix, on voulait commencer une nouvelle vie ensemble. Papa a refusé. Il a dit qu'elle cherchait à m'arnaquer. Que c'était la seule raison pour qu'une femme comme elle s'intéresse à un loser comme moi.

Rory regarde le sol et secoue la tête.

– En fin de compte, ce salaud avait raison. C'était bien une arnaqueuse, de mèche avec deux malfrats d'Europe de l'Est. Elle a fini en prison parce qu'elle voyageait avec un faux passeport. Svetlana n'était même pas son vrai nom. Il faut peut-être être un sociopathe manipulateur et calculateur pour en repérer un autre. Papa l'a tout de suite percée à jour. Je n'ai vu que ce que je voulais voir.

C'est à ce moment-là que Marion s'assoit sur le banc et se met à pleurer.

Sa voix est basse, comme si elle sortait du plus profond d'elle-même, un endroit de ténèbres et de peurs.

– Je savais, déclare-t-elle.

– Tu quoi ? rétorque Rory avec un sursaut de colère. Tu savais ? Comment ?

Ivy pose la main sur son bras pour le calmer, lui rappelant que ce n'est pas à lui d'être en colère.

Marion lève les yeux vers elle.

– Il est venu dans ma chambre quand j'avais douze ans, dit-elle. Ça ne s'est produit qu'une seule fois. Il a arrêté parce que je me suis mise à pleurer. Il m'a dit que j'avais dû rêver. Qu'il était passé devant ma chambre et qu'il était entré parce que je faisais un cauchemar. Il a dit que je confondais le rêve et le fait qu'il me tenait quand je me suis réveillée. Je savais ce qui s'était vraiment passé, mais j'avais besoin de croire à sa version, parce que sinon… je ne sais pas. C'était plus facile, c'est tout. L'alternative était trop effrayante.

"Ce jour-là, quand tu t'es énervée contre lui, au fond de moi je savais que tu disais peut-être la vérité, mais je me suis pas autorisée à l'accepter. Si je l'avais fait, ça aurait voulu dire que cette chose que j'avais supprimée de ma mémoire aurait refait surface, et ça aurait aussi voulu dire que je ne t'avais pas protégée. C'était plus facile de me dire que c'était encore une de tes comédies, alors que le fait que tu aies cherché à attirer l'attention était ta façon à toi de pleurer pour dire à quelqu'un ce qui n'allait pas. Je suis vraiment désolée. Je suis vraiment, vraiment désolée."

Ivy pose une main sur l'épaule de Marion. Elle a toujours soupçonné que c'était le cas et elle avait cru qu'elle se sentirait plus en colère et plus amère quand sa sœur finirait par l'admettre. Au lieu de quoi, c'est comme si la rage qu'elle éprouvait s'était dissipée une fois relâchée à l'air libre, sous l'immense ciel bleu.

Elle comprend brusquement qu'elle a été accablée pendant des années par un fardeau qu'elle n'avait nul besoin de porter. Elle a passé sa vie à ériger des murs en pensant que ceux-ci la protégeraient, mais les dernières heures lui ont appris que cacher une vérité fait seulement de vous son prisonnier. Dire la vérité vous rend puissant. Et, parmi ces pouvoirs, il y a l'absolution.

– Je te pardonne, dit Ivy.

Marion lui presse la main.

Un autre silence tombe, tandis qu'ils contemplent tous les trois la vue : un ciel bleu sans nuage et la mer étincelante en dessous.

C'est Rory qui finit par prendre la parole.

– Bon, mêmes dates l'année prochaine ?

Quand ils arrivent aux villas, Ivy est en nage.

– Tu veux quelque chose ? demande Marion en entrant à l'intérieur.

– Carrément. Comme d'habitude, ce serait parfait.

Ivy fait le tour de la piscine et prend ses aises sur une chaise longue à l'ombre d'un parasol. Deux minutes plus tard, ce n'est pas Marion qui se matérialise à côté d'elle et lui tend une bière bien fraîche, mais Amanda. Ce geste est petit en soi, mais il signifie beaucoup. Il lui dit qu'elle peut guérir. Il lui dit que tout va bien se passer pour toutes les deux : pour Ivy, qui était autrefois Sylvie ; et pour Amanda, qui était autrefois Niamh.

Elle la remercie. Amanda hoche la tête et repart.

Ivy boit quelques gorgées puis prend son téléphone. Il est temps.

Jamie décroche à la première sonnerie.

– Jamie, j'ai besoin que vous m'organisiez un rendez-vous téléphonique avec DKC demain matin.

– C'est comme si c'était fait. Est-ce que ça signifie que vous avez finalisé votre proposition de stratégie concernant l'incendie du dépôt ?

Il paraît calme et neutre, mais elle sait qu'il se prépare au pire.

– C'est juste une petite mise à jour. Je recommande la divulgation intégrale des faits, une transparence totale et une politique visant à établir de nouvelles normes concernant la sécurité des ouvriers.

– C'est… je veux dire…

Jamie est tellement content qu'il en bafouille, mais cela ne dure que quelques instants avant que la prudence ne vienne teinter sa voix.

– Nos consultations pour DKG sont couvertes par un accord de confidentialité. Si ça ne leur plaît pas, ils peuvent confier l'affaire à quelqu'un d'autre, quelqu'un prêt à gérer les choses autrement. Je ne peux qu'imaginer la réaction de Sir Jock si on perd le contrat et s'ils parviennent quand même à étouffer l'affaire.

– Ça n'arrivera pas. Vous vous souvenez de ces photos montrant des jouets fondus ? C'est moi qui les ai, ne l'oubliez pas. Je ferai savoir à DKG qu'ils sont libres d'aller voir ailleurs, mais dans un cas comme dans l'autre je transmettrai ces images à un journaliste d'investigation de mes connaissances, alors je leur souhaite bonne chance si leur stratégie est de nous la faire à l'envers.

– Compris, dit-il d'un ton ravi. Et rappelez-moi de ne jamais jouer contre vous, chef. Vous êtes *impitoyable*.

Ivy sourit, parce que ce qu'il veut dire c'est qu'elle ne l'est pas, au contraire.

2018

AMANDA

Les films m'ont menti. D'après ce que j'avais compris, il était censé pleuvoir à Londres, mais il fait plus chaud ici qu'au Portugal. C'est peut-être parce qu'ils ne sont pas équipés comme on l'est à Toronto. Ce que j'ai vu de plus proche d'un climatiseur aujourd'hui est la brise qui précède l'arrivée d'un métro, et cela n'a provoqué qu'une très brève sensation de fraîcheur avant que l'air chaud redevienne moite et immobile autour de moi.

Même Glasgow m'avait parue chaude et ensoleillée quand j'étais revenue avec Arron, bien que la météo m'ait semblé complètement en contradiction avec l'atmosphère ambiante. Kirsten s'était montrée plus que reconnaissante pour tout ce que j'avais fait, mais il était clair que rien n'allait se passer comme je l'avais prévu en quittant l'aéroport de Toronto. La sœur de Kirsten était venue de Chelmsford pour lui donner un coup de main, si bien qu'elle n'avait pas eu besoin de moi très longtemps. J'avais été triste de partir parce que j'en étais venue à apprécier Kirsten et m'étais étrangement attachée à Arron, mais je m'étais sentie également soulagée.

De nombreux détails sont passés sous silence à cause du procès à venir, mais Kirsten a vaguement fini par comprendre ce qui s'est passé. Les flics pensent que Celia s'est rendue au bureau de Vince sous prétexte de lui proposer un règlement en plusieurs fois. Elle avait dû choisir le moment où il était assis à son bureau, peut-être en train de regarder quelque chose sur son écran. Elle lui avait planté une seringue dans l'épaule, lui délivrant une dose massive d'insuline en intramusculaire. Comme il portait un T-shirt léger pour partir à l'étranger, elle n'avait même pas eu besoin de trouver un morceau de peau nue. Sur le moment, l'aiguille avait à peine dû laisser une marque, mais quand les légistes avaient examiné le corps, il y avait un très gros bleu révélateur au niveau du point d'injection.

Depuis mon retour du Portugal, j'ai passé beaucoup de temps au téléphone avec mes parents, même si je ne suis pas prête à leur dire ce que je sais. Une grande partie de moi est heureuse de ne pas être obligée de les voir tout de suite, car j'ai vraiment été en colère contre eux au début. Je suis en train de régler les choses, cependant. J'éprouve beaucoup d'émotions contradictoires, mais au fond j'ai suffisamment fréquenté la famille Temple pour savoir que Rob, Sadiq, Sylvie et Laurie ont tous fait ce qu'il fallait.

Quand Ivy m'a appris la vérité, c'est comme si la terre s'était ouverte sous mes pieds. J'ai eu l'impression de tomber et, quand j'ai atterri, le monde entier paraissait avoir changé. Depuis, la chose la plus étrange est d'accepter le fait que presque rien n'a changé. Les relations entre Rob, Sadiq et moi sont toujours les mêmes, la seule différence étant que je ne me prends plus la tête avec Kara. C'est simplement une amie de mes pères qui leur a rendu un service ; simplement pas aussi grand que ce qu'ils m'avaient fait croire, ce qui est la raison pour laquelle elle n'aura bientôt plus à mentir.

Je me demande combien de temps il leur faudra pour deviner ce que je sais. Ils savent que Vince a été assassiné, mais de nombreux détails ont été tus en raison du secret de l'instruction, en particulier parce qu'il s'agissait d'une affaire de chantage. Je peux de façon plausible plaider l'ignorance, mais je pense qu'ils vont faire le rapprochement quand je vais leur annoncer comment je vais passer le reste de l'été, et en particulier qui va m'héberger.

Je suis en chemin pour aller la rejoindre. Elle m'a appelée il y a une heure pour me dire qu'elle m'avait trouvé un genre de stage professionnel. Elle ne m'a pas donné de détails, seulement le nom d'un bar. Je m'étais dit que ce serait sûrement un bar à cocktails chic, mais comme mon téléphone m'annonce que j'ai atteint ma destination, je n'aurais jamais cru que ce soit le kif d'Ivy. L'endroit me paraît relativement fruste, plus semblable à un pub anglais traditionnel. Je me demande s'il s'agit en fait d'un boulot de serveuse.

J'entre. Le bar est sombre et bas de plafond, la température à peine plus fraîche qu'à l'extérieur. Je ne vois pas Ivy et je crains un instant d'être au mauvais endroit : à Londres, beaucoup de bars portent le même nom. Puis je l'aperçois à une table dans un des box du fond, assise à côté d'un mec blond-roux vêtu d'un short et d'un T-shirt imprimé Savage Earth Heart. Chouettes fringues, me dis-je, même s'il paraît un peu vieux pour porter ce genre de trucs.

Ivy me fait signe d'approcher et le type se lève pour m'accueillir, la main tendue.

– Amanda, je te présente Jack, à qui on doit toutes les deux pas mal de services. Il t'a organisé un stage chez *Broadwave*.

Je suis heureuse de ne pas avoir de verre, car j'aurais tout recraché.

– Tu te fiches de moi ?

Broadwave est un des sites d'informations les plus en vogue dans le business, une plate-forme multimédia de portée internationale. De toute évidence, Ivy a des relations de premier ordre. Ça paie d'être du côté obscur, j'imagine.

– Fais ce qu'on te dit, ne gêne personne et apprends autant de choses que tu peux, dit-elle. Enfin, essaie de ne pas apprendre trop de choses avec Jack, comme ça tu auras des chances de ne pas finir en prison.

Jack revient avec une autre tournée et ils trinquent. Il me pose quelques questions sur ce que je compte étudier, sur ce que j'ai écrit, sur ma chaîne YouTube.

Je réponds de mon mieux, en essayant de ne pas trop avoir l'air d'une geek, encore complètement sous le choc.

– Vous me filez un sacré coup de pouce. Je vous remercie beaucoup.

– C'est *moi* qui te remercie, lui dit Ivy. Je te dois combien de services maintenant ?

– Les amis ne tiennent pas les comptes, répond-il, même s'il le dit d'une façon qui laisse supposer qu'il les tient, au contraire.

– Alors, comment est-ce que vous vous connaissez, vous deux ? dis-je.

Il y a une minuscule pause embarrassée, juste assez longue pour me permettre de deviner entre eux une histoire compliquée et qui me laisse penser que j'ai peut-être raté quelque chose.

– Oh, désolée. Est-ce que vous êtes, genre, en couple ?

Ils répondent tous les deux à la fois.

Il dit non. Elle dit oui.

Lectures complémentaires

Si vous voulez en savoir plus sur la psychologie complexe qui nous rend naturellement réceptifs à la pensée conspirationniste, je vous recommande vivement de lire *Suspicious Minds: Why We Believe Conspiracy Theories*, de Rob Brotherton.

Pour une mise en contexte et une démystification de certaines des plus grandes théories conspirationnistes qui persistent dans notre culture moderne, inutile d'aller chercher plus loin que l'excellent *Voodoo Histories: How Conspiracy Theory Has Shaped Modern History*, de David Aaronovitch.

Et sur le délicat sujet des parents narcissiques et de l'impact qu'ils peuvent avoir sur leurs enfants, il existe un grand nombre de témoignages passionnés sur le marché, mais pour une étude factuelle et bien documentée sur les formes variées que peut prendre la maltraitance des enfants, je vous recommanderai la lecture de *Toxic Parents*, de Susan Forward.

Bonjour, nous vous remercions d'avoir acheté ce livre et nous aimerions pouvoir vous connaître mieux, lire vos commentaires sur nos publications, vous informer de nos nouveautés, vous offrir la primeur des premiers chapitres de nos textes à paraître, vous prévenir quand nous organisons une rencontre près de chez vous. Pour ce faire il vous suffit de nous envoyer votre mail et la ville dans laquelle vous habitez à : **redaction@metailie.fr**.

Rappelons aussi qu'en scannant le QR code ci-dessous ou en entrant **metailie.premierchapitre.fr** dans la barre d'adresse de votre navigateur (sur ordinateur, tablette ou smartphone), vous accédez directement aux derniers extraits de nos nouveautés à paraître. Gardez cette adresse dans vos favoris ou sur l'écran d'accueil de votre smartphone et vous serez constamment à la page !

BIBLIOTHÈQUE ÉCOSSAISE
dirigée par Keith Dixon

Chris BROOKMYRE
Sombre avec moi
Les Ombres de la toile
L'Ange déchu

John BURNSIDE
La Maison muette
Une vie nulle part
Les Empreintes du diable
Un mensonge sur mon père
Scintillation
L'Été des noyés
Le Bruit du dégel

Dominic COOPER
Le Cœur de l'hiver
Vers l'aube
Nuage de cendre

Meaghan DELAHUNT
Le Livre rouge

Chris DOLAN
La Colonie
Une femme infréquentable

Jenni FAGAN
La Sauvage
Les Buveurs de lumière

Lewis GRASSIC GIBBON
Sunset Song
La Vallée des nuages

Alasdair GRAY
Lanark
Le Faiseur d'histoire

Jackie KAY
Poussière rouge

James KELMAN
Le Poinçonneur Hines
Le Mécontentement
Faut être prudent au pays de la liberté
Si tard, il était si tard
Mo a dit

Mick KITSON
Manuel de survie à l'usage des jeunes filles
Analphabète

Liam MCILVANNEY
Les Couleurs de la ville
Là où vont les morts
Le Quaker

James MEEK
Un acte d'amour
Nous commençons notre descente
Le Cœur par effraction

James ROBERTSON
Le Fanatique
Le Nègre de Dundee
Le Chercheur de vérité

Suhayl SAADI
Psychoraag

Alexander TROCCHI
Young Adam

Louise WELSH
Le Tour maudit
De vieux os
La Fille dans l'escalier

Cet ouvrage a été composé par
Atlant'Communication
au Bernard (Vendée)

ACHEVÉ D'IMPRIMER SUR ROTO-PAGE
PAR L'IMPRIMERIE FLOCH À MAYENNE
EN FÉVRIER 2021

N° d'édition : 2545002 – N° d'impression : 97717
Dépôt légal : mars 2021

Imprimé en France